KATHRYN CROFT

DIE LETZTE LÜGE

atb aufbau taschenbuch

KATHRYN CROFT glaubt seit ihrer Kindheit an die Macht von Geschichten und hat einen Abschluss in Medienwissenschaften und englischer Literatur. Bevor sie mit dem Schreiben begann, arbeitete sie im Personalwesen und als Lehrerin. Sie lebt mit ihrer Familie und zwei Katzen in Guildford, Surrey.
Bei Rütten & Loening und im Aufbau Taschenbuch erschienen bisher ihre Thriller »Als Grace verschwand« und »Während du schläfst«.
Mehr zur Autorin unter www.kathryncroft.com

EVA RIEKERT ist seit vielen Jahren als freischaffende Übersetzerin tätig und lebt in der Nähe von Husum.

Mia Hamiltons Leben war perfekt, bis ihr Ehemann, der Universitätsdozent Zach, eines Nachts tot aufgefunden wurde und zeitgleich eine seiner Studentinnen verschwand. Die Öffentlichkeit geht von Mord mit anschließendem Suizid aus, denn Zach und die Studentin waren sich verdächtig nahe.
Fünf Jahre danach verläuft Mias Leben endlich wieder in geregelten Bahnen, doch plötzlich sucht die mysteriöse Alison Kontakt zu ihr. Sie scheint mehr über jene schicksalhafte Nacht zu wissen, und Mia muss sich fragen, ob sie ihren eigenen Mann jemals wirklich gekannt hat und ob die fremde Frau tatsächlich die ist, die sie zu sein vorgibt. Überall warten nun neue, dunkle Geheimnisse, und Alison wird immer unberechenbarer.

KATHRYN CROFT

DIE LETZTE LÜGE

THRILLER

Aus dem Englischen
von Eva Riekert

atb aufbau taschenbuch

Die Originalausgabe unter dem Titel
Silent Lies
erschien 2017 bei Bookouture, Ickenham.

MIX
Papier aus verantwortungsvollen Quellen
FSC® C083411

ISBN 978-3-7466-3715-0

Aufbau Taschenbuch ist eine Marke
der Aufbau Verlag GmbH & Co. KG

1. Auflage 2020

Umschlaggestaltung www.buerosued.de, München
unter Verwendung von Motiven von Ildiko Neer
und Lyn Randle / Trevillion Images
Gesetzt aus der Whitman durch Greiner & Reichel, Köln
Druck und Binden CPI books GmbH, Leck, Germany
Printed in Germany

www.aufbau-verlag.de

Für Debbie
und Lindsey

PROLOG

Fünf Jahre zuvor

In guten wie in schlechten Zeiten – so sollte es doch in einer Ehe sein, oder? Allerdings nicht bei uns, nicht jetzt, nachdem du von mir gegangen bist.

Die wenigen Trauergäste, die tatsächlich gekommen sind, verabschieden sich mit dünnem, aber doch freundlichem Lächeln, offensichtlich bemüht, zu verdrängen, was geschehen ist, aber es ist einfach unmöglich, nicht daran zu denken, Zach.

Ich bin froh, dass mich niemand gefragt hat, warum es keine Totenwache gab. Unter diesen Umständen hätte sich das einfach falsch angefühlt. Es ist unmöglich, diese Zeremonie für dich abzuhalten, auch wenn es mich innerlich zerreißt, dass ich es nicht kann.

Freya weint in meinen Armen. Sie ist hoffentlich noch zu jung, um ganz zu begreifen, dass wir uns soeben von ihrem Vater verabschiedet haben. Dass sie dich nie mehr wiedersehen wird. »Wein doch nicht«, beruhige ich sie. »Wir gehen jetzt nach Hause. Alles wird gut. Versprochen.«

»Papa«, begehrt sie zwischen ihren Schluchzern auf.

Tränen brennen mir in den Augen, während ich Freya in den Buggy setze und anschnalle, aber ich unterdrücke sie; sie soll nicht merken, wie sehr mich das Ganze belastet.

»Papa, Papa, Papa.« Freyas Worte hallen über den Friedhof; jedes einzelne legt sich wie ein weiteres Gewicht auf meinen Brustkorb. Ich gehe schneller, fort von der Kirche und hinaus auf die Straße. Ich hoffe, dass die Bewegung des Buggys sie von ihrem Jammern ablenkt.

Ich muss hier weg, so schnell wie möglich, denn es handelt sich ja nicht um eine normale Beisetzung, Zach, oder? Nichts an dieser Situation hier hat was mit Normalität zu tun.

Wie aus dem Nichts hält mich eine Hand an der Schulter fest. Ich habe nicht gemerkt, dass sich jemand genähert hat, aber auf einmal stehen zwei Frauen vor uns, die ich beide noch nie gesehen habe.

Ihre Blicke sind mörderisch, und jede Pore ihrer Körper verströmt einen Hass, der fast greifbar ist.

»Dieser Mann hat keine Beisetzung verdient«, faucht die eine, die mich immer noch gepackt hält. Spucketröpfchen landen auf meiner Wange, doch ich bin zunächst noch zu benommen, um sie wegzuwischen.

Schließlich schüttle ich ihre Hand ab. »Lassen Sie mich los!«

»Haben Sie es gewusst?«, kreischt die andere. »Haben Sie gewusst, was er gemacht hat? Es ist ekelhaft! Widerwärtig! Und Sie als seine Ehefrau sind genauso dafür verantwortlich!«

Es hat keinen Sinn, darauf einzugehen und ihnen zu erklären, dass ich von nichts eine Ahnung hatte, denn die letzten paar Wochen haben mir klargemacht, dass solche Menschen gar nicht zuhören wollen. Sie brauchen einfach jemanden, an dem sie ihre Wut auslassen können.

Ich versuche, den Buggy um sie herumzuschieben, aber

sie versperren mir den Weg. Mein Puls pocht heftig. Was ich noch gelernt habe, ist, dass solche Leute nicht davor zurückschrecken, handgreiflich zu werden; sie halten es sogar für ihr Recht.

Eine von ihnen deutet auf Freya, die dem Geschehen arglos zusieht und die zwei Frauen mit großen Augen anstarrt. »Und das ist seine Tochter. Armes Kind. Wann sagen Sie ihr, dass ihr Vater ein Monster war?«

»Monster«, spricht Freya ihr nach, jetzt endlich stoße ich mit dem Buggy zwischen ihnen durch und renne, so schnell ich kann.

»Sie sind genauso schlimm wie er!«, schreit jemand hinter mir her. »Sie hätten wissen müssen, was er tat. Was ist das für eine Frau, die nicht weiß, was ihr eigener Mann treibt? Ich hoffe, Sie werden in der Hölle schmoren!«

Aber woher hätte ich es wissen sollen, Zach? Wie hätte ich auch nur annähernd begreifen sollen, wozu du fähig warst?

• EINS •
Jetzt

MIA

Jemand beobachtet mich, da bin ich mir sicher. Während Freya losläuft, um zu schaukeln, sehe ich mich im Park um, aber niemand benimmt sich auffällig, es sind hier nur Mütter wie ich mit ihren kleinen Kindern, ein paar Leute mit Hunden und ein älteres Paar, das dicht nebeneinander auf einer Bank sitzt. Sie beobachten die Szene milde lächelnd und denken vielleicht zurück an die Zeit, als auch sie kleine Kinder hatten. Die helle Sonne wärmt uns, es ist ein Bild der Unschuld – an solch einem Tag kann doch sicher nichts Schlimmes passieren? Und es gibt keinen hier, der besonders auf mich achtet.

»Mama!«, ruft Freya. »Schau mal her, schau mal!«

• • •

Es ist einfach, mich im Beobachten von Freya zu verlieren; aus ihr ist ein hübsches, aufgewecktes siebenjähriges Mädchen geworden, trotz der unglücklichen Umstände ihres frühen Lebens, und ich bin einfach nur dankbar, dass sie zu jung war, um etwas mitzubekommen, und zu jung dafür, sich an ihren Vater zu erinnern. Sie gleitet durch die Luft und wirft die Beine hoch, um an Höhe zu gewinnen. Ihr fröhliches Lachen ist ansteckend, doch ich werde das Gefühl immer noch nicht los, dass ich beobachtet werde. Plötzlich legt sich eine Hand auf meine Schulter, und ich zucke zusammen.

»Tut mir leid, Mia, ich wollte dich nicht erschrecken.« Will, mein Lebensgefährte, hat sich unversehens angepirscht, ohne dass ich oder Freya es bemerkt haben.

»Mach so was nie wieder! Ich dachte ... Schon gut. Nur tu das bitte nicht wieder.«

Er hebt entschuldigend die Hände. »Okay. Tut mir leid. Ich wollte dich wirklich nicht –«

»Ich weiß, ich weiß. Ich bin nur irgendwie schreckhaft, sonst nichts.«

Will macht ein nachdenkliches Gesicht, und ich ahne, was in ihm vorgeht: Er rechnet nach, ob heute vielleicht irgendein Jahrestag ist oder Zachs Geburtstag, unser Hochzeitstag oder der Kennenlerntag. Er überlegt, ob so etwas der Grund für meine seltsame Stimmung ist. Aber so ist es nicht, und ich kann mir selbst nicht erklären, warum ich so nervös bin.

»Was ist denn los?«, fragt Will stirnrunzelnd. »Kann ich dir irgendwie helfen?«

Das ist ganz typisch Will. Er hilft, wo er kann.

Ich schüttle den Kopf und wappne mich gegen seine Enttäuschung. »Nein, es ist nichts. Ich glaube, ich habe diesen Monat einfach nur zu viele Klienten angenommen. Es ist schwierig, zu versuchen, sie in nur drei Tagen unterzubringen.« Kaum habe ich das gesagt, bereue ich es auch schon wieder. Will glaubt sowieso, dass ich mich übernommen habe, als ich mich vor ein paar Monaten mit meinem psychologischen Beratungsdienst selbstständig gemacht habe. Aber ich muss anderen helfen. Das ist das Einzige, was mich wirklich glücklich macht.

Heute ist Mittwoch. Weil Sommerferien sind, habe ich mir die Vormittage von Klienten freigehalten, damit ich Zeit mit Freya verbringen kann, bis Will zu uns kommt. Er nimmt seinen Jahresurlaub extra während der Schulferien, damit er den Nachmittag frei hat, um mir Freya dann abzunehmen. Das ist bestimmt nicht einfach für ihn – er ist Steuerberater in einer großen Firma, und ich weiß, dass er darauf hofft, bald befördert zu werden. Dass er so viel Freizeit nimmt, macht da wahrscheinlich keinen besonders guten Eindruck. Aber genau so etwas tut er für uns, auch wenn es früher oder später seinen Tribut fordern wird.

Sich um meine Tochter zu kümmern ist ja streng genommen nicht Wills Aufgabe; wir sind nicht verheiratet und wohnen noch nicht einmal zusammen – obwohl er mich ständig darum bittet –, ich bin ihm also sehr dankbar dafür, dass er so viel für Freya tut. Eines Tages kann ich mich hoffentlich revanchieren. Aber er versteht, dass ich Zach nicht einfach austauschen kann.

»Gibt es nicht eine Möglichkeit, wie du –«

»Ich kann die Leute nicht abweisen, solange sie mich brauchen, Will. Aber ich nehme erst mal keine neuen Klienten an.«

Er nickt. »Gute Idee. Und vom Verdienst her reicht es dir doch, oder? Denn wenn es mal knapp wird, musst du es nur sagen.«

Zach und ich hatten keine Lebensversicherung abgeschlossen, aber finanziell gesehen komme ich hin. Ich arbeite viel, um sicherzustellen, dass Freya alles bekommt, was sie braucht, ohne sie dabei zu verwöhnen, und ich möchte auf keinen Fall in dieser Hinsicht von einem anderen Menschen abhängig sein.

Dankbar nehme ich Wills Hand. Freya quietscht vergnügt, hoch in der Luft, und lässt eine Seite der Schaukel los, um Will zuzuwinken. Ich mache ihr mit einer Geste klar, dass sie sich bitte wieder mit beiden Händen festhalten soll. »Danke. Das bedeutet mir viel, aber ich komme schon zurecht.«

Will winkt Freya ebenfalls zu. »Das heißt wohl, dass du noch nicht daran denkst, mich bei dir einziehen zu lassen? Oder, wenn das zu belastet ist, zusammen mit mir in ein anderes Haus zu ziehen? Ich weiß, dass du an Ealing hängst, und ich bin gerne bereit, hier in die Gegend zu ziehen. Ich habe erst vor Kurzem meine Wohnung schätzen lassen und könnte im Moment ganz schön viel dafür bekommen. Offenbar ist es nach den ganzen Schwierigkeiten auf dem Wohnungsmarkt gerade wieder ein guter Zeitpunkt, um zu verkaufen.«

Ich sehe Wills Wohnung vor mir – in einem tadellosen Neubau in Chiswick –, und ich habe keine Zweifel, dass er sie für viel Geld verkaufen könnte, aber dieses Thema kann ich nicht vom Kopf her entscheiden. Mein Gefühl muss mir sagen, wann der richtige Zeitpunkt gekommen ist.

Ich drücke seine Hand und hoffe, dass er wenigstens bis zu einem gewissen Grad versteht, was in mir vorgeht. »Ich bin einfach noch nicht so weit, Will, tut mir leid. Ich will es nicht rundweg ablehnen, aber erst mal noch nicht. Ich möchte meine Praxis vorher noch richtig in Gang bringen, und außerdem geht es Freya gerade so gut. Seit fünf Jahren leben wir zu zweit in unserem Haus, deswegen ...« Allerdings liebt Freya Will, der seit zwei Jahren praktisch ein Vater für sie ist, deshalb sollte ich Freya nicht als Ausrede nehmen. Ich korrigiere mich schnell. »Ich weiß aber, dass sie es schön finden würde, wenn du zu uns ziehst ...«

Will seufzt und braucht einen Moment, bis er antwortet. »Schon in Ordnung, ich weiß, dass auch du dafür bereit sein musst.« Er wendet sich ab und sieht Freya zu, denn er kann mir nicht in die Augen sehen, weil ich ihn wieder einmal abgewiesen habe. Der rücksichtsvollste Mann, der mir jemals begegnen konnte.

Habe ich Zach damals nicht auch so eingeschätzt? Er hatte mein vollstes Vertrauen, das dann komplett zerstört wurde. Das soll meine Gefühle für Will jedoch nicht beeinflussen. Ich muss ihm gegenüber fair sein. Er ist nicht Zach.

Ohne eine Ahnung von den Überlegungen zu haben, die mir im Kopf herumwirbeln, wendet sich Will wieder mir zu. »Sag mal, hast du nicht gleich Kundschaft? Du solltest lieber los.«

Ich ziehe mein Handy heraus, um nach der Zeit zu sehen. Ich war so in meinen klaustrophobischen Kokon eingesponnen, während Freya spielte, dass ich gar nicht bemerkt habe, wie spät es ist. Eine neue Klientin, eine Frau, die ich noch nicht kenne, kommt um zwei Uhr.

»Wie gut, dass du nur einmal quer über die Straße musst!«, sagt Will. Ich weiß, was er tut: Er lockert die Situation auf, damit ich der neuen Klientin nicht mit Schuldgefühlen belastet gegenübertrete.

»Ich gehe mit Freya ins Kino«, schlägt Will vor. »Ich glaube, *Die Schöne und das Biest* läuft.« Wie ich Will kenne, hat er das schon überprüft und auch genau im Kopf, welche Vorstellung infrage kommt und wann sie losmüssen, damit sie nichts vom Film verpassen.

»Vielen Dank«, sage ich mit kaum hörbarer Stimme, so gerührt bin ich von seiner Rücksicht.

Ich verlasse den Park und blicke zu meinem Haus hinüber – zu dem Haus, für das Zach und ich vor all den Jahren so viel Geld gespart hatten, voller Hoffnung auf eine Zukunft für unsere kleine Familie.

Ehe ich die Straße überquere, drehe ich mich noch einmal um und sehe, wie Freya Will umarmt. Er hebt sie hoch, und sie quietscht vor Vergnügen. Das ältere Paar drüben auf der Bank nickt und lächelt. Sie denken wahrscheinlich, dass Will ihr Vater ist. Manchmal wünsche ich mir auch, es wäre so.

• • •

Zu Hause gehe ich direkt in mein Beratungszimmer und warte auf meine Klientin. Ich habe Glück, dass ich in meinem eigenen Haus arbeiten kann und keine Praxisräume anmieten muss. Das Zimmer liegt direkt neben dem Eingang, abgetrennt von unserem Wohnbereich. Mir ist wichtig, eine klare Trennung zwischen meiner Arbeit und meinem Leben mit Freya zu haben, und bisher hat das gut geklappt. Die Toilette im Erdgeschoss liegt ebenfalls direkt neben dem Praxiszimmer, deswegen kann ich sicher sein, dass der Privatbereich nicht von meinen Klienten betreten wird. Als Zach und ich das Haus kauften, war mir nie der Gedanke gekommen, dass ich hier arbeiten würde oder dass er plötzlich nicht mehr da sein könnte.

Sobald ich im Beratungszimmer bin, schalte ich in den Arbeitsmodus um und schiebe die Gedanken an alles andere beiseite. Das gelingt mir inzwischen ziemlich gut. Zach würde wahrscheinlich sagen, dass ich das schon immer konnte. Ich muss mich ganz und gar auf diese Frau konzentrieren, die jeden Moment eintreffen wird. Um mir ihren Namen ins Gedächtnis zu rufen, sehe ich in meinen Terminkalender.

Alison Cummings. Sie hat erst vor zwei Tagen angerufen, weil sie nach einer Beziehung mit einem gewalttätigen Mann Hilfe braucht. Mehr Informationen hat sie mir nicht gegeben. Ich habe keine Ahnung, wie alt sie ist, aber sicher finde ich das bald heraus.

Sie verspätet sich. Kein guter Start. Die Minuten gehen vorbei, und ich bin schon drauf und dran, sie abzuschreiben – man muss immer damit rechnen, dass jemand einen Rückzieher macht, wenn es darum geht, sein Innerstes zu offenbaren –, doch dann klingelt es, und ich gehe zur Tür. Für die Sitzungen trage ich keine förmlichen Klamotten; ich habe herausgefunden, dass legere Kleidung den Leuten die Befangenheit nimmt, weil sie mich als ihresgleichen ansehen, als eine Person, zu der man Vertrauen haben kann.

Als Erstes fällt mir auf, wie jung sie ist. Sie wirkt kaum wie zwanzig, doch als ich sie mir genauer ansehe, merke ich, dass sie wahrscheinlich einfach nur sehr zierlich und klein ist. Ich selbst bin nur knapp über einen Meter sechzig, aber es kommt mir vor, als ob sogar ich einen Kopf größer wäre. Sie ist ganz und gar in Schwarz gekleidet, obwohl es sehr heiß ist. Ihre Hose klebt hauteng an ihren dünnen Beinen und unterstreicht ihren schmalen Körperbau noch zusätzlich.

»Mia Hamilton?«, fragt sie mit leiser, unsicherer Stimme.

Ich strecke ihr die Hand hin. »Sie müssen Alison sein. Freut mich. Kommen Sie rein.«

Ihre Hand ist zart und dünn, wie alles an ihr, aber feucht. Sie ist nervös.

Ich mache einen Schritt zurück, damit sie eintreten kann, doch sie bleibt stocksteif auf der Türschwelle stehen, ohne Anstalten zu machen, sich zu bewegen. »Alison? Alles in Ordnung?«

Sie nickt, rührt sich aber immer noch nicht, sondern sieht sich nur um. »Ist das Ihr Zuhause?«, fragt sie. »Ich dachte, es wäre … ein Büro oder so was Ähnliches.«

»Ich arbeite zu Hause und hier ist meine Praxis.« Ich deute nach links, damit sie merkt, wie nah der Raum an der Haustür liegt. Das sollte sie beruhigen.

»Okay.« Endlich tritt sie näher, und ich schließe die Tür hinter uns. »Möchten Sie was trinken?«, frage ich beim Betreten des Raumes. Jetzt, da sie so dicht neben mir ist, kann ich ihr Shampoo riechen, oder was auch immer sie sonst in den Haaren hat. Vielleicht ist es auch

Parfüm. Aus irgendeinem Grund muss ich an Zach denken, auch wenn ich keine Ahnung habe, warum; es ist eindeutig ein Damenduft.

Ihr Blick gleitet zu dem Schränkchen in der Ecke, auf dem ein Wasserkocher, ein paar Becher und ein Krug mit Wasser stehen. »Nein, danke«, sagt sie.

»Nicht einmal ein Glas Wasser? Es ist heute doch so warm draußen. Und hier drin übrigens auch. Tut mir leid, dass ich keine Klimaanlage habe. Die ist aber für die Zukunft geplant.« Ich plappere drauflos, als ob ich nervös wäre, völlig ohne Grund. Die erste Sitzung, bevor ich meine Klienten besser kenne, finde ich immer heikel, weil man ja als Therapeutin auch selbst unter die Lupe genommen wird. Die Klienten haben bestimmte Erwartungen, zum Beispiel, dass man sofort auf alles eine Antwort hat, obwohl erst der gemeinsame Weg zu Antworten führt. Und dafür muss ich die Klienten eben erst einmal kennen. Ich muss wissen, was ihnen die Befangenheit nimmt und was ihnen unbehaglich ist.

Aber an diesem Nachmittag spielt da offensichtlich noch mehr mit, obwohl ich nicht benennen kann, was genau es ist.

»Setzen Sie sich, Alison.« Ich öffne das Fenster – die Luft hier drin ist stickig und drückend –, und die Geräusche vom Park gegenüber wehen herein. »Lassen Sie mich erst mal ein wenig von mir selbst erzählen.«

Sie nickt, und ihre Schultern entspannen sich ein bisschen; sie ist eindeutig froh, dass ich den Anfang mache.

»Nach meinem Psychologiestudium habe ich ein paar Jahre pausiert, um zu reisen. Ich war tatsächlich fast überall auf der Welt: Thailand, USA, Neuseeland, europäisches Festland.« Während ich von meinen Reisezielen rede, fühle ich mich ganz unbeteiligt, als ob ich über eine andere Person rede. Denn das war alles vorher, und ich bin inzwischen tatsächlich ein anderer Mensch geworden. »Dann habe ich geheiratet und eine Tochter bekommen. Sie ist jetzt sieben.« Natürlich erwähne ich nicht, dass Zach tot ist oder dass ich den Mann, mit dem ich verheiratet war, im Grunde nie wirklich gekannt habe.

Will wäre bestürzt und würde wahrscheinlich unsere gesamte Beziehung infrage stellen, wenn er herausfände, dass ich ihn bei dieser Vorstellungsrede nie erwähne, aber wie denn auch? Es würde Fragen aufwerfen, die ich nicht beantworten möchte, und es darf nicht sein, dass sich meine Klienten zu sehr mit meinem persönlichen Leben befassen. Es muss klare Grenzen geben.

»Ja, ich habe Sie gerade mit Ihrer Tochter im Park gesehen. Sie ist total niedlich. Ich wusste natürlich nicht, dass Sie das sind, bis Sie mir eben aufgemacht haben.«

Ich hatte also doch recht: Jemand hat mich im Park beobachtet. Na, zum Glück nur diese junge Frau. »Danke. Also, vor ein paar Jahren habe ich mich dann zur Therapeutin ausbilden lassen. Voilà. Haben Sie irgendwelche Fragen, bevor wir anfangen?«

Alison schüttelt den Kopf. Ihre dunklen Haare fallen ihr wie ein Vorhang übers Gesicht.

»Okay. Sie haben mich kontaktiert, weil Sie das Gefühl haben, dass es da ein paar Dinge gibt, über die Sie gerne reden würden. Wollen Sie mir davon erzählen?«

»Es ist schwer für mich, darüber zu reden«, sagt sie und sieht an mir vorbei aus dem Fenster. Ein Streifen Sonnenschein liegt auf ihrer einen Gesichtshälfte, und ich muss den Stuhl verrücken, um sie richtig zu sehen. »Ich … mein Partner … er … schlägt mich.« Sie blickt mich an, um meine Reaktion zu sehen. Vielleicht denkt sie, dass ich mir bereits ein Urteil über sie bilde, doch ich zeige mit Absicht keine Reaktion.

»Ich weiß, dass ich mich von ihm trennen sollte, aber es ist nicht so einfach«, fährt sie fort. »O Gott, ich weiß, wie das klingen muss. Aber uns verbindet unsere Vergangenheit. Die ist ziemlich kompliziert. Wir haben gemeinsam viel durchgemacht.«

Am Telefon hatte Alison den Eindruck vermittelt, dass sie die Beziehung schon beendet hatte, und nun erzählt sie mir etwas ganz anderes. Aber ich sollte daraus keine große Sache machen; immerhin kann ich dankbar sein, dass sie jetzt so offen ist. Gewöhnlich dauert es länger, um den Dingen auf den Grund zu gehen.

»Sagen Sie jetzt bitte nicht, ich müsste zur Polizei gehen«, fährt sie fort, ehe ich überhaupt reagieren kann. »Das kommt einfach nicht infrage.«

»Verständlich, dass Sie Angst haben, aber es gibt sichere Orte, wo Sie hingehen könnten, dort würde man darauf achten, dass er Ihnen nichts mehr tun kann. Das ist doch das vorrangige Ziel, oder nicht?«

Sie antwortet nicht, die Stille im Raum wird drückend und dämpft sogar den Motorenlärm von der Straße und das Gekreische aus dem Park.

Alison seufzt. »Könnten wir bitte einfach nur darüber reden, ohne dass Sie versuchen, mich dazu zu bringen, ihn anzuzeigen? Sind psychologische Berater nicht dazu da, einem zu helfen, die Kraft zu finden, sich von dem Partner zu lösen?«

Mal wieder diese Erwartungen. Die Vorstellung, dass ich mit einem Zauberstab wedle, der alle Probleme verschwinden lässt. So geradlinig geht es im Leben aber nicht zu – das weiß ich selbst gut genug. Wir tragen die Narben unserer Vergangenheit für immer mit uns herum, egal, wer wir sind.

»Okay«, sage ich. »Warum erzählen Sie mir dann nicht etwas mehr von dem, was passiert ist? Wie wäre es damit? Lassen Sie alles andere erst mal beiseite.«

Sie krampft die Hände ineinander und holt tief Luft. »Ich war jung, als wir uns kennengelernt haben. Also, ich bin jetzt erst sechsundzwanzig, aber damals war ich einundzwanzig. Er ist viel älter als ich. Einundvierzig, als wir zusammenkamen.« Sie sieht mich an, als ob sie wieder nach einer wertenden Reaktion sucht, doch das ist das Letzte, was sie bei mir finden wird. Mit einem Nicken deute ich ihr an fortzufahren.

»Zuerst mochte ich ihn gar nicht. Das ist das Ironische an der Sache. Um genau zu sein, könnte man sogar sagen, ich habe ihn verabscheut. Er war arrogant und so von sich eingenommen, als gehöre ihm die Welt.« Sie lässt den Blick sinken. »Das macht es wohl noch schlimmer, nicht? Dass ich Anzeichen an ihm erkannt habe, wie er wirklich war, ehe ich mich überhaupt auf ihn eingelassen habe.« Sie schweigt so lange, dass ich mich schon frage, ob sie überhaupt weitermachen will.

»Wie haben Sie sich denn kennengelernt?«, frage ich schließlich sanft. Ich muss unser Gespräch in Gang halten, und das ist ja meistens eine ganz harmlose Frage.

»Bei seiner Arbeit. Um genau zu sein, an der Uni, an der ich war. Er war Dozent dort. Nicht einer meiner Dozenten, aber das spielt wohl keine Rolle.«

Mir zieht sich die Brust zusammen. Das kann doch nur ein Zufall sein. Ich muss mich zusammenreißen, aber ich bringe plötzlich kein Wort mehr heraus. Alles taucht wieder auf und verfolgt mich.

Alison beugt sich mit gerunzelter Stirn vor. »Mia? Ist alles in Ordnung?« Wir haben die Rollen getauscht, auf einmal wird Alison zur Therapeutin, und ich bin die Hilfesuchende.

Ich bringe mit Mühe ein Nicken zustande. »Tut mir leid, fahren Sie doch bitte fort.« Zur Ablenkung ziehe ich ein Papiertuch aus der Box auf meinem Schreibtisch. »Ich leide ganz schrecklich unter Heuschnupfen, und heute ist der Pollenflug besonders schlimm.«

Sie runzelt die Stirn, doch dann spricht sie weiter, und ich versuche, mich auf jedes ihrer Worte zu konzentrieren, auch wenn sie auf einmal alle zu zerfließen scheinen.

»Dass wir was miteinander angefangen haben, war nicht geplant. Ich war betrunken und hätte einen Bogen um ihn machen sollen, aber ich hatte gerade einen Tiefpunkt, habe mich … ich weiß auch nicht … von jedem und allem so verschmäht gefühlt, ich glaube, ich habe es einfach gebraucht, dass mich jemand haben wollte. Macht mich das zu einer schwachen Person?«

»Nein, absolut nicht. Es macht Sie menschlich.« Es ist fast aussichtslos, aufmerksam zu bleiben, aber ich muss mich zwingen, mich auf sie zu konzentrieren, wenn es mir gelingen soll, ihr zu helfen. »Es ist nachvollziehbar, solche Gefühle zu haben, Alison. Wir irren uns alle mal. Sie müssen sich deswegen nicht schuldig fühlen.«

Sie schüttelt den Kopf. »Nein, das mache ich auch nicht. Es gibt mehr als genug, weswegen ich mich schuldig fühle, aber nicht in dieser Sache.« Sie zögert. »Dumm. So komme ich mir vor.«

»Sie hatten zu viel getrunken?«

»Sehr viel. Und normalerweise rühre ich keinen Alkohol an. Hätte ich es nur nicht getan. Dann wäre alles anders gekommen und ich wäre … frei.«

»Sie kommen sich also wie eine Gefangene vor?«

»Ja, genau. Gefangen in meinem eigenen Leben.«

»Auch das ist nichts Ungewöhnliches«, sage ich. »Was wir jetzt tun müssen, ist, herauszufinden, wie wir Sie aus diesem Gefangensein befreien können, und es gibt immer einen Weg.« War ich selbst nicht ein schlagender Beweis dafür?

»Ich muss den Schlüssel dazu von Dominic bekommen und mich befreien«, sagt sie und sieht mich plötzlich direkt an.

Und nun gibt es keine Möglichkeit mehr, die Fakten zu ignorieren. Mir wird heiß, ich habe das Gefühl, zu ersticken, und ich kann nicht entkommen. »Dominic?«

»Ja, mein Partner.« Diesmal ist ihre Stimme fester, kontrollierter; sie ist beinahe eine andere Person. »Und ich glaube, Sie wissen, wer er ist.«

Ihre Worte versetzen mir einen Schlag in die Magengrube. Wer ist diese Frau, und was macht sie hier?

»Dominic Bradford«, sagt sie, während ich noch immer kein Wort herausbringe. »Soviel ich weiß, war er ein Kollege Ihres Mannes, Zach.«

Sein Name hallt durch den Raum, und mir wird übel. »Wer … wer sind Sie?«

»Genau wer ich gesagt habe. Ich habe nur nicht erwähnt, dass ich weiß, wer Sie sind, oder dass ich hier bin, um Ihnen zu sagen, dass Zach sich nicht umgebracht hat.«

• ZWEI •

Fünf Jahre zuvor

JOSIE

Kennt ihr das Gefühl, nicht dazuzugehören? Zu sein wie ein falsches Teil in einem Puzzlespiel, das mit Gewalt in eine freie Stelle gepresst wird, aber einfach nicht passt? So fühle ich mich jeden Tag. Alle halten mich einfach nur für ein Partygirl, das mehr Zeit mit Trinken als mit Studieren verbringt, und wisst ihr was? Sie haben recht.

Ein Wunder, dass ich die ersten drei Monate an der Universität überhaupt überstanden habe, doch ich bin nur so weit gekommen, um es ihr zu zeigen, weil sie keine Sekunde daran glaubt, dass ich es schaffe. Aber sieh nur, wie weit ich schon bin, Liv!

Auch wenn es Tage gibt, so wie heute, an denen ich einfach alles hinschmeißen will.

Das Café ist heute Abend ziemlich leer, ich bin allein für die wenigen Gäste zuständig. Immerhin ist Pierre hinten im Büro, falls ich Hilfe brauche. Der Job hier nimmt mir die Luft zum Atmen, aber ich muss schließlich meine Miete zahlen, deshalb muss ich da durch. Ich gehöre nicht zu den Mädchen, die das Glück haben, von ihren Eltern unterstützt zu werden. Nein, ich gehöre zu den anderen, bei denen keiner glauben will, dass sie es so weit geschafft haben, die schon mit Mitte zwanzig ernsthaft in Schwierigkeiten stecken. Aber ich genieße ihre Zweifel. Sie spornen mich dazu an, voranzukommen. Ich werde ganz bestimmt nicht so wie sie.

Ich bin so in meine Gedanken vertieft, dass ich die Frau gar nicht bemerkt habe, die sich der Theke genähert hat und mich jetzt anstarrt, die Hände in die Hüften gestemmt und mit ungeduldig gerunzelter Stirn. Eine Designerhandtasche baumelt an ihrem Arm, und sie stöckelt auf High Heels, die offensichtlich viel zu hoch für sie sind. Sie schüttelt den Kopf und stößt ein empörtes Schnauben aus.

Leck mich doch, ich bin auch nur ein Mensch. Wenn sie mich kennen würde, würde sie verstehen, warum ich manchmal nicht alles mitbekomme.

»Einen Cappuccino, aber mit fettarmer Milch«, sagt sie ohne Gruß und ohne Lächeln. Vielleicht schafft sie das überhaupt nicht mit ihren zusammengepressten, schmalen Lippen. Vielleicht würde ihre Maske dann einen Riss bekommen. Sie zieht einen passenden Designergeldbeutel aus der Tasche und fixiert mich. »Dürfen Sie als Servierkraft überhaupt so ein Ding in der Nase tragen?«

Sie meint meinen kleinen Brilli-Stecker. Aber das bin ich schon gewohnt, dass die Leute stumm oder manchmal auch nicht so stumm denken: *Sie wäre ja ganz hübsch ohne das widerliche Ding.*

Am liebsten würde ich sie anschreien, sie solle ihren verdammten Kaffee doch woanders holen und ihre Vorurteile mitnehmen, aber ich setze mein zuckersüßestes

Lächeln auf und sage mit übertrieben vornehmer Stimme: »Aber gerne. Kann ich Ihnen sonst noch etwas anbieten?« Das Lächeln strengt an und schmerzt.

»Nein, sonst nichts.« Sie schiebt den Ärmel ihres Mantels zurück und schüttelt den Kopf, als sie sieht, wie spät es ist – an ihrem dicken Handgelenk sitzt eine schimmernde goldene Armbanduhr, die wahrscheinlich mehr gekostet hat als mein Auto. Das ist nur eine Masche, um mich zu zwingen, mich zu beeilen, und genau deshalb lasse ich mir Zeit und tue so, als ob ich Probleme mit der Kaffeemaschine hätte. Ich drehe mich achselzuckend zu ihr um, als ob ich um Nachsicht bitten würde, aber innerlich grinse ich schadenfroh.

Versteht mich nicht falsch – ich habe nichts gegen reiche Leute. Schön für sie. Was ich nicht ausstehen kann, ist, wenn sie auf andere herabsehen und sich für was Besseres halten.

Als sie endlich geht, flehe ich stumm, dass sie mich unmöglich genug findet, um nie mehr hierherzukommen, egal wie dringend sie einen Koffeinschub braucht. Dann putze ich die Kaffeemaschine wieder, einfach nur, um etwas zu tun zu haben. Die späte Schicht ist immer die schlimmste; die meisten Leute sind auf dem Heimweg von der Arbeit und erwarten wahrscheinlich gar nicht, dass wir noch aufhaben, aber Pierre besteht darauf, bis acht geöffnet zu bleiben. Er muss doch wissen, dass diese beiden letzten Stunden verschwendete Zeit sind, aber es stört ihn nicht. Vielleicht verdient er auch mit einem Nebenjob noch etwas dazu. Würde mich nicht überraschen. Ständig kriegt er Anrufe auf dem Handy und lässt einen nie hören, worum es da geht. Bisschen verdächtig, wenn ihr mich fragt. Und ihr könnt mir glauben, so etwas kann ich spüren.

Also noch zwei qualvolle Stunden hier, dann wartet zu Hause auch noch eine Seminararbeit auf mich, die ich wahrscheinlich sowieso verhaue, und jede verstreichende Minute kommt mir wie eine Ewigkeit vor. Doch als ich mich dann umdrehe, sehe ich ein vertrautes, freundliches Gesicht vor mir.

Zach Hamilton, einer meiner Dozenten. Ich brauche einen Moment, um ihn zuzuordnen, weil er hier so gar nicht herpasst; außerhalb der Universität habe ich ihn noch nie gesehen.

»Hi«, sagt er. »Josie, stimmt's?«

Woher kennt er denn meinen Namen? Er hat sicher an die tausend Leute in seinen Kursen, und das Semester hat doch erst vor zwei Monaten angefangen. »Stimmt. Hi. Äh, was darf's denn sein?«

Er bestellt einen Espresso an die Theke, nicht zum Mitnehmen, und reicht mir eine knisternde, neue Fünf-Pfund-Note. Als ich mich abwende, um den Kaffee zu machen, spüre ich seinen Blick auf mir.

»Ich wollte übrigens nach der Vorlesung heute kurz mit Ihnen reden, aber Sie waren verschwunden, ehe ich Sie erwischen konnte.«

Das klingt nicht gut. Ich zermartere mir sofort den Kopf darüber, was ich gemacht haben könnte, das ihn dazu veranlasst, mit mir unter vier Augen reden zu wollen. »Ja, ich musste vor der Arbeit noch mal nach Hause.« Ich reiche ihm seinen Kaffee. »Um was geht es denn?« Ich kann es mir schon denken. Er wird sagen, dass meine erste Hausarbeit Mist war, dass ich keine Chance habe, das Seminar erfolgreich abzuschließen, und dass ich es lieber gleich bleibenlassen soll.

»Gar nichts Schlimmes, keine Sorge. Äh, könnten wir jetzt vielleicht ein bisschen reden? Können Sie eine Pause machen?«

Eigentlich geht das um diese Zeit zwar nicht, aber in Ausnahmefällen darf ich vor der Tür kurz eine Zigarette rauchen. Pierre raucht zum Glück auch, deshalb hat er Verständnis dafür.

Als ich Zach das sage, wendet er sich um und schaut aus dem Fenster. »Okay, ich kann den Kaffee auch draußen trinken. Ist zwar ziemlich kalt heute, doch was soll's?«

Als wir draußen sind, zünde ich mir erst mal eine Zigarette an, denn ich bin ziemlich nervös. Von meiner Abschlussprüfung hängt so viel ab, dass ich es mir nicht leisten kann, diesen Kurs zu vermasseln. »Also, erlösen Sie mich jetzt mal?«, frage ich, nehme einen tiefen Zug von der Zigarette und setze mich ihm gegenüber. Ich wollte eigentlich nicht, dass ihm der Rauch direkt ins Gesicht weht, aber irgendwie passiert das trotzdem. Diskret wedelt er ihn mit der Hand fort. »Entschuldigung! Sie sind wohl kein Raucher?«

»Nein, nicht mehr, war ich aber in meiner Jugend.«

Ich lache, denn er kann höchstens in den dreißigern sein. »Genau, ich sehe schon, Sie gehen auf die Pensionierung zu.« Habe ich das gerade wirklich gesagt? Dieser Mann ist einer meiner Dozenten, nicht irgendein

Typ, mit dem ich herumalbern kann, aber es ist zu spät, um die Worte zurückzunehmen.

Zum Glück schmunzelt er. »Noch nicht ganz. Also, ich wollte mit Ihnen über Ihre Kurzgeschichte reden. Ich bin gerade mit den Korrekturen fertig geworden, und ehrlich gesagt hat Ihre Arbeit mich umgehauen.«

Ich starre ihn an. Habe ich mich verhört? Oder ihn missverstanden? Meint er tatsächlich, er fand die Arbeit … gut? Das kann doch nicht wahr sein! Er muss mich mit einer anderen Studentin verwechselt haben.

Als ich nicht antworte, fährt er fort. »Wie sind Sie denn auf diese Ideen gekommen? Sie sind doch noch viel zu jung, um so tiefgründig zu sein. Ich will ja nicht gönnerhaft klingen, doch wenn ich nicht gewusst hätte, wer das geschrieben hat, hätte ich jemanden dahinter vermutet, der viel älter ist.«

Mein Text hat ihm also gefallen. Erleichterung durchströmt mich, aber ich bin immer noch wie benommen. Noch nie hat mich jemand für etwas, das ich gemacht habe, gelobt. Die einzigen Komplimente sind immer von irgendwelchen schmierigen Kerlen gekommen, die mit mir schlafen wollten. »Äh, vielen Dank. Das … das kam einfach so aus meinem Inneren.«

Er hat keine Ahnung, wie wahr das ist. Dass meine Kurzgeschichte so geworden ist, weil es darin teilweise um *sie* ging. Ich habe darin meine Seele offenbart, aber das war es anscheinend wert.

»Und ich bin älter, als Sie vermuten«, fahre ich fort. »Ich habe ganz schön lange gebraucht bis zur Hochschulreife, ich bin schon einundzwanzig.« So alt wie die meisten anderen Studierenden im dritten Studienjahr.

Zach lächelt. »Also, Sie haben jedenfalls wirklich Talent, Josie. Ich habe die Verzweiflung Ihrer Figur richtig gut nachvollziehen können. Was wollen Sie nach dem Studium machen? Ich weiß, Sie haben gerade erst angefangen, aber diese Zeit vergeht schnell, wissen Sie? Sie sollten sich jetzt schon mal Gedanken darüber machen.«

So etwas sagen immer alle, aber für mich vergeht die Zeit überhaupt nicht schnell. Für mich steht sie still. Das Ende des Studiums kann nicht schnell genug kommen. Ich muss einen Erfolg vorzuweisen haben, etwas, das beweist, dass ich kein bisschen bin wie *sie*, dass ich nicht auch so eine selbstsüchtige und herzlose Frau geworden bin, denn es gibt kurze Momente, winzige Zeitabschnitte, in denen ich tatsächlich selbst daran zweifle.

Zach gegenüber möchte ich nicht zugeben, dass ich noch nicht weiß, was ich machen möchte, dass es für mich schon schwer genug ist, dieses Semester zu überstehen, auch ohne den Druck, entscheiden zu müssen, was nach dem Abschluss kommt. Aber ich bin ja nicht dämlich – ich weiß selbst, dass das alles bald auf mich zukommt. Der Arbeitsmarkt ist völlig überlaufen und das Konkurrenzdenken groß, zu viele machen dann auch noch ihr Diplom. Leute, die viel besser sind als ich.

Ich antworte, ohne groß nachzudenken. »Lehramt wahrscheinlich, für Englisch. Höhere Schule. Englisch ist nämlich das einzige Fach, das mich jemals interessiert hat. Worin ich gut war.«

Ein Lächeln breitet sich über sein Gesicht aus. »Das stimmt sicher nicht. Aber es ist sehr schön, dass Sie ins Lehramt wollen. Es ist zwar schwierig, aber auf jeden Fall bereichernd, würde ich sagen. Heißt aber, dass Sie nach dem Abschluss noch ein Jahr dranhängen müssen.«

Aber bis dahin komme ich hoffentlich besser klar – sobald ich die Erfahrung gemacht habe, dass ich grundsätzlich etwas zustande bringen kann. Stimmt, ich habe die Uni-Reife, das Examen habe ich jedoch nur knapp bestanden, und deswegen musste ich noch durch ein Auswahlverfahren, um überhaupt an der University of West London angenommen zu werden. Ich wollte zwar unbedingt nach London, wäre allerdings überallhin gegangen, nur um aus Brighton wegzukommen.

Ich ziehe wieder an meiner Zigarette und achte diesmal darauf, mich beim Ausatmen wegzudrehen. Dann blicke ich Zach in sein freundliches Gesicht. »Kann ich Sie mal was fragen?«

»Natürlich.« Er nimmt einen Schluck von seinem Espresso.

»Haben Sie einen Tipp, wie man … Prioritäten richtig setzt? Ständig kommen mir andere Sachen dazwischen, und ich hab das Gefühl, immer mit allem hinterher zu sein. Es ist seltsam – ich will dieses Studium wirklich unbedingt schaffen, und trotzdem … Dauernd schiebe ich Wichtiges auf. Gehe aus, statt zu lernen, und mache dann alles in letzter Minute.« Ich sage ihm nicht, dass es noch viel tiefgreifender ist als das. Dass ich nicht gut alleine sein kann, dann unbedingt aus meiner Bude rausmuss und auch aus meinen Gedanken – da helfen meistens Wodka oder Gin –, damit ich nicht nachdenken muss. Am nächsten Tag hasse ich mich natürlich dafür und lerne übermäßig viel, um es wiedergutzumachen. Ich bin auf dem besten Weg zum Burn-out. Irgendwann holt mich dieses Leben ein.

»Hmm«, macht Zach. »Nicht ganz einfach. Ich sollte das jetzt vielleicht nicht sagen, aber ich habe mein erstes Studienjahr selbst nicht so ganz ernst genommen. Ich glaube, ich war fast jeden Abend irgendwo aus, um ins Studentenleben reinzufinden und es in vollen Zügen zu genießen. Dann habe ich es mit der Zeit fast automatisch geschafft, mich reinzuknien. Glauben Sie mir. Sie kommen schon zurecht. Solange Sie solche Arbeiten abliefern wie die für mich, müssen Sie sich keine Sorgen machen.«

Seine Worte umhüllen mich wie eine warme Decke. Der Mann scheint tatsächlich an mich zu glauben. Nur, wie lerne ich, selbst auch Vertrauen in mich und meine Fähigkeiten zu haben?

Keine Ahnung, warum ich ihm noch mehr von mir erzähle. Vielleicht liegt es nur daran, dass er freundlich und aufgeschlossen wirkt. »Ganz ehrlich, manchmal möchte ich am liebsten davonlaufen.« Kaum habe ich das gesagt, bereue ich es schon, so viel herausgelassen zu haben. Jetzt findet er bestimmt, dass er mit mir seine Zeit verschwendet.

Er schüttelt den Kopf. »Tun Sie das niemals, Josie. Geben Sie nicht auf. In keiner Situation.«

»Ja, das ist bestimmt ein guter Rat. Und ich sollte

auch nicht mehr so viel ausgehen. Mich stattdessen mehr auf die wirklich wichtigen Dinge konzentrieren.« Dabei weiß ich schon, was für eine Herausforderung das ist. Es ist nicht so einfach, etwas zu tun, das einem überhaupt nicht liegt.

»Denken Sie auch daran, nicht zu streng mit sich zu sein«, sagt Zach. »Ausgewogenheit ist wichtig. Und wissen Sie was? Ich glaube, dass Sie alles erreichen können, was Sie wollen, wenn Sie es wirklich ernst meinen.« Er starrt in den dunklen Himmel hinauf. »Was ich zu sagen versuche: Geben Sie einfach niemals auf.«

Ich drücke meine Zigarette in einem Aschenbecher aus, der dringend geleert werden muss, und stehe auf. »Ich habe schon zu viel von Ihrer Zeit beansprucht«, sage ich. »Lassen Sie sich Ihren Kaffee schmecken.«

Er gibt mir die Hand, sie fühlt sich überraschend warm an. »War nett, mit Ihnen zu plaudern, Josie Carpenter.«

Beim Hineingehen überkommt mich ein ganz ungewohntes Gefühl. Ich kann es vielleicht doch. Zach Hamilton glaubt an mich. Ihm hat meine Geschichte gefallen. Ich schaffe es.

Als ich mich im Café umdrehe, sieht er mir immer noch nach.

• • •

Die Wohnung stinkt wie gewöhnlich nach Alisons billigem Parfüm und dem süßlichen Vanilleduft der Kerzen, die sie überall hinstellt. Sie sagt es zwar nie, aber das macht sie bestimmt, um den Geruch meiner Zigaretten zu überdecken. Obwohl ich immer nur aus meinem geöffneten Fenster rauche, kann man es irgendwie doch immer in allen Räumen riechen.

Alison und ich könnten nicht unterschiedlicher sein, trotzdem stecken wir hier zusammen in dieser engen Wohnung fest, obwohl wir beide wissen, dass wir uns nicht ausstehen können. Wir unterhalten uns nicht einmal oberflächlich über unsere Studienfächer, denn ich kenne mich nicht mit Umweltwissenschaft aus, und sie hat überhaupt kein Interesse an Literatur oder kreativem Schreiben.

Die dämliche Frau vom Studentenwerk, die uns zusammengesteckt hat, sagte, sie sei sicher, dass wir eine Menge gemeinsam hätten. Obwohl Alison schon im dritten Studienjahr ist und ich noch im ersten stecke, sind wir ungefähr gleich alt und würden laut ihr bestimmt super miteinander auskommen. Als ob so was zählt. Ich habe mich innerhalb von Minuten besser mit meinem Dozenten verstanden – im Gegensatz zu den Monaten, die ich mit Alison verbracht habe –, und er hat die zwanzig schon lange hinter sich.

Wahrscheinlich erwarten Alison und ich jeweils von der anderen, das Studentenwerk zu bitten, uns eine andere Bleibe zuzuteilen, aber aus irgendeinem Grund hat sich keine von uns bisher darum gekümmert. Ich würde es ja tun, doch den Aufwand, den so ein Umzug mit sich bringt, kann ich gerade nicht auch noch brauchen. Bis zum Sommer werde ich es schon aushalten, und im zweiten Studienjahr muss ich dann sowieso nicht mehr mit ihr zusammenwohnen.

Es ist dunkel in der Wohnung, bis auf das schwache orangefarbene Leuchten von der Straßenlaterne vor dem Haus, also ist sie nicht da. Wir sprechen uns nie ab, wenn wir wohin gehen.

Wie jedes Mal, wenn ich merke, dass ich alleine bin, gehe ich an Alisons Zimmertür und drücke auf die Türklinke. Nur um sicher zu sein. Natürlich abgeschlossen, wie immer. Ich weiß nicht, warum sie ein Schloss an der Tür hat und ich keines, aber wahrscheinlich hat es ihr Vater für sie angebracht.

Entweder vertraut sie mir nicht, oder sie hat was zu verbergen, aber man kann sich kaum vorstellen, dass bei Miss Superfleißig eine Leiche unter dem Bett liegt. Bei der Vorstellung muss ich doch glatt lachen. Sie ist so zerbrechlich und dürr, dass sie wohl kaum kräftig genug ist, um jemandem was anzutun. Andererseits, stille Wasser sind tief. Sie starrt mich die ganze Zeit so komisch an, wenn wir im selben Raum sind, und ich habe keine Ahnung, warum, wenn sie mich doch eindeutig nicht leiden kann.

Mein Magen knurrt, und ich gehe in die Küche, um mir etwas zu essen zu holen. In meinem Fach findet sich nichts bis auf eine halb leere Flasche Tomatenketchup, nicht mal Brot. Bis zum nächsten Laden ist es aber eine halbe Stunde zu Fuß. Deswegen krame ich einfach in Alisons Vorräten. Noch so ein Unterschied zwischen uns: Ihr Fach ist gut mit Vorräten ausgestattet, alles ordentlich hingestellt, so dass man sogar die Etiketten lesen kann.

Ich nehme eine Dose Tomatensuppe und zwei Scheiben Brot; das habe ich schon öfter gemacht, und sie hat noch nie etwas gesagt. Wahrscheinlich fällt es ihr gar nicht auf. Oder sie hat Angst, mich zur Rede zu stellen. Ich habe schon ein schlechtes Gewissen, aber nicht so übermäßig – ihre Eltern bezahlen ihren monatlichen Mietanteil und schicken ihr außerdem noch Geld für Lebensmittel. Sie muss nicht in einem Café schuften, um ihr Studium zu finanzieren.

Als ich die Suppe esse, denke ich an mein Gespräch mit Zach Hamilton und seine Begeisterung über meine Kurzgeschichte. Ich wiederhole innerlich alles, was er gesagt hat, und freue mich immer noch darüber.

Mein Handy vibriert kurz, ich greife danach und verschmiere dabei das Display mit einem Rest Butter. Ich wische es mit einem Stück Küchentuch ab, das auf dem Tisch liegt – wahrscheinlich habe ich das auch da vergessen. Ich bin eigentlich nicht so unordentlich, aber Alisons pingelige Reinlichkeit macht mich verrückt und schreit geradezu nach Protest.

Die Nachricht ist von Anthony, einem Psychologiestudenten, den ich letzte Woche in einer Bar kennengelernt habe. Ist zwischen uns was gelaufen? Ich erinnere mich nur an schwarzes Haar, goldbraune Haut und einen Dreitagebart, der wohl beweisen soll, dass er schon ein Mann ist. Er hat sich zu mir gebeugt und mir zugeflüstert, dass ich heiß sei oder so, aber ich habe ihn bestimmt weggeschubst, wie ich das in solchen Situationen immer mache.

Ich lese seine SMS: *Hast du Lust auf ein Treffen heute Abend?*

Kein *Wie geht's dir?* oder *Hoffentlich alles okay bei dir.* Kann ja auch direkt fragen, ob ich mit ihm ins Bett gehe.

Sorry, bin beschäftigt. Ich drücke auf Senden und grinse, als ich mir vorstelle, was für ein Gesicht er nach dieser Abfuhr macht.

Noch eine Nachricht kommt an, diesmal aber eine, über die ich mich freue. Sie ist von Vanessa, einer Kommilitonin. Sie fragt, ob ich Lust auf eine Runde Tequila bei ihr habe. Ein verlockendes Angebot, dem ich nur schwer widerstehen kann. Mit Vanessa hat man Spaß, sie ist kein bisschen voreingenommen, weder mir noch anderen gegenüber. Ich würde sie zwar nicht als Freundin bezeichnen, aber so eine lockere Bekanntschaft ist besser als gar nichts.

Ich bin noch beim Essen, als sich der Schlüssel in der Wohnungstür dreht und Alison unter der Küchentür steht, mit einer übertrieben riesigen Tasche im Arm, aus der Lehrbücher ragen. Ich bin kurz überrascht, dass diese winzige Person so viel tragen kann.

»Hi«, sagt sie knapp und lässt den Blick über meinen halb leeren Suppenteller gleiten. Ihr rötliches Haar, makellos gewellt, schimmert im Licht. Sie stellt ihre Tasche auf den Boden.

»Hi.« Wir mögen uns ja vielleicht nicht, aber es kann nicht schaden, zumindest ein bisschen höflich miteinander umzugehen, wenn wir schon bis zum Sommer zusammenwohnen müssen.

»Was für eine Überraschung, dass du zu Hause bist«, sagt sie mit ihrer verhaltenen Aggressivität. Warum wird sie nicht direkt und sagt: *Es ist fast neun Uhr, solltest du nicht längst besoffen sein?*

Ich schiebe den Teller zur Seite. »Wollte mal einen Abend zu Hause bleiben.«

Sie erwidert nichts, geht an ihr Fach und stöbert darin herum, dreht sich um und wirft einen Blick auf meine Suppe. Ich flehe innerlich, dass sie mal was sagt, mich zur Rede stellt, damit es zu einem ordentlichen Streit kommt, der eine von uns dazu antreibt, auf der Stelle bei der Verwaltung um einen Wohnungswechsel zu bitten.

Sie schiebt jedoch nur ihre Vorräte hin und her, um die Lücke zu schließen, die ich hinterlassen habe.

Jetzt fühle ich mich fast schuldig. Vielleicht ersetze ich ihr die Suppe morgen. Schließlich können wir nichts dafür, woher wir kommen. Die einen haben einfach Pech gehabt, während die anderen – wie Alison – perfekte, liebevolle Eltern haben. Na ja, sie ist vielleicht seltsam, aber sie hat mir ja eigentlich noch nie etwas getan, abgesehen von ihrem Gestarre. Damit kann ich umgehen, hab schon Schlimmeres erlebt.

Ich gehe in mein Zimmer und lege mich auf mein Bett. Zu meiner Überraschung denke ich wieder an Zach Hamilton. Einen Moment später springe ich auf und gehe an meinen Schreibtisch. Bevor ich den Laptop hochfahre, schreibe ich Vanessa, dass ich heute Abend nicht ausgehen kann.

Ich muss lernen.

• DREI •

MIA

Die Wände kommen plötzlich auf mich zu, und mir bleibt die Luft weg. Ich starre die zierliche Frau mir gegenüber an. Als ob jemand einen Schalter umgelegt hat, wechselt ihr Blick von herausfordernd zu ängstlich.

»Wie bitte? Was haben Sie gerade gesagt?«

Sie verzieht fragend das Gesicht. »Was meinen Sie? Ich habe doch nur gesagt, dass ich einen Mechanismus brauche, um mich zu befreien. Wie gesagt, ich fühle mich gefangen in meinem eigenen Leben.« Sie beugt sich vor. »Alles in Ordnung mit Ihnen?«

Panik durchströmt mich. Vielleicht werde ich verrückt. Posttraumatische Belastungsstörung oder so etwas. Nicht unwahrscheinlich, nach allem, was passiert ist. Ein Wunder, dass ich so lange durchgehalten habe. Aber ich habe sie wirklich gehört. Das kann ich mir doch nicht eingebildet haben!

»Sie haben gerade meinen Mann erwähnt, Alison.«

Sie runzelt die Stirn und schüttelt den Kopf. »Nein, habe ich nicht? Da müssen Sie sich täuschen. Ich habe von meinem Partner gesprochen. Ihren Mann kenne ich nicht.«

Ich starre sie an, finde vor Schock keine Worte. Aber ich weiß doch, was ich gehört habe!

»Wie heißt Ihr Partner?«

»Aaron. Das habe ich eben erst gesagt. Haben Sie es sich nicht notiert?«

Ich mache nie während der Sitzungen Notizen, falls es die Klienten einschüchtert, dass ich etwas schreibe, was sie nicht mitbekommen. Erst hinterher, wenn ich allein bin, notiere ich mir wichtige Einzelheiten. »Nein. Aber ich weiß, dass Sie gesagt haben, dass er Dominic heißt. Ein Name, den ich nicht vergessen würde.«

Wieder schüttelt sie den Kopf und schlingt die Arme um sich. »Wie seltsam, wirklich – das habe ich echt nicht gesagt. Jetzt machen Sie mir Angst. Was sind Sie denn für eine Therapeutin? Sie haben mir nicht mal zugehört, und jetzt erfinden Sie auch noch Sachen!«

Bevor ich es schaffe, die richtigen Worte zu finden und vernünftig mit ihr zu reden, steht Alison auf, stürmt aus meinem Büro und knallt die Haustür hinter sich zu. Ein Hauch ihres blumigen Dufts hängt noch in der Luft.

Durchs Fenster sehe ich, wie sie die Straße überquert und am Park vorbeiläuft. Ihre Silhouette hebt sich scharf vor dem gleißenden Sonnenlicht ab. Ich möchte ihr fast nachlaufen, aber was sollte ich dann sagen? Wenn sie nun recht hatte und ich doch nicht wirklich gehört habe, was ich denke? Aber wie ist das möglich? Zachs Tod ist fünf Jahre her, warum sollte er jetzt auf einmal wieder so intensiv in meinem Kopf sein?

Unvermittelt überfällt mich Kurzatmigkeit, und ich habe das Gefühl zu ersticken. Schnell lasse ich mich in meinen Stuhl fallen, kann aber nicht aufhören zu zittern.

Ich werfe einen Blick auf die Wanduhr. Es ist erst zwanzig nach zwei, sie war also nur knapp zwanzig Minuten hier. Ich öffne die Schublade in meinem Schreibtisch, ziehe ihren Ordner heraus und überfliege den Kontaktbogen. Die Telefonnummern und Adressen meiner Klienten habe ich immer vermerkt, aber schon beim Wählen weiß ich, dass es nicht klingeln wird.

Natürlich habe ich recht und lege auf, noch verwirrter als zuvor.

Ich brauche dringend frische Luft und laufe durchs Haus in den Garten. Dort auf der Terrasse wird mir schließlich schwarz vor Augen.

• • •

»Mummy? Mummy, was ist mit dir?« Ich fühle, wie Freyas kleine Hand mich schüttelt. Langsam öffne ich die Augen. Das erschrockene Gesicht meiner Tochter ist ganz nah vor mir, und Will, der neben ihr kniet, hilft ihr, mich hochzuziehen.

»Was ist passiert? Geht es dir nicht gut?« Seine Stimme ist ruhig; er reißt sich zusammen, egal, wie erschrocken er darüber ist, mich beim Nachhausekommen hier draußen auf dem Boden liegend zu finden.

»Ich … doch, ich glaube schon. Ich muss irgendwie umgekippt sein. Ich weiß es nicht mehr genau …«

Doch das ist nicht ganz die Wahrheit, ich kann mich an alles davor erinnern: Alison Cummings, ihre Behauptung, dass sich Zach nicht umgebracht hat, und dann, wie sie zwei Sekunden später alles leugnete. Mir ist schwindelig und übel.

»Kannst du mal ein Glas Wasser für Mummy holen, Freya?« Will hilft mir in einen der Gartenstühle, und ich sinke auf das Polster.

»Wie spät ist es?«, frage ich und taste in meiner Tasche nach meinem Handy. Aber ich kann nur ein paar Papiertaschentücher fühlen, also habe ich es wohl im Büro liegen lassen.

»Fast vier. Wir waren doch nicht im Kino. Freya hat es sich anders überlegt, da sind wir stattdessen Eis essen gegangen. War das okay? Ich weiß, dass du versuchst, sie nicht zu viel Süßes essen zu lassen.«

Ich nicke und danke ihm. Im Moment ist es mir wirklich völlig egal, ob Freya Eis bekommen hat.

Will lässt den Blick durch den Garten schweifen. »Was hast du denn hier draußen gemacht?«, fragt er. »Ist deine Klientin um zwei gekommen?«

»Ja, sie war da«, sage ich. Er runzelt die Stirn, als ob er mir nicht glaubt, als ob da irgendwas nicht zusammenpasst. Aber wie kann ich ihm den Rest erzählen, ohne verrückt zu klingen? So als ob ich diejenige wäre, die Hilfe braucht?

»Ist die Sitzung denn gut gelaufen?«, fragt Will. »Und was ist danach passiert? Kannst du dich wirklich nicht erinnern?« Er seufzt. »Ich mache mir Sorgen um dich, Mia, und ich glaube, wir sollten dich zu einem Arzt bringen. Oder auch einen Notarzt kommen lassen, nur um sicherzugehen?«

Er stellt so viele Fragen, dass ich nicht weiß, auf welche ich zuerst antworten soll. Will meint es gut, aber es kommt nicht infrage, dass ich ins Krankenhaus gehe. »Nein«, widerspreche ich, »ich sitze nicht stundenlang in der Notaufnahme rum, nur um zu hören, dass ich einen Hitzschlag hatte oder so etwas. Vielleicht habe ich heute einfach nur nicht genug getrunken. Das muss es sein. Ehrlich, es geht mir jetzt schon wieder viel besser.«

Körperlich vielleicht schon, aber was ist mit meinem Kopf? Diesen Gedanken behalte ich jedoch für mich.

Will lässt nicht so leicht locker; er ist nicht der Typ dafür und kann nichts einfach so hinnehmen, lieber untersucht und analysiert er selbst. »Dann meinst du also, dass es das war? Dass du zu lange in der Sonne warst? Flüssigkeitsmangel?«

Ich greife nach seiner Hand, unter anderem, um ihm zu beweisen, wie heiß und klebrig meine ist. »Ja, da bin ich sicher. Es ist ja heute so drückend heiß.«

Will verzieht den Mund – er ist nicht überzeugt, belässt es jedoch schließlich dabei. »Okay, Mia, aber wenn du dich schon nicht untersuchen lässt, dann lasse ich dich heute Abend wenigstens nicht allein. Ich sollte hier sein, falls dir noch einmal schwindelig wird.« Er hebt die Hände hoch. »Keine Sorge, ich schlafe wieder im Gästezimmer. Ich weiß, du willst nicht, dass Freya uns zusammen in einem Bett sieht.«

Was er sagt, klingt vernünftig; ich muss an meine Tochter denken. Ich bin sicher, es ist nur der Schock über das, was ich von Alison gehört habe – oder eben zu hören geglaubt habe –, aber ich will lieber nichts riskieren.

»Danke, Will«, sage ich. »Das wäre gut.«

Er sieht nicht so erleichtert aus, wie ich erwartet hatte, sondern bleibt besorgt. »Ich muss kurz nach Hause und ein paar Sachen holen. Ich habe morgen eine Präsentation und brauche meinen Laptop.«

Freya kommt zurück. Vorsichtig trägt sie mit beiden Händen ein Glas Wasser. Sie hat es viel zu voll gemacht, die Flüssigkeit läuft über den Rand und platscht auf ihre Sandalen und die Terrassendielen. Ich laufe auf sie zu und nehme es ihr ab, ehe es ganz verschüttet wird. »Danke, Schätzchen.«

»Geht es dir jetzt wieder besser, Mummy? Ich hab solche Angst gehabt!«

Ich stelle das Glas auf den Gartentisch und umarme sie fest. »Alles gut, keine Sorge. Ich glaube, die viele Sonne hat mich schwindelig gemacht, das ist alles.«

Sie sieht mich fragend an und scheint zu überlegen, ob sie mir glauben kann. Auch wenn sie sich nicht an Zach erinnern kann, weiß sie, dass er ganz plötzlich von uns gegangen ist, und das macht ihr manchmal ziemliche Angst. Mir geht das sehr zu Herzen – ich muss sie dann beruhigen und ihr sagen, dass ich nicht einfach so verschwinden werde.

Aber wie kann ich da so sicher sein? Es war ja auch nicht zu erwarten, dass Zach so früh sterben würde. Man weiß nie, was passieren kann.

Alison Cummings – wer zum Teufel ist sie?

»Okay, Mummy.« Meine Tochter umklammert mich mit ihren kleinen Armen, und ich wische ihr einen klebrigen Rest Vanilleeis aus den Haaren.

»Du, weißt du was? Will bleibt heute Abend bei uns. Ist das nicht super?«

Sie reißt sich los und schreit: »Ja! Können wir einen Film angucken, weil wir heute ja doch nicht ins Kino gegangen sind?«

Ich werfe Will einen Blick zu, der bereits nickt. Begeistert rennt sie davon, durch den Garten hin zu ihrem Trampolin.

»Danke«, sage ich. »Für alles.«

Will gibt mir einen Kuss auf die Stirn. »Kein Problem. Ich geh mal los, damit ich rechtzeitig zurück bin und noch einen Film mit ihr ansehen kann.«

Als er gegangen ist, mache ich schnell Freyas Lieblingsgericht, Fischstäbchen mit Süßkartoffeln – als Ausgleich für den Schrecken, den ich ihr eingejagt habe. Will und ich können später essen, wenn Freya im Bett ist.

Ich versuche, Freya dabei zuzuhören, was sie zwischen den Bissen so plappert, aber ich muss die ganze Zeit an Alison Cummings denken. An Zach. Ich muss wissen, wer sie ist und was dahintersteckt, dass sie so etwas behauptet, um dann schnell einen Rückzieher zu machen. Und je mehr ich darüber nachdenke, umso überzeugter bin ich, dass sie diese Dinge tatsächlich gesagt hat. Ich verliere nicht den Verstand, stecke nicht in einer Krise, das sähe mir gar nicht ähnlich. Irgendwie habe ich es ja auch geschafft, als Zach starb. Deshalb werde ich jetzt nicht an mir zweifeln.

Sie hat diese Worte gesagt.

Zach hat sich nicht umgebracht.

Und ich muss wissen, warum sie das denkt. Was glaubt sie zu wissen? Und warum hat sie es so schnell wieder zurückgenommen?

Während Freya badet, fahre ich meinen Laptop hoch. Ich weiß nicht, wie viel Zeit ich bis zu Wills Rückkehr habe, deswegen muss ich mich beeilen. Ich kann weitermachen, sobald wir alle im Bett sind, aber bis dahin will ich nicht warten.

Ich gebe Alisons Namen in die Suchleiste ein und gleich kommen ein paar Treffer. Die meisten sind Facebook-Profile, allerdings gibt es auch ein paar Websites, auf denen der Name hinterlegt ist. Falls das überhaupt ihr richtiger Name ist … Ich gehe die Einträge durch, aber die Frau, die heute bei mir war, ist nicht dabei.

Ich bin nicht mehr bei Facebook. Nach Zachs Tod habe ich meinen Account gelöscht, weil ich es satthatte, hasserfüllte Anfeindungen von Unbekannten, die nichts mit unserem Leben zu tun hatten, zu bekommen. Mit Social Media ist ein für alle Mal Schluss, ich begebe mich nicht mehr in die Schusslinie.

Vielleicht ist es einfacher, nach Personen zu suchen, wenn man eingeloggt ist? Ich weiß, dass Will bei Facebook ist, ich muss mir eine Ausrede einfallen lassen, damit ich mit seinem Account die Profile durchchecken kann, aber das wird nicht einfach, wenn ich ihm nicht die Wahrheit sage.

»Mummy, kannst du mir beim Haarewaschen helfen?«, ruft Freya aus dem Bad.

Ich klappe den Laptop zu, lasse ihn jedoch für später

stehen. Heute Nacht werde ich nicht viel Schlaf bekommen.

»Ist Will schon da?«, fragt Freya, als ich ins Bad komme. Ich sehe ihre unzähligen Schwimmtiere und frage mich, wie lange sie die wohl noch haben will. Die Zeit vergeht in mancher Hinsicht zu schnell und in anderer viel zu langsam.

»Bestimmt kommt er gleich«, sage ich. »Wenn wir hier fertig sind, kannst du deinen Schlafanzug anziehen, und wir gehen nach unten und suchen einen Film aus.«

Ihr Gesicht unter dem Schaumturban strahlt. »Kann ich dann auch einen heißen Kakao haben? Bitte, Mummy!«

»Hattest du nicht gestern erst einen? Und du hast doch heute auch schon Eis gegessen. Wahrscheinlich sogar eine Riesenportion, stimmt's?« Sie grinst mit dem verschmitzten Lächeln, das sie von ihrem Vater hat, und ich werde weich. »Okay, aber das wird keine Gewohnheit.«

»Versprochen!«

Das ist einfach das Wunderbare an meiner Tochter – ich weiß, dass sie es genau so meint.

Knapp eine halbe Stunde später sitzen wir alle gemütlich auf dem Sofa, Freya mit dem Kopf an meinem Arm zwischen Will und mir. Was wäre das für ein himmlischer, perfekter Augenblick, der mich tatsächlich glauben lassen könnte, dass alles gut wird, aber der Gedanke an Alison Cummings lässt mir immer noch keine Ruhe.

Auch wenn ich auf den Bildschirm starre – Freya hat mal wieder *Die Eiskönigin* gewählt, sicher schon zum zwanzigsten Mal –, bekomme ich nichts von dem Film mit. Gut, dass ich ihn schon so oft gesehen habe, denn ich weiß, dass sie hinterher wie immer darüber sprechen will. Ich sitze nur da wie betäubt und zähle die Minuten, bis er vorbei ist und ich weitere Nachforschungen anstellen kann.

• • •

Als Freya nach dem Film im Bett ist, schlägt Will vor, ein Glas Wein zu trinken. Obwohl das eine verlockende Idee ist, um den Tag friedlich ausklingen zu lassen, will ich unbedingt an den Laptop zurück.

»Das sollte ich vielleicht nicht, nach dem kleinen Vorfall heute Nachmittag. Lieber keinen Alkohol.«

Will stimmt mir zu. »Daran habe ich gerade gar nicht mehr gedacht«, räumt er ein. »Hast du was dagegen, wenn ich ein Glas trinke? Kann ich dir etwas anderes bringen?«

Ich behaupte, sehr müde zu sein, weil es ein langer Tag war, und dass ich dringend ins Bett will. Eigentlich möchte ich ihn noch nach seinen Facebook-Daten fragen, mir fällt jedoch kein zwingender Grund ein, warum ich die brauchen könnte. Er glaubt womöglich, dass ich hinter ihm her spioniere. Dabei habe ich ihm während unserer zweijährigen Beziehung zu beweisen versucht, dass ich mich nicht darum kümmere, was er macht, wenn wir nicht zusammen sind, ungeachtet meiner Geschichte mit Zach.

»Soll ich mich ein bisschen zu dir legen?« Er lächelt auf eine Weise, die es mir noch schwerer macht, ihn zu enttäuschen. Normalerweise ist das, sobald Freya im Bett ist, noch etwas gemeinsame Zeit, und auch wenn er im Gästezimmer schläft, ist er anfangs immer mit bei mir, wenn er über Nacht hierbleibt.

»Will, es tut mir leid, aber ich glaube, ich sollte heute gleich schlafen gehen. Ist das in Ordnung? Ich mach's auch wieder gut, versprochen.«

»Na gut«, sagt er. Er versucht unbekümmert zu wirken, trotzdem weiß ich, dass er enttäuscht ist. »Ich lauf nur noch mal schnell in den Laden, um Wein zu holen, du hast keinen mehr hier. Brauchst du sonst noch was?«

Ich verneine, und er steht auf und gibt mir einen Kuss auf die Stirn. Das macht er oft – so versichert er mir, dass alles in Ordnung ist.

»Meine Schlüssel sind auf dem Telefontisch«, sage ich, als er aus der Tür geht, und wiederhole noch mal, dass es mir leidtut.

Sobald er fort ist, hole ich mir ein Glas Wasser aus der Küche. Da sehe ich sein iPhone zwischen den Sofakissen. Ich sollte das nicht tun – es ist ein schlimmer Eingriff in seine Privatsphäre, und das hat er absolut nicht verdient. Aber ich kann einfach nicht anders. Seinen PIN-Code kenne ich – er hat mal erwähnt, dass es der Tag und Monat unseres Kennenlernens ist, so sehr vertraut er mir –, und schon halte ich das Ding in der Hand. Ich tippe 0-8-1-0 ein, und sein Display leuchtet auf.

Ich tue das für dich, Zach, weil ich Antworten brauche. Ich dachte, ich hätte mich damit abgefunden, was du getan hast, und meinen Frieden damit gemacht, aber diese Frau hat eine Bombe gezündet. Sie tickt – und ich habe nicht viel Zeit.

Stumm verspreche ich Will, nicht herumzuschnüffeln, sondern nur nach Alison Cummings und Dominic Bradford zu suchen, das ist alles.

Der Laden ist nur um die Ecke, höchstens fünf Minuten entfernt, Will wird also gleich wieder da sein; ich muss mich beeilen. Aber meine Suche ist wieder erfolglos. Obwohl es eine Menge Leute mit den Namen Alison Cummings und Dominic Bradford gibt, passen sie alle nicht zu den Gesichtern, die ich suche. Einige Profile sind ohne Fotos, doch niemand, der in London lebt, kommt infrage.

Trotzdem gebe ich noch nicht auf. Ich habe ja eine Adresse, mit der ich anfangen kann – obwohl die wahrscheinlich auch nicht stimmt. Hawthorn Gardens. Die Straße ist hier in Ealing, das weiß ich, und mit genaueren Wegbeschreibungen kann mir die Navigations-App auf meinem Handy helfen. Ich halte mein stummes Versprechen an Will, lösche meine Suche und lege sein Handy dahin zurück, wo es lag, auch wenn mich Schuldgefühle plagen.

Sekunden später steht Will mit einer Flasche Wein unter der Tür. Er hat den Kopf fragend zur Seite geneigt.

»Ach, hab gar nicht gehört, dass du reingekommen bist.« Wie lange steht er da schon? Lang genug, um mich mit seinem Handy gesehen zu haben? Ich gerate in Panik und will schon erklären, was ich gemacht habe. Ihm von Alison Cummings erzählen, auch wenn er an meinem Verstand zweifeln könnte, was aber besser wäre, als ihn glauben zu lassen, dass ich ihm nicht vertraue.

»Ich war besonders leise«, sagt er. »Wollte Freya nicht wecken.« Kein Wort von seinem iPhone oder was ich damit vorhatte.

»Du hast dein Handy hier liegen lassen«, sage ich und greife danach.

Er nimmt es und lässt es in die Tasche gleiten. »Danke. Hatte ich gar nicht bemerkt.«

Ich suche in seinem Ausdruck nach einem Anzeichen, dass er mich doch gesehen hat, mich jetzt auf die Probe stellt und nur darauf wartet, dass ich zugebe, was ich gemacht habe, doch der Ausdruck auf seinem Gesicht ist nicht zu deuten.

In der Küche schenkt sich Will ein Glas Wein ein und gibt mir einen Gutenachtkuss. Es ist nicht der übliche lange Kuss, den er mir sonst zum Abschied gibt, aber ich hoffe, dahinter steckt nur die Enttäuschung, dass wir nicht noch ein wenig Zeit zusammen haben.

Als ich bettfertig bin, schließe ich die Schlafzimmertür, die ich sonst immer offen lasse, falls Freya nach mir ruft. Dann mache ich mich wieder an die Suche. Diesmal suche ich nach Dominic Bradford. Auf der Website seiner Fakultät, wo er mit Zach gearbeitet hat, wird er nicht erwähnt. Es ist keine Überraschung, dass er dort nicht mehr registriert ist – die Dinge ändern sich, und Jobs werden gewechselt. Ich gebe seinen Namen in Google ein, aber ebenfalls ohne Erfolg.

Ich kann mich vage daran erinnern, wie er aussah – dunkles, kurz geschnittenes Haar –, aber gekannt habe ich diesen Mann nicht. Er war höchstens ein Bekannter, Zach und er waren Kollegen, aber nicht einmal im selben Fachbereich. Ich habe ihn bei der Beisetzung zum ersten Mal getroffen und kann mich daran erinnern, dass er meine Hand genommen und sein Beileid ausgesprochen hat. Zach sei ein großartiger Mensch gewesen, ungeachtet dessen, was man jetzt über ihn sage. Ich weiß noch, dass ich für sein Erscheinen dankbar gewesen war, wo doch so viele Kollegen – und sogar Freunde – bewusst ferngeblieben waren. Er war glatt rasiert und wirkte auf den ersten Blick ein bisschen eingebildet. Genau so, wie ihn Alison Cummings beschrieben hat.

Ich klicke den nächsten Eintrag an. Der oberste Link führt auf die Website der Universität, darunter steht sein Name mit seiner Adresse. Dominic Bradford. Mit einem Kloß im Hals klicke ich weiter, was mich zur Webseite der Universität von Westminster führt. Da finde ich heraus, dass er Leiter des juristischen Fachbereichs ist und in der Fakultät in der Nähe des Bahnhofs Euston arbeitet. Endlich komme ich weiter. Dieser Mann kann mich zu Alison Cummings führen.

Und dann finde ich heraus, was sie über den Tod meines Mannes weiß.

• VIER •

JOSIE

Während der letzten paar Wochen habe ich mich richtig zusammengerissen. Ich bin viel öfter zu Hause als in Bars, eingeschlossen mit meinen Büchern, und zu meiner eigenen Überraschung fühle ich mich glücklicher als je zuvor.

Nicht falsch verstehen, ich bin keine Heilige – nicht wie die superbrave Alison –, und gestern Abend bin ich tatsächlich auf dem Rücksitz von Anthonys Auto gelandet, aber ausgestiegen, ehe die Sache aus dem Ruder lief. Die Vorstellung, ihn auszuziehen, hat mich richtig angeekelt, er hat also nicht mehr als ein paar lahme alkoholisierte Küsse ergattert. Kaum war ich zu Hause, habe ich seine Telefonnummer gelöscht.

Inzwischen sind Weihnachtsferien, aber heute Morgen beschloss ich, in die Uni zu gehen und in Ruhe zu arbeiten. Alisons Eltern sind zu Besuch. Die Vorstellung, dass wenige Meter entfernt eine glückliche, funktionierende Familie Zeit miteinander verbringt, war zu schwer zu ertragen. Alisons Eltern kommen ungefähr alle vierzehn Tage zu Besuch und laden sie zum Mittag- oder Abendessen ein. Ich kann mir das gar nicht vorstellen, mit stolz dreinblickenden Eltern essen zu gehen. Sie weiß überhaupt nicht, was für ein Glück sie hat.

Hier bin ich nun also. Die Bibliothek gleicht einer Geisterstadt. Die meisten Studierenden sind glücklich, Ferien zu haben und im Kreis ihrer Familien zu sein. Ich kann mir also zur Abwechslung mal aussuchen, an welchem Computer ich arbeiten will.

Zwei Stunden später – ich bin dabei, mir Notizen für mein Shakespeare-Paper zu machen – tippt mir jemand auf die Schulter. Ich denke, dass es eine der Bibliothekarinnen ist, die mir sagen will, dass sie bald schließen. Ich will ihr sagen, dass ich noch ein bisschen brauche, aber es ist Zach Hamilton, der hinter mir steht.

Er lächelt, und als er mir die Hand auf die Schulter legt, durchfährt mich so etwas wie ein elektrischer Schock. Na ja, unsere Plauderei, bei einem Espresso und einer Zigarette, hat uns einander wohl ein wenig nähergebracht. »Hallo, Josie, nett, Sie hier zu sehen.« Ein breites Grinsen unterstreicht seine Aussage.

»Meinen Sie das, weil Sie mich hier am allerwenigsten erwartet haben?«

Er schmunzelt. »Sagen wir mal, es scheint so, als ob Sie seit unserem Gespräch kürzlich gut vorangekommen sind. Sie wissen schon, als Sie mich mit Zigarettenrauch zu ersticken versucht haben.«

»Sehr witzig.« Ich werfe die Haare zurück, dann überlege ich, ob ich noch ganz bei Trost bin. Flirte ich etwa mit ihm? Mein Blick gleitet zu seinem Ringfinger – und natürlich steckt darauf etwas Silbernes.

Klar, verheiratet.

Er setzt sich auf den Computerstuhl neben mir. »Ach was, war nur Spaß. Aber im Ernst, ich bin stolz auf Sie. Wie Sie angedeutet haben, mussten Sie ganz schön kämpfen, um hier zu sein.«

Und überhaupt reinzukommen, denke ich, sage es aber nicht. Er muss nicht wissen, wo ich herkomme. Schließlich ist es doch wichtiger, wo man hinwill.

»Und warum sind Sie heute hier?«, frage ich. »Haben Sie keine Familie zu Hause, bei der Sie sein sollten? Auch Dozenten brauchen mal eine Pause, oder nicht?«

Ganz kurz gleitet sein Blick zu seiner Hand, dann sieht er wieder auf. »Ich hatte in einem der PCs meinen USB-Stick vergessen«, sagt er. »Meine ganzen Vorlesungen fürs nächste Semester sind da drauf, deshalb musste ich ihn holen.« Er sieht mich aufmerksam an. »Der PC in meinem Büro ist kaputt, und es dauert eine Weile, bis sie ihn reparieren können, deshalb habe ich hier gearbeitet. Normalerweise bin ich nicht so unordentlich, aber ... egal. Zum Glück hat Maggie« – er nickt zu der Bibliothekarin hinüber – »den Inhalt überprüft, gemerkt, dass es meiner ist, und ihn für mich beiseitegelegt.«

Dann geht er wohl gleich wieder. Eine seltsame Leere überkommt mich, ein Gefühl, das ich nicht verstehen kann – ich will es auch eigentlich nicht mal versuchen. »Dann also fröhliche Weihnachten«, sage ich und klappe mein Lehrbuch zu. Es ist fast drei Uhr, und mein Magen erinnert mich daran, dass ich heute noch nichts gegessen habe.

»Schluss für heute?«, sagt er. Höre ich Enttäuschung

aus seiner Stimme oder will ich mir das nur zu gerne einbilden? Man hört und sieht ja meistens, was man hören und sehen möchte.

Ich nicke. »Muss was essen. Eine Pause machen. Ich bin schon über zwei Stunden hier.«

»Dann begleite ich Sie hinaus. Steht Ihr Auto auf dem Parkplatz?«

Woher weiß er, dass ich fahre? »Äh, ja.«

»Silberner Polo, stimmt's?«

Jetzt fängt mein Herz wild zu pochen an. »Richtig. Die Schrottkarre, die bald auseinanderfällt. Stalken Sie mich, oder was ist los?« Ich grinse, um anzudeuten, dass ich nur Spaß mache, dabei wünsche ich es mir heimlich.

Er lacht. »Nein. Muss Sie leider enttäuschen, aber Sie sind letztens ziemlich dicht an mir vorbeigefahren. Geschwindigkeitsbegrenzungen sind nicht so Ihr Ding, oder?«

Das klingt eindeutig nach mir. Rücksichtslos. So hat mich Liv einmal genannt, und das Komische daran ist, dass sie mich zum ersten Mal fast richtig eingeschätzt hat. »Na ja, ich bin eben immer in Eile«, sage ich zu Zach. »Das Leben ist zu kurz.«

Er schüttelt den Kopf. »Sollte es nicht sein, nicht in Ihrem Alter, Josie.«

Warum nennt er mich immer beim Namen? Das sollte er lassen, denn wenn er das tut, fühle ich mich jedes Mal wie ein albernes Schulmädchen.

»Wohnen Sie denn weit von hier?«

»Nö, am Bahnhof South Ealing.« Ich halte eine Hand hoch. »Ich weiß, ich weiß, nur ein paar Minuten entfernt, und meistens gehe ich auch zu Fuß, aber letztens war ich viel zu spät dran und wollte meine Vorlesung nicht verpassen.« Ich hätte lügen und sagen können, dass ich hinterher noch woandershin musste, aber irgendwie weiß ich, dass er mich nicht verurteilen würde.

Er grinst. »Und heute?«

»Hm, heute habe ich tatsächlich keine Ausrede.«

»Tja, solche Tage haben wir alle mal. Ich auf jeden Fall. Und kann ich Ihnen etwas anvertrauen?«

Mein Herz bleibt fast stehen. »Ja. Klar.«

»Ich wohne auch in Ealing und könnte ohne Weiteres zu Fuß kommen. Nur bin ich nie früh genug auf, um rechtzeitig loszugehen. Aber fairerweise muss ich sagen, es wäre doch ein ganzes Stück zu laufen.«

»Scheiß drauf!«, sage ich, dann schlage ich die Hand vor den Mund, als ob ich gerade vor einem Pastor geflucht hätte.

Er lacht wieder. Es ist unerwartet schön, dass ich ihn zum Lachen bringen kann. »Wie steht's, Josie, sind Sie bereit zu gehen?«

Draußen trifft mich die kalte Luft wie ein Fausthieb. Ich ziehe den Mantel enger um mich. Der Parkplatz ist hinter dem Gebäude, und auf dem Weg fragt mich Zach nach meinen Weihnachtsplänen.

Mir graut davor, antworten zu müssen, daher suche ich verzweifelt nach Worten, nach etwas, das er mir glaubt. »Weiß noch nicht«, sage ich. Aber ich hätte besser etwas erfinden sollen, denn jetzt fragt er mich bestimmt gleich nach meinen Eltern aus, und das ist ein Gespräch, das ich mit niemandem führen will, schon gar nicht mit diesem Mann, der mich mit jedem seiner Worte so berührt.

»Aha«, sagt er. »Sie haben anscheinend mehrere Optionen.«

Ich muss das Thema wechseln und schiebe den Gedanken beiseite, an Weihnachten mal wieder allein zu sein. »Und Sie?«

»Ach, ich werde meine Eltern besuchen«, sagt er.

Das lässt mich aufatmen. *Vielleicht ist er ja geschieden. Bitte lass ihn geschieden sein.*

»Sie sehen uns nicht so oft, und unsere Kleine ist jetzt fast zwei.«

Das fühlt sich an wie ein Schlag ins Gesicht. Aber ich bin albern. Er ist mein Dozent und natürlich ist er verheiratet, warum bin ich jetzt trotzdem so enttäuscht?

Weil du ihn magst, Josie, dumme Kuh. Er hat deine Werte erkannt und meint nicht deinen Körper, sondern scheint dich als Menschen zu mögen.

»Das wird sicher nett«, sage ich und reiße mich schnell zusammen. Ich darf ihn nie merken lassen, was ich gerade kurz für ihn gefühlt habe.

»Ja, bestimmt«, sagt er.

Wir gehen schweigend weiter, bis wir um die Ecke biegen und ich mein Auto sehe. »Ich steh da drüben«, sage ich. »Wo haben Sie geparkt?«

Halb erleichtert und halb enttäuscht höre ich, dass er auch hinten geparkt hat. Es bedeutet mehr Zeit mit ihm, aber das ist auch mehr Zeit mit einem Mann, an den Gedanken zu verschwenden ja sinnlos ist.

Wir sind bei der letzten Reihe, als er stehen bleibt und sich mir zuwendet. »Ähm, Josie, ich bin froh, dass ich heute auf Sie gestoßen bin. Es gibt etwas, das ich Ihnen sagen wollte, schon neulich, aber ich bin nicht mehr dazu gekommen.«

Bleib ruhig. Ganz cool. »Na dann?« Ich beschäftige mich damit, nach meinem Autoschlüssel zu kramen.

»Okay. Äh, das ist etwas seltsam, aber ich muss es Ihnen einfach sagen.« Er vermeidet es, mich anzusehen, starrt an mir vorbei und scharrt wie ein nervöser Teenager mit den Füßen. »Ihre Geschichte hat mich tatsächlich inspiriert. Ich rede sonst nicht darüber, außer mit meiner Familie natürlich, aber ich schreibe zurzeit an einem Roman. Ist eine lange Geschichte, aber ich habe schon vor Jahren damit angefangen, und, na ja, dann hatte ich eine Schreibblockade und kam lange nicht weiter, aber als ich Ihre Geschichte gelesen habe … das hat mich wieder motiviert.«

Ich brauche einen Augenblick, um zu begreifen, was er gesagt hat, und dann, als es mir dämmert, habe ich das Gefühl zu schweben, von seinem Kompliment hochgehoben zu werden. »Ich … äh … danke. Das kommt unerwartet, aber … wow.«

»Ich bin es, der Ihnen danken möchte. Sie haben so viel Talent, Josie, und ich möchte wirklich, dass Sie nicht aufgeben, egal, wie hart es für Sie wird. Denken Sie einfach daran, worüber wir im Café geredet haben. Wann immer Sie einen Tiefpunkt haben, denken Sie daran.«

Ich weiß kaum, wie ich darauf reagieren soll, daher

bedanke ich mich nur und sehe ihm nach. Ich bin perplex, dass meine Geschichte so viel bewirkt hat und dass er mir das unbedingt sagen musste.

Was hat das nur zu bedeuten?

• • •

Ich konnte einfach nicht losfahren, als ich im Auto saß. Stattdessen wartete ich, bis Zach abgefahren war – kramte in meinem Handschuhfach und tat so, als würde ich etwas suchen –, dann stieg ich wieder aus und ging in den Walpole Park. Den Gedanken, jetzt allein zu sein, konnte ich nicht ertragen, und selbst wenn Alison zu Hause war, war das keine gute Gesellschaft.

Ich saß auf einer Bank und vertiefte mich in das Buch, das ich fürs nächste Semester lesen musste, *Der Report der Magd*. Es nahm mich so gefangen, dass ich das Zeitgefühl verlor, und plötzlich wurde es dunkel.

Jetzt, beim Heimfahren, kreisen meine Gedanken wieder um Zach, auch wenn ich weiß, dass das ganz und gar falsch ist. Er ist mein Dozent, hat Frau und Kind, also warum denke ich überhaupt an ihn?

Ich habe bisher in meinem Leben einige ziemlich fragwürdige Dinge gemacht, aber so etwas noch nie. Ich muss mich zusammenreißen. Abgesehen davon, selbst wenn es verlockend wäre, deutet nichts darauf hin, dass er auch so fühlt.

• • •

Kaum betrete ich die Wohnung, höre ich schon Stimmen aus dem Wohnzimmer. Alisons Eltern müssen wohl immer noch da sein und kosten die Zeit mit ihrer Tochter so lang wie möglich aus.

Ich fühle mich plötzlich sehr einsam. Vielleicht bin ich neidisch auf sie, auf das, was sie hat, weil ich mir einfach nicht vorstellen kann, dass jemand sich auch so viel Zeit für mich nimmt, um mich zu besuchen und zu hören, wie es mit meinem Studium läuft. Vielleicht ist es das, was mich antreibt, hineinzugehen. Das Verlangen, wenigstens ein einziges Mal Teil einer normalen Situation zu sein, selbst wenn ich sie nur von außen betrachte.

Ich schlendere durch die Tür, setze ein breites Grinsen auf und weiß schon, wie sich Alison gleich darüber ärgern wird. Ich bin die Letzte, die sie mit ihrer Familie bekanntmachen will.

»Hi! Wie nett, Sie …« Aber es sind nicht Alisons Eltern, die auf dem Sofa sitzen. Es ist ein junger Kerl mit glatten Haaren, Jeans und Converse Sneakers, den ich noch nie zuvor gesehen habe. Alison sieht bestürzt aus, als ob ich die beiden nackt im Bett erwischt hätte; dabei sitzen sie meterweit voneinander entfernt auf dem zerschlissenen Sofa. »Ich dachte, du würdest heute jobben«, sagt sie und sieht erst den Kerl und dann wieder mich an.

»Nein, heute nicht.«

Der Kerl steht auf und streckt mir die Hand hin. »Ich bin Aaron. Hallo. Du bist wohl Josie, nicht? Hab schon viel von dir gehört.« Sein Lächeln ist unergründlich. Zweifellos hat mich das, was er gehört hat, nicht ins beste Licht gesetzt.

»Und ich habe noch nichts über dich gehört, Aaron«, sage ich. Er hält meine Hand definitiv zu lange fest. »Bist du im selben Kurs wie Alison?«

»Nein. Aber wir wollten nur – «

»Lass uns in mein Zimmer gehen, Aaron.« Alison springt auf und stellt sich abschirmend zwischen uns. Da erst dämmert es mir – sie ist hinter dem Typen her. Wie interessant! Sie hat bisher nicht erwähnt, dass sie einen Freund hat oder auch nur an einem interessiert ist – andererseits, ich bin auch die Letzte, mit der sie über so etwas reden würde.

»Warum bleiben wir nicht hier?«, schlägt Aaron vor. »Setz dich doch zu uns, Josie. Wir wollten uns gerade Essen bestellen und was trinken.« Er lächelt mich an, und ich merke, dass er an Alison null interessiert ist. »Na ja, ich werde zumindest was trinken. Alison sagt, dass sie Kopfschmerzen hat.« Ich werfe einen Blick auf Alison und sehe ihren gequälten Ausdruck, mit dem sie mich bittet, zu gehen. »Nee. Ich glaube, ich überlasse euch mal euch selbst.« Aber dann denke ich an mein leeres Zimmer und daran, dass ich die nächsten Tage allein bin, wenn alle anderen Weihnachten feiern. Scheiß drauf. Ich muss was essen, und ein paar Stunden mit Alison zu verbringen ist nicht das Schlimmste der Welt. Besser als in irgendeiner Bar rumzuhocken und mein Gelöbnis zu brechen oder irgendwelche fremden Typen zu treffen. Außerdem, es wird vielleicht lustig, herauszufinden, was bei den beiden läuft. »Ach was solls, ich bin dabei. Was gibt's denn? Indisch?«

»Klingt doch gut«, sagt Aaron. »Was meinst du, Ali?«

Komisch zu hören, dass sie so einen Spitznamen hat, ich wäre nie auf die Idee gekommen, sie so anzureden. Irgendwie passt es nicht zu der verspannten Zicke.

»Nicht gerade mein Lieblingsessen, aber einverstanden«, sagt sie leise. Sie steht auf, geht ans Buchregal, zieht einen Ordner heraus und blättert darin herum. Ich brauche einen Moment, um zu begreifen, dass es ihre Sammlung von Essenslieferanten ist, und ich muss grinsen. Natürlich hat Alison so etwas. »Hier«, sagt sie, zieht ein Blatt heraus und reicht es Aaron. »Das ist der Beste in der Gegend.«

Das Essen kommt. Es ist mäßig. Als Aaron mir ein Becks zum Runterspülen anbietet, bin ich dankbar. Eines wird doch schon nicht schaden, oder? Heute Abend habe ich sowieso nicht mehr vor zu lernen, und immerhin bin ich zu Hause.

Alison sagt sehr wenig, während wir essen, aber es scheint Aaron nicht aufzufallen, da er zu sehr damit beschäftigt ist, über sich zu reden. Ich überlege, eine Ausrede zu erfinden, um in mein Zimmer zu verschwinden, denn es ist ja gemein von mir, sitzen zu bleiben, wo Alison doch eindeutig mit diesem Jungen allein sein will. Aber als ihr Handy klingelt und sie sich entschuldigt, um mit ihren Eltern zu reden, beschließe ich, erst mal noch zu bleiben.

»Komm, noch ein Bier, Josie!«, sagt Aaron.

»Na gut«, antworte ich, weil ich immer noch keine Lust auf Alleinsein habe. Da würde ich nur trübselig an Zach denken und daran, dass der einzige Mann, der mich bisher jemals interessiert hat, verheiratet ist und ein Kind hat. Und dann auch noch mein Dozent ist.

Er reicht mir eine Flasche, die ich gierig nehme. Das kalte Glas fühlt sich gut an. »Und, was läuft zwischen dir und Alison?«

Er legt den Kopf zurück und nimmt einen Schluck Bier, ehe er antwortet. »Nichts. Gar nichts. Wir sind einfach nur Freunde.«

Ich kneife die Augen zusammen. »Wirklich? Sieht für mich aber nicht so aus.«

Er zuckt mit den Schultern. »Sie steht auf mich. Das bedeutet doch nicht, dass es umgekehrt auch so ist, oder? Ich hab sie nie angebaggert oder ihr was vorgemacht.« Nein, sicher hat er das nicht. Denn an einem Freitagabend was zusammen trinken und Essen zu sich nach Hause bestellen könnte ja nicht falsch ausgelegt werden.

Das sage ich ihm auch, und er lacht. »Du bist witzig, Josie, gefällt mir.«

Na super. Wieder so ein Loser, der darauf aus ist, zu nehmen, was er kriegen kann. Trotz meiner Haltung Alison gegenüber habe ich jetzt Mitleid mit ihr. Der Typ gefällt ihr doch eindeutig, und es wird einfach nie was daraus werden. Ein bisschen wie mit mir und Zach, aber zumindest interessieren sich andere für mich – wenn ich es denn zulasse. Es liegt nicht daran, dass Alison unattraktiv ist, aber sie ist … zu seltsam. Zu still und gruselig. Wenn ich mir das so überlege, tut sie mir noch mehr leid.

Vielleicht sind wir gar nicht so verschieden. Beide sind wir auf unterschiedliche Arten etwas schräg.

»Den finde ich cool«, sagt Aaron und berührt meinen Nasenring.

Ich schiebe seine Hand fort.

Er krempelt den Ärmel hoch. Sein dürrer Unterarm ist mit Tattoos übersät.

»So was interessiert mich nicht«, sage ich und er macht ein enttäuschtes Gesicht. Vielleicht ist er an Mädchen gewöhnt, die ihm schmeicheln – er sieht nicht gerade schlecht aus –, aber es überrascht mich, dass Alison ihn attraktiv findet. Ich hätte mir vorgestellt, dass so ein älterer, steifer Kerl im Anzug eher ihr Typ ist. Oder jemand wie Zach.

Aaron rollt den Ärmel wieder zurück und beugt sich zu mir. »Echt? Was interessiert dich denn dann?«

Das ist eine interessante Frage, und bis heute habe ich darauf keine Antwort. Aber ich gehe nicht auf Aaron ein, weil ich so nicht mit ihm reden will – dieser armselige Versuch zu flirten ist eine Beleidigung gegenüber Alison.

»Weiß sie, dass du nicht auf sie stehst?«, frage ich. Ich umklammere immer noch die Bierflasche, will auf einmal aber doch nichts mehr trinken.

Aaron zuckt mit den Schultern. »Keine Ahnung. War noch kein Thema.«

Manchmal bin ich ein anständiger Mensch, und im Moment habe ich das dringende Bedürfnis, Alison zu verteidigen. Sie kann gerade nicht für sich selbst eintreten, deshalb muss ich das jetzt übernehmen, und ich lasse nicht zu, dass dieser Loser sie schlecht behandelt. »Was genau willst du hier eigentlich? Sie mal kurz aufs

Kreuz legen? Typen wie du sind zum Kotzen. Du weißt, dass sie nicht die Art von Mädchen ist, was ist das also für ein Spiel? Wohl wenig im Angebot diese Woche?«

Ihm fällt die Kinnlade runter. Vielleicht hat ihn noch niemand je so angegangen. Hat er sich deshalb jemanden wie Alison ausgesucht?

Ich warte nicht auf eine Antwort. »Glaubst wohl, dass sie es dringend nötig hat? Dass sie so dankbar für dein Interesse ist, dass sie einfach so mit dir ins Bett hüpft?«

Meine Wut staut sich an, und ich verliere die Kontrolle. Aber ich kann nicht aufhören. Vielleicht wegen der Jahre des Missbrauchs durch Männer in meiner Vergangenheit – wenn auch in anderer Hinsicht – muss ich für Alison eintreten.

Weil ihm keine adäquate Erwiderung einfällt, steht Aaron auf und lässt die halb volle Flasche auf den Boden fallen. Eine Bierpfütze breitet sich auf dem Teppich aus. »Solchen Scheiß muss ich mir nicht anhören. Leckt mich doch, alle beide.«

Damit ist er weg und schlägt die Wohnungstür hinter sich zu.

Ich spüre, dass sie hinter mir steht, noch bevor ich mich umdrehe. Alison starrt mich an, das Handy an die Brust gedrückt. Ihre Augen sind vor Schreck weit aufgerissen, während sie sich umsieht. Und als sie redet, ist ihre Stimme zwar ruhig, aber sie zittert vor unterdrückter Wut. »Was zum Teufel hast du gemacht?«

• FÜNF •

MIA

In der Nacht habe ich unruhig geschlafen, Angst und eine ungute Vorahnung haben mich wachgehalten, daher bin ich schon vor sechs Uhr auf. Im Morgenrock gehe ich nach unten in die Küche und bin überrascht, als ich die Tür öffne, dass Will am Backofen steht, bereits angezogen, und mir der Duft von Speck und Eiern entgegenweht.

»Hallo, wie fühlst du dich? Ich dachte schon, dass du so um diese Zeit aufwachen würdest, nachdem du so früh ins Bett gegangen bist.« Er deutet auf die Bratpfanne. »Du hast hoffentlich nichts dagegen, aber ich fand, wir könnten alle ein ordentliches Frühstück brauchen.«

Essen ist das Letzte, nach dem mir zumute ist, aber ich weiß sein Angebot zu schätzen. »Danke! Ist es schon fertig? Dann sollte ich mal Freya wecken.«

»Habe gerade erst angefangen. Sag mal, könnten wir noch reden, bevor Freya aufsteht?«

Das hört sich gravierend an; solche Formulierungen verwendet Will eigentlich nie. Er muss wissen, dass ich sein Handy benutzt habe, ohne zu fragen. Oder er hat irgendwie was über Alison Cummings herausgefunden und will jetzt nachfragen, warum ich es ihm verheimlicht habe.

»Ist alles in Ordnung?«, frage ich. Natürlich ist es das nicht. Und ich habe das Gefühl, dass erst wieder Ordnung eintritt, wenn ich diese Frau ausfindig mache und herausfinde, was sie für ein Spiel treibt.

Will rührt in der Pfanne herum und wendet sich mir zu. »Mia, ich mache mir wirklich Sorgen um dich. Gestern bist du erst ohnmächtig geworden, dann warst du den ganzen Abend so still. Ich weiß, dass du müde warst, aber ist da noch etwas anderes? Das mit dem Wassermangel kaufe ich dir einfach nicht ab. Du achtest immer zu sorgfältig auf dich.«

Ich versichere ihm, dass es mir gut geht, dass es eine einmalige Sache war und nicht wieder passiert, aber er lässt sich nicht überzeugen.

»Du kannst doch gar nicht wissen, ob es wieder passiert. Und wenn es, wie du behauptest, rein körperlich ist, solltest du dich mal untersuchen lassen.«

»Will, es ist lieb von dir, so fürsorglich und aufmerksam zu sein, aber ehrlich, es geht mir gut. Gestern war eben kein guter Tag. Heute geht's schon wieder, versprochen.« Meine Worte klingen hohl und unaufrichtig. Ob sich Zach auch so gefühlt hat?

Er gibt mir einen Kuss auf die Wange. »Okay. Aber wenn dir wieder unwohl wird – «

»Bestimmt nicht«, sage ich. »So, jetzt wecke ich mal lieber Freya auf, das Frühstück sieht fast fertig aus.«

Ich wende mich ab, ehe ich schwach werde und ihm

alles erzähle. Diese Last kann ich Will nicht aufhalsen. Auf keinen Fall.

• • •

»Du weißt doch, dass ich heute den ganzen Tag frei habe«, sagt Will, als ich die Frühstückssachen abräume. Freya spielt draußen im Garten, mal auf dem Trampolin, mal im Planschbecken. Ich kann sie vom Fenster aus sehen. Sie allein lässt mich die Ruhe bewahren, wenn mir alles andere zu viel wird.

»Wir hatten vor, heute Nachmittag alle zusammen etwas zu unternehmen«, fährt Will fort. »Ich dachte, wir könnten mit Freya in den Zoo.«

Ich erschrecke – ich hatte ganz vergessen, dass wir uns das letzte Woche vorgenommen hatten, aber ich muss heute unbedingt Alison auf die Spur kommen, sonst finde ich keine Ruhe. Ich kann nicht noch mehr Zeit verstreichen lassen, ohne herauszufinden, was sie weiß.

Freya ist heute Vormittag mit ihrer Freundin Megan verabredet, ich habe Klienten und kann diese Termine nicht absagen, also bleibt mir nur der Nachmittag, um die Adresse zu überprüfen, die mir Alison gegeben hat, als sie den Termin machte. Ich hatte vor, Freya mitzunehmen und dann noch zur Oxford Street zu gehen, die nicht sehr weit vom Campus der Universität von Westminster entfernt liegt.

»Ach, Will, es tut mir so leid, aber ich muss heute Nachmittag weg und hatte vor, Freya mitzunehmen. Ich weiß, das ist nicht so aufregend für sie, aber … könnten wir nicht heute Abend etwas unternehmen?«

Das Lächeln auf seinem Gesicht erlischt. Bestimmt möchte er mich jetzt fragen, wohin wir gehen, aber er würde nie nachbohren, das mache ich bei ihm ja auch nicht. »Geht in Ordnung.«

»Du kannst aber heute Nachmittag gerne herkommen. Du hast ja einen Schlüssel.«

»Nein, geht schon klar, ich muss sowieso zu Hause noch etwas erledigen.« Er wendet sich ab und beobachtet Freya durch die Tür zum Garten. »Sag mal, warum nehme ich Freya heute Nachmittag nicht mit zu mir? Wenn dir das weiterhilft?«

Selbst wenn er noch mit der Enttäuschung kämpft, ist es Will wichtiger, mich zu unterstützen.

»Bist du sicher? Ich möchte dir wirklich keine Umstände machen«, sage ich, auch wenn ich weiß, dass es für Freya besser wäre. Besser für alle von uns. Falls ich Alison tatsächlich finden sollte, will ich eigentlich nicht, dass Freya dabei ist.

»Na klar. Du weißt, dass sie für mich wie eine eigene Tochter ist.«

Ich ziehe ihn an mich, drücke ihn fest. So einen selbstlosen Partner habe ich doch gerade gar nicht verdient.

• • •

Hawthorn Gardens ist eine baumbestandene Straße mit viktorianischen Häusern. Die meisten sind gut in Schuss, trotz ihres Alters, und wenn Alison tatsächlich hier wohnt, dann scheinen sie und Dominic relativ wohlhabend zu sein. Aber das ist nur logisch, wenn er jetzt Fakultätsleiter an einer renommierten Universität ist – Zach hat das nicht mehr geschafft.

Als ich auf die Nummer 26 zugehe, kommt mir der Gedanke, dass sie vielleicht gar nicht mit Dominic Bradford liiert ist. Aber warum hätte sie lügen sollen? Das alles macht überhaupt keinen Sinn, und über Zachs Tod will ich eigentlich auch nicht mehr nachdenken.

Das Haus ragt vor mir auf. Ich bleibe davor stehen. Was habe ich mir dabei gedacht, hierherzukommen? Falls mir Alison tatsächlich ihre richtige Adresse gegeben hat, was unwahrscheinlich ist, wie kann ich sie dann dazu bringen, zuzugeben, was sie gestern gesagt hat? Sie hat sich doch sofort aus dem Staub gemacht; eindeutig will sie dazu nichts mehr sagen.

Aber ich muss es versuchen. Ich kann jetzt keinen Rückzieher machen.

Ich drücke auf den Klingelknopf, kann aber von innen nichts hören und weiß deshalb nicht, ob die Klingel funktioniert.

Stille umgibt mich hier, selbst an so einem belebten Londoner Tag. Es ist erst früher Nachmittag, da sind wohl die meisten noch bei der Arbeit. Überzeugt, dass niemand zu Hause ist, wende ich mich ab, da geht die Tür knarrend auf.

»Ja, bitte?«

Es ist nicht Alison. Natürlich nicht. Diese Frau ist mindestens achtzig und stützt sich gebückt am Türrahmen ab.

»Hi, ich suche nach Alison Cummings?«

Die Frau runzelt die Stirn und mustert mich von Kopf bis Fuß. »Nein. Falsche Adresse. Ich wohne allein hier.«

»Ach so, tut mir leid. Sie muss wohl weggezogen sein.«

»Nicht möglich. Ich wohne schon das ganze Leben hier, und davor war es das Haus meiner Eltern.«

Ich danke ihr, mache kehrt und gehe. Das war ja wohl zu erwarten, und ich bin ziemlich beunruhigt. Was, wenn ich sie überhaupt nicht finde? Was führt sie im Schilde?

• • •

Es ist schon lange her, seit ich den Fuß in eine Universität gesetzt habe, und beim Betreten überkommt mich eine Flut von Erinnerungen: Aufbruch ins Erwachsenenalter, die Beziehung mit Zach, sein Verlust Jahre später. Ich habe nicht erwartet, dass es mich so hart trifft, hierherzukommen – dieser Campus hat überhaupt nichts mit Zach oder meiner sonstigen Geschichte zu tun. Trotzdem kostet es mich Überwindung, weiterzugehen.

Ich hätte anrufen sollen. Es sind Semesterferien, und selbst wenn mir bewusst ist, dass Dozenten auch während der vorlesungsfreien Zeit arbeiten, besteht nur eine geringe Chance, dass er anwesend ist. Ich hätte mir die Qual ersparen können.

Aber ich konnte auch nicht einfach zu Hause herumsitzen. Zumindest unternehme ich etwas! Egal ob es etwas bringt oder nicht, es ist der richtige Weg. Was mich erwartet, weiß ich allerdings nicht.

Am Empfang sitzt eine junge Frau mit Brille und glänzenden schwarzen Haaren. Sie lächelt mir aufmunternd zu, als ich mich nähere. »Hi, kann ich Ihnen behilflich sein?«

»Sagen Sie, ist Dominic Bradford heute da? Von der juristischen Fakultät? Er ist ein alter Freund, und ich wollte einfach mal vorbeischauen.«

Ihr Blick gleitet zur Eingangstür. »Da haben Sie ihn leider gerade verpasst. Aber er ist erst einen Augenblick fort, wenn Sie sich beeilen, holen Sie ihn vielleicht ein. Wahrscheinlich ist er auf dem Weg zur U-Bahn-Station.«

Schnell kehre ich auf die Straße zurück, wo es vor Menschen nur so wimmelt. Zu viele der Männer könnten Dominic sein. Von hinten kann ich ihn keinesfalls erkennen, ich habe ihn ja auch nur einmal kurz gesehen, und das vor fünf Jahren. Ich sehe mich in alle Richtungen um, will ihn finden und gleichzeitig auch lieber nicht, doch da ist er, auf der anderen Straßenseite. Er bückt sich gerade und bindet seinen Schuh zu.

Dominic ist größer, als ich ihn in Erinnerung habe, und wiegt mindestens fünf Kilo mehr, aber er hat noch die gleiche Frisur, und es ist unverkennbar sein Gesicht. Bei der Beerdigung hat es zwar arrogant auf mich gewirkt, aber dass er gewalttätig ist, kann man ihm auf den ersten Blick nicht ansehen, so etwas steht einem wohl nie direkt ins Gesicht geschrieben. Es sind immer die Typen, von denen man es zuletzt erwartet. Wie Zach, denke ich.

Dominic richtet sich auf und geht weiter, daher überquere ich schnell die Straße in seine Richtung. Was soll ich zu ihm sagen? Ich kann doch nicht einfach auf ihn zugehen und fragen, ob er eine Frau kennt, die Alison Cummings heißt. Das kommt nicht infrage. Außerdem, wenn sie tatsächlich die Wahrheit gesagt hat und er sie schlägt, wie wird er reagieren, wenn er erfährt, dass sie bei mir war? Das würde seine Übergriffe nur anfeuern.

Ich gehe langsamer und folge ihm mit Abstand. Mir ist etwas Besseres eingefallen.

• • •

Lange muss ich ihm nicht folgen, nur eine U-Bahn-Fahrt von Euston nach East Finchley, und nach einem kurzen Weg durch ein paar ruhige Straßen biegen wir in Abbots Gardens ein. Er geht auf die Nummer 95 zu, ein großes weißes Doppelhaus mit einem Vorgarten voll hoher Bäume, die das Haus von der Außenwelt abschirmen.

Ich kann ihn trotzdem deutlich vor der Haustür sehen, wie er in der Manteltasche kramt, wahrscheinlich nach seinem Schlüssel. Doch gerade als er ihn herauszieht, geht die Tür auf, und Alison steht da – sie tritt beiseite, um ihn einzulassen. Weder lächeln sie sich an, noch begrüßen sie sich.

Ich trete schnell hinter einen Baum und hoffe, dass sie mich nicht entdeckt hat. Zumindest habe ich jetzt etwas erreicht und nehme mir vor, zurückzukommen, um Antworten zu finden.

• • •

»Mummy! Wo bist du gewesen? Wir haben eine Ewigkeit auf dich gewartet!«

Freya ist zur Tür gelaufen, als sie gehört hat, wie ich aufschließe. Sie stürmt auf mich zu und umarmt mich, als ob sie mich seit Wochen nicht gesehen hätte.

Ich sehe an ihr vorbei zu Will, der an der Küchentür steht und den Kopf schüttelt. Ich mache eine entschuldigende Geste in seine Richtung und gebe meiner Tochter einen Kuss. »Tut mir leid, Schätzchen, ich bin aufgehalten worden. Aber jetzt bin ich ja da!«

Freya lässt mich los und sieht enttäuscht zu mir hoch. »Will hat gesagt, dass es wahrscheinlich zu spät ist, um jetzt noch irgendwohin zu gehen. Und ich muss sicher schon bald ins Bett?«

Ich hatte nicht vorgehabt, so spät zu kommen, aber während der Rushhour quer durch London zu fahren zieht sich einfach hin. »Wie wär's mit Pizza zum Abendessen?«, schlage ich vor. Freya liebt Pizza, das tröstet sie bestimmt ein bisschen. »Und wir können noch das Spiel spielen, das dir so gefällt, Sequence.«

Jetzt lächelt sie. »Aber du lässt mich diesmal nicht gewinnen, okay? Ich bin doch schon sieben, Mummy, ich kann das auch ohne Hilfe.«

Ich streiche ihr durchs Haar. »Nein, natürlich nicht, ich will diesmal selbst gewinnen!«

Freya fragt Will, ob er bleibt. Er schüttelt den Kopf. »Heute leider nicht. Muss später noch was arbeiten. Aber zuerst esse ich noch Pizza mit euch, wenn das okay ist?«

Die Frage richtet er an mich, und ich nicke. »Aber natürlich. Du weißt doch, dass du nicht fragen musst.«

Weiß er das wirklich? Ich habe ihn seit gestern ja ständig hingehalten, so dass es mich nicht überraschen würde, wenn er sich etwas unwohl fühlt.

Ich bin Will gegenüber nicht fair. Vor allem ihm verdanke ich es, etwas zur Ruhe gekommen zu sein. Er ist schweigsam beim Essen, aber Freyas angeregtes Geplapper erfüllt die Stille, als sie ihm von der morgigen Fahrt zu ihren Großeltern erzählt. Zachs Eltern wohnen in Reading, und ich versuche, Freya so oft wie möglich zu ihnen zu bringen. Sie haben sie von Anfang an vergöttert, aber jetzt ist sie das einzige Verbindungsglied zu ihrem Sohn, und jeder Moment mit ihr ist ihnen besonders wertvoll. Auch sie ist gern bei ihnen; sie können ihr Zach näherbringen und ihn lebhafter darstellen als ich.

Als Will geht, gibt er mir an der Haustür kurz einen Kuss und sagt, dass er morgen anruft. »Ich weiß, dass Freya ein paar Tage fort ist, aber ich muss dieses Wochenende ein bisschen Arbeit nachholen. Sollen wir uns Montag treffen?«

Es ist nichts Ungewöhnliches, dass wir uns ab und zu ein paar Tage nicht sehen, denn wir haben beide ein arbeitsreiches Leben, aber in letzter Zeit ist das nicht vorgekommen, wir haben uns fast täglich wenigstens kurz gesehen. Ich kann die Zeit jedoch gerade gut brauchen, daher stimme ich gerne zu, dass Montag in Ordnung geht.

• • •

Etwas reißt mich aus dem Schlaf: ein durchdringendes Geräusch, das ich zunächst nicht zuordnen kann. Es ist mein Handy auf dem Nachttisch.

Noch ganz verschlafen blicke ich auf das Display, aber der Anrufer wird nicht angezeigt. Normalerweise melde ich mich dann nicht – unbekannte Anrufe sind meistens unerfreulich –, doch es ist zwei Uhr nachts, daher muss es wichtig sein.

Ich gehe ran und mache mich auf eine schlechte Nachricht gefasst.

»Mia? Warum sind Sie heute zu unserem Haus gekommen?« Alisons Stimme klingt durch das Handy ganz anders.

Ich übergehe ihre Frage und will wissen, warum sie gesagt hat, dass sich mein Mann nicht umgebracht hat.

»Lassen Sie lieber die Finger von der Sache, Mia. Und kreuzen Sie nie wieder bei uns auf. Sie haben keine Ahnung, was Sie da machen.«

Und dann Stille. Die Verbindung ist beendet.

• SECHS •

JOSIE

Alison hat seit dem Vorfall mit Aaron nicht mehr mit mir gesprochen – sie hat mich nicht mal kurz erklären lassen, was genau da gelaufen ist. Jedes Mal, wenn ich versuche, mit ihr zu reden, verlässt sie wortlos das Zimmer, und das ist irgendwie noch schlimmer, als wenn sie mich beschimpfen würde.

Ich fühle mich zwar im Recht, aber sie will die Wahrheit nicht hören. Sie ist wohl noch verdrehter, als mir bewusst war. Ich weiß nicht, ob sie versucht hat, mit Aaron darüber zu reden, aber falls die beiden sich unterhalten haben, bin ich sicher, dass er ihr einen Sack Lügen aufgetischt hat.

Heute ist der letzte Tag der Weihnachtsferien. Irgendwie habe ich die Zeit überstanden, indem ich besonders oft im Café gearbeitet und mich tatsächlich in meinen Lernstoff vertieft habe. Es war eine seltsame Mischung aus Entschlossenheit, den Kurs zu bestehen, und Verzweiflung, meine Einsamkeit zu vergessen, ohne der Versuchung nachzugeben, auszugehen und zu trinken.

Aber heute muss ich nicht ins Café, und ich kann die Vorstellung nicht ertragen, hier allein festzusitzen, während Alison herumschleicht und mich mit Schweigen bestraft. Sie ist genauso einsam wie ich, wenn auch auf andere Weise. Fast die ganzen Ferien über war sie bei ihren Eltern, aber jetzt, wo sie wieder da ist, weiß ich nicht, was schlimmer ist.

Daher fasse ich einen Entschluss. Heute fahre ich nach Brighton. Natürlich nicht, um *sie* zu sehen, aber mir fehlt Kieren, und ich weiß, dass ich ihm auch fehle. Er versteht zwar noch nicht, warum ich so weit fortgezogen bin, warum ich einfach von ihr wegmusste. Vielleicht versucht sie auch, ihn gegen mich aufzuwiegeln, aber sie sollte nicht unterschätzen, wie dickköpfig Kieren ist, und das schon mit seinen fünf Jahren. Er ist genau wie ich. Das gefällt ihr bestimmt nicht.

Die Zugfahrt nach Brighton vergeht zu schnell. Früher, als mir recht ist, steige ich aus, in der Stadt, die ich einfach nicht als meine Heimat akzeptieren kann. Trotzdem war es bis vor ein paar Monaten der einzige Ort, an dem ich gelebt habe, an dem ich je war.

Seltsamerweise hat sie Freunde hier. Zu viele, die alle über die Wohnsiedlung verteilt leben und mit ihr Kontakt haben. Schaudernd denke ich daran, wie viele Leute sie gegen mich aufgewiegelt hat, deswegen muss ich hier besonders aufpassen und immer in der Lage sein, mich und mein Handeln zu rechtfertigen. Aber jetzt muss ich mich nicht mehr für meine bloße Existenz schämen, denn ich habe das einzig Mögliche für mich getan. Das Richtige.

Die einzige Person, die sich nicht von mir abgewandt hat, seit es passiert ist, ist unsere Nachbarin Sinead. Obwohl sie ungefähr in Livs Alter und selbst Mutter von zwei Kindern ist, hat sie nie etwas mit Liv verbunden, sie hat sie nie gemocht, deswegen war ich nicht überrascht, als sie sich eines Tages beim Kaufmann an mich wandte und mir sagte, dass sie meiner Version der Geschichte glaube. »Ich weiß, dass du nicht lügen würdest, Josie. Diese Liv hingegen … entschuldige, ich weiß, sie ist deine Mutter, aber mein Gott, was für eine widerliche Person.«

Seither hat mich Sinead per SMS oder Anruf regelmäßig mit Updates über Kieren versorgt – nur so erfahre ich, wie es ihm geht. Ich überlege, bei ihr anzuklopfen, ehe ich zu Liv gehe, entscheide mich aber schnell dagegen. Ich will nicht, dass mich jemand dort sieht; das bringt Sinead und ihrer Familie nur Probleme.

Livs Haus – meines ist es nicht und war es auch noch nie – befindet sich nur eine kurze Busstrecke vom Strand entfernt, und ich gehe erst mal zum Pier, um noch etwas Zeit zum Durchatmen zu haben. Um diese Jahreszeit ist der Strand verlassen, ganz anders als bei dem Rummel in den Sommermonaten, aber das kommt mir gerade recht – da bin ich wenigstens unsichtbar.

Jetzt könnte ich wirklich einen Drink gebrauchen, einfach etwas, das mich beruhigt, weil ich tatsächlich Angst davor habe, wozu sie fähig ist. Aber ich war schon zu lange nicht mehr hier. Vier Monate sind bei einem Kind eine wahnsinnig lange Zeit, und ich will Kieren wissen lassen, dass ich ihn nicht vergessen habe. Ihn auch niemals vergessen werde.

Wenn es die Möglichkeit gäbe, ihn von ihr wegzuholen, würde ich es tun, egal was für eine Belastung es wäre, aber es gibt diese Möglichkeit nicht; das habe ich schon überprüft. Ich weiß nicht, wie Kierens Leben zurzeit aussieht, aber hoffentlich nicht so schlimm, wie es bei mir war. Er ist ein Junge, sie ist also wenigstens nicht eifersüchtig auf ihn, aber sie hat keine Ahnung, was es heißt, eine Mutter zu sein. Diese angeblich natürlichen Instinkte stecken einfach nicht in ihr. Für sie sind Kinder nichts als Unfälle, Dinge, die ihr dabei im Weg sind, ihr Leben nach ihrem Geschmack zu führen. Hindernisse, die jeden Mann vertreiben, an dem sie interessiert ist.

Ich habe schon zu lange in die Wellen gestarrt und kann es schließlich nicht mehr weiter hinauszögern. Ich bin gekommen, um Kieren zu sehen, und um das zu tun, muss ich mich *ihr* aussetzen. Gut, ich bin bereit. Komme, was da wolle. Ich werde mit allem fertig.

Das Haus ist immer noch so heruntergekommen wie eh und je, zumindest hier hat sich nichts geändert. Ich drücke auf die Klingel und höre es innen läuten, hole tief Luft und wappne mich. Langsam geht die Tür auf.

»Jojo!«, kreischt Kieren. Er kommt auf mich zugerannt und umarmt mich fest.

Ich beuge mich zu ihm hinunter. »Wo ist Mum? Sie ist doch da, oder?« Es wäre nicht untypisch für sie, einen Fünfjährigen allein zu Hause zu lassen.

Er nickt, und sein Lächeln erlischt. »Sie ist im Bad.« Er dreht sich um und sieht die Treppe hinauf. »Sie sagt, wir dürfen dich auf keinen Fall reinlassen«, fährt er fort. »Warum ist sie so gemein zu dir?«

Eines Tages erzähle ich es ihm, wenn er alt genug ist um zu verstehen, was sie mir angetan hat.

Ich blicke in die Diele, sehe die ganzen Mülltüten – einfach abgestellt, obwohl sie überquellen, weil sie zu faul ist, ein paar Meter nach draußen zu den Tonnen zu laufen. Überall liegen Mäntel und Schuhe herum »Kieren? Wann ist sie ins Bad gegangen?«

Mein Bruder zuckt mit den Schultern. »Gerade erst. Sie hat gesagt, ich soll fernsehen. Ich darf die Haustür nicht aufmachen.«

Natürlich, falls ich draußen stehe. Sie weiß, dass ich es nie lange ohne Kieren aushalte. Aber sie ist immer eine Ewigkeit im Bad. Ich bin etwas erleichtert und sage Kieren, er soll seinen Mantel holen und zu mir nach draußen kommen. Ich setze keinen Fuß in dieses Haus. Nicht, wenn es nicht unbedingt sein muss.

Wir kuscheln uns auf der Türschwelle aneinander und halten uns warm. »Ich dachte schon, du seist abgehauen«, sagt er und lehnt sich zurück, damit er mein Gesicht sehen kann. »Mum hat gesagt, du kommst nie mehr wieder.«

»Aber jetzt bin ich doch hier«, sage ich. Es wäre einfach, ihm zu erklären, was für ein böses, verlogenes Biest diese Frau ist, aber das könnte ich Kieren auf gar keinen Fall antun. Solange sie ihn ernährt, ordentlich kleidet und nicht misshandelt, muss ich sie noch nicht bei ihm schlechtmachen. In seinem Alter sind die Eltern noch ein und alles für Kinder, ich sollte ihm seine Welt nicht kaputt machen. Und wenn ich ihn jetzt so ansehe, in seinem offensichtlich neuen und sauberen

Mickey-Maus-Pulli und den Jeans, dann scheint ja alles in Ordnung zu sein.

Die Misshandlungen und die Vernachlässigung galten wohl ausschließlich mir. Macht das die Sache besser oder schlimmer?

»Hast du was zu Mittag gegessen?«, frage ich Kieren. Ich greife in die Tasche und hole das unangetastete Fischbrötchen heraus, das ich am Bahnhof gekauft habe.

»Nein.« Er beäugt das Brötchen argwöhnisch.

»Hier, dann nimm das.« Ich strecke es ihm hin, aber er greift nicht danach. Stattdessen sieht er wieder die Treppe hinauf und schüttelt den Kopf. »Nein, ich krieg nur Ärger. Wir gehen nachher mit Richard zu McDonald's.«

Den Namen habe ich hier noch nie gehört, aber ich muss nicht fragen, wer das ist. Livs neuer Freund bestimmt. Da hat sie ja nicht lange gebraucht, um über Johnny wegzukommen. Wenn ich nur an ihn denke, wird mir schlecht.

»Ist Richard nett zu dir?«, frage ich. Wenn nicht, dann nehme ich Kieren nämlich auf der Stelle mit, egal was die Konsequenzen sind.

Kieren zuckt mit den Schultern. »Er ist okay. Weiß auch nicht.« Er legt seinen Kopf auf seine verschränkten Arme. »Du fehlst mir, Jojo.«

Ich zerzause ihm die Haare. »Du mir auch.«

»Ich kann fragen, ob du nicht zu uns zurückkommen kannst. Dann sind wir wieder zusammen!«

Es bricht mir das Herz, ihm sagen zu müssen, dass das nicht geht. Ich versuche ihm zu erklären, dass ich jetzt an der Universität bin und dort wohnen muss, aber dass ich ihn so oft besuche, wie es geht.

»Es ist so gemein!«, protestiert er. »Warum hasst Mum dich bloß so?«

»Weil deine Schwester eine böse, dreckige Lügnerin ist und es nicht verdient hat, zu leben.«

Mein Herz bleibt fast stehen, als ich Livs harsche Stimme höre. Ich begreife kaum, was sie gesagt hat, so erstarrt bin ich, weil sie plötzlich dasteht und weder Kieren noch ich gehört haben, dass sie heruntergekommen ist. Sie trägt einen langen, flauschigen grünen Hausmantel mit Make-up-Flecken und hat ein rosa Handtuch um ihre Haare gewickelt. Was hat sie da gerade gesagt? Ich habe nur verstanden, dass sie mich lieber tot sähe.

Kieren rückt etwas von mir ab, bleibt aber wie gelähmt sitzen, genauso wie ich. Es wäre anders gewesen, wenn sie die Tür geöffnet hätte, als ich auf sie vorbereitet war. Ich reagiere nicht gut auf unliebsame Überraschungen.

»Verschwinde aus meinem Haus«, faucht sie mich an.

»Ich bin doch gar nicht in deinem Haus.« Ein lahmer Versuch, mich nicht unterkriegen zu lassen, aber ich will ihr nicht zeigen, wie sehr sie mich immer noch einschüchtert. Wie kann es sein, dass wir dieselben Gene haben?

Sie beugt sich ruckartig vor und packt Kieren. »Nach oben mit dir. Auf der Stelle.«

Er wehrt sich nicht, sondern stapft die Treppe hinauf,

ohne noch einen Blick in meine Richtung zu werfen. Angst, das ist es. Aber als er oben ist, wirft er mir eine Kusshand zu, die nur ich sehen kann.

»Du hast ja echt Nerven, einfach herzukommen«, sagt Liv. »Weißt du nicht, wie viele Leute dich gevierteilt sehen wollen für das, was du getan hast?«

»Und was genau soll ich getan haben, *Mutter*?« Meinen ironischen Ton wird sie nicht verstehen. Mit diesem Wort verbinde ich nicht sie. Für mich ist und bleibt sie ein für alle Mal Liv Carpenter.

»Was? Du hat einen unschuldigen Mann ins Gefängnis gebracht und bist auf und davon, als sei nichts passiert!« Mit hartem, kaltem Blick kommt sie näher. »Er ist selbstmordgefährdet! Und wenn er sich umbringt, dann stehe Gott dir bei, dann ist nämlich ein Lynchmob hinter dir her. Er hat eine große Familie. Eine Menge Freunde. Und jeder von uns will Gerechtigkeit.«

Es kostet mich Mühe, jetzt nicht über ihre geborstene Türschwelle zu kotzen.

Ich hebe die Arme. »Es ist niemand in der Nähe, Liv. Kein Mensch hört gerade zu. Warum sagst du nicht einfach die Wahrheit? Denn du weißt, was er gemacht hat. Du hast ihn gesehen. Ich weiß es, also lass das falsche Getue. Du bist genauso schuldig wie er, und alles rächt sich früher oder später.«

Jetzt mache ich schnell kehrt und gehe. Ich will nichts mehr davon hören.

Sie keift hinter mir her. »Lass dich bloß nicht mehr blicken, du dreckige Hure. Hast du gehört? Verrotte und krepiere in irgendeiner Ecke, wie du es verdient hast.«

Im Weggehen überlege ich, wie seltsam es ist, dass diese Worte immer noch mindestens genauso verletzend sind wie das, was sie mir vorher alles angetan hat.

• • •

Es ist still in der Wohnung, als ich nach Hause komme, aber das bedeutet nicht, dass ich allein bin. Alison ist immer still und schleicht leise herum, bis sie plötzlich vor mir steht und mich anstarrt. Total gruselig.

Nach dem Tag, der hinter mir liegt, könnte ich ihre Gesellschaft brauchen; ich möchte reinen Tisch machen und sie zwingen, mir zuzuhören. Sie muss die Wahrheit erfahren. *Aber bei Liv hat das heute nicht geklappt, oder? Wann begreifst du endlich, dass Leute wie Liv und Alison nur das hören, was sie hören wollen, und dass du deine Zeit verschwendest, wenn du sie vom Gegenteil überzeugen willst?*

Ich kann nur eines machen, abgesehen davon, mich bewusstlos zu trinken, und das ist, mich auf meine Kurse morgen vorzubereiten. Gleich morgen früh ist Zachs Seminar, und wir müssen unsere nächste Hausarbeit abgeben, die muss ich also noch einmal durchgehen.

Als ich mein Zimmer betrete, steigt mir sofort ein Hauch von Alisons ekelig süßem Parfüm in die Nase. Es sickert überallhin in der Wohnung: ins Bad, in die Küche, und jetzt ist es auch noch in mein Zimmer gedrungen, den einzigen Raum, in dem ich bis jetzt vor ihr sicher war. Und seit dem Vorfall mit Aaron hat sie sogar noch mehr von diesem Duft aufgelegt, wahrscheinlich nur, um mich zu ärgern.

Ich setze mich an den Schreibtisch, fahre den Laptop hoch und suche meinen USB-Stick. Eigentlich ist er immer in meiner Schreibtischschublade, sicher verstaut, aber heute nicht. Meine ganze Uni-Arbeit ist darauf gespeichert, und es ist eine Katastrophe, wenn das alles verloren ist. Erst einmal rege ich mich noch nicht zu sehr auf – manchmal habe ich den Stick schon in einer Jackentasche oder meiner Mappe gefunden –, aber auch nach einer zunehmend hektischen Suche bleibt er spurlos verschwunden.

Ich fluche vor mich hin und scanne meine PC-Dateien. Zum Glück mache ich von wichtigen Arbeiten immer Backups.

Aber die Arbeit für Zach ist nicht da, und als ich die Festplatte durchsuche, finde ich keine Datei mit dem Titel meiner Arbeit.

Wie konnte ich nur so dämlich sein? Ich versuche mich zu erinnern und weiß, dass ich die Arbeit hier abgespeichert habe. Hundertprozentig. Ich weiß sogar noch, dass ich mich gefragt habe, als ich sie auf den USB-Stick kopiert habe, ob Zach sie wieder so positiv bewertet. Wahrscheinlich nicht, dachte ich noch, wahrscheinlich hat er gemerkt, dass er sich in mir getäuscht hat.

Ich durchsuche mein Zimmer eine weitere halbe Stunde lang, bis es so aussieht, als ob ein Einbrecher alles auf den Kopf gestellt hat, aber meine Suche bleibt erfolglos.

Alison. Sie muss es gewesen sein. Sie versucht mich auf ihre passiv-aggressive Art fertigzumachen, und sie hat genau das erwischt, was mich am meisten trifft. Ich renne zu ihrem Zimmer, trommle an die Tür und rufe ihren Namen. Bestimmt versteckt sie sich dort. Aber die Antwort ist nur Stille.

Ohne an meinen Mantel zu denken schnappe ich meine Schlüssel, verlasse die Wohnung, schlage die Tür hinter mir zu und achte nicht auf die bittere Kälte, während ich losstapfe. Ich habe keine Ahnung, wohin ich gehe, ich muss nur raus aus der Wohnung.

Nach ein paar Minuten, während ich das Gefühl habe, dass mir der Kopf platzt, merke ich, dass ich zu meinem Café laufe. Ich bin schweißgebadet, obwohl es so kalt ist, und sehe sicher fürchterlich aus, aber warum nicht ins Café? Ich kann mich mit Koffein vollpumpen, wieder ruhiger werden und mich damit beschäftigen, wie ich es bloß schaffen soll, die verdammte Arbeit bis morgen komplett neu zu schreiben.

Ich habe noch meine handgeschriebenen Notizen dafür, aber ich weiß, dass ich keinesfalls in der Lage bin, die ursprüngliche Fassung wiederherzustellen. Verdammtes Miststück, sie ist wegen eines Manns ausgetickt – wenn man Aaron überhaupt so bezeichnen kann – und hat sich deshalb gerächt. Bei Liv habe ich so etwas auch schon erlebt. Ich würde mich nie wegen eines Kerls zu einem solchen Psychoterror hinreißen lassen.

Im Café ist nur ein Gast, als ich eintrete, ein älterer Mann, dessen Hand zittert, als er die Tasse an den Mund hebt. Lucia steht hinter der Theke und fragt mich, ob ich das Übliche will.

»Nein«, sage ich. »Lieber einen doppelten Espresso.« Ich muss lange aufbleiben und brauche so viel Koffein wie möglich.

Sie runzelt die Stirn, gleichzeitig lacht sie und murmelt etwas auf Slowenisch. »Entschuldigung. Sitzen. Ich bringe.«

Der ältere Mann ist inzwischen weg, ich setze mich an seinen Platz in die Ecke beim Fenster und ziehe meine Notizen heraus, während ich auf den Kaffee warte. Ich starre meine Aufzeichnungen an und flehe um eine Eingebung. Irgendetwas. Aber die Worte zerfließen zu einem schwarzen Gekritzel. Es ist sinnlos. Ich schaffe es nicht.

»Hey, was für ein angenehmer Anblick.«

Ich blicke auf – Zach Hamilton steht vor meinem Tisch und lächelt mir zu.

»Hi, was machen Sie denn hier?« Ich versuche, nicht zu zeigen, wie froh ich bin, ihn zu sehen.

Er setzt sich an meinen Tisch. »Ich musste noch ein paar letzte Dinge für morgen vorbereiten und dachte, ich schau mal hier rein, ehe ich nach Hause gehe. Dachte, dass Sie vielleicht Dienst haben.« Er wirft einen Blick auf meine über den Tisch verteilten Notizen. »Aber so sieht es ja wohl nicht aus.«

»Nein, heute nicht, aber ich musste einfach mal raus aus der Wohnung. Ich muss eine Menge für das Semester machen.« Wenn er nur wüsste!

Er runzelt die Stirn. »Josie, ist alles in Ordnung? Sie

wirken ein bisschen … derangiert? O Gott, was für ein dummer Ausdruck, ich muss ja wie neunzig klingen.«

Aber ich kann nicht lachen. Noch nie im Leben hat mich jemand gefragt, ob es mir gut geht, abgesehen von Polizisten, daher versuche ich verzweifelt, die Tränen zu unterdrücken. »Nein. Nicht wirklich. Ganz und gar nicht. Nichts ist in Ordnung.«

Und schon während ich das sage, weiß ich, dass es ein großer Fehler ist, Zach in mein Leben zu lassen.

• SIEBEN •

MIA

Die Zeit blieb stehen in jener Nacht, als die Polizei bei mir im Wohnzimmer stand und mir mitteilte, dass Zach tot sei. Ich sah ihre Lippenbewegungen, aber ich konnte nur einzelne Fetzen verstehen: *Körper … Wohnung … tot … Selbstmord.* Und dann sank ich plötzlich zu Boden, wurde von kräftigen Armen hochgezogen, zum Sofa geführt und man brachte mir ein Glas Wasser, das ich nicht wollte. Irgendwann trat es jemand versehentlich um, und ich sah, wie das Wasser sich ausbreitete und einen dunklen Fleck auf dem beigen Teppich hinterließ. Komisch, dass ich mich daran erinnere. Ich kann mich kaum mehr an die einzelnen Züge von Zachs Gesicht erinnern, wenn ich mir kein Foto von ihm ansehe, oder daran, wie seine Stimme klang, aber dieser Wasserfleck ist mir im Gedächtnis geblieben.

Außerdem werde ich Pams schrillen Aufschrei nie vergessen, wie ein hilfloses Tier, das abgestochen wurde, als ich, immer noch wie betäubt, bei seinen Eltern anrief. Die Polizei hatte angeboten, das zu tun, aber ich konnte nicht zulassen, dass Pam und Graham es von Dritten hörten. Die Nachricht musste von mir kommen. Es brach ihnen das Herz, wie mir zuvor auch schon.

Daran muss ich denken, als ich nach Reading fahre, während Freya in ihrem Kindersitz zu einer Melodie aus dem Radio mitsingt.

Während der Sommerferien ist der Verkehr nie so schlimm, daher brauchen wir nicht mal eine Stunde, was bedeutet, dass ich mir für die Rückfahrt Zeit lassen kann. An Wochenenden lege ich mir gewöhnlich keine Termine, habe aber für Carlo, der vor Kurzem seine Frau verloren hat, eine Ausnahme gemacht, und ich muss nur sicher sein, dass ich vor ein Uhr zu Hause bin.

Aber erst mal muss ich mit Pam sprechen, vorzugsweise allein – und sie zum Reden zu bewegen wird weder einfach sein noch schnell gehen.

Pam und Graham erwarten uns schon an der Haustür, als wir vorfahren, und ich sehe im Rückspiegel, wie Freya zu strahlen beginnt und ihnen zuwinkt.

Obwohl schon Mitte siebzig, sind sie beide noch ziemlich rüstig; Pam kommt wie immer gleich auf das Auto zugelaufen. Ich habe den Motor gerade abgestellt, da reißt sie schon Freyas Tür auf und fängt an, sie aus dem Kindersitz zu schälen.

»Grandma!«, ruft Freya und umarmt sie.

»Ach, Liebling, wie schön, dich zu sehen. Du hast uns so gefehlt!«

Graham wirft ihr eine Kusshand zu, dann öffnet er meine Wagentür. »Hallo, Mia. Das gilt natürlich auch für dich.«

Ich steige aus und umarme ihn, aber wie üblich ist es eine kurze, hilflose Umarmung. Obwohl er auf seine Art ein liebevoller Mann ist, war ihm körperliche Zuwendung immer etwas fremd, selbst gegenüber seinem eigenen Sohn. Es hat Zach jedoch nie etwas ausgemacht und ihn auch nicht an der Liebe seines Vaters zweifeln lassen.

Bei Freya gibt sich Graham mehr Mühe. Er greift nach ihrer Tasche und nimmt ihre Hand. »Komm, Socks wartet schon auf dich!« Während sie auf Haus zustreben, muss ich unwillkürlich denken, dass der Kater Socks, so alt und gebrechlich er ist, Zach überlebt hat.

»Ist alles in Ordnung, Liebling?«, fragt Pam und hakt sich bei mir ein. »Du siehst ein bisschen blass aus.«

Ich versichere ihr, dass alles okay ist, doch sie kneift die Augen zusammen. »Es ist immer noch schwer für dich, hierherzukommen, stimmt's? Die ganzen Erinnerungen.«

Pam und Graham haben das Haus erst gekauft, als sie in Rente gingen, und anfangs, nachdem Zach und ich uns kennengelernt hatten, haben wir erst einmal hier gewohnt, um auf ein eigenes Haus zu sparen, auch wenn es lästig war, täglich nach London zu pendeln. Pam hat also recht: Ich habe immer ein bisschen das Gefühl, als käme Zach jeden Moment durch eine Tür, als wäre er hier noch irgendwie anwesend. Ich kann nicht erklären, warum es bei meinem Haus nicht so ist, das ja jahrelang unser gemeinsames Heim war. Vielleicht liegt es daran, dass durch Freya mit den Jahren auch immer wieder etwas Neues eingezogen ist. Sie habe ich ja seit ihrem zweiten Lebensjahr nie mehr mit Zach zusammen erlebt.

Ich lächle Pam zu. »Stimmt. Aber die Erinnerungen sind auch schön.«

Im Haus packt Freya bereits ihre Malbücher, Buntstifte und ihre Num-Nom-Figuren aus, die sie so eifrig sammelt, und breitet alles auf dem Wohnzimmerboden aus. »Ich muss dir meine Neuen zeigen«, sagt sie zu Pam, die sich geduldig zu ihr hockt, um alles aufmerksam zu begutachten.

Ich habe es aufgegeben, mich bei Pam und Graham für die Unordnung zu entschuldigen, die Freya immer hinterlässt. Sie haben mir versichert, dass ihnen das nichts ausmacht, dass dadurch Leben ins Haus kommt und es heimelig macht.

Nach ein paar Minuten wendet sich Graham Freya zu. »Lass uns mal rausgehen, bestimmt sitzt Socks unter irgendeinem Baum. Grandma macht uns bestimmt gerne was zu trinken.«

Das ist die Gelegenheit für mich. Ich folge Pam in die Küche, und sie setzt den Kessel auf. Ich sage, dass ich nur Wasser möchte, für etwas anderes sei es viel zu heiß, doch sie besteht darauf, Tee zu machen. Sie können einfach nicht ohne Tee auskommen, egal was für Wetter gerade herrscht.

»Kann ich mit dir reden, Pam? Es geht um Zach.« Normalerweise wäre ich nicht so direkt, aus Angst, dass sie dichtmacht, aber ich muss die Gelegenheit nutzen, solange Freya draußen ist.

Sie wird etwas starr, und ohne mich anzusehen bereitet sie den Tee zu. »Tut mir leid, dass ich jetzt damit anfange, wirklich, aber ich wollte gerne wissen, ob ihr etwas über einen Kollegen von Zach wisst, einen gewissen Dominic Bradford? Ich kannte ihn nicht, aber er war bei der Beisetzung, und ich erinnere mich, dass ihr einige Zeit mit ihm geredet habt. Ich dachte, es wäre vielleicht nett, in Kontakt mit ihm zu treten. Um mal über Zach zu reden.«

Sie hält inne. »Dominic Bradford? Das ist fünf Jahre her, Mia. Warum denn jetzt auf einmal?«

»Ich weiß, das kommt ein bisschen unerwartet, aber ich war bisher einfach noch nicht so weit, mit jemandem darüber zu sprechen. Ihr habt ja erlebt, wie es mir nach der Beisetzung ging – ich konnte kaum mit euch reden. Wenn ich die Kleine nicht gehabt hätte, um die ich mich kümmern musste, hätte ich nicht gewusst, was ich machen soll. Ich hätte mich wahrscheinlich noch mehr von der Welt zurückgezogen. Aber inzwischen habe ich das Gefühl, dass ich mit Leuten über ihn reden sollte. Leute, die ihn kannten und mochten. Das kannst du doch bestimmt verstehen?«

»Ja, schon. Aber was soll dir das bringen? Du weißt doch jetzt, was die Leute von Zach halten. Keiner außer uns hat ein gutes Wort für ihn übrig.«

»Außer Dominic«, sage ich. »Er hat nie geglaubt, dass Zach zu dem fähig war, was man ihm vorwirft. Das hat er bei der Beerdigung gesagt.«

Etwas huscht Pam übers Gesicht, und ich weiß sofort, was es ist: Sie kann den Gedanken an Zach mit einer seiner Studentinnen nicht ertragen. Sie schüttelt den Kopf, aber ich muss dranbleiben, ehe sie wieder dichtmacht. »Bitte, Pam. Ich muss das einfach tun.«

»Warum gerade jetzt, Mia? Ich dachte, du hättest das hinter dir gelassen. Du hast so ein süßes kleines Mädchen. Warum so viel Traurigkeit aufrühren? Wenn du mit Zachs Kollegen redest, dann kommt nur wieder das alte Zeug hoch. Und die Zweifel setzen ein, und du glaubst, dass er doch schuldig war. Und vergisst den Mann, der er wirklich war.«

Fünf Jahre lang war ich nicht in der Lage, Pam und Graham zu sagen, dass ich Zach nicht für unschuldig halte, dass die Indizien gegen ihn zu eindeutig waren, um sie zu ignorieren. Und auch wenn ich mich selbst dafür gehasst habe, tagtäglich, musste ich den Tatsachen schließlich ins Auge sehen. Ich konnte nicht zulassen, dass mich die Liebe blind machte.

»Es war ein Anfall von schwerer Depression«, fährt Pam fort, als ich nicht antworte. »Deshalb hat er sich das Leben genommen. Schließlich hat er ja genug von den schrecklichen Tabletten genommen, um sicherzugehen, dass er nicht gerettet werden konnte. Es hatte nichts mit diesem Mädchen zu tun, nichts mit Schuldgefühlen.« Sie betupft sich die Augen. »Es war reine Verzweiflung. Trauer. Ich weiß auch nicht. Es ist schwer zu schlucken, dass keiner von uns gemerkt hat, wie verzweifelt er war. Und schwer zu verstehen, dass er Freya ihren Vater genommen hat, obwohl er sie doch so sehr liebte, aber daran war seine Depression schuld.«

Ich höre Alison Cummings' Worte in mir: *Zach hat sich nicht umgebracht.*

Ich kann Pam nichts erwidern, daher nicke ich nur. Aber ich hätte es doch gemerkt, wenn Zach an Depressionen gelitten hätte, oder nicht? Es hätte Anzeichen dafür geben müssen, die mir nicht entgangen wären. Und in seiner Vorgeschichte gab es auch keine psychischen Auffälligkeiten.

Von meinen wahren Gedanken oder meiner Sitzung mit Alison Cummings und ihrer ungeheuerlichen Behauptung kann ich ihr auf keinen Fall erzählen. Nicht, bevor ich nicht weiß, was da gespielt wird. Ich darf Pams Welt nicht erneut zerstören, falls es sich doch als falsche Fährte entpuppt.

»Wie auch immer, nichts bringt ihn zurück, Mia«, sagt Pam. »Und was soll es dir bringen, mit Dominic Bradford zu reden? So nahe standen sie sich nicht, und er hat die Zeit von damals auch hinter sich gelassen, da bin ich sicher.«

Ich hole tief Luft und frage mich, wie weit ich gehen kann. Natürlich will ich nicht von ihr wissen, wo er wohnt, aber falls die Chance besteht, dass sie doch noch mehr Informationen hat, dann will ich auch davon erfahren. »Du hast wahrscheinlich recht, Pam. Ich bin sicher, er will nicht, dass ich nach so langer Zeit plötzlich auftauche und ihn an Vergangenes erinnere.« Ich zögere. »Er hatte eine nette Frau, nicht? Ich glaube, sie war bei der Beisetzung dabei.« Nur ungern spiele ich so mit Pam, aber ich muss mich wappnen gegen das, was kommen mag.

Sie schüttelt den Kopf, was ich schon erwartet hatte. »Nein, er war allein da. Er hat sich kurz nach Zachs Tod scheiden lassen, vielleicht waren sie da also schon getrennt … Aber ich weiß nicht wirklich, was los war. Er ist hinterher eine Weile mit uns in Kontakt geblieben, aber jetzt haben wir seit Jahren nichts von ihm gehört. Ich weiß nicht mal, wo er jetzt wohnt.«

»Weißt du noch, wie sie hieß?«, frage ich aufs Geratewohl, denn ich muss es wenigstens versuchen.

Pam runzelt die Stirn. »Ich glaube, ihr Name war Elaine. Warum fragst du mich das, Mia? Was steckt dahinter? Warum möchtest du auf einmal etwas über Dominics Frau wissen?«

Ich drehe mich um und schaue in den Garten. Freya hat Socks inzwischen entdeckt und spaziert mit ihm auf dem Arm im Garten umher. »Es ist nichts weiter. Nur … mir fehlt Zach immer noch, und ich möchte mich ihm näher fühlen und mit Leuten Kontakt haben, die ihn kannten.« Ich merke, dass meine Worte Pam nicht überzeugen – das ist nachvollziehbar, nicht mal mir selbst erscheinen sie logisch. Ich muss sie ablenken. »Einer meiner Klienten hat gerade seine Frau verloren und auf einmal kommt alles zurück.«

Das scheint sie schließlich zu überzeugen, denn sie kommt auf mich zu und nimmt mich in den Arm. »Es wird immer hart bleiben, Liebes. Wir müssen einfach damit leben. Mehr können wir nicht tun.« Wir halten uns kurz fest, dann löst sie sich und richtet sich auf. »Wie geht's dir mit Will? Willst du nicht, dass er bei dir einzieht?«

Das ist das Außergewöhnliche an Pam – sie kann ihren eigenen Schmerz beiseiteschieben und nur das Beste für mich wollen, obwohl sie sich vielleicht so fühlt, als ob ihr Sohn verdrängt würde.

»Ich kann es nicht, Pam. Noch nicht. Ich bin noch nicht so weit.«

Sie nickt, aber ich spüre, dass sie mehr darüber wissen will. »Es ist jetzt fünf Jahre her, Mia. Wie lang ist lang genug? Deinen Erzählungen nach ist er ganz reizend, und Freya hat ihn auch lieb, oder?«

Pams Logik kann ich nichts entgegensetzen, auch wenn ich ihr nicht so einfach erklären kann, was in meinem Herzen vorgeht. »Ja, Freya liebt ihn. Wir lieben ihn beide.«

Sie runzelt die Stirn. »Du vertraust ihm doch, oder? Denn wenn es darum geht, dass du nicht verletzt werden willst, dann kann ich nur wiederholen: Ich glaube keine Sekunde, dass Zach Unrecht begangen hat. Du warst ihm eine gute Frau, Mia, er hätte nie etwas getan, um dich zu verletzen.« Sie zögert. »Ach, ich weiß ja, das stimmt nicht, denn er hat sich umgebracht und muss gewusst haben, was er euch beiden damit antat – uns allen –, aber du weißt schon, was ich meine.«

Ein allzu bekanntes Gefühl der Benommenheit überkommt mich, und ich bin wie betäubt. Ich balle die Hände zu Fäusten, um mich wachzurütteln, aber es ist, als würde ich jemanden von weit weg beobachten. Es muss sich um einen Schutzmechanismus handeln, der sich bei mir über die Jahre herausgebildet hat, um mich nicht abstürzen zu lassen.

»Ich versuche mein Bestes, das jeden Tag zu glauben«, sage ich. *Nein, tue ich nicht. Zach hat mir mit seinem Betrug das Herz aus dem Leib gerissen.* »Manchmal schaffe ich es, positiv zu denken, manchmal nicht«, sage ich. »Aber es stimmt, Will ist ein lieber Mann.« Die Worte bleiben mir im Hals stecken; dasselbe haben die Leute auch immer von Zach gesagt.

Pam nickt. »Graham und ich haben erst kürzlich darüber geredet und finden, dass wir Will endlich mal kennenlernen sollten. Ihr seid doch schon eine Weile zusammen.«

Das habe ich nun wirklich gar nicht erwartet und bin kurz verblüfft. »Ich … äh … Ja, das klingt gut.« Ich weiß, wie schwer es Will fallen wird, mitzukommen. Er wird es für uns machen, kein Zweifel, aber ich möchte es ihm eigentlich nicht zumuten. Trotzdem verspreche ich Pam, mit ihm darüber zu reden.

Sie lächelt. Es macht ihr Freude, weiterhin in mein Leben einbezogen zu werden. »Das muss ja gar nichts Förmliches sein«, sagt sie. »Ganz zwanglos. Es ist ja nicht so, als ob er den Eltern vorgestellt würde.« Sie unterbricht sich. »Irgendwie allerdings schon, weil wir uns ein wenig so fühlen, Mia. Wenn es nach uns geht, bist du unsere Tochter.«

Mir kommen fast die Tränen, und ich kann nur ein leises Danke flüstern.

»Komisch«, sagt Pam, »als Zach dich kennengelernt hat … auf Teneriffa, oder?«

»Fuerteventura.«

»Ach so, genau. Tja, da haben wir nicht erwartet, dass daraus etwas Dauerhaftes würde – das ist doch fast nie so mit Ferienromanzen. Und ihr wart beide so jung. Zach war erst fünfundzwanzig, nicht? Und du, wie alt warst du? Zweiundzwanzig?«

Ich nicke. Pam war immer gut mit Daten und Geburtstagen.

»Aber als er dich uns vorgestellt hat, habe ich gewusst, dass du perfekt zu ihm passt. Ich habe gleich gemerkt, dass du ein gutes Mädchen bist.«

Ihre Worte schnüren mir so die Kehle zu, dass ich nichts sagen kann. Es ist ziemlich komisch, mich daran zu erinnern, wie Zach und ich uns kennengelernt haben. Es fühlt sich an wie vor einer Ewigkeit. Ich hatte angenommen, es würde sich nur um ein paar alkoholisierte Nächte handeln, um puren Spaß, und überhaupt nicht erwartet, dass sich Zach nach unserer Rückkehr melden würde. Tat er aber. Und selbst als wir drei Jahre später heirateten, hat niemand geglaubt, dass es halten würde – außer uns. *Warum hatten wir bloß zehn Jahre zusammen, Zach? Zehn kurze Jahre. Bis dass der Tod uns scheidet.*

Ich bin froh, dass ich heute Morgen nichts gefrühstückt habe, denn jetzt hätte ich mich bestimmt übergeben müssen. Zum Glück kommt in diesem Moment Freya in die Küche gelaufen, immer noch mit Socks im Arm. Sie ist eine willkommene Ablenkung. »Kannst du noch zum Mittagessen bleiben, Mummy?«, fragt sie.

Sosehr sie ihre Großeltern auch liebt, so wenig mag sie es, dass ich gehe – zumindest, bis Pam und Graham sie mit irgendeinem Spiel abgelenkt haben.

»Das geht leider nicht, Süße, ich habe heute noch einen Termin. Aber ich hole dich am Montag wieder ab, okay?« Ich beuge mich zu ihr, um ihr einen Kuss zu geben. »Sei schön brav.«

»Bin ich doch immer!«, sagt sie empört, und ich streiche ihr zustimmend durchs Haar.

Als ich das Haus verlasse und nach draußen trete, ist es, als könnte ich wieder atmen, nachdem ich fast erstickt wäre.

• ACHT •

JOSIE

Ich habe immer versucht, meine Gefühle unter Kontrolle zu halten und keine Schwächen zu zeigen, trotz der Umstände, in denen ich mich befinde. Selbst nach dem, was mir Johnny immer wieder angetan hat, habe ich mich immer geweigert, vor ihm Tränen zu vergießen. Ich habe mich stattdessen auf meine Wut konzentriert. Die hat mich wie eine schützende Mauer umgeben und ihn von mir ferngehalten.

Jetzt hingegen, als ich vor meinem Dozenten sitze, habe ich das Gefühl, gleich zusammenzubrechen und innerlich zu zerfallen. Das sieht mir gar nicht ähnlich.

»Kommen Sie«, sagt Zach, »wir müssen raus hier.« Er wartet nicht auf eine Antwort, sondern nimmt mich sanft beim Arm und zieht mich nach draußen, wie ein verirrtes Kind. Morgen werde ich mich dafür verachten. Und ich werde ihm nie wieder ins Gesicht blicken können; das weiß ich jetzt schon.

»Geht es um Ihr Studium?«, fragt er. »Kann ich irgendwie helfen? Wenn Sie mit Ihrer Arbeit nicht zurechtkommen, es gibt genug Tutoren, die Ihnen Hilfe anbieten würden. Sie müssen es nur sagen.«

Ich zucke mit den Schultern. »Das ist es nicht direkt. Na ja, teilweise, aber es ist nicht die ganze Geschichte.« Ich greife in meine Tasche, auf der Suche nach einem Papiertaschentuch, finde aber nur ein gebrauchtes, in dem irgendwo Kaugummi klebt. Ich benutze es trotzdem, um die dämlichen Tränen loszuwerden. »Klingt nicht besonders verständlich, oder?«, sage ich. »Hören Sie, ich gehe jetzt besser.« Ich wende mich ab, aber er greift nach meinem Arm.

»Ich kann Sie nicht so gehen lassen, Josie. Sie sind eindeutig wegen irgendetwas ziemlich verstört.«

Das ist merkwürdig. Er sollte nicht so beunruhigt sein, sondern lieber froh, mich loszuwerden. »Machen Sie sich keine Gedanken, ich komme schon zurecht.«

Aber das nimmt er mir nicht ab. »Nein, das glaube ich nicht. Ihre Hände zittern ja.«

Tatsächlich? Ich kann es nicht sagen. Ich kann nichts spüren. Es liegt an seiner Freundlichkeit. Auch an der verlorenen Seminararbeit, aber in erster Linie daran, dass er sich um mich sorgt.

»Hören Sie«, sagt er, »gibt es jemanden, zu dem Sie gehen können? Mit dem Sie reden können? Ich habe den Eindruck, Sie müssten mal Ihr Herz ausschütten. Sie sollten jetzt nicht allein sein. Mit wem wohnen Sie zusammen?«

Ha! Alison. Genau die Richtige, um meine Probleme loszuwerden. »Mit einer anderen Studentin«, sage ich. »Aber sie ist weg.« Ich sage ihm nicht, dass sie einer der Gründe für das hier ist, dass sie mich wahrscheinlich liebend gerne in diesem Zustand sähe.

Ich werde plötzlich von Trotz erfasst, ohne zu wissen, woher dieser so schnell kommt. Ich will keine Sonderbehandlung, weder von Zach noch von irgendjemand anderem. Ich schreibe meine Arbeit, und wenn es mich umbringt. Ich lasse mich von keinem unterkriegen, schon gar nicht von Alison.

Zach blickt auf die Uhr und sieht um sich. »Ich bringe Sie zu Ihrem Auto. Wo ist es geparkt?«

»Ich bin zu Fuß hergekommen.«

»Dann kommen Sie. Ich fahre Sie nach Hause.«

Das kann ich nicht zulassen. Es wäre unfair. Er hat ein schönes Leben, eine nette Frau, ein süßes Kind, er muss sich nicht um mein kaputtes Leben kümmern. »Nein, es geht schon. Ich kann zu Fuß gehen.«

»Josie, es wird schon dunkel, und ich will nur sicher sein, dass Sie unbeschadet zu Hause ankommen. Also los!«

Ich gebe mich nur geschlagen, weil es einfacher ist, und habe das Gefühl, dass er genauso starrköpfig ist wie ich und wir die ganze Zeit so weiterstreiten könnten, wenn keiner von uns nachgibt.

Zachs Auto riecht ganz neu, als habe er es gerade erst beim Händler abgeholt, aber innen sieht es ziemlich unordentlich aus. Überall liegen CDs herum, auf dem Rücksitz stapeln sich Bücher und ein Paar kleine, rosafarbene Schuhe.

Ich drehe mich nach ihm um. »CDs? Sie kaufen tatsächlich noch CDs?«

»Ja, warum? Ist das uncool?« Sein Lächeln zeigt, dass er meine Überraschung nicht persönlich nimmt.

»Es ist nur so, dass ich seit Ewigkeiten keine mehr gesehen habe.« Seit ich *ihr* Haus verlassen habe. Aber es ist nicht wirklich überraschend. Liv war sechzehn, als ich geboren wurde, und ist wahrscheinlich jetzt ungefähr in Zachs Alter.

Schweigend fahren wir eine Weile dahin, und ich verliere mich in der Musik aus dem Autoradio. Rockmusik – eigentlich nicht mein Ding, aber zu ihm passt sie irgendwie. Ich lehne den Kopf an, schließe die Augen und versuche, den Augenblick zu genießen, die wenigen Minuten zu meiner Wohnung.

»Alles in Ordnung, Josie?«, fragt Zach.

Ich reiße die Augen auf. Ist alles in Ordnung? Schwer zu sagen, aber in diesem Moment, hier bei Zach, geht es mir besser. Sein Auto ist wie ein Kokon, der die Welt da draußen fernhält. Hier ist alles, was an meinem Leben nicht stimmt, zu weit weg, um mich zu berühren. Ich kann die Geschichte neu schreiben. Vielleicht wird sie nicht so gut wie die erste, aber ich schreibe sie trotzdem. Alison ist vergleichsweise harmlos, und die Frau ist meilenweit weg in Brighton. Sie kann mir drohen, so viel sie will, ich lasse nicht zu, dass sie – oder sonst jemand – mir Angst einjagt.

»Fast in Ordnung«, sage ich zu Zach. »Der Anfall eben tut mir leid. Normalerweise verliere ich nicht so die Kontrolle.«

Er schüttelt den Kopf. »Josie, es ist okay, solche Momente zu haben. Sie sind doch auch nur ein Mensch. Sind wir alle. Sie können nicht ständig Superwoman sein.«

Ich werfe den Kopf zurück. »Ach, dafür halten Sie mich also? Nichts könnte weiter entfernt von der Wahrheit sein.«

»Nein, Gott sei Dank. Vollkommenheit ist so anstrengend. Es bewirkt, dass sich die anderen unzureichend vorkommen. Dass sie den Erwartungen nie gerecht werden. Wer will schon vollkommen sein!«

Ob er wohl aus eigener Erfahrung spricht oder von seiner Frau?

»Also, um was ging es?«, fährt er fort. »Das muss ja etwas Bedeutendes gewesen sein, das Sie so aus dem Gleichgewicht gebracht hat – vor mir, vor allen Leuten.«

Ich bin plötzlich sehr gerührt davon, dass er immer weiter nachfragt.

»Ich kann nicht – es tut mir leid.«

»Nein, nein. Mir sollte es leidtun. Ich sollte Sie nicht so oft danach fragen. Es ist unangemessen. Es ist wahrscheinlich etwas Persönliches, und ich bin Ihr Dozent, Sie müssen mir also gar nichts erzählen. Aber ich bin da, falls Sie reden wollen. Egal, worüber. Ich bin ganz vorurteilsfrei, müssen Sie wissen.«

Das glaube ich gern. Ich könnte schlimme voreilige Schlüsse ziehen und annehmen, dass Zach hinter etwas Bestimmtem her ist, aber den Eindruck vermittelt er eigentlich überhaupt nicht. Ich kenne ihn zwar kaum, aber er wirkt ehrlich. Ich habe genug Erfahrungen gemacht, um es zu erkennen, wenn ein Kerl anzüglich wird.

Vielleicht ist es dumm von mir, ihm so leicht zu glauben, vielleicht, weil ich ihn anziehend finde, aber ich gehe immer davon aus, dass ich meinen Instinkten trauen kann.

»Danke, Zach. Vielleicht ein anderes Mal. Hier rechts abbiegen. In dieser Straße wohne ich, ein Stück weiter unten.«

Er hält vor meiner Wohnung, lässt den Motor aber laufen. »Sie schaffen das, was es auch sein mag.«

Ja, ich schaffe es. Ich habe es bis hierher geschafft und gebe jetzt nicht auf.

»Danke fürs Mitnehmen, Zach«, sage ich und greife nach dem Türgriff.

»Bis morgen, Josie.«

Ich halte inne und sehe ihn an. Ich habe mich noch nie bremsen können, und ich muss ihn das fragen. »Warum machen Sie das? Warum sind Sie so nett zu mir, meine ich. Ich bin schließlich nicht Ihre einzige Studentin. Sie können doch gar nicht so viel Zeit haben, um uns allen zu helfen.«

Meine Frage scheint ihn nicht zu stören. »Nein, Sie haben recht«, sagt er und sieht mich an. »Aber ich wäre für jeden Einzelnen da, wenn er oder sie irgendwie Hilfe benötigte. Ich bin nicht der Ansicht, dass mein Job aufhört, sobald Sie alle den Hörsaal verlassen haben.« Er wendet sich ab und starrt durchs Fenster. »Außerdem bilde ich mir gerne ein, dass wir beide so etwas wie, na ja, Freunde geworden sind, auf eine seltsame Art. Verbunden durch unser Schreiben oder so.«

Freunde – ich merke, dass mir das Wort gefällt. Ich erzähle ihm nicht, dass ich es schon lange aufgegeben habe, mir Freunde für mich vorzustellen. Dass keiner übrig bleibt und einem die Hand reicht und aufhilft, wenn man ganz unten gelandet ist.

Ich öffne die Beifahrertür und springe hinaus.

»Kann ich offen zu Ihnen sein, Josie?«, ruft Zach mir nach.

Ich gehe zur Fahrerseite. »Na klar, in jeder Hinsicht.«

Zach lächelt. »Das Gefühl habe ich zumindest auch, aber ich muss das einfach sagen. Ich bin verheiratet und habe ein kleines Kind, und ich liebe meine Familie, denken Sie also bitte nicht, dass ich irgendwelche abartigen Vorstellungen habe oder dergleichen. Ich muss es einfach loswerden. Es sollte nicht so sein. Also, wenn Sie männlich wären, müssten wir es wahrscheinlich nicht mal ansprechen, aber Sie sollen einfach wissen, dass ich es ernst meinte, als ich Freundschaft sagte.«

»Schön zu wissen!«, sage ich möglichst fröhlich, obwohl etwas in mir einen Riss bekommen hat. »Aber nur damit das klar ist, ich habe nie angenommen, dass Sie irgendwelche … unehrenhaften Absichten hegten.« Ich lache, um das Gesagte zu unterstreichen.

»Die meisten sind heutzutage zu verklemmt«, sagt er, mehr oder weniger zu sich selbst. »Ich lasse mich gern vom Strom tragen, freunde mich an, mit wem ich will, ohne Rücksicht darauf, was andere davon halten. Man kann sich doch mit allen möglichen Leuten verbunden fühlen, und auch wenn ich Ihr Dozent bin – drei Stunden pro Woche, muss ich hinzufügen –, können wir doch miteinander über unser kreatives Schreiben plaudern? Wir sind beide erwachsen. Und Sie haben mir wirklich einen Impuls gegeben, ohne etwas anderes zu machen, als Ihre Arbeit abzugeben.« Er lacht. »O Gott, wie ich klinge!«

»Sie klingen ehrlich«, sage ich. »Und ich stimme allem zu. Außerdem ist es ein schöner Gedanke, dass ich Ihnen dabei helfe, mit Ihrem Roman weiterzukommen.«

Er lächelt, und ich glaube, er ist erleichtert, dass ich ihn verstehe. Denn das tue ich schon, aber es muss mir ja nicht gefallen.

Ich beuge mich in sein Fenster. »Kann ich Sie was fragen? Nachdem wir ja jetzt so gute Freunde sind?«

Er lacht. »Aber sicher.«

»Entschuldigen Sie, das ist eine sehr persönliche Frage. Woher wussten Sie, bevor Sie geheiratet haben, dass Ihre Frau die Richtige war? Das ist nicht aus Neugier, ich frage mich nur, woher man das überhaupt wissen kann, wo doch keiner von uns weiß, was die Zukunft bringt.«

»Das ist aber etwas zynisch, oder nicht?«

Er würde schon verstehen, warum ich so bin, wenn er wüsste, wo ich herkomme.

»Ich weiß, aber nur mir zuliebe.«

Er stößt seufzend die Luft aus und trommelt mit den Fingern auf das Steuerrad. »Na gut. Als ich Mia sah, wusste ich sofort, dass etwas an ihr anders ist. Sie war so ... kontrolliert, in jeder Hinsicht. Sie war einfach erfrischend anders als die Frauen, die ich davor kennengelernt hatte. Sie war so unabhängig, und ich konnte ungehindert ... ich selbst sein, schätze ich.« Er sieht mich an und zuckt mit den Schultern. »Wir waren nicht viel älter, als Sie es jetzt sind, daher kann ich nicht behaupten, dass ich auf der Stelle wusste, dass ich sie heiraten wollte, aber mit der Zeit fühlte es sich ganz natürlich an. Es war das einzig Richtige.«

»Ich kann mir nicht vorstellen, dass es mir auch mal so geht«, sage ich und habe fast vergessen, mit wem ich rede. Das liegt an Zach. Er gibt mir irgendwie das Gefühl, dass ich ihn schon sehr lange kenne. Ich weiß, das ist eine Floskel. Aber es stimmt.

»Aber bestimmt verändern sich die Menschen doch?«, fahre ich fort. »Sie können nicht mehr dieselbe Person sein, die Sie mit zwanzig waren.« Ich klinge neidisch, obwohl ich das nicht bin. Es ist eher eine bittere Traurigkeit und Einsamkeit. Aber wenigstens kann ich es zugeben.

»Nein, aber man muss hoffen, dass man zusammenwächst. Ich habe es mir auch nicht für mich vorstellen können, bis es geschah. Das ist das Schöne am Leben: das Unerwartete. Akzeptieren Sie es, Josie. Ich finde es aufregend, dass man nie weiß, was morgen sein kann.« Er schweigt, als ein Mann mit seinem Hund am Auto vorbeigeht. »Was ich sagen will, seien Sie positiv – so wie jetzt mit Ihrem Studium. Lassen Sie das in alle Lebensbereiche eindringen.«

»Genau das tue ich.«

»Gut. Aber machen Sie sich bloß keine Gedanken um Beziehungen und Ehe oder dergleichen. Dafür haben Sie noch genug Zeit.« Er blickt nach vorn durch die Windschutzscheibe, und ich frage mich, woran er denkt.

»Wie auch immer«, sagt er. »Ich mache mich mal besser auf den Weg. Mia fragt sich sicher schon, wo ich bleibe.«

»Noch mal vielen Dank. Für alles.«

Ich trete zurück, krame in meiner Tasche nach dem Hausschlüssel und sehe Zachs Auto hinterher, das um die Ecke biegt und verschwindet.

Mia. So ein schöner Name. Bestimmt ist seine Frau genauso hübsch. Sie klingt perfekt. Aber gibt es das überhaupt, Perfektion? Außerdem hat Zach gerade gesagt, dass wir alle Menschen sind und Fehler zulassen sollten. Dass Perfektion anstrengend ist. So in der Art.

Wie glücklich ist seine Ehe wohl wirklich?

Ich schließe die Wohnungstür hinter mir und lehne mich dagegen, ohne das Flurlicht anzumachen. Mein Herz schlägt wild. Hat Zach versucht, mir etwas anderes zu sagen als das, was er meinte, als er seine Frau beschrieb? Oder bin ich nur von seiner Freundlichkeit geblendet und will unbedingt jemanden von Bedeutung in meinem Leben haben? Denn außer Kieren ist da niemand. Klar, es gibt eine Menge Leute, mit denen ich saufen gehen kann, aber was bedeutet das schon? Keiner von ihnen würde einen Tag opfern, wenn ich Hilfe nötig hätte, sondern höchstens mal die nächste Runde Drinks spendieren.

Hör auf zu jammern, Josie, es gibt Leute, die viel schlimmer dran sind als du. Und an Einsamkeit ist noch niemand gestorben, oder?

Ich blicke auf, und Alison steht in der Dunkelheit vor

ihrer Zimmertür und beobachtet mich. Ich ziehe scharf die Luft ein. »Was ist los?«

»Wer war das in dem Auto? Neuer Lover? Schön, dass es bei dir besser klappt. Hält hoffentlich länger an als bei mir und Aaron.« Ihr Lächeln ist ein abfälliges Grinsen.

Ich erschrecke geradezu darüber, dass sie mit mir spricht und stichelt. Aber ich fasse mich schnell und gehe in Verteidigungsstellung. »Du hast ja keine Ahnung, wovon du redest, Alison. Wenn du mich mal ausreden lassen würdest, dann wüsstest du, dass Aaron ein Schleimer war und du froh sein kannst, ihn los zu sein. Selbst du kannst einen Besseren kriegen.« So hat es zwar nicht rauskommen sollen, aber nun ist es zu spät, die Worte zurückzunehmen.

»Aber das hast du ja nicht zu entscheiden, Josie, oder? Ich muss entscheiden, mit wem ich zusammen sein will und mit wem nicht, ich allein.« Ihre Stimme ist jetzt so leise, dass ich sie kaum hören kann. Ich mache einen Schritt auf sie zu.

»Er war überhaupt nicht an dir interessiert, Alison. Tut mir leid, das klingt scheiße, ich weiß, aber dafür kannst du nicht mir die Schuld geben. Vielleicht klappt es beim nächsten Mal besser.«

Sie verzieht den Mund zu einer hässlichen Grimasse. Ich warte auf die nächste Attacke, aber sie starrt mich nur mit ihren aufgerissenen grünen Augen an.

Ich sehe, dass meine Tür einen Spaltbreit offen steht. »Bist du in meinem Zimmer gewesen, Alison?« Ich weiß nicht, warum ich ihr die Gelegenheit biete, es abzustreiten.

Sie zieht die Nase kraus, aber das verrückte Starren lässt nicht nach. »Was sollte ich denn in deinem Zimmer machen?«

Und jetzt? Ich kann sie nicht einfach beschuldigen, meine Arbeit gelöscht zu haben, sie streitet es sowieso nur ab und stellt mich als Spinnerin hin. »Stimmt, keine Ahnung. Du würdest nie reingehen, wenn ich fort bin. Denn das wäre ja, na ja, *verrückt*. Und du bist schließlich nicht so verrückt, mir nachzuschnüffeln oder so.«

Ohne ein weiteres Wort macht sie kehrt, verschwindet in ihrem Zimmer und schließt leise die Tür hinter sich.

Und ich stehe mit einem bitteren Geschmack im Mund da.

• NEUN •

MIA

Carlo ist, genau wie ich, zu jung, um schon eine Lebenspartnerin verloren zu haben. Es ist schlimm genug, wenn man sein ganzes Leben mit jemandem verbracht hat, aber nach einer so kurzen gemeinsamen Zeit sind die Folgen verheerend.

Dieser junge Mann ist der einzige Klient, mit dem ich über das geredet habe, was ich durchgemacht habe, und ich glaube, das ist einer der Gründe, aus denen er weiter zu mir kommt, obwohl er anfangs einräumte, dass er lieber einen männlichen Therapeuten gehabt hätte. »Nehmen Sie das bitte nicht persönlich«, hatte er bei unserer ersten Beratung gesagt. »Ich finde es nicht einfach, mit Frauen zu reden. Außer mit Jenny. Ich habe versucht, bei einem männlichen Therapeuten einen Platz zu bekommen, aber es gab hier in der Gegend keinen, der geeignet war.«

Das ist nun allerdings schon fünf Monate her – und er lässt sich immer noch Termine geben und redet offen mit mir, daher glaube ich wohl, dass ich ihm irgendwie helfe. Nach einigen Sitzungen, als er noch reserviert war, erzählte ich ihm von meinem Verlust. Es ist das einzige Mal, dass ich das gemacht habe, und ich bereue es nicht. Es hat ihm weitergeholfen. Den Eindruck habe ich zumindest.

»Ständig habe ich das Gefühl, einen Schritt nach vorn und einen zurück zu machen«, sagt er, als er mir gegenüber Platz genommen hat. Wie immer sitzt er vornübergebeugt und hat die Ellbogen auf die Knie gestützt.

Ich bin froh über den Termin mit Carlo, trotz des Wochenendes; es lenkt mich von meinen derzeitigen Schwierigkeiten in meinem Leben ab. Alison hat mir eindeutig zu verstehen gegeben, dass sie nicht mit mir reden will. Ich muss mir also überlegen, wie ich vorgehe, deshalb stürze ich mich erst einmal in die Probleme dieses jungen Mannes und versuche, ihm zu helfen.

»Das ist normal, Carlo, das kann ich Ihnen versichern. Selbst nach fünf Jahren noch.«

»Fünf Jahre.« Er stößt einen Seufzer aus, der zu einem Pfeifen wird. Er weiß, dass es bei mir schon so lange dauert. »Wissen Sie, was mir am meisten Angst macht? Dass ich Jenny vergessen könnte. Dass sie in ein oder zwei Jahren nicht mehr die erste Person ist, an die ich beim Aufwachen denke. Das macht mich wahnsinnig. Ich möchte die Dinge, die sie gesagt hat, und ihre komischen kleinen Eigenarten nicht vergessen.« Er lächelt. »Zum Beispiel ihr Lachen, das immer in einem Grunzen endete. Wie ein Schweinchen. Es war so niedlich. So … typisch Jenny.«

Ich sage nicht, dass er es mit der Zeit vielleicht doch vergessen wird. »Aber wissen Sie, was das bedeutet, Carlo? Vorankommen. Es bedeutet nicht, dass Sie sie vergessen, sondern dass Sie die Situation bewältigen.«

Er lässt sich das kurz durch den Kopf gehen, dann nickt er in der Hoffnung, dass ich weiß, wovon ich rede, dass es nicht nur Lehrbuchgerede ist. Trotzdem, es gibt einen riesigen Unterschied zwischen unseren Situationen. Der Tod seiner Frau ist nicht befleckt von diesem abscheulichen Vertrauensbruch – und von Schlimmerem. Carlo kann normal trauern, ihre gemeinsamen Momente werden nicht überschattet. Für mich jedoch hängt Zachs Tod eng mit Josie Carpenter zusammen. Die beiden sind untrennbar miteinander verbunden.

»Sie könnten etwas versuchen«, sage ich und verdränge meine Gedanken. »Etwas, das Ihnen helfen könnte.«

Eines Abends nach Zachs Tod brachte ich Freya ins Bett und ging hinaus in den Garten. Als die Sonne unterging und es dunkel wurde, zündete ich einen chinesischen Lampion an und sah ihm nach, wie er davonschwebte. Er stieg auf, und ich verabschiedete mich von Zach. Es dauerte lange, bis das Licht so klein wurde, dass ich es nicht mehr sehen konnte, und während es aufstieg und verschwand, dachte ich an Zach und zählte auf, was ich alles an ihm vermissen würde, und blendete alles andere, das seinen Tod umgab, einfach aus.

Ich schlage Carlo vor, so etwas auch zu versuchen, und er lächelt tatsächlich. »Sie meinen, das hilft wirklich? Klingt irgendwie gut. Ich versuche es.«

Ich nicke. »Es ist eine schöne Art, sich von einem Verstorbenen zu verabschieden; oder wenn man etwas verliert oder das Leben eine Wendung nimmt. Es hilft Ihnen vielleicht bei der Trauerarbeit.«

Immer noch vornübergebeugt faltet er die Hände. »Danke. So eine Idee wäre mir nie gekommen. Wissen Sie, an was ich manchmal denke, was mich noch trauriger macht? Jenny hätte Sie sehr gemocht. Ganz sicher. Sie war stark und freundlich wie Sie und hatte ein großes Herz. Aber wenn sie nicht gestorben wäre, hätte ich Sie nie kennengelernt ... Na ja, das Leben geht seltsame Wege.«

»Ja, das stimmt, Carlo. Und wie es klingt, war Jenny eine wunderbare Frau. Den Menschen gegenüber so positiv eingestellt zu bleiben, obwohl man unheilbar an Krebs leidet, ist ungeheuer tapfer.«

Er nickt und lächelt stolz. »Genau wie bei dem, was Sie durchgemacht haben«, sagte er. Dann wendet er den Blick ab.

Nachdem ich ihm vom Verlust meines Mannes erzählt hatte, hatte ich mir schon gedacht, dass er durch Google vom Selbstmord meines Mannes erfahren würde. Und von der Sache mit Josie Carpenter. Jetzt ist das bestätigt. Carlo ist zu höflich, um es anzusprechen, aber er weiß es, da bin ich sicher. Wann er es wohl herausgefunden hat? Vielleicht sogar schon vor seiner ersten Beratungssitzung. Es ist ganz natürlich, sich über die Therapeutin zu informieren, vor der man sein Innerstes ausbreitet. Obwohl ich wieder meinen Geburtsnamen hätte annehmen können – und manchmal wollte ich dem Stigma von Zachs Namen nur zu gern entkommen –, konnte ich mich nicht dazu entschließen. Ich wollte Freyas Namen nicht ändern und auch keinen anderen Nachnamen als sie haben.

Eine Sekunde lang überkommt mich die Scham, die ich früher immer verspürt habe, wenn ich auf jemanden traf, der Bescheid wusste. Aber Carlo wertet nicht und hat sich ja eindeutig nicht davon abhalten lassen, weiterhin zu mir zu kommen.

Ich muss die Richtung, die unser Gespräch genommen hat, ändern und wieder auf ihn zu sprechen kommen. »Wie geht es mit der Selbsthilfegruppe, Carlo?«

Er zuckt mit den Schultern. »Ja, ganz gut. Aber … die meisten dort sind älter als ich, deshalb ist es schwer, eine Beziehung zu ihnen herzustellen. Ich bin der Einzige um die dreißig. Deshalb komme ich lieber zu Ihnen. Ich habe das Gefühl, dass Sie mich besser verstehen.«

»Nett, dass Sie das sagen, und ich freue mich, dass Sie sich so fühlen, als ob Ihnen geholfen wird. Am wichtigsten ist aber, dass Sie sich mit Leuten umgeben, die Ihre Situation gerade generell nachempfinden können. Sie müssen nicht gleich alt sein oder dieselben Interessen haben. Es verbindet sie einfach etwas. Vielleicht müssen Sie ja nicht jedes Mal hingehen, aber ich rate Ihnen davon ab, die Gruppe zu einem so frühen Zeitpunkt aufzugeben. Mit der Zeit werden Sie die Treffen nicht mehr so sehr brauchen, aber jetzt ist noch alles ziemlich frisch, und Sie sollten nicht allein damit fertig werden müssen.« Allein, wie ich es war, denn mit wem konnte ich reden, da Zach von allen verachtet wurde?

Ich erinnere mich an das, was Carlo von seiner Familie erzählt hat. »Ihre Eltern und Verwandten sind in Italien?«

Er nickt. »Und in Amerika. Wenn ich mich wieder in der Lage dazu fühle, kann ich sie besuchen. Jetzt kann ich es mir noch nicht vorstellen, aber mit der Zeit schon.«

»Das stimmt. Schotten Sie sich nicht ab. Wenn man isoliert ist, wird alles noch schwerer.« Das weiß ich nur zu gut. Meine Mutter starb, kurz nachdem Zach und ich geheiratet hatten, und mein Vater zog nach Kanada zu seiner Schwester, er war nach Zachs Tod also kaum da. Zum Glück hatte ich Freunde, die zu mir hielten, auch nach allem, was Zach vorgeworfen wurde, aber ich mochte es noch nie, andere mit meinen Problemen zu belasten.

Gegen Ende unserer Sitzung geht es ihm besser, wenn auch nur vorübergehend, wie ich vermute. Sobald er aus der Tür ist, steht alles wieder vor ihm, und meine aufmunternden Worte verblassen bis zu unserem nächsten Treffen.

Ohne Freya ist es zu still im Haus, und ich sehne mich nach etwas Leben, obwohl ich ja nachdenken wollte.

Noch lange nachdem Carlo gegangen ist sitze ich an meinem Schreibtisch und starre meine Notizen an. Ich freue mich über seine Fortschritte, bin jedoch durcheinander und kann mich nicht darauf konzentrieren, das Ergebnis unserer Sitzung aufzuzeichnen. Wie soll ich mit der Information von Alison verfahren? Was für ein übles Spiel spielt sie? Ich könnte versuchen, mit Dominic zu reden, aber wenn Alison die Wahrheit gesagt hat und er gefährlich ist, kann ich nicht riskieren, dass er ihr etwas antut. Auch wenn sie wahrscheinlich nicht mehr zurückkommt, ist sie doch meine Klientin, und ich stehe unter Schweigepflicht, egal was sie während unserer Sitzungen alles behauptet.

Immerhin gibt es eine Person, mit der ich noch reden könnte: Dominics Ex-Frau Elaine. Sie wird wahrscheinlich nicht sehr gesprächig sein, wenn es um ihren Ex-Mann geht, aber ich sehe gerade keine andere Möglichkeit mehr.

Ich google Elaine Bradford; trotz ihrer Scheidung besteht eine geringe Chance, dass sie ihren Namen behalten hat. Wie bei Alison tauchen einige Treffer auf, was mir klarmacht, wie sinnlos diese Suche ist. Ich weiß nicht, wie die Frau aussieht oder wie alt sie ist, also nichts, was mir bei der Suche helfen könnte. Ich weiß nur, dass sie vor ungefähr fünf Jahren geschieden wurde.

Frustriert scrolle ich durch die Liste mit Treffern, in der Hoffnung, dass mir etwas auffällt, aber dem ist nicht so.

Mein Handy klingelt, und ich greife danach, als ich sehe, dass es Will ist.

»Hey«, sagt er. »Wie geht's? Hast du Freya gut abgeliefert?« Seine Stimme ist voller Wärme, wie immer, und ganz kurz kann ich mir einbilden, dass alles normal ist. Dass es nur uns drei gibt.

Ich sollte die Sache mit Alison sein lassen; ich habe jetzt mein eigenes Leben, und nichts kann Zach zurückbringen. Er ist Geschichte, genauso wie die Person, die ich damals war – ich sollte das alles einfach hinter mir lassen. Alison scheint es auch nicht weiterverfolgen zu wollen, vielleicht ist ja doch nichts dran. *Trotzdem. Sie muss einen Grund gehabt haben, mich aufzusuchen.*

»Ja, alles gut. Sie wollen dich bald mal kennenlernen. Du bist zum Essen eingeladen.« Ich zögere. »Was hältst du davon?«

Er schweigt ein paar Sekunden, dann sagt er: »Das wäre doch wirklich ganz nett. Es ist ein großer Schritt für sie, ich weiß ihr Angebot zu schätzen. Und ich weiß auch, wie wichtig sie dir sind. Sie sind gewissermaßen deine Familie.«

»Aber es ist auch für dich ein großer Schritt, Will. Bist du schon dazu bereit?«

»Entscheidend ist, ob du bereit bist, Mia.«

Die Wahrheit ist, dass ich es auch nicht so genau weiß. Aber ich muss Will beweisen, dass er mir wichtig ist und dass ich an eine gemeinsame Zukunft glaube. »Ja, lass es uns machen. In zwei Wochen vielleicht? Ich sag ihnen Bescheid.«

»Falls du es dir doch noch anders überlegst – «

»Nein.« Und nachdem ich das jetzt versprochen habe, muss ich es auch wirklich einhalten.

Ich bin auf einmal zuversichtlicher und sicher, dass ich alles schaffe, was ich mir vorgenommen habe. Den Rest des Tages verbringe ich mit dem Aufarbeiten meiner Notizen. Ich halte sogar die Anmerkungen zu Alison fest, obwohl sie ja wahrscheinlich nicht wiederkommen wird.

Als ich meine Ordner wegräume, entdecke ich mein Hochzeitsfoto. Nach so langer Zeit sollte es eigentlich nicht mehr in der Schublade liegen, aber ich schaffe es nicht, es wegzuräumen. Ich habe das Gefühl, dass Zach auf eine ganz besondere Weise bei mir ist, wenn ich anderen helfe.

Ich kann mich kaum überwinden, es anzusehen, aber trotzdem ziehe ich es unter den Unterlagen hervor und starre das Gesicht meines verstorbenen Mannes an. Er lächelt mir zu. In seinen braunen Augen liegt die Verheißung all dessen, was vor uns lag. Die zu nichts führte.

Was hast du diesem Mädchen angetan, Zach?

Ich merke erst, dass ich weine, als Tränen auf das Foto tropfen und mein Gesicht verschwimmen lassen. Dieses Gesicht, das für den wichtigsten Tag meines Lebens makellos geschminkt war. Zumindest war es so lang der wichtigste Tag, bis Freya geboren wurde.

Zach sagte sonst immer, die Dinge müssten nicht perfekt sein, man solle sie so nehmen, wie sie sind, aber an dem Tag verstand er, dass einfach alles stimmen musste. Und das tat es. Eine Märchenhochzeit. Keine Andeutung, was für ein Alptraum vor uns lag.

Es klingelt, und ich werde aus meinen Gedanken gerissen – von denen lasse ich mich gerade auch nur zu gern ablenken.

Ich erwarte niemanden, aber es könnte ja Will sein, der mich überraschen möchte. Er hat zwar gesagt, dass er viel zu tun hat, aber es sähe ihm ähnlich, genau dann aufzutauchen, wenn ich ihn besonders brauche.

Die letzte Person, die ich zu sehen erwarte, als ich die Tür öffne, ist Dominic Bradford.

• ZEHN •

JOSIE

Zwei Wochen lang habe ich keine Gelegenheit gehabt, mit Zach zu reden. Natürlich habe ich ihn in den Vorlesungen gesehen und bin danach meistens noch ein wenig länger im Raum geblieben, um ihn anzusprechen, aber immer wartete auch schon eine Schlange von anderen Studierenden auf ihn. Ich weiß nicht mal, was ich ihm sagen will, sondern nur, dass ich irgendetwas sagen muss.

Heute hat er mich gesehen, und ich dachte, er würde mir bedeuten zu warten, aber sein Blick traf mich nur kurz, ohne etwas zu verraten, dann wandte er sich wieder der Person zu, mit der er sprach. Diese großmäulige blondierte Frau, die alt genug aussieht, um schon eigene Kinder an der Uni zu haben.

Ich muss auf den Boden der Tatsachen zurückkommen. Zach versucht Abstand zu gewinnen, nachdem er mich kürzlich nach Hause gefahren hat. Er bereut es inzwischen. Aber was sollte das ganze Gerede über Freundschaft? Er sagte doch, es gebe eine Verbindung zwischen uns.

Zum Teufel mit ihm. So eine Scheiße brauche ich nicht auch noch. Ich habe es ohne sogenannte Freunde ausgehalten, seit ich in London bin, ich brauche seine Freundschaft jetzt auch nicht. Es ist viel einfacher, sich um niemanden sonst kümmern zu müssen.

Deswegen hocke ich jetzt in einer Bar und besaufe mich; Vanessa und ein paar andere sind dabei, aber was sie so sagen, interessiert mich nicht. Einer von ihnen – Harry Soundso, ich weiß nicht mehr genau – sitzt ganz eng an mich gedrängt. Er tut so, als könne er nicht anders, weil wir zu sechst in so einer kleinen Nische sitzen, aber selbst in meinem Zustand sehe ich doch, dass auf seiner anderen Seite noch Platz ist.

Ich schiebe ihn weg und kralle ihm die Fingernägel in den Schenkel, damit er meinen Hinweis begreift. Er ist jedoch wohl schon zu betrunken, um den Schmerz zu spüren, obwohl es noch nicht mal neun Uhr ist. Ha, ich habe gut reden!

Ich möchte gleichzeitig fast, dass er mich anmacht, weil ich gute Lust hätte, ihn fertigzumachen und auf die Größe eines Holzwurms schrumpfen zu lassen.

Vanessa, die mir gegenübersitzt, ruft etwas und lacht gleichzeitig. Ich habe keine Ahnung, was sie sagt, weil ich nur Lärm hören kann – laute, wummernde Musik und das Durcheinander von Stimmen, so dass man niemanden verstehen kann.

Harry beugt sich zu mir. »Woher kennst du Nessie eigentlich?« Seine Stimme ist schrill.

»Wen?«

»Nessie.« Er deutet auf Vanessa, die sich fuchtelnd mit einem Mädchen unterhält, das ich noch nie gesehen habe.

»Keine Ahnung«, sage ich. »Wir kennen uns eben.« Ich habe keine Lust zu erzählen, wie ich Vanessa an meinem zweiten Tag in London kennengelernt habe. Ich war allein in einer Studentenkneipe und trank, und sie fing ein Gespräch mit mir an, während wir auf den nächsten Drink warteten. Ich wollte nicht, dass sie glaubte, ich sei allein zum Trinken unterwegs, daher sagte ich, so ein Typ habe mich versetzt.

»Ja, genau wie bei mir«, sagt Harry und kippt den nächsten Tequila. Ich glaube zumindest, dass er das gesagt hat, obwohl es irgendwie wirr klingt.

Er beugt sich wieder zu mir, und ich rücke ein wenig weiter weg. »Hör mal, Harry, ich – «

»Hugh meinst du wohl.«

»Okay, dann eben Hugh. Bin heute nicht so gut drauf, rück doch etwas ab, ja? Ich möchte einfach nur hier sitzen und austrinken und dann nichts wie raus hier. Okay?«

Er zögert einen Moment. Wahrscheinlich ist er verblüfft über meine Direktheit. »Wie du willst«, sagt er schließlich und wendet sich ab. Und ich höre noch, wie er vor sich hinsagt: »Nessie sollte bei der Wahl ihrer Freundinnen echt wählerischer sein.«

Ich höre zwar jedes Wort, aber ich lasse es durchgehen – es ist mir scheißegal, was Harry oder Hugh oder wie auch immer er heißt, von mir hält.

Irgendjemand hat schon die nächste Runde ausgegeben, bevor ich mit meinem Drink fertig bin, also bleibe ich noch auf einen weiteren sitzen. Zum Glück ist Hugh abgehauen und bedrängt jetzt eine andere von Vanessas

Freundinnen, die im Gegensatz zu mir zu höflich oder auch nur betrunken genug ist, um mit ihm zu reden.

Was mache ich hier? Das bin doch nicht ich. Oder wenn doch, dann sollte es zumindest nicht sein. Das ist nicht das Leben, das ich will, und ich bin nicht wie diese Leute. Sie sind nicht nur jünger als ich, sie haben auch keine Sorgen. Sie wollen nichts als Spaß haben, während ich nur meinem Leben entkommen will.

Ich muss hier raus.

Keinem fällt es auf, dass ich hinausgehe – oder besser: hinaustorkle.

Die eiskalte Luft draußen ernüchtert mich genug, dass ich mich orientieren kann. Ich bin in Chiswick und muss einen Bus nach Ealing finden. Aber welcher Bus ist es? Die Haltestelle auf der anderen Straßenseite sieht irgendwie vertraut aus, daher versuche ich mein Glück und stolpere darauf zu.

Tatsächlich erwische ich den richtigen Bus. Ich habe mich dicht hinter den Fahrer gesetzt, der versprochen hat, mir zu sagen, wann ich aussteigen muss. »Nur falls du einschläfst«, hat er gesagt.

Das wird aber nicht passieren. Jede Minute, in der ich mich meiner Wohnung nähere, lässt mich nüchterner werden, während ich überlege, ob ich auf Alison stoßen und sie mich erneut zur Rede stellen würde. Und ich weiß schon, dass ich nur an Zach denke, wenn ich ins Bett gehe, obwohl ich mir geschworen habe, das nicht zu tun. Außerdem mache ich mir immer noch Sorgen wegen der Arbeit, die ich neu habe schreiben müssen und die ich noch nicht zurückbekommen habe.

Als mein Handy eine E-Mail ankündigt, bin ich fast versucht, nicht nachzusehen, aber aus alter Gewohnheit mache ich es doch. Und als ich sehe, dass die Mail von Zach ist und in der Betreffzeile *Hausarbeit* steht, schlägt mir das Herz bis zur Kehle. Er hat mir bisher noch nie gemailt, das ist also kein gutes Zeichen. Im Gegenteil. Ich habe den Aufsatz in der kurzen Zeit, die mir blieb, so gut wie möglich neu geschrieben, doch jetzt steht mir nicht nur eine katastrophale Benotung ins Haus, sondern auch Zachs Enttäuschung.

Ich hole tief Luft und öffne die Nachricht. Nur drei Worte.

95%. Du Star!

Nur das. Drei kurze, aber schwerwiegende Worte, die mich abheben lassen. Ich springe auf, packe die Stange neben dem Busfahrer und drücke den Halteknopf. Ich grinse so breit, dass man mich bestimmt für verrückt hält, nicht nur für betrunken.

»Das ist noch nicht deine Haltstelle«, sagt der Fahrer.

Aber ich lasse ihn reden. Ich weiß jetzt, wo ich bin, es sind nur noch zwei Haltestellen. Der Spaziergang wird mir guttun.

Der Bus hält an, ich springe hinaus und gehe wie auf Wolken.

Nachdem die Wirkung des Alkohols allmählich nachlässt, spüre ich die Kälte. Es ist still hier draußen und meine Schritte hallen durch die Nacht. Ich habe meine Wohnung fast erreicht, da packt mich plötzlich jemand von hinten und eine derbe, große Hand hält mir den Mund zu. Ich werde auf den Rücksitz eines

Autos gestoßen, ehe ich überhaupt realisiere, was geschieht.

Jetzt erst bekomme ich Angst. Aber ich werde nicht schreien. Ich muss ruhig bleiben.

Ich versuche mich umzudrehen, um meinen Angreifer genauer sehen zu können, aber der hält mich immer noch fest, so dass ich mich nicht rühren kann. Er ist offensichtlich ein großer Mann, und in der Dunkelheit kann ich schmale, eng stehende Auge, eine Stirnglatze und braune Haare erkennen. Auch wenn er mir auf Anhieb nicht bekannt vorkommt, weiß ich doch, dass diese Attacke kein Zufall ist.

Dieser Mann hat auf mich gewartet.

»Josie«, sagt er. Seine tiefe Stimme klingt vertraut, ein bisschen wie die von Johnny. Erinnerungen überkommen mich. »Endlich treffen wir zusammen. Ich finde, wir sollten uns mal unterhalten, was meinst du?«

Ich winde mich unter seinem festen Griff. »Nein. Lass mich gefälligst raus hier.«

»Was passiert denn sonst? Du schreist? Es ist niemand in der Nähe, Josie. Außerdem machen wir gleich eine kleine Fahrt. Sobald ich dafür gesorgt habe, dass du nicht abhaust.« Vom Boden holt er eine Rolle Kabelbinder und wickelt mir so fest je einen davon um Handgelenke und Knöchel, dass es mir in die Haut schneidet. Dann greift er in meine Tasche und zieht mein Handy heraus. Mit einem hat er recht: Ich kann jetzt nicht mehr abhauen.

Trotz meiner Wehrlosigkeit werde ich keine Angst zeigen, obwohl mir mittlerweile richtig übel geworden ist. »Was willst du? Du bist ein Freund von Johnny oder von Liv, nicht wahr? Bringen wir das hinter uns und sag endlich, was du willst.«

Er lacht. »Johnny hat recht gehabt. Er hat gesagt, du hast Mumm. Aber das ist mir völlig egal.« Er schlägt die Wagentür zu und springt auf den Fahrersitz. Beim Anfahren werde ich nach hinten gedrückt.

»Du bist ein Cousin von ihm, stimmt's?« Irgendwie habe ich das sofort geahnt, als ich ihn sah. Er sieht genauso verschlagen aus. Die gleiche Arroganz in der Stimme, als ob sie zusammen aufgewachsen sind und es sich voneinander abgeguckt haben.

»Es spielt keine Rolle, wer ich bin. Hör mir zu. Du hältst jetzt den Mund, während wir fahren. Und dann hörst du auf mich und tust genau das, was ich sage. Verstanden?«

Ich täusche ein lautes und übertriebenes Lachen vor, damit ich nicht kotzen muss. »Da hat wohl jemand zu viele Gangsterfilme geguckt!«

Er lässt sich nicht anmerken, ob er wütend ist, und sagt auch nichts, um mir Angst einzujagen, sondern starrt stumm durch die Frontscheibe. Sein Schweigen ist irgendwie unheimlicher als alles, was er hätte sagen können.

Ich versuche trotzdem, ruhig zu bleiben. Dieser Mann wird mir nichts antun, da bin ich mir sicher, sonst hätte er es schon längst getan. Sein Cousin ist bereits im Gefängnis, und dieser Kerl wird sich nicht mit dem Mädchen anlegen, das ihn hinter Gitter gebracht hatte.

Aber je länger die Fahrt dauert, desto weniger überzeugt bin ich davon, dass er mir nichts antun wird. Ich starre aus dem Fenster und merke mit der Zeit anhand der Wegweiser, dass wir nach Nordlondon fahren. Warum fährt er mich so weit fort?

Um mich abzulenken, konzentriere ich mich auf die positiven Dinge, die mir passiert sind. Da ist zum Beispiel Kieren. Und mein Studienabschluss wird bald auch dazugehören. Ich muss einen guten Beruf finden, damit ich mich um Kieren kümmern und ihn von ihr wegholen kann. Von Leuten wie diesem Mann hier. Kein Gericht der Welt wird zulassen, dass Kieren bei ihr bleibt, wenn ich genug Gründe vorbringe.

Und dann ist da noch Zach. Ich lasse mir unser Gespräch im Auto noch einmal durch den Kopf gehen, bis ich seinen Worten wieder glaube. Er ist mir nicht aus dem Weg gegangen, er hat nur zu viel Arbeit, ein richtiger Profi, der für seine Studierenden nur das Beste will. Ich bin nicht der Typ Mensch, der sich so etwas nur einbildet, und auch keine alberne Gans, die in ihren Professor verliebt ist. Ganz und gar nicht. Woher diese Gedanken kommen, verstehe ich auch nicht so richtig. Wahrscheinlich ist es einfach generelle menschliche Unzulänglichkeit. Besser kann ich es auch nicht erklären.

Obwohl mir die Gebäude oder Straßen, an denen wir vorbeifahren, unbekannt sind, kann ich an einem Straßenschild sehen, dass wir in Enfield sind. Ich bin noch nicht so lange in London und noch nie viel weiter gekommen als bis ins Westend. Dass ich überhaupt nicht weiß, wo ich bin, lässt mich noch unruhiger werden.

Endlich biegt er in eine enge Straße ein, direkt hinter einer großen Mietskaserne. Vielleicht wohnt er hier. Als Liv mit Johnny zusammen war, habe ich so wenig Zeit mit ihm verbracht, dass ich kaum etwas von seiner Familie mitbekommen habe. Ich weiß nur, dass er drei Schwestern hat und Unmengen Cousins und Cousinen, aber von denen hat uns nie jemand besucht, als ich noch dort lebte. Ich versuche, mir die Umgebung einzuprägen, für den Fall, dass ich hier lebend herauskomme.

Er stellt den Motor ab und dreht sich zu mir um. »So. Das ist jetzt ganz einfach, Josie. Du musst nur eines machen. Das ist alles. Eine einfache kurze Sache, dann kannst du zurück in dein gemütliches kleines Leben, das du dir hier in London aufgebaut hast.«

Und ich weiß, was er will, ehe er es überhaupt ausspricht. »Ich ziehe meine Aussage nicht zurück. Niemals. Du kannst mich also auch gleich umbringen, wenn du das willst, aber das ändert nichts. Der Scheißkerl soll im Gefängnis verrotten.«

Ein Faustschlag ins Gesicht wirft mich zurück an die Sitzlehne. Ich will die Hände auf die schmerzende Stelle drücken, aber sie sind ja gefesselt.

»Denk außerdem nicht im Traum daran, wegen dem hier zur Polizei zu gehen«, sagt er mit einem höhnischen Grinsen. »Ich habe ein wasserdichtes Alibi und war heute Abend nicht einmal in der Nähe von London.«

»Pech für Johnny, dass er für den Abend, als er mich überfallen hat, keines hatte, was?«

Überfallen ist nicht ganz das richtige Wort. Das lässt

an etwas Schnelles, Urplötzliches denken, eine Kurzschlusshandlung aus Wut. Im Gegenteil, was er mir angetan hat, war viel schlimmer als das.

»Das ist eben das Problem, Josie, verstehst du? Es war nicht Johnny. Nie im Leben. Er würde so etwas nicht tun, schon gar nicht mit der Tochter seiner Partnerin. Also sei einmal in deinem jämmerlichen Dasein ein gutes kleines Mädchen und gesteh der Polizei, dass du gelogen hast.«

»Warum sollte ich gelogen haben? Aus welchem Grund denn bitte?«

»Weil du Johnny gehasst hast, oder nicht? Du warst eifersüchtig. Du hast ihn wahrscheinlich für dich gewollt und konntest es nicht ertragen, dass er der Freund deiner Mutter war. Kleine Schlampe. Wie alt warst du – siebzehn, achtzehn? Ein junges Gör.«

Und das hat die Sache so besonders schlimm gemacht, dass Liv ihn in Schutz genommen hat, einfach abgestritten hat, was er mir angetan hatte. Ich war noch nicht mal erwachsen, zumindest nicht richtig.

Ich muss fast lachen; meint dieser Mann das tatsächlich ernst? »Ich habe immer nur die Wahrheit gesagt und werde jetzt auch nicht lügen, um diesen Scheißkerl zu retten. Du kannst drohen, so viel du willst, nichts kann schlimmer sein als das, was er mir angetan hat.« Ich versuche mit fester Stimme zu sprechen, obwohl ich zittere.

Er schlägt mit der Faust aufs Lenkrad, dann dreht er sich wieder zu mir um und packt mich am Hals. »Hör zu, du kleines Miststück. Wenn du das, was er getan hat, für schlimm hältst, dann irrst du dich, denn es wird dir wie ein Besuch in Disneyland vorkommen, verglichen mit dem, was mit dir passiert, wenn du die Sache nicht richtigstellst. Verstanden?« Er wartet nicht auf eine Antwort. »Es ist ganz einfach. Du musst der Polizei nur sagen, dass du gelogen hast. Kriegst dafür vielleicht ein bisschen Ärger, aber glaub mir, es ist die weniger schlimme Variante.«

»Das würden sie sowieso nicht glauben. Es existieren Fotos. Beweise für Johnnys Tat.«

»Sag doch, es sei dir auf dem Heimweg passiert, mit einem Unbekannten. Ganz einfach.« Ohne Vorwarnung zieht er ein Messer aus dem Handschuhfach. Ich bete, dass es so schmerzlos wie möglich abgeht, da durchtrennt er die Kabelbinder, mit denen ich gefesselt bin. »Verpiss dich jetzt! Die Uhr tickt, Josie. Tick-tack, tick-tack.«

Ich reagiere nicht gut auf Drohungen. Die Kämpferin in mir, meine Dickköpfigkeit, kann zwar von Vorteil sein, aber sie bereitet mir auch oft Scherereien. Ja, ich bin aufgewühlt, als ich mich von dem Auto des Kerls entferne – seinen Namen kenne ich immer noch nicht –, aber ich bin auch entschlossener als jemals zuvor. Ich lasse mich nicht zum Opfer machen. Als Johnny in jener Nacht über mich herfiel, hatte ich keine Wahl, aber so etwas werde ich nie mehr zulassen.

Liv, meine sogenannte Mutter. Johnny. Sein Cousin. Selbst Alison. »Versucht es nur!«, schreie ich in die Nacht. »Ich nehme es mit euch allen auf.«

• ELF •

MIA

»Hi. Mia, nicht?« Dominic hält mir die Hand hin, während ich nur mit offenem Mund glotzen kann, unfähig, etwas zu sagen oder seine Hand zu ergreifen. »Entschuldige, dass ich einfach so aufkreuze, aber ich fand, es wäre besser, wenn wir uns persönlich unterhielten. Ist das in Ordnung?« Als ich immer noch nichts sagen kann, lässt er die Hand sinken und fährt fort. »Du erinnerst dich wahrscheinlich nicht an mich, aber ich war ein Kollege von Zach. Auf der Beerdigung haben wir kurz miteinander gesprochen.«

Endlich finde ich meine Stimme wieder, aber ich sehe ihn dabei immer noch stirnrunzelnd an. Ich weiß, warum er hier ist. Alison muss ihm gesagt haben, dass ich ihm neulich bis zu seinem Haus gefolgt bin, und er will mir sagen, dass ich ihn in Ruhe lassen soll. »Ja, ich erinnere mich. Ähm …«

»Ich kann sehen, dass du verwirrt bist, zu Recht, aber könnten wir mal kurz reden? Ich will dich nicht zu lange stören. Du hast sicher viel um die Ohren. Wie geht es der Kleinen? Ich erinnere mich, dass sie damals ungefähr zwei war, also ist sie jetzt sieben?«

Das ist merkwürdig. So etwas habe ich nicht erwartet; seine Stimme klingt, als ob er sich entschuldigen will – sogar freundlich. Eigentlich sollte er ungehalten sein.

Ich bestätige, dass Freya jetzt sieben ist, trete aber nicht zur Seite, um ihn einzulassen. »Um was geht es denn, Dominic?«

Er stößt einen tiefen Seufzer aus. »Ich weiß, dass Alison dich am Mittwoch aufgesucht hat, und ich glaube, ich sollte ein paar Dinge aufklären.«

Er ist also hier, um mir zu sagen, was Alison in Bezug auf Zach gemeint hat. Übelkeit steigt in mir hoch. Das ist ja schlimmer, als ich dachte. »Okay, aber lass uns rüber in den Park gehen.« Auf keinen Fall lasse ich ihn in mein Haus.

Dominic stutzt zwar bei meinem Vorschlag, stimmt aber rasch zu. Kaum eine Minute später sitzen wir auf der Parkbank, auf der ich gewöhnlich mit Freya bin, umgeben von tobenden Kindern und ihrem munteren Geschrei. Wenigstens sind wir unter Leuten.

»Bevor du etwas sagst«, fange ich an, »über das, was Alison in der Sitzung gesagt hat, kann ich nicht reden. Selbst wenn sie nicht vorhat, wiederzukommen. Das musst du verstehen.«

Er nickt. »Ja, das dachte ich mir schon. Aber ich kann doch mit dir über sie sprechen, oder? Du musst mir nicht sagen, wovon sie erzählt hat. Um genau zu sein, ich bin nicht sicher, ob ich überhaupt wissen will, was sie gesagt hat, obwohl ich es wahrscheinlich erraten könnte.«

Bei dem Gedanken, mit diesem Mann zu reden, ist mir nicht wohl, es ist riskant, eine Grauzone, über die ich noch nie nachgedacht habe, aber wenn ich vorsichtig bin, sollte ich nicht in Schwierigkeiten kommen. »Um was geht es denn, Dominic?«

Ein Hund läuft mit lautem Gebell an uns vorbei und jagt einem Tennisball nach. »Ich glaube, ich weiß, was Alison dir gegenüber behauptet hat, und es tut mir so leid, aber es ist so, sie ist ein bisschen verhaltensgestört. Und wenn ich richtig vermute: Sie hätte das mit Zach nie auf diese Weise ansprechen sollen.« Er sieht mich an, und ich nicke leicht, auch wenn ich das lieber lassen sollte. Dominic nimmt es als Zeichen, fortzufahren. »Dass sie gesagt hat, er habe sich nicht umgebracht. Das ist ganz schrecklich. Ich weiß nicht, warum sie das getan hat, und sicher möchtest du eine Art Erklärung, aber ich kann dir nur sagen, dass sie selbst nicht weiß, wovon sie redet.«

Mein ganzer Körper verspannt sich bei Dominics Worten. Es ist schlimm genug, dass Alison so etwas gesagt hat, und jetzt muss ich es schon wieder hören. Von einem anderen, den ich kaum kenne und dem ich nicht traue. Und wenn dieser Mann Alison tatsächlich misshandelt, dann ist es unverständlich, wieso sie mit ihm über Zach reden sollte. »Woher willst du wissen, was sie angeblich zu mir gesagt hat? Hast du mit ihr über ihre Behauptungen geredet?«

Er schüttelt den Kopf. »Nein, aber manchmal brabbelt sie vor sich hin, und ich glaube, sie weiß nicht mal, was sie da so sagt. Erst vor Kurzem platzte es einfach aus ihr heraus. Sie wusste wohl nicht mal, dass ich sie hören konnte.«

Je mehr der Mann sagt, desto unwahrscheinlicher klingt er. »Aber warum sollte sie das gesagt haben, was du andeutest?«, frage ich. »Sie hat Zach doch nicht mal gekannt. Es klingt völlig absurd.«

»Du hast recht, sie hat Zach nicht gekannt. Weißt du, es ist wirklich schwierig, darüber zu reden, vor allem, wenn man bedenkt, auf welche Weise du deinen Mann verloren hast, aber Alison hat Probleme. Sie nimmt starke Medikamente gegen Depressionen und Angstzustände, schon seit Jahren, und … o Gott, es ist schrecklich, so über sie zu reden, aber sie neigt dazu, sich Geschichten auszudenken.«

Ich brauche etwas Zeit, um seine Worte ganz zu begreifen. Und als ich zu verstehen glaube, bleibt trotzdem noch so viel, was keinen Sinn ergibt. »Aber das erklärt doch nicht, warum sie ausgerechnet mich aufsuchen sollte.«

Er sieht mich an. »Verdammt, ich sollte eigentlich lieber nicht darüber reden, aber ich weiß nicht, was ich sonst machen soll. Folgendes: In ihrem dritten Studienjahr hat Alison mit Josie Carpenter zusammengewohnt. In der Wohnung, in der man Zach gefunden hat.«

Der Boden unter mir beginnt zu wanken. Diese Namen zu hören schmerzt immer noch wie ein Messerstich, selbst nach all den Jahren. Noch etwas, das keinen Sinn ergibt. »Nein, du täuschst dich. Das kann nicht sein. Die Polizei sagte, dass Josie damals allein wohnte. Sie hatte keine Mitbewohnerin.«

Er nickt. »Das stimmt, Alison war ein paar Monate

zuvor ausgezogen. Ich nehme an, die Polizei hat dem keine Bedeutung beigemessen.«

Jedes Wort, das er sagt, trifft mich bis ins Mark, aber ich muss alles wissen. »Man hat sie also nie verhört?«

»Nein. Warum auch? Sie war nicht mit Josie befreundet, sie hatte sie seit ihrem Auszug nicht mehr gesehen. Sie konnte keine sachdienlichen Hinweise geben.«

Aber ich frage nicht aus diesem Grund. Ich will nichts über Josie Carpenter wissen, sondern über Zach. »Du sagst also, dass ich nichts glauben kann, was Alison erzählt?«

Er rutscht auf der Bank so herum, dass er mir ganz zugewandt ist, und zum ersten Mal fallen mir graue Strähnen in seinem Haar auf. »Ja, ich fürchte, so ist es. Es tut mir leid, Mia. Nach allem, was du durchgemacht hast, hat dir der Unsinn, den sie verbreitet, bestimmt gerade noch gefehlt. Nach fünf Jahren. Ich kann mich nur für das entschuldigen, was sie angerichtet hat.«

Ich schüttle den Kopf. Das Einzige, was ich wissen will, dröhnt mir immer noch durch den Schädel. »Aber warum hat sie es gesagt? Das ergibt doch keinen Sinn.«

»Das ist ja das Schlimme, Alison sagt selten etwas, das einen Sinn ergibt. Ich sollte es wissen, ich bin seit Jahren mit ihr zusammen, und sie war in der Zeit fast nie ganz gesund. Es gab ab und zu einen Hoffnungsschimmer, und ich dachte, sie sei wieder … normal, das schon, aber das waren nur kurze Phasen.«

»Wie lange seid ihr denn zusammen?«

»Drei Jahre«, sagt er. »Aber ich habe sie schon vorher gekannt. Sie war Studentin an der Universität von West

London, als Zach und ich dort lehrten. Ich war nicht ihr Dozent und Zach auch nicht, denn ihr Fach war Umwelt- und Naturschutz. Aber ich kannte sie vom Sehen. Mit ihren roten Haaren, die damals lockig waren, war sie ja kaum zu übersehen. Jetzt trägt sie sie glatt und sieht ganz anders aus. Damals war sie jung, im selben Alter wie Josie Carpenter.« Er legt die Hand auf den Mund, aber die Geste wirkt nicht echt. »Entschuldige. Ich sollte sie nicht ständig erwähnen.«

Ich schweige, und Dominic fährt fort. »Versteh mich nicht falsch, ich war nicht mit ihr zusammen, als sie Studentin war. Ich war damals verheiratet, aber Jahre später, nach meiner Scheidung, traf ich Alison im Wartezimmer einer Klinik wieder.« Er verstummt und wendet den Blick ab. »Oh Mann, das klingt ziemlich übel, nicht wahr, aber wir saßen beide stundenlang in der Notaufnahme und warteten, und nachdem wir festgestellt hatten, dass sie Studentin war, als ich noch lehrte, sind wir ins Gespräch gekommen.« Er hält sein Handgelenk hoch. »Wie sich herausstellte, hatte ich es mir gebrochen.«

»Warum … warum war Alison dort?« Dieser Zufall ist irgendwie verdächtig.

»Sie … Sie hatte wohl gerade ein Tief und wollte sich durchchecken lassen. Angeblich hatte sie … Selbstmordgedanken gehabt. Tut mir leid, Mia, das muss sich schlimm anhören nach Zachs Schicksal.«

Ihm ist wohl nicht klar, dass ich so etwas in meinem Job oft höre, und in solchen Fällen darf ich nicht an meine eigene Situation denken. »Schon gut.«

»Na ja«, fährt Dominic fort, »damals behauptete sie, sie sei wegen Bauchschmerzen gekommen. Sie meinte, es könnte der Blinddarm sein. Ich wurde sogar ungeduldig mit den Ärzten und beschwerte mich, weil sie Alison so lange warten ließen. Sie hat mich also mehr oder weniger von Anfang an belogen. Aber es heißt ja, Liebe mache blind, nicht? Und sie kann nichts dafür. Sie braucht einfach Hilfe.«

Dominics Geschichte klingt überzeugend. Fast schon zu überzeugend. Woher soll ich wissen, ob er die Wahrheit sagt und dass es tatsächlich Alison ist, die lügt? Wem von beiden kann ich trauen?

»Entschuldige mein Geschwafel«, sagt Dominic. »Was ich meine – ich habe dir das ja schon bei der Beisetzung gesagt: Ich glaube bis heute nicht, dass Zach irgendwas mit dem zu tun hatte, was Josie passiert ist. Echt nicht. Ich weiß nicht, ob Alison davon irgendetwas zu dir gesagt hat – oder was sie überhaupt alles erzählt hat –, ich hoffe nur, du glaubst nicht wirklich, dass Zach schuldig war.«

Ich möchte ihn am liebsten anschreien: *Woher willst du das wissen, wo du ihn doch kaum gekannt hast? Ihr wart einfach nur Kollegen, die sich ab und zu in der Uni begegnet sind und sich vielleicht gegrüßt haben. Ihr wart nicht befreundet, und er hat dich kein einziges Mal erwähnt.* Aber ich verbeiße es mir. Wenn ich etwas aus ihm herausbekommen will, muss ich ruhig bleiben. »Ihr wart aber nicht eng befreundet, oder?«

Er schüttelt den Kopf. »Wir haben uns öfter unterhalten. Wir waren in unterschiedlichen Fachschaften, aber wir hatten immer vor, uns mal auf einen Drink zu treffen oder so.«

Und trotzdem hat mir Dominic damals auf der Beerdigung versichert, dass Zach ein guter Mensch war, als hätte er Beweise dafür und sei sich ganz sicher. Andererseits ist diese Reaktion typisch für bestimmte Leute beim Tod eines Bekannten. Sie wollen dazugehören, so tun, als hätten auch sie einen Verlust erlitten.

»Warum hast du dich scheiden lassen?« Das klingt fast wie ein Verhör, aber ich brauche einfach Antworten.

Er sieht auf seine linke Hand hinunter, an der kein Ring steckt. »Ja, warum … Die Sache habe ich vermasselt. Wir wurden kurz nach … du weißt schon … geschieden.«

»Hieß sie nicht Elaine?«

Er sieht mich groß an. »Ja. Du kennst sie?«

Ein Bild von einer der Websites, die ich mir angesehen habe, taucht vor mir auf. »Sie ist Immobilienmaklerin, oder? Mit eigener Agentur?« Ich habe keine Ahnung, ob es tatsächlich die Frau ist, von der ich rede, aber ich riskiere es einfach.

Zu meiner Erleichterung nickt er. Es ist ihm wohl nicht aufgefallen, dass ich seine Frage nicht beantwortet habe. »Genau. Ich habe ihr noch geholfen, sich selbstständig zu machen, und nach ein paar Jahren hat sie mich dann gezwungen, einer Scheidung zuzustimmen. Aber im Rückblick hat sie mir damit einen Gefallen getan, denn jetzt bin ich mit Alison zusammen. Ich weiß, sie hat Probleme, aber ich liebe sie trotzdem.«

Sein Gesicht leuchtet richtiggehend auf, als er das sagt, und ich kann mir kaum vorstellen, dass er der Mann ist, den Alison beschrieben hat, aber ich kann ihm auch nicht so einfach alles abnehmen, was er behauptet. Als ich dann aber an Alison denke, wie sie kürzlich bei mir im Zimmer saß und wie seltsam sie sich benommen hat, neige ich eher zu seiner Version.

»Du hast also keine Ahnung, warum sie das über Zach gesagt hat?«

»Wenn ich es nur wüsste, Mia. Und wie gesagt, es tut mir leid, dass sie alles aufgerührt hat. Ich nehme ihr das Versprechen ab, dich in Ruhe zu lassen, aber ich wollte einfach persönlich mit dir reden. Irgendwie fühle ich mich verantwortlich. Ich habe ihr geraten, gegen den Wunsch des Arztes ihre Medikamente abzusetzen, denn ihr wurde von ihnen immer so schlecht. Aber ihr momentaner Zustand ist vielleicht noch schlimmer.«

Ich erwidere nichts; ich bin noch mit dem Versuch beschäftigt, alles zu begreifen und die Puzzleteilchen zusammenzusetzen, ich kann ihm nicht blind glauben.

Dominic rutscht ein Stück nach vorn. »Hör mal, ich sollte lieber zurück. Alison war heute Nachmittag ziemlich aufgewühlt, ich will sie nicht zu lang allein lassen.« Er greift in die Tasche und zieht eine Visitenkarte heraus. »Aber hier ist meine Handynummer. Ruf jederzeit an, wenn ich irgendwie behilflich sein kann.«

Ich greife nach der Karte. Wie ungewöhnlich, denke ich, dass ein Universitätsdozent eine Visitenkarte hat. Zach hatte so etwas nie. Zumindest wusste ich nichts davon. *Aber es gab ja vieles, was ich nicht von dir wusste, oder, Zach?*

Dominic ergreift meine Hand, ehe er aufsteht. Diesmal erwidere ich seinen festen Händedruck automatisch. Und während ich ihm nachsehe, ermahne ich mich noch einmal, mich nicht täuschen zu lassen, egal, wie aufrichtig er wirkt. Manche Leute können sich einfach nur gut verstellen.

• • •

Während es Abend wird, merke ich, dass ich mich nach Dominics Besuch keineswegs besser fühle. Obwohl viel von dem, was er gesagt hat, Alisons Verhalten erklären könnte, war er nicht in der Lage, zu begründen, wieso genau sie zu mir gekommen ist. Viele neue Fragen türmen sich vor mir auf. Immerhin hat er mir, ohne es zu merken, gesagt, wo ich seine Ex-Frau finden kann. Sie könnte mir Aufschluss darüber geben, ob ich ihm trauen kann oder nicht. Ich kann nicht ruhen, bis ich die Gewissheit habe, dass Alison in Sicherheit ist, und weiß, was sie über Zachs Tod zu wissen glaubt. Dass sie ihre Äußerungen so unmittelbar zurückgenommen hat – sogar behauptet hat, dass sie gar nichts gesagt habe – lässt mich vermuten, dass sie Angst hat. Aber vor wem? Und warum?

Darauf brauche ich Antworten, und zunächst muss ich herausfinden, ob Alison etwas zu verbergen hat – oder auch Dominic.

Es ist schon zu spät, um Elaine Bradford heute noch ausfindig zu machen. Immobilienmakler haben sonntags ja im Allgemeinen geschlossen, aber am Montag will ich sehen, ob sie mir Antworten geben kann. Bis dahin muss ich warten, erst mal kann ich nichts unternehmen.

Obwohl es schon acht Uhr ist, ist es draußen noch warm, daher setze ich mich in den Garten und versuche, mir ein paar Patientennotizen zu machen. Die Nachbarn zu unserer Rechten feiern gerade eine laute Grillparty, deshalb muss ich das Ziel, etwas erledigt zu bekommen, dann doch aufgeben.

Gerade als ich hineingehen will ruft Will an und fragt, wie es mir geht. »Keine Ohnmachten mehr, hoffe ich?«

Ich versichere ihm, dass es mir gut geht, und zerstreue seine Bedenken, indem ich ihn frage, was er heute Abend vorhat.

Er zögert. »Ich muss eine Kundin treffen. Sie hat große Probleme mit ihrer Steuererklärung und steckt geschäftlich in der Klemme. Weil sie sonst keine Zeit hat, konnte ich nicht ablehnen.«

Ich spüre einen Kloß im Hals, will mich aber nicht ängstigen lassen. Auf keinen Fall frage ich ihn, wo sie sich treffen oder wer sie ist, denn Will ist nicht Zach, und es kommt nicht infrage, dass ich ihm misstraue, solange ich keinen Hinweis darauf habe, dass er mein Vertrauen nicht verdient. Trotzdem, etwas Angst habe ich schon, dass alles wieder von vorn anfangen könnte.

»Du hast doch nichts dagegen, oder?«, fragt Will.

»Nein, natürlich nicht. Klingt, als ob sie Hilfe braucht, da musst du auf jeden Fall hin. Ich glaube, ich gehe einfach mal früh ins Bett.«

»Ruh dich aus«, sagt Will. »Ich mache mir immer noch Sorgen um dich. Wir sehen uns Montag. Und du weißt ja, Mia, ich liebe dich.«

Nach Wills tröstlichen Worten gehe ich ins Bett und schlafe auch bald ein, den Kopf voll mit Gedanken an ihn und unsere gemeinsame Zukunft. Als ich dann aber mitten in der Nacht plötzlich aufwache, bin ich schweißgebadet, und Tränen laufen mir über die Wangen. Ich habe von Zach geträumt, nicht von Will.

• ZWÖLF •

JOSIE

Das Letzte, was ich jemals tun werde, ist, zur Polizei zu gehen und meine Aussage zu widerrufen. Johnnys Cousin – oder wer auch immer dieser Kerl war – kann sich zum Teufel scheren. Aber seit Wochen sehe ich mich jetzt immer um oder zucke zusammen, wenn ein neuer Kunde ins Café kommt. Und wenn es dunkel ist, gehe ich nicht mehr allein nach draußen.

Die Uni ist der einzige Ort, wo ich mich einigermaßen sicher fühle – dort wimmelt es immer vor Leuten, er wäre also verrückt, mich dort angreifen zu wollen, zumindest tagsüber. Aber eines weiß ich sicher: So kann ich nicht leben, ständig auf der Hut, in Erwartung, dass etwas passiert – und es wird etwas passieren. Ich bezweifle nicht, dass er seine Drohung wahr machen will.

Darum stehe ich an diesem Mittag vor Zachs Büro. Ich wüsste nicht, an wen ich mich sonst wenden sollte. Ich klopfe nicht sofort an, sondern beobachte ihn durch das kleine Fenster in der Tür. Mit gesenktem Kopf brütet er über irgendwelchen Arbeiten, deswegen bemerkt er mich nicht. Er sieht so friedlich aus, dass ich zögere. Wie kann ich ihn mit meinen Problemen belasten? Ich sollte allein damit fertig werden.

Gerade will ich mich abwenden, da hebt er den Kopf und sieht mich. Er lächelt mir zu und winkt mich herein.

Ich stecke kurz den Kopf ins Zimmer. »Ach nein, es ist nichts weiter«, sage ich.

»Kommen Sie doch herein, Josie. Ich wollte sowieso hören, wie es Ihnen geht. Tut mir leid, dass wir uns so lange nicht gesprochen haben. Und schließen Sie bitte die Tür hinter sich.«

Jetzt ist es zu spät dafür, wieder abzuhauen, ich trete also ein und setze mich ihm gegenüber.

»Mein Roman«, sagt er, schiebt die Seiten vor sich zusammen und verstaut sie in einem Schubfach. »Ich stecke fest im elften Kapitel, daher habe ich es mal ausgedruckt, um es auf Papier zu lesen und zu sehen, ob es da anders wirkt. Das hilft manchmal. Heute allerdings nicht. Ich komme einfach nicht weiter.«

»Sie müssen vielleicht ein bisschen Abstand gewinnen und dann erst damit weitermachen.« Ich sage das, als wäre ich eine Expertin, dabei habe ich in Wirklichkeit keine Ahnung, wovon ich rede. Ich kann mir ja nicht mal vorstellen, etwas Längeres als eine Kurzgeschichte zu schreiben. Außer vielleicht über *sie* – da könnte ich eine Menge schreiben.

»Sie haben recht«, sagt er. »Ich weiß schon, aber andererseits … Manchmal überkommt mich ein Panikschub, als ob mir die Zeit davonläuft und ich auf der Stelle fertig werden sollte, ehe es zu spät ist. Manchmal habe ich das Gefühl, dass es kein Morgen gibt. Als ob ich in einem Wettrennen stecke und noch nicht mal die Ziellinie sehe, sie aber unbedingt erreichen muss.«

Das überrascht mich. Zach wirkt immer so gelassen. »Wie meinen Sie das, zu spät?«

»Also, keinerlei Todesgedanken. Ich habe nur so einen Handlungsdruck, in jeder Hinsicht. Aber hören Sie nicht auf mich. Wie läuft's denn bei Ihnen so?«

Auf einmal will ich eigentlich doch nicht über mich reden. Ich will seine Überlegungen hören, alles von ihm in mich aufnehmen. Das kann ich ihm allerdings auf keinen Fall sagen. Stattdessen antworte ich: »Um genau zu sein, es läuft nicht so gut. Deswegen bin ich hier. Ich habe mich gefragt, ob Ihr Angebot noch gilt, mir zuzuhören, wenn ich mit jemandem reden will?«

Er lächelt. »Aber natürlich. Das habe ich ganz ernst gemeint. Wissen Sie was? Lassen Sie uns rausgehen. Ich brauche mal frische Luft. Es ist zwar eisig kalt, aber zumindest erfrischender als hier.«

»Klingt gut.«

»Perfekt. Ich brauche allerdings noch ein paar Minuten – muss kurz noch mit jemandem reden –, aber wollen wir uns in zehn Minuten im Park treffen? Ich finde Sie schon.«

• • •

Zach hat recht damit gehabt, dass es eiskalt ist, und meine kurze Jacke hält den Wind nicht ab. Ich brauche dringend einen neuen Mantel, aber ich muss mein Geld jetzt einfach zusammenhalten. Ich schaffe es mit Mühe, meine Miete zu zahlen und mein Auto zu behalten, aber ich will auch in der Lage sein, für Kieren zu sorgen, falls etwas passiert, bevor ich mit dem Studium fertig bin. Ich kann keine Sekunde glauben, dass sich Liv geändert hat und sich richtig um meinen Bruder kümmert, deshalb muss ich auf alles vorbereitet sein. Der Vorfall mit dem Kerl und seine Drohungen haben mir das noch klarer gemacht.

Ich sitze auf einer Bank am See, warte auf Zach und beobachte die vorübergehenden Leute. Die meisten sind Mütter mit Kindern – etwas, das ich mir für mich nicht vorstellen kann. Was steckt wohl hinter ihrem Lächeln, ihrem normalen Aussehen? Keiner ist doch in Wirklichkeit so, wie er nach außen wirkt. Jeder würde mich für eine ganz normale Studentin halten. Wenn sie nur wüssten.

Eine Hand berührt meine Schulter, und ich zucke zusammen.

»Oje, Entschuldigung!«, sagt Zach und hebt die Hände hoch. »Ich wollte Sie nicht erschrecken.« Sein Lächeln erlischt. »Was ist los, Josie?«

Ich schüttle den Kopf. »Es geht mir nicht gut, Zach. Und ich weiß nicht, was ich tun soll.«

Und dann erzähle ich ihm alles. Dabei sehe ich ihn kaum an, denn ich kann nicht ertragen, zu sehen, wie er reagiert.

• • •

Als ich achtzehn war, hat mich der sogenannte Freund meiner Mutter attackiert und halb tot liegen lassen. Mit Fäusten. Mit einem Messer. Mit allem, was er in die Finger bekam. Er hat mich nie ausstehen können. Ich war ihm zu vorlaut und wusste nicht, wann ich den Mund halten musste. Er sagte sogar, ich hätte nie geboren werden dürfen, was ich ja mehr oder weniger genau so auch mein Leben lang von meiner Mutter zu hören bekommen hatte.

Liv hat wahrscheinlich recht gehabt, sie hätte nie ein Baby bekommen sollen. Sie war sechzehn, selbst noch ein Kind, aber das ist keine Entschuldigung. Meine Großmutter – ein wahrer Engel – half ihr, wann immer sie konnte. Viele Teenager werden nicht so unterstützt und schaffen es doch, gute Mütter zu sein. Nicht so Liv Carpenter. Nein, sie brachte mich zur Welt und behandelte mich dann so, als hätte ich ihr durch meine Existenz das Leben ruiniert. Ich hielt sie von allem ab, verhinderte, dass sie einen anständigen Mann kennenlernte, eine Arbeit bekam, oder auch nur zu Partys gehen konnte. Und das zahlte sie mir heim.

Als ich klein war, ließ sie mich meistens halb verhungern, während sie vor meinen Augen aß. Wenn jemand fragte, warum ich so dürr sei, behauptete sie, ich würde das Essen verweigern, obwohl sie alles dafür täte, mich zu überreden, aber ich würde ja einfach den Mund nicht aufmachen. Und man glaubte ihr – denn wer ließ sein Kind schon verhungern? So etwas kam doch höchstens im Fernsehen vor.

Tagelang badete sie mich nicht, und ich stank so, dass mir selbst davon schlecht wurde. Einmal schlich ich ins Badezimmer und versuchte mir ein Bad einzulassen, aber ich wusste nicht, dass man den Stöpsel reinmachen musste, und das Wasser lief immer wieder aus. Sie kam und fand mich. *Schade, dass du es nicht hinbekommen hast und ersoffen bist*. Das sagte sie wortwörtlich. Ich war erst drei oder vier.

Ich habe Tränen in den Augen, als ich daran denke und Zach ansehe, der mir ungläubig und schockiert zuhört. Er hat ja selbst ein Kind und kann sich diese furchtbaren Dinge, die ich beschreibe, wahrscheinlich nicht vorstellen, kann nicht glauben, dass jemand seinem Kind so etwas antut.

Ich merke, dass er mir Fragen stellen will, aber nicht genau weiß, wo er anfangen soll. »Wo war Ihr – «

»Mein Vater? Sie wusste ja nicht mal, wer mein Vater war. Sechzehn Jahre alt und so viel rumgeschlafen, dass sie nicht sagen konnte, von wem ihr Kind ist. Ich habe versucht, sie zu fragen, wer es denn ihrer Meinung nach sein könnte, als ich alt genug war, um die Sache zu verstehen, aber sie sagte immer dasselbe, immer nur: *Ist doch egal*, und lachte mich aus.«

Zach schüttelt den Kopf. »Mein Gott, Josie. Ich weiß nicht, was ich sagen soll.«

Wenigstens sieht er mich nicht so an, als sei ich ein Opfer – das würde ich nicht aushalten. Ich habe es bis hierher geschafft, trotz meiner Kindheit und allem anderen, ich brauche kein Mitleid.

Er drängt mich, weiterzuerzählen, aber ich warne ihn, dass die Geschichte nicht angenehmer wird.

Liv lernte Johnny kennen, als ich ungefähr sechzehn war, und alles wurde nur noch schlimmer. Sie hatte auch vorher schon Partner gehabt, einige wohnten sogar bei uns, aber keiner hatte mir jemals Beachtung geschenkt. Ich ging ihnen aus dem Weg, und sie mieden mich, deswegen gab es keine Probleme. Ich brauchte schon lange keine Mutter mehr und hatte gelernt, alles Notwendige mehr oder weniger selbst zu erledigen. Aber Liv konnte das nicht ertragen. Sie wollte nicht, dass ich sie nicht brauchte, denn dann konnte sie mich nicht fertigmachen.

Johnny war anders. Ich weiß nicht, warum, aber er hasste mich ab dem Augenblick, an dem er mich zu Gesicht bekam. Es konnte nicht daran liegen, dass es ihm nicht gefiel, dass sie ein Kind hatte – Kieren war ja damals schon da und sogar noch ein Baby. Wenn Johnny Kinder gehasst hätte, dann doch bestimmt auch meinen Bruder. Wahrscheinlich sogar noch mehr, denn Kieren brauchte ja noch ziemlich viel Zuwendung. Ich ging Johnny aus dem Weg, zumindest versuchte ich es. Deshalb vermute ich, dass Liv vor Johnny behauptete, ich hätte ihr Leben zerstört, ihre großen Pläne. Ausschließlich wegen mir sei sie jetzt arbeitslos und müsse von Sozialhilfe leben.

Johnny nahm jede Gelegenheit wahr, mir das Leben zur Hölle zu machen. Ich glaube, er sah, wie sie mich behandelte, und wusste deshalb, dass er das auch machen konnte. Das Schlimmste war eigentlich, dass sie danebenstand und genoss, was er tat. Wir hatten ständig Streit, denn ich konnte ja nicht einfach dasitzen und mich beschimpfen lassen. Ich musste mich wehren.

Eines Tages – ich war gerade achtzehn geworden – hatte Liv ein paar Freunde zu Gast, und alle waren im

Garten. Ich weiß nicht, warum ich dabei sein durfte oder das überhaupt wollte, aber so war es. Ich erinnere mich auch nicht mehr, um was es ging, aber Johnny und ich hatten plötzlich einen heftigen Streit, der damit endete, dass ich ihn anspuckte. Nicht nur ein bisschen Spucke, sondern eher ein Schwall, der voll auf seinem Gesicht landete. Alle sahen es, und es wurde plötzlich still im Garten. Seltsam war, dass Johnny nichts sagte. Er wischte sich nur ab und trank seelenruhig weiter sein Bier. Ich nahm die Gelegenheit wahr und rannte davon.

Ich blinzle meine Tränen fort und muss durchatmen. Wenn ich Zach erzähle, was dann geschah, muss ich den Alptraum noch mal durchleben. Nachdem ich meine Aussage damals bei der Polizei gemacht hatte, habe ich nie mehr darüber geredet. Ich verdrängte das Geschehen irgendwohin, wo es nicht mehr hervorkommen konnte.

Kaum fange ich davon an, da trifft mich die Erinnerung wie ein Schlag in den Magen. Ich hatte damals gerade die letzte Abschlussprüfung gemacht und war wie im Rausch. Ich wusste, dass ich wahrscheinlich nicht sehr gut abgeschlossen hatte, hoffte aber trotzdem, dass es für die Aufnahme an die Uni reichte. Ich hatte eine Freundin überreden können, mich ein paar Wochen bei sich aufzunehmen, während ich einen Job und ein eigenes Zimmer suchte, daher konnte ich es kaum erwarten, nach Hause zu gehen und endlich meine Sachen zu packen.

Das Haus war leer, worüber ich erleichtert war. Ich hatte schon befürchtet, dass Liv mich davon abhalten würde, obwohl sie mich ja schon immer hatte loswerden wollen. Aber für sie bedeutete meine Selbstständigkeit, dass ich das Leben führen würde, das sie nie gehabt hatte, und deshalb hatte ich Angst davor, dass sie es mir vermasseln wollte.

Ich war so damit beschäftigt, meine Sachen in eine Tasche zu packen – nicht viel mehr als ein paar Klamotten und definitiv keine Kindheitserinnerungen –, dass ich ihn nicht hereinkommen hörte. Plötzlich stand er in meinem Zimmer, den Mund zu einer hässlichen Grimasse verzogen.

Noch nie im Leben hatte ich solche Angst – und das werde ich wohl auch in der Zukunft nicht mehr haben. Denn wenn man so etwas erlebt – und überlebt – hat, wird man wahrscheinlich mit allem fertig.

Die Gewissheit, dass Johnny das Schlimmste vorhatte, dessen er fähig war, überkam mich schon, bevor er sich auf mich stürzte. Er schlug mir seine Faust ins Gesicht und warf mich mit solcher Wucht zurück, dass ich an die Wand flog und mit dem Kopf aufschlug. Ich war mir sicher, dass er mir den Schädel zertrümmert hatte. Ich sah das ganze Blut in einer großen, sich ausbreitenden Pfütze, war aber seltsam abwesend. Es schien nicht von mir zu sein.

Und dann glaubte ich tatsächlich, dass es damit schon erledigt wäre. Er habe mir eine Lektion erteilt, und damit sei es zu Ende. Aber damit lag ich sehr falsch. Er fing gerade erst an.

Zach ergreift meine Hand. Seine ist glatt und warm. »Josie, du musst nicht weiterreden – wenn es dir zu schwerfällt.«

Aber nachdem ich einmal angefangen habe, kann ich nicht mehr aufhören. Vielleicht ist es eine Art Therapie, meine Seele bloßzulegen, danach ist das Gift aus meinem Körper, und ich bin es los. Ich weiß, was Zach denkt: dass Johnny mich vergewaltigt hat. Und vielleicht wäre es ihm unangenehm, die Einzelheiten hören zu müssen, aber so war es nicht. Das war überhaupt nicht, was Johnny wollte.

Ich hatte es auch für einen kurzen Moment angenommen, dass Johnny darauf aus war, aber es passierte nicht. Stattdessen schlug er mit den Fäusten auf mich ein, bis kaum noch ein unversehrtes Stückchen Haut an mir war, dann nahm er alle möglichen Möbelstücke zu Hilfe. Das reichte ihm aber immer noch nicht. Das Messer hob er bis zum Schluss auf. Er schnitt mir damit in die Haut, bis ich in einem See von Blut lag. Und diesmal war es mir auch bewusst, dass es mein Blut war, denn ich fühlte, wir es mir aus dem Körper rann.

»Das hat gutgetan«, sagte er bloß, als er mich endlich liegen ließ.

Ich drehe mich zu Zach um und kann ihm nun wieder in die Augen sehen. »Aber das ist immer noch nicht das Allerschlimmste«, sage ich und sehe, wie seine Züge erstarren. »Als er aus dem Zimmer ging, sah ich einen Schatten im Flur. Da stand Liv. Die Frau, die meine Mutter sein sollte, die angeblich für mich verantwortlich war. Ich hätte ihr vielleicht sogar alles verziehen, wenn sie in diesem Moment irgendwie versucht hätte, Johnny zu stoppen oder mich danach wenigstens zu trösten. Aber sie stand nur da, mit einem gemeinen Grinsen im Gesicht. Sie muss alles beobachtet haben.«

Zach zieht mich an sich und drückt mich, ich spüre seinen ganzen Körper. »Ich weiß, das ist jetzt vielleicht unangebracht, aber es ist mir gerade echt egal«, sagt er. »Ich muss dich einfach in den Arm nehmen.«

Ich wehre mich nicht, sondern lasse mich fallen und atme seinen Duft ein. Seinen natürlichen Körpergeruch, kein Aftershave oder so, einfach nur Zach.

Zu lange verharren wir so, aber doch nicht lang genug. Zach löst sich von mir. »Was ist danach mit dir geschehen? Bist du zur Polizei gegangen?«

Ich nicke. »Ich bin im Krankenhaus aufgewacht und wusste nicht, wie ich dahin gekommen war, bis es mir die Polizei sagte. Offenbar war meine Freundin Alexa gekommen, um mich zu holen. Die, bei der ich wohnen sollte und die sich Sorgen machte, als ich nicht aufgetaucht bin. Zum Glück hatten Liv und Johnny, die in einen Pub gegangen waren, um sich zu besaufen, die hintere Tür offen gelassen, so dass mich Alexa finden konnte. Andernfalls …«

»Verdammt. Entschuldige, ich fluche normalerweise nicht, aber das war jetzt nötig, glaube ich.«

Am liebsten würde ich ihn jetzt noch mal umarmen – dafür, dass er mich in diesem schmerzhaften Moment zum Lächeln bringt.

»Ich habe der Polizei alles erzählt. Er ist jetzt im Gefängnis.«

»Gut. Das ist gut, Josie.« Er schüttelt den Kopf. »Unglaublich, dass du das alles durchgemacht hast und trotzdem noch du bist. So stark.«

»Ich kann mich doch nicht aufgeben, Zach, denn so lasse ich sie gewinnen. Das hält mich davon ab, in eine Opferrolle zu fallen. Sie wollten mein Leben zerstören, aber ich lasse das nicht zu. Ich kann nicht behaupten, dass es immer leicht ist, aber ich muss an meinen kleinen Bruder denken.« Ich erzähle ihm von meinem Besuch in Brighton und dass ich nichts riskieren will, obwohl es nicht so aussieht, als ob er vernachlässigt wird. »Ich will ihn zu mir holen, Zach. Sobald ich den Abschluss und hoffentlich einen guten Job habe. Ich kann ihn nicht bei dieser Frau lassen.«

»Hat sich das Jugendamt nicht eingeschaltet? Ich kenne mich mit unserem Sozialsystem ja nicht besonders gut aus, aber sicher haben sie sich doch Sorgen um deinen Bruder gemacht, nach allem, was dir der Freund deiner Mutter angetan hat?«

»Ach, Liv kann sich da gut rauslügen. Sie hat behauptet, nichts mehr mit Johnny zu tun zu haben, und ihnen ein paar Lügen aufgetischt, zum Beispiel, dass ich sogar selber eine Beziehung mit ihm gehabt hätte. Und weil ich schon achtzehn war, damit volljährig und für meine Taten allein verantwortlich, haben sie ihr Kieren nicht weggenommen. Aber alle, die sie kennen, und das sind eine Menge Leute in Brighton, wissen, dass sie die Finger nicht von dem Mann lassen kann.«

Nachdem ich Zach nun über meine Vergangenheit ins Bild gesetzt habe, erzähle ich ihm von dem Besuch von Johnnys Cousin vor ein paar Wochen.

Zach schüttelt den Kopf und seufzt tief. »Sie müssen der Polizei melden, dass er Sie bedroht hat, Josie. Warum haben Sie das nicht schon längst gemacht?«

»Weil ich nicht genau weiß, wer er ist. Ich vermute nur, dass er Johnnys Cousin ist, aber ich habe ihn noch nie vorher gesehen und stand zu sehr unter Schock, um mir sein Autokennzeichen zu merken oder so. Er hat behauptet, für den Abend sowieso ein wasserdichtes Alibi zu haben, also ist es sinnlos. Und vor allem will ich die Vergangenheit hinter mir lassen.«

»Aber es ist nicht vorbei, Josie, wenn dieser Kerl seine Drohung wahr macht.«

»Ich weiß. Deswegen wollte ich ja auch mit Ihnen reden. Um eine zweite Meinung zu hören. Ich weiß, es klingt unwahrscheinlich, aber ich habe tatsächlich keinen, mit dem ich reden kann. Nach dem Überfall wollte keiner in der Siedlung mehr Kontakt zu mir. Die Leute dort haben Angst vor Johnny, sie wussten, wie er ist und wozu er fähig war, schon bevor er mich überfallen hat. Und es will sich auch keiner mit Liv anlegen. Ich hatte also niemanden. Ich konnte es kaum erwarten, abzuhauen und in London ein neues Leben anzufangen.«

»Was ist mit Ihrer Freundin? Alexa?«

»Sie hat als Einzige zu mir gehalten, aber sie studiert mittlerweile in Edinburgh, und wir haben uns aus den Augen verloren. Ich wüsste inzwischen nicht mal, wie ich sie finden könnte. Ich habe es probiert, aber genau wie ich hat sie keinen Facebook- oder Twitter-Account oder so etwas.«

Zach drückt meine Hand, lässt sie jedoch nicht los. »Also, ich zumindest bin froh, dass sich unsere Wege gekreuzt haben.«

Ich drücke seine Hand ebenfalls, fester, als ich sollte, aber es ist mir in diesem Moment egal. Für einen kurzen Augenblick habe ich das Gefühl, dass es nur ihn und mich gibt. Sonst niemanden.

• DREIZEHN •

MIA

Das Haus war so still am Wochenende, es wirkte fast kalt ohne Freya. Mir hat ihr ständiges Geplapper gefehlt. Sie kann mich so von allem ablenken, wenn sie in meiner Nähe ist, dass alles Übrige unwichtig erscheint. Ohne sie hatte ich zu viel Zeit, um über Alison und Dominic nachzudenken. Und natürlich auch darüber, was mit Zach passiert ist.

Aber jetzt ist es schon Montag, und bevor ich Freya abhole, suche ich Elaine Bradford auf und bekomme hoffentlich ein paar weitere Informationen. Sie muss doch etwas wissen, das mir hilft, Dominic zu verstehen und zu entscheiden, ob man ihm trauen kann oder nicht.

Ihre Agentur ist in Muswell Hill, wo ich mich nicht gut auskenne, aber mit dem Navi komme ich innerhalb einer knappen Stunde dort an. Ich bin jetzt zwar ein ganz schönes Stück von Reading entfernt, aber mir bleibt trotzdem noch genug Zeit, um Freya nach dem Mittagessen abzuholen.

Die Immobilienagentur Bradford ist ein großes Büro in einer Reihe exklusiver Geschäfte direkt an der Hauptstraße. Ich hätte vorher anrufen sollen, um mich zu vergewissern, ob Elaine an diesem Morgen überhaupt da ist, aber mir war kein guter Vorwand dafür eingefallen. Also riskiere ich es einfach. Ich habe heute Vormittag keine Klienten und so wenigstens das Gefühl, dass ich etwas unternehme.

Ehe ich eintrete, sehe ich verschiedene Personen an Schreibtischen, jedoch keine Spur von Elaine. Von dem Foto auf ihrer Website weiß ich, dass sie dunkle Haare hat, fast so wie Dominic, sie sind aber bei ihr zu einem adretten Bob geschnitten. Sie scheint nicht da zu sein.

Aber ich gehe trotzdem hinein; wahrscheinlich ist sie bei einer Wohnungsbesichtigung oder einem anderen Außentermin.

Ein großer junger Mann in einem eleganten Anzug kommt auf mich zu, um mich zu begrüßen. Er klappert mit einem Schlüsselbund und fragt, wie er mir helfen kann.

»Äh, ich wollte Elaine sprechen, falls sie da ist.«

Sein Lächeln wird etwas schwächer. Er hat wohl auf einen Auftrag gehofft. »Sie ist in ihrem Büro. Ich bin gerade auf dem Weg zu einer Besichtigung, aber es ist dort drüben.« Er deutet auf eine Glastür im hinteren Teil des Raumes, durch die ich schemenhaft eine Frau mit dunklen Haaren erkennen kann.

»Danke«, sage ich, aber er ist schon weg.

Als ich auf sie zugehe, fällt mir als Erstes auf, wie sehr Elaine Bradford sich von Alison unterscheidet. Nicht jeder steht auf einen bestimmten Typ – Zach und Will könnten nicht unterschiedlicher aussehen –, aber die Frau vor mir ist so viel ausgeglichener, so viel souveräner als Alison. Das sehe ich auf den ersten Blick.

Sie lächelt mir zu. »Hi, was kann ich für Sie tun?«, sagt sie. Dann runzelt sie die Stirn. »Kennen wir uns nicht?«

Das ist unmöglich. Ich habe sie noch nie gesehen, und sie war nicht mit Dominic auf der Beerdigung, daher kann es gar nicht sein, es sei denn …

»Genau – Sie sind die Frau von Zach Hamilton. Entschuldigen Sie, ich kenne Sie aus dem Internet.« Sie lächelt leicht. »Ach, das klingt jetzt bestimmt schrecklich, aber es hat ja auch keinen Sinn, Ihnen etwas vorzumachen.« Ihr Lächeln wird freundlicher, und sie reicht mir die Hand. »Nett, Sie persönlich kennenzulernen. Die Welt ist doch klein, nicht?«

Ich nehme ihre Hand und bin verblüfft, dass sie mich so auf Anhieb erkannt hat. Ich sehe jetzt anders aus, darauf habe ich geachtet. Ich musste die Vergangenheit abschütteln. Mein Haar ist jetzt kürzer und rötlich braun, nicht mehr fast schwarz wie damals, und außerdem glätte ich mir mittlerweile meine Locken. Aber dadurch hat sich Elaine nicht täuschen lassen – andere dann wahrscheinlich auch nicht.

»Macht gar nichts«, sage ich. »Ja, das stimmt, ich bin Mia.«

Sie lächelt warm. »Ach, ganz ehrlich, ich glaube nicht, dass das, was damals passiert ist, irgendetwas mit Ihnen zu tun hat. Vor ein paar Jahren habe ich mitbekommen, dass manche Leute ziemlich übel mit Ihnen umgegangen sind. Es sollte sich doch einfach jeder um den eigenen Kram kümmern.«

Sosehr es schmerzt, dass diese Frau von den Anfeindungen weiß, die ich ertragen musste, ist es doch eine Gelegenheit für mich, auf Dominic zu sprechen zu kommen. »Ja, das war eine schwierige Zeit«, sage ich. »Ich konnte nicht mal das Haus verlassen, ohne angepöbelt zu werden. Die meisten beschimpften mich einfach nur, aber manchmal passierten auch noch gemeinere Dinge.« Ich denke an zertrümmerte Autoscheiben oder unflätige Schmierereien an meiner Haustür. Es wurde so schlimm, dass ich monatelang kaum das Haus verließ.

Elaine schüttelt den Kopf. »Nicht zu fassen, was sich die Leute einbilden. Ungeheuerlich, dass Sie das alles ertragen mussten. Sie behaupteten alle, mit dieser Studentin befreundet gewesen zu sein, oder? Obwohl sie doch angeblich gar keine engen Freunde hatte. Kein Wunder, so wie sie sich verhielt.«

»Keine engen Freunde, bis auf meinen Mann«, sage ich.

Elaine starrt mich einen Augenblick an und fragt sich wahrscheinlich, wie viel ich noch dazu sagen will. »Tja, nicht jeder wählt auf Anhieb den richtigen Partner, oder?« Sie lässt den Blick zu meiner linken Hand gleiten. »Ich auf jeden Fall nicht. Sie kennen meinen Ex-Mann doch sicher? Dominic? Er war ein Kollege von Zach.«

»Ja, wir haben uns auf der Beerdigung kurz kennengelernt – «

»Ach, tut mir leid, dass ich nicht dort war. Aber Dominic und ich hatten so viele Auseinandersetzungen, und ich hatte ihn damals auch bereits verlassen. Zum Glück.«

»Machen Sie sich darüber bitte keine Gedanken. Sie kannten Zach ja nicht einmal, ich hätte auch nicht erwartet, Sie dort zu sehen.«

»Na ja, eigentlich habe ich ihn schon einmal kennengelernt. Also, kennengelernt ist wohl der falsche Ausdruck, aber ich habe ihn einmal in der Universität gesehen, als ich Dominic besuchte. Er war … tut mir leid, das jetzt zu sagen, aber er war mit dem Mädchen zusammen. Sie gingen den Gang entlang, und ich erinnere mich, dass er mir die Tür aufhielt. Ein sehr höflicher Mann. Damals habe ich mir deswegen weiter keine Gedanken gemacht, aber nach den Ereignissen erinnerte ich mich wieder daran.« Sie verstummt und holt tief Luft.

Elaine hat recht. Während meiner ganzen Zeit mit Zach hat er nie etwas Schlechtes über jemanden gesagt, wurde nie ausfällig, gegenüber niemandem. Er war immer so ruhig und besonnen, in jeder Hinsicht. Man kann kaum verstehen, wie er an jenem Abend so durchdrehen konnte.

Einen Moment lang entsteht eine peinliche Stille, bis Elaine zu meiner Erleichterung das Thema wechselt. »Wie geht es Ihnen denn jetzt?«, fragt sie, als würden wir uns schon lange kennen.

»Die Zeit heilt alle Wunden, oder?«, sage ich nur, um ihr nicht direkt antworten zu müssen.

Sie sieht mich etwas zu lange an. »Schon, aber es muss Sie doch verändert haben. Etwas so Schreckliches hat bestimmt Narben hinterlassen, Sie Ärmste.«

Ich möchte auf keinen Fall mit Elaine darüber reden, auch wenn ich merke, dass sie es gut meint und ihr Mitgefühl ehrlich ist. Wenn ich will, dass sie mir etwas verrät, dann muss ich allerdings auch offen sein. Deswegen sage ich, dass es mich tatsächlich verändert hat, mehr, als ich es ausdrücken kann. Ich war einmal sehr gesellig und nahm mir Zeit für meine Freunde, wann immer es ging, aber danach schaffte ich es kaum, jemandem ins Gesicht zu sehen, selbst denen nicht, von denen ich wusste, dass sie mich nicht verurteilten. Mit der Zeit kapselte ich mich völlig ab, und die Einsamkeit und Abschottung hätten mich wohl endgültig fertiggemacht, wenn ich Freya nicht gehabt hätte. Erst nach drei Jahren löste ich mich dank Wills Liebenswürdigkeit und Wärme aus dieser Starre.

Elaine nickt, als ob sie etwas Ähnliches durchgemacht hätte und mich genau versteht, statt einfach nur von außen auf mein damaliges Leben zu blicken. »Ich freue mich so, dass Sie wieder jemanden kennengelernt haben. Was machen Sie jetzt? Damals waren Sie ja nicht berufstätig, oder?«

Ich werde nervös. Diese Frau weiß zu viel über mich, und ich weiß nichts über sie, außer mit wem sie einmal verheiratet war. Wir sind nicht auf Augenhöhe. Das kann nicht gut sein. »Nein, ich hatte mir Elternzeit für meine kleine Tochter genommen. Als sie in die Schule kam, machte ich eine Ausbildung zur Therapeutin und bin jetzt selbstständig, wie Sie.«

»Das ist doch super! Gut gemacht. Ich weiß, dass so etwas nicht einfach ist. Und was führt Sie zu mir?«, fragt sie und schneidet ein neues Thema an. »Sagten Sie, dass Sie eine Immobilie suchen?«

Sie muss genau wissen, dass ich kein Wort über den Grund meines Besuches gesagt habe. »Möglicherweise. Mein Partner und ich überlegen, zusammenzuziehen, und um ehrlich zu sein, täte es mir vielleicht ganz gut, Ealing zu verlassen.«

»Sie leben immer noch dort? Im selben Haus?«

Ich schäme mich nicht, das zuzugeben. Es war ja auch mein Haus, und ich will nicht zulassen, dass mir das, was Zach getan hat, mein Haus verdirbt. Das sage ich ihr auch.

»Irgendwie kann ich das verstehen. Bei mir war es anders – nach meiner Scheidung konnte ich nicht schnell genug verkaufen und verschwinden. Selbst das andere Ende von London ist manchmal nicht weit genug, um einen Abstand zwischen mir und dem früheren Teil meines Lebens zu schaffen.«

Das ist perfekt; sie hat selbst von ihrer Scheidung angefangen. »Tut mir leid, das zu hören.«

Ihre Miene verdunkelt sich. »Das ist ein Lebensabschnitt, den ich lieber vergessen will. Aber eine Scheidung ist nichts, verglichen mit dem, was Sie durchmachen mussten.«

»Das bedeutet ja nicht, dass Sie nicht auch darunter gelitten haben. War es wirklich so bitter? Seltsam, Zach hat immer so gut von Dominic gesprochen.« Sie weiß ja nicht, dass ich bis zur Beisetzung keine Ahnung hatte, wer ihr Ex-Mann war.

»Das ist eben das Schlimme daran, wenn jemand zwei Seiten hat. Die Kollegen sehen immer nur das Gute an ihm – den netten, hilfsbereiten Mann, der alles tut, um einen zu unterstützen –, während die Menschen zu Hause den verbitterten, gereizten, ungerechten Teil abbekommen. Vielleicht werden die Stunden im Beruf, in denen man sich zusammennimmt, irgendwann zu viel, und der Stress muss dann einfach raus.« Sie lacht, aber es klingt gezwungen, als ob es ihr Mühe macht, darüber zu reden.

Ich denke an das Gespräch mit Dominic im Park. Den Mann, den sie beschreibt, kann ich mir nur schwer vorstellen – genau wie den, den Alison beschrieben hat –, aber vielleicht hat sie ja recht, dass es Leute gibt, die eine Seite ihres Wesens vor der Welt verstecken.

»Es war eine völlig lieblose Ehe«, fährt Elaine fort, der nicht aufzufallen scheint, dass ich nicht reagiert habe. »Mehr oder weniger von Anfang an. Vergeudete Jahre. Ich hätte sehr gern Kinder bekommen, aber jetzt ist es zu spät, weil ich zu lange bei ihm geblieben bin.« Sie sieht sich um. »Aber ich hätte möglicherweise nicht hiermit angefangen, wenn ich Kinder gehabt hätte, daher ist es vielleicht ganz gut so. Ich habe ihn tatsächlich seit Jahren nicht gesehen und weiß nicht mal, was er macht oder ob er wieder geheiratet hat oder so. Es ist einfacher so. Zu tun, als ob er nicht existiert.«

»Vielleicht hat er sich geändert?«, sage ich. »Ist ein besserer Mensch geworden?«

Sie schüttelt den Kopf. »Ich glaube nicht, dass man sich verändern kann, keiner von uns. Nicht wirklich. Wir sind immer noch die, die wir innerlich sind, egal was wir der Welt zu zeigen versuchen. Finden Sie nicht?«

»Möglich.« Ich denke an Zach. Hatte die Untreue schon immer in ihm gesteckt? Und wenn ja: Wie konnte mir das entgangen sein? »Falls wir es überhaupt erkennen«, erwidere ich.

Sie lächelt wieder mitfühlend. »Machen Sie sich keine Vorwürfe. Ich habe mir lange überlegt, ob ich Dominic von mir gestoßen habe und dadurch aus ihm den gefühllosen Mann gemacht habe, der er wurde, und es hat ewig gedauert, bis ich aufgewacht bin und verstanden habe, dass es nicht an mir lag. Ich habe in meine Ehe investiert, was ich konnte, und ich bin sicher, Sie auch.«

Obwohl Elaine mitteilsamer ist, als ich hoffen konnte, weiß ich immer noch nicht, ob Dominic Bradford auch ihr gegenüber gewalttätig war. Ich mache einen letzten Versuch, um es herauszufinden. »Trotzdem, eine Scheidung ist das Aufreibendste, was man erleben kann. Seltsam, die Leute lassen sich aus allen möglichen Gründen scheiden: Untreue, Misshandlung – «

Sie will etwas sagen, aber wir werden unterbrochen, weil es klopft. Durch die Glastür sehe ich ein junges Paar, Arm in Arm. Elaine lächelt und bedeutet ihnen mit einer Geste, zu warten. »Ach, mein nächster Termin. Ich muss jetzt los und ihnen ein Haus zeigen.« Sie senkt die Stimme. »Unter uns gesagt, die beiden sind ziemliche Zeitverschwendung. Ich glaube, das ist jetzt schon das dreizehnte Haus, das sie ansehen, und bisher war keines auch nur annähernd gut genug.« Sie steht auf und hält mir die Hand hin. »Aber es war schön, Sie kennenzulernen, Mia. Wenn Sie Ihre Daten bei Tina lassen, der Frau am Platz neben dem Eingang, rufe ich Sie an, und wir können uns um Ihre Suche kümmern.«

Ich danke ihr und gehe. Ich sehe die Frau, die Tina sein muss, und überlege, ihr tatsächlich meine Kontaktdaten dazulassen und die Scharade aufrechtzuerhalten, in der Hoffnung, Elaine doch noch etwas mehr über Dominic entlocken zu können, komme aber zu dem Schluss, dass es unfair wäre, sie so zu täuschen. Außerdem weiß sie ja nichts mehr von Dominic – sie wird mir also auch nichts über Alison sagen können. Ich muss also anders weitermachen.

Ich werfe noch einen Blick zurück auf Elaines Büro. Sie redet eifrig auf das Paar ein. Also lächle ich Tina nur zu und begebe mich nach draußen in die drückende Hitze.

• • •

Freya war schweigsam, als ich sie bei Graham und Pam abholte, und gab auf meine Fragen nach ihrem Wochenende nur gemurmelte Antworten. Ich bedrängte sie nicht, aber jetzt sind wir zu Hause, und sie redet immer noch kaum. Das sieht Freya gar nicht ähnlich.

»Schätzchen, ist alles in Ordnung?«

Sie zuckt die Schultern. »Ja, alles okay.«

Halbherzig legt sie ein Puzzle auf dem Wohnzimmerboden, und ich setze mich zu ihr. »Du wirkst aber gar nicht so. Kannst du mir nicht sagen, was los ist?«

Wieder ein Schulterzucken, doch dann fängt sie abrupt zu reden an. »Daddy war ein gemeiner Mann, nicht?«

Ihre Frage versetzt mir so einen Schreck, dass ich kurz glaube, mich verhört zu haben. So etwas hat sie noch nie gesagt. Aber dann wiederholt sie ihren Satz.

Ich greife nach ihrer Hand. »Nein, Schätzchen, das war er nicht. Wie kommst du darauf?«

Sie zieht ihre Hand zurück. »Mummy, du lügst. Ich weiß, dass er das war. Er war ein schlechter Mann.« Sie versucht ein Puzzleteilchen in der Hand zu zerdrücken, aber es ist zu hart, und sie gibt auf und wirft es stattdessen weg. So verhält sich meine Tochter sonst nie, zumindest nicht mehr seit der Zeit, als sie ein Kleinkind war und ihre Verzweiflung nur durch einen Wutanfall ausdrücken konnte.

»Freya, du musst mir erzählen, warum du das sagst, dann können wir vernünftig darüber reden, okay?« Ich lege das Puzzleteilchen zu den anderen.

Nach einer Weile nickt sie. »Ich hab es gelesen. Auf Grandpas iPad.«

Mir wird ganz eng um die Brust. »Was hast du gelesen, Freya?«

Jetzt hat sie Tränen in den Augen, daher ziehe ich sie an mich und nehme sie in die Arme. »Schon gut, Schätzchen, erzähl doch mal. Was hast du denn gelesen?«

Ich muss mich anstrengen, durch ihr Schluchzen und Schniefen zu verstehen, was sie sagt. »Megan hat mir beigebracht, wie man auf ihrem iPad Sachen googelt, da hab ich nach meinem Dad gesucht.«

Ich wusste, dass so etwas irgendwann einmal passieren musste, habe allerdings nicht erwartet, dass sie schon mit sieben dahinterkommt. Ich kann natürlich nicht erwarten, dass sie versteht, was geschehen ist, ich kann den Schaden höchstens abmildern. Ich dränge sie, weiterzumachen.

»Da stand, dass er einem Mädchen aus seinem Kurs etwas Schlimmes angetan hat. Was hat er getan, Mummy? Ich habe es nicht ganz verstanden. Aber ich hab gelesen, dass sie gestorben ist und dass er deshalb … auch tot ist.«

Sie weint jetzt heftiger, deshalb drücke ich sie fester an mich. Ich war immer ehrlich zu Freya und habe ihr erzählt, dass Zach sich selbst umgebracht hat. Auf keinen Fall wollte ich sie anlügen, falls sie die Wahrheit Jahre später herausfinden würde und alles, was sie bisher gewusst hatte, infrage stellen müsste. Aber die Umstände, die den Selbstmord begleiteten, habe ich nie erwähnt. Ich habe nur gesagt, dass er sehr traurig war.

»Hör mal, Schätzchen, Daddy hat dich sehr lieb gehabt – mehr als alles andere auf der Welt –, das darfst du nie vergessen.«

Sie lässt sich das einen Augenblick durch den Kopf gehen und starrt mich mit glasigem Blick und zitternder Lippe an. »Okay. Aber das ist schlimm, Mummy. War er wirklich so gemein, wie es überall steht?«

»An was du immer denken musst, ist, dass er dich geliebt hat.«

»Und dich, Mummy.«

Alles zieht sich in mir zusammen. »Ja, und mich. Er hat uns beide lieb gehabt, das allein zählt. Hör nicht auf den Rest. Mit der Zeit wirst du noch mehr über ihn hören, aber beachte es einfach nicht. Denk immer an das, was ich gesagt habe. Er hat uns lieb gehabt, alles andere ist unwichtig. Die Menschen machen manchmal schlimme Fehler – das heißt aber nicht immer, dass sie schlechte Menschen sind.«

Die Worte liegen mir quer im Hals und drohen mich zu ersticken.

• • •

Will hat gute Laune an diesem Abend. Er kommt hereingestürmt mit Pralinen für mich und einem Block *Frozen*-Sticker für Freya, weil sie die so gern sammelt.

Halbherzig bereite ich ein Abendessen zu, während sie zusammen fernsehen, und ich kann mich nicht überwinden, viel zu reden, während wir essen. Zum Glück ist Freya nach unserem Gespräch wieder munterer und beschäftigt sich mit Will, so dass er mich nicht ausfragen kann.

Das Gespräch mit Elaine geht mir immer noch im Kopf herum. Sie hat mit keinem Wort angedeutet, dass Dominic übergriffig war, aber ich weiß, dass sie irgendetwas sagen wollte, als wir unterbrochen wurden. Es wäre allerdings zu gefährlich, Mutmaßungen anzustellen. Ich weiß bisher nur, dass einer von beiden lügt,

Alison oder Dominic. Hatte Alison tatsächlich Angst vor ihm? Hat sie ihre Aussage deshalb so prompt zurückgenommen und ist praktisch davongelaufen? Oder hat Dominic recht, und sie ist einfach nur psychisch labil? Ich kann nicht außer Acht lassen, dass sie ausgerechnet mich sehen wollte. Dafür gibt es einen Grund, den ich herausfinden muss.

Hör auf damit, Mia. Du hast hart darum gekämpft, weiterzumachen und dir und Freya ein Leben aufzubauen, mach also jetzt keinen Schritt zurück. Das wäre fatal.

Aber wie soll ich Alisons Worte vergessen, die mir die ganze Zeit im Kopf herumschwirren?

• • •

Später im Bett möchte Will wissen, warum ich beim Essen so schweigsam war, was ich schon erwartet hatte. »Bist du sicher, dass alles in Ordnung ist mit dir? Oder fühlst du dich wieder schlechter?«

Normalerweise möchte ich ihn nicht belasten – ich versuche, mein Problem allein in den Griff zu bekommen, und bisher habe ich alles, was Zach betrifft, von ihm ferngehalten, aber an diesem Abend bin ich erschöpft, und es ist der Zeitpunkt gekommen, ein paar Dinge mit ihm zu besprechen.

»Weißt du, Will, heute Nachmittag ist tatsächlich etwas mit Freya passiert, das mich aus der Bahn geworfen hat.«

Er setzt sich auf und macht ein besorgtes Gesicht. »Erzähl mal.«

Ich berichte, was Freya gesagt hat, möglichst wörtlich, auch wenn ich zu erschrocken war, um mich genau an ihren Wortlaut zu erinnern.

»Ach du Scheiße«, sagt Will. »Nicht gut.« Er flucht eigentlich nie, daher merke ich, wie schockiert er ist. »Was hast du darauf gesagt?«

»Das Einzige, was ich sagen konnte. Dass Zach sie lieb gehabt hat und alles andere egal ist.«

Er nickt. »Mhm. Das ist dir bestimmt schwergefallen.«

Am Anfang meiner Bekanntschaft mit Will konnte ich mich nicht überwinden, ihm zu erzählen, was genau passiert war. Ich habe ihn nicht angelogen, sondern nur gesagt, es sei zu schwierig, darüber zu reden, und ich sei ihm dankbar, wenn er mich nicht drängen würde. Ich wusste nicht, ob er von anderen Leuten oder aus dem Internet etwas über die Sache erfahren hatte.

Wills Schwester war Lehrerin an Freyas Schule, und als Freya dort anfing, war ich sicher, dass Gerüchte im Umlauf waren, obwohl inzwischen drei Jahre vergangen waren. Je mehr Zeit verging, desto klarer wurde mir, dass ich verhindern musste, dass er die Version aus zweiter Hand zu hören bekam statt meine eigene.

Natürlich hatte ich überlegt, vor Freyas Schulstart umzuziehen – es wäre einfacher gewesen –, aber ich wollte mich einfach nicht aus meinem Haus vertreiben lassen.

Auf meinem ersten Date mit Will sprach ich das Thema an.

Er nahm meine Hand und sagte, er würde nie auf andere Leute hören und habe keine Meinung zu der

Sache. »Ich habe das ja nicht miterlebt«, sagte er, »deshalb kann ich mir auch kein Urteil erlauben.« Aber er fügte noch hinzu, er würde mir unvoreingenommen zuhören, wenn ich so weit sei.

Und er hielt sich an seine Worte. »Das Schicksal schlägt manchmal brutal zu«, sagte er damals. »Aber lass die Geschichte nicht über dich bestimmen, Mia. Was Zach auch getan haben mag, es hat nichts mit dir zu tun.«

Jetzt, als mich die schmerzlichen Erinnerungen wieder einmal überfallen, merke ich, was ich an Will habe und dass ich durch ihn eine zweite Chance bekommen habe.

»Weißt du, was die ganze Geschichte noch schlimmer macht?«, sage ich. »Die Tatsache, dass man ihre Leiche nie gefunden hat. Das ist, als ob ständig ein ungelöstes Problem über mir und Freya hängt, das ich endlich loswerden will.«

»Ich weiß, das klingt hart, aber manchmal werden Menschen nie gefunden, auch wenn alles darauf hindeutet, dass sie nicht mehr am Leben sind. Selbst wenn man sie irgendwann finden sollte, kann das noch Jahre dauern. Womöglich bis wir selbst nicht mehr am Leben sind.«

Ich weiß nicht, ob es besser oder schlimmer wäre, wenn Josie Carpenter gefunden würde, aber zumindest würde ihr Geist mich nicht mehr verfolgen. Ich könnte Ruhe finden.

Will ergreift meine Hand. »Hör mal, ich weiß, das ist wahrscheinlich kein guter Zeitpunkt … eher der ungünstigste Zeitpunkt, aber ich muss dich etwas fragen – wieder einmal –, und du solltest es wenigstens mal überdenken. Ich liebe dich und Freya, das weißt du doch?«

Ich nicke und weiß, wohin das Gespräch führt.

»Ihr macht mich beide so glücklich, und ich kann nicht … ich will einfach nicht ohne euch sein.« Will erkennt meinen Anflug von Panik, und er lächelt und drückt meine Schulter. »Keine Sorge, Mia, jetzt kommt kein Heiratsantrag. Aber ich frage dich erneut. Ganz offiziell. Möchtest du nicht über ein Zusammenziehen nachdenken?«

Er hat mich das schon oft gefragt, wenn auch nicht auf diese Weise, und er hat recht, der Zeitpunkt könnte nicht ungünstiger sein, doch als ich in sein hoffnungsvolles Gesicht blicke, weiß ich, dass es nur eine Antwort gibt. Vielleicht hat ihn das Schicksal gerade jetzt fragen lassen. Um anzudeuten, dass alles gut wird.

Ich nehme seine Hand und küsse sie. »Ja, lass uns das machen. Aber ich finde, wir sollten nicht hier leben. Es würde sich nicht richtig anfühlen. Lass uns gemeinsam etwas Neues kaufen. Einen neuen Anfang machen. Das ist auch gut für Freya, vor allem nach dem, was sie heute gesagt hat.«

Will zieht mich an sich, jubelt und stößt die Faust in die Luft. »Weißt du, wie glücklich du mich gerade gemacht hat? Sag jetzt nichts, lass es mich dir zeigen.«

Und ich lasse es zu, denn ich muss Zach vertreiben und mich ganz auf Will einlassen. Auf unsere Zukunft.

Weder Alison noch Dominic noch sonst jemand soll uns das verderben.

• • •

Später, als sich Will ins Gästezimmer verdrückt hat und ich gerade eindöse, piept mein Handy und meldet eine E-Mail. Ich sollte es eigentlich ignorieren, sagt mir ein warnendes Gefühl, aber meine Hand greift automatisch danach. Diese Angstattacken müssen aufhören; wahrscheinlich ist es nur Junkmail, wie so oft mitten in der Nacht. Ich blinzle auf das Display und die Schrift wird allmählich scharf.

Ich brauche noch mal einen Termin. Es ist dringend. Bitte. Kann ich morgen irgendwann kommen?

Die Nachricht ist von Alison Cummings.

• VIERZEHN •

JOSIE

Ich sollte wohl lieber nicht mit reinkommen, wenn wir dort sind«, sagt Zach. »Aber ich warte auf dem Parkplatz auf dich. Und du hast ja jetzt meine Handynummer, du kannst mir also schreiben, wenn du mich brauchst.«

Wir sind auf dem Weg zum Polizeirevier, wozu er mich tagelang hat überreden müssen. Obwohl ich auch allein hingegangen wäre, ist es nett, dass er mitkommt. Aber da ich es gewohnt bin, selbstständig zu handeln, brauche ich ihn auch jetzt nicht.

»Und wenn es nun Stunden dauert?«, frage ich. Was mehr als wahrscheinlich ist; ich habe viel zu berichten. »Du solltest lieber fahren. Ich komme zurecht. Musst du nicht nach Hause? Heute ist Samstag. Das ist doch sicher Familientag?«

Er seufzt auf. »Meine Arbeit und mein Buch bedeuten leider, dass es so etwas wie einen Familientag nicht gibt. Außerdem ist Mia heute mit Freya unterwegs, ich muss also nicht nach Hause. Sie hat alles im Griff. Hat sie immer.« Er seufzt wieder. »Keine Ahnung, wie sie das hinkriegt. Lass mich nur fünf Minuten allein mit Freya, und ich raufe mir die Haare und weiß nicht, was ich machen soll oder warum sie nicht aufhört zu jammern und zu schreien.«

Ich höre zwar nicht gern, dass Zach Stress hat, spüre jedoch ein leichtes Beben, als ich höre, dass sein Familienleben vielleicht doch nicht ganz perfekt ist. Scheiße, ich bin wirklich schrecklich. »Na ja, ich hab ja noch keine eigenen Kids, aber ich hab so ziemlich alles für Kieren getan, als er ein Baby war, daher weiß ich, wie schwer das ist. Wenigstens für die, die gute Eltern sein wollen.« Liv war das natürlich egal. Kieren konnte stundenlang schreien, und sie zuckte nicht mit der Wimper oder versuchte herauszufinden, was er hatte. Immer musste ich mich um ihn kümmern. Was mir nichts ausgemacht hat. Ich wäre für den kleinen Kerl gestorben.

»Mia macht das mit links«, fährt Zach fort. »Ich hingegen … sagen wir mal, ich muss mich ziemlich abmühen.«

»Ich bin sicher, sie ist froh, dass du es probierst«, sage ich.

»Ganz sicher. Mia sagt immer, dass ich es richtig gut mache und dass sie ohne mich nicht zurechtkommen würde, was überhaupt nicht stimmt. Aber ich lasse sie auch nie merken, wie anstrengend es für mich ist – ich will nicht, dass sie sich Sorgen macht.« Er sieht mich an. »Entschuldige. Du bist kurz davor, zur Polizei zu gehen, und ich rede dummes Zeug.«

Ich mache eine wegwerfende Geste. »Hast du nicht erst vor Kurzem zu mir gesagt, dass wir alle nur Menschen sind und nicht perfekt sein können? Also lass es gut sein. Was du auch gerade fühlst, es geht vorüber. Glaub mir, ich kenne das.«

Er sieht mich zu lange an, und mir wird innerlich ganz heiß. Ein schmerzliches, aber auch schönes Gefühl. »Schlaues Mädchen«, sagt er schließlich. »Weißt du, irgendwie beneide ich dich fast.«

»Was? Machst du Witze?« Ich verschlucke mich fast an meinen Worten. »Du beneidest mich?«

»Hey, ich habe *fast* gesagt. Aber beneiden ist vielleicht das falsche Wort. Ich meine damit, dass du eine Freiheit hast, von der ich nur träumen kann. Ging mir natürlich auch mal so, als ich noch jünger war, aber da habe ich sie nicht so recht zu schätzen gewusst. Hab sie als selbstverständlich hingenommen, wie die meisten. Versteh mich nicht falsch, ich weiß, das, was du durchgemacht hast, war schrecklich. Ich rede von der Freiheit, morgens aufzuwachen und zu tun, wozu man Lust hat. Hinzugehen, wohin man will.« Er unterbricht sich. »Ach, entschuldige, Josie. Das hätte ich nicht sagen sollen – das war echt gefühllos von mir.«

»Schon gut. Ich könnte mir die Freiheit wohl leisten, aber wirklich frei bin ich ja nicht. Ist doch keiner so richtig. Müsste wahre Freiheit nicht bedeuten, dass man keine Wünsche hat? Nichts weiter will als das, was man zum Leben braucht?«

Er lacht. »Richtig. Und genau deshalb musst du weiterschreiben. Sei kreativ. Was du in deinem Kopf hast, solltest du nicht zurückhalten.«

Meine Wangen brennen, und sicher werde ich rot, aber zum Glück nähern wir uns jetzt dem Polizeirevier.

Ich versuche, mich auf das Kommende zu konzentrieren.

Zach fährt auf den einzigen freien Parkplatz und stellt den Motor ab. »Bist du bereit?«

»Hör mal, du solltest fahren. Nach Hause oder sonst wohin. Ich komme zurecht.«

Er dreht sich um und deutet auf den Laptop auf dem Rücksitz. »Da bin ich mir sicher, aber ich habe zu arbeiten. Und nachdem ich jetzt unterwegs mit dir philosophiert habe, bin ich so richtig drin, also geh los. Schieb es nicht weiter auf! Und noch eins – vergiss, was ich gesagt habe. Ich habe nicht das Recht, mich über mein Leben zu beklagen. Ich habe es wirklich gut.«

Als ich mich vom Auto entferne und mir eine Zigarette anstecke, werde ich von Schuldgefühlen überwältigt. Dieser nette Mann, dem ich mit jedem Tag näherkomme, sollte nicht mit mir hier sein. Er sollte zu Hause bei Frau und Tochter sein und sich jede freie Minute, in der er nicht arbeitet, um sie kümmern.

Aber als ich noch mal kehrtmache, um an die Scheibe zu klopfen und ihm zu sagen, dass er losfahren soll, sehe ich, dass er bereits in seinen Laptop vertieft ist, und ich bringe es nicht über mich, ihn zu stören. Vielleicht braucht er diese Auszeit. Schließlich wäre er ja nicht hier, wenn er es nicht so wollte.

Aber warum verbringt er die Zeit mit dir – mit seiner Studentin, dazu noch einer so verkorksten – statt mit seiner Familie? Frag dich das mal, Josie.

Ich überhöre die Stimme in meinem Kopf. Ich finde

es inzwischen schwer, ihn noch als meinen Dozenten anzusehen; ich habe das Gefühl, dass wir eine Grenze überschritten haben. Natürlich nicht physisch – eher sind wir uns emotional nähergekommen.

• • •

Es ist schwieriger als gedacht, auf einem Polizeirevier zu sitzen. Obwohl ich meine Aussage damals im Krankenhaus gemacht hatte, ruft die Atmosphäre hier die damaligen Geschehnisse sofort wieder wach. Aber ich bringe es hinter mich. Dankenswerterweise hat die Frau, die mich befragt, eine freundliche Stimme und weiche Augen, die zu lächeln scheinen, auch wenn ihr Mund eher streng wirkt.

»Wir kümmern uns sofort um die Angelegenheit«, versichert sie mir. »Ich kann Ihnen nichts versprechen – ohne Beweise und da Sie diesmal keine Verletzungen haben, wird es sehr schwer, etwas nachzuweisen, selbst wenn Sie den Mann identifizieren könnten. Wir kontrollieren die Überwachungskameras in der Gegend, aber es hört sich an, als habe er das sorgfältig geplant, daher fürchte ich, er hat die Kameras umgangen.«

»Ich bin sicher, dass er ein Cousin von Johnny war«, sage ich. »Sie waren sich so ähnlich, dass sie verwandt sein müssen.«

»Aber Sie verstehen sicher, dass wir nicht einfach alle Familienmitglieder beschuldigen können, Sie bedroht zu haben, oder? Wir können überprüfen, ob einer von ihnen aktenkundig ist, aber wie viele Cousins hat denn Ihr Angreifer?«

Ich gebe zu, dass ich es nicht weiß, wahrscheinlich aber einige, denn er kommt aus einer großen Familie. Ich weiß, dass er vier Schwestern hat; Liv hat immer betont, was für eine gefährliche Großfamilie das sei. *Keiner legt sich mit denen an, Josie, merk dir das lieber.*

Die Beamtin hat recht: Es ist aussichtslos. Vielleicht war es sogar ein Fehler, herzukommen. »Schlimm genug, dass ich meine Aussage gegen Johnny nicht zurückziehe«, sage ich, »aber wenn der Mann rausfindet, dass ich seinetwegen hier war, bin ich doch bestimmt in Gefahr? Auf keinen Fall hat er in Bezug auf seine Drohung geblufft.«

»Glauben Sie mir, Sie haben das Richtige getan. Seien Sie einfach vorsichtig. Gehen Sie abends nicht allein aus. Und rufen Sie uns an, wenn etwas geschieht. Aber warten Sie nächstes Mal nicht so lange!«

»Ich habe wohl keine andere Wahl, als vorsichtig zu sein, oder? Sie können mir ja keinen Personenschutz gewähren.«

Sie schüttelt den Kopf. »Leider nicht. Aber hier ist meine Karte. Rufen Sie jederzeit an.«

Ich nehme die Karte, danke ihr und gehe, froh, wieder hinauszukommen, auch wenn es mir Angst macht, dass das Problem nicht gelöst ist. Nichts kann mich schützen, und wie üblich kann ich mich wieder mal nur auf mich selbst verlassen.

Draußen ist es kalt, obwohl die Sonne so grell scheint, dass ich blinzeln muss, als ich mich nach Zachs Auto umsehe. Aber es steht nicht mehr auf demselben Platz, dem einzigen, der frei war, direkt am Eingang. Stattdessen parkt da ein silberner Golf. Der Fahrer sitzt darin und telefoniert.

Verwirrt sehe ich mich auf dem Parkplatz um, kann Zachs Auto aber nirgends entdecken. Ich frage mich, ob er umparken oder etwas besorgen musste, und schicke ihm eine SMS.

Bin jetzt fertig. Wo bist du?

Nachdem ich mich noch mal umgesehen habe, setze ich mich auf die Stufen vor dem Polizeirevier und warte auf eine Antwort. Aber nach einer knappen halben Stunde habe ich immer noch nichts von ihm gehört.

• • •

»Wir müssen reden.« Alisons Stimme ist bestimmter, als ich sie jemals erlebt habe, als ob sie geübt und auf mich gewartet hat, um sie jetzt auszuprobieren.

»Hat das nicht Zeit? Ich komme eben von meiner Schicht und bin kaputt. Ich muss was essen und bin echt nicht in der Stimmung für Stress.« Außerdem bin ich verwirrt, dass ich immer noch nichts von Zach gehört habe. Vielleicht habe ich mich vertippt, als er mir seine Nummer diktiert hat, aber das erklärt nicht sein plötzliches Verschwinden.

Warum sollte er einfach so wegfahren? Wo er doch wusste, dass ich den Mann eigentlich gar nicht anzeigen wollte. Aber ich melde mich jetzt nicht noch einmal. Er wird mich schon kontaktieren, wenn er es wirklich will.

»Nein, kann es nicht«, sagt Alison. »Findest du nicht, dass das schon viel zu lange so geht?« Ihre Worte sind schroff, aber ihre Stimme klingt nicht mehr ganz so selbstsicher. Sie hat die Arme vor der Brust verschränkt, und ich bemerke, dass sie schon ihren Schlafanzug trägt, obwohl es erst acht Uhr ist.

»Ich habe keine Ahnung, worüber du reden willst, aber wenn es um Aaron geht, habe ich alles gesagt. Ich habe dir gesagt, was da gelaufen ist, und wenn du mir nicht glaubst, kann ich es auch nicht ändern.« Ich gehe zum Kühlschrank, mache ihn jedoch noch nicht auf. Nicht unter den Argusaugen von Alison.

Sie macht einen Schritt zurück und lehnt sich an die Küchentür. »Ich weiß Bescheid über Mädchen wie dich, Josie. Hab schon viele getroffen. Du glaubst, dass du alles im Griff hast, stimmt's? Dass dir das Leben was schuldig ist und du dir nehmen kannst, was du willst.« Sie schnaubt abfällig. »Du glaubst, dass du Männer benutzen kannst, um zu bekommen, was du willst, aber mit Frauen klappt das nicht, Josie. Dein Pech.«

Was mich noch mehr nervt als ihre Worte ist die Art, wie sie ständig meinen Namen sagt. Jeder Satz, der aus ihr herauskommt, ist wirrer als der letzte, denn sie liegt völlig falsch in Bezug auf mich. Ich bin nicht die Person, die sie da beschreibt. »Was redest du da? Ich hab gerade echt keine Nerven für so etwas.«

»Früher oder später holt es dich ein, Josie.«

»Herrgott nochmal, Alison, das muss ich mir ja wohl nicht anhören. Wenn du mich so verabscheust, warum ziehst du dann nicht aus? Das wäre das Beste für uns beide.«

»Meinst du etwa, ich hätte das noch nicht versucht? Dass ich nicht sofort weg wäre, wenn ich könnte? Aber es gibt im Moment keine anderen Wohnungen, und ich will keinen Umzugsstress mitten im Semester. Außerdem, warum soll es nach dir gehen? Du hättest es zu gern, wenn ich gehen würde und du mich los wärst. Ich bin ja nur das nervige, seltsame Mädchen, mit dem du nicht zurechtkommst. Pech für dich. Ich gehe erst mal nirgendwohin.«

Ich könnte jetzt meine gelöschte Hausarbeit erwähnen, sie dafür verantwortlich machen, aber den Triumph gönne ich ihr nicht. Sie soll lieber glauben, dass sie etwas gelöscht hat, was unwichtig ist. Dass es mir noch gar nicht aufgefallen ist.

»Schön für dich«, sage ich. »Kann ich jetzt vielleicht in Ruhe essen?«

»Du willst deine Ruhe, Josie? Dann mal viel Glück damit.« Sie stürmt hinaus und schlägt die Küchentür hinter sich zu.

Ich will mir die Laune nicht noch mehr verderben lassen, nicht von Alison, und beschließe, mich auf meine Hungerattacke zu konzentrieren. Aber als ich den Kühlschrank öffne, um nachzusehen, was drin ist – auch wenn ich weiß, dass es alles Alisons Sachen sind –, stelle ich verblüfft fest, dass er total ausgeräumt ist. Nichts außer einer gammeligen Milchpfütze im Türfach, wo die Flaschen sonst stehen.

Obwohl ich ahne, was ich finden werde, reiße ich alle Schränke auf, nur um sicher zu sein, und es ist das Gleiche. Total leer bis auf ein paar Becher und Teller, die alle angeschlagen sind.

Ich lache laut los – was Besseres ist Alison wohl nicht

eingefallen. Ich bin schon halb totgeschlagen und mit viel Schlimmerem bedroht worden, und sie glaubt, dass es mir etwas ausmacht, wenn sie alles Essen im Haus verschwinden lässt?

Mein übertriebenes Kreischen hallt durch die Wohnung, und ich kann nur ahnen, was sie jetzt allein in ihrem Zimmer macht. Sie fragt sich, warum ich nicht so reagiere, wie sie es erwartet hat.

Als ich mich schließlich beruhige, dämmert es mir allerdings, dass die Situation keineswegs so lustig ist.

Alison Cummings hat eindeutig Probleme. Und ich sitze hier mit ihr fest.

• FÜNFZEHN •

MIA

Wie anders ist es diesmal, der jungen Frau gegenüberzusitzen. Diesmal bin ich auf alles gefasst, was sie mir entgegenschleudern könnte. Ich bin gewappnet durch das, was mir Dominic erzählt hat – auch wenn ich immer noch nicht weiß, wem ich glauben soll, ist es wenigstens etwas, auf das ich notfalls zurückgreifen kann.

Ich sitze hier immer noch als Therapeutin vor Alison, daher muss ich behutsam vorgehen, und wenn sie Hilfe braucht, bin ich für sie da.

»Ich kann mir vorstellen, was Sie von mir denken«, sagt sie und starrt auf ihre Hände. Sie hat lange, dünne Finger, und die Haut ist von bläulichen Adern durchzogen. Mir fällt auf, dass sie heute nicht in Trauerkleidung ist und dass ihr dunkelviolettes T-Shirt farblich nicht zu ihren Haaren passt.

»Ich bin nicht hier, um Sie zu verurteilen, Alison. Ich will Ihnen nur helfen, sonst nichts.« Ich kann ihr nicht erzählen, dass mich Dominic aufgesucht hat – das würde sie wahrscheinlich ausrasten lassen. Ich muss sie auf mich zukommen lassen. Hoffentlich gesteht sie mir, dass alles, was sie gesagt hat, erfunden war und sie eigentlich gar nichts über Zach weiß.

Sie kneift die Augen zusammen. »Und das bleibt alles unter uns? Selbst nach … meinem letzten Besuch?«

Ich nicke. »Keiner wird je erfahren, worüber wir sprechen. Außer ich bekomme das Gefühl, dass Sie eine Gefahr für sich selbst oder andere sind. Dann muss ich die Behörden einschalten.«

Sie sieht mich unverwandt an. »Ich bin die Letzte, die eine Gefahr für jemanden ist, das können Sie mir glauben.«

Das ist auch kaum vorstellbar, aber dass sie klein und zerbrechlich aussieht, heißt noch nicht, dass sie nicht in der Lage ist, jemandem Gewalt anzutun. Die Leute sind nie so, wie sie zu sein vorgeben. Das weiß keiner so gut wie ich.

»Sie haben um diesen Termin gebeten, Alison. Können Sie mir erzählen, warum Sie mich noch einmal sehen wollten?«

Sie nimmt das Glas Wasser, das ich ihr eingeschenkt habe, stellt es dann jedoch unberührt wieder hin und räuspert sich, als ob sie gleich eine sorgfältig eingeübte Rede abliefern will. »Als ich das letzte Mal da war, hatte ich fest vor, Ihnen alles zu erzählen. Es war kein Spiel oder übler Scherz. So etwas würde ich nicht machen. Aber dann bekam ich plötzlich … Angst. Schreckliche Angst, um genau zu sein. Ich dachte, es würde eine Befreiung sein, damit zu Ihnen zu kommen, aber es ging mir nur schlechter. Mit Ihnen über Ihren Mann zu reden – das war auf einmal zu schwierig. Aber ich konnte die Worte ja nicht ungesagt machen.«

Wie befürchtet ist sie also hier, um über Zach zu

reden, nicht um Hilfe in irgendeiner Angelegenheit zu finden, was für mich viel einfacher wäre. Sie lässt die Sache nicht ruhen, also hat Dominic vielleicht recht gehabt. Sie ist eindeutig gestört und braucht Hilfe. Aber was ist, wenn sie die Wahrheit sagt? Ich muss es wissen, selbst wenn es bedeutet, dass sie in alten Wunden stochert und ich den Schmerz erneut erleben muss. Sie sieht mich fragend an, und ich nicke ihr zu.

»Ich brauche Ihre Hilfe, und ich glaube, ich kann auch Ihnen helfen. Ich weiß, das klingt seltsam, aber Sie werden es verstehen, wenn Sie alles gehört haben.«

»Was muss ich hören, Alison? Können Sie es endlich sagen?« *Oder läufst du wieder davon? Springst auf und läufst zur Tür, ehe ich auch nur blinzeln kann?*

Sie holt tief Luft, und ihre knochigen Schultern heben und senken sich. »Können Sie versprechen, mich erst mal nicht zu unterbrechen? Sich alles anzuhören, was ich zu sagen habe, bevor Sie ein Urteil fällen?«

»Dafür bin ich hier, Alison.«

»Okay. Was ich letztes Mal gesagt habe, stimmt. Ich glaube nicht, dass Ihr Mann sich umgebracht hat.« Sie sieht mich erwartungsvoll an, obwohl sie mich doch gerade erst gebeten hat, sie ausreden zu lassen. »Sie müssen das hier sehen, dann werden Sie es verstehen.« Sie greift in ihre Tasche, und ich lehne mich zurück, weil ich mir nicht sicher bin, was sie herausholt.

Aber es ist nur ihr Handy. Sie tippt darauf herum und hält es dann in meine Richtung. Ein Video läuft an. Zunächst erkenne ich nicht, was gezeigt wird, doch dann sehe ich, dass es ein PC-Bildschirm ist. Der Anmeldename darauf ist Dominic Bradford. Dann taucht Alisons schlanke Hand auf. Sie tippt auf die Tasten und bewegt die Maus, bis eine Fotostrecke auftaucht.

Ich starre die Fotos an – es sind Hunderte –, und mir wird übel bei der Erwartung, was ich sehen werde. Auf dem Video scrollt Alison die Bilder durch. Unbekannte Gestalten, die lächeln und sich in Pose stellen, an Orten, die ich nicht kenne. Dann taucht ein fröhliches junges Gesicht auf, das mir nur zu bekannt ist, und Alison hält das Video an.

Josie Carpenter.

Das Mädchen, das Zach angeblich umgebracht haben soll. Ihr Gesicht ist zu nah an der Kamera. Sie lächelt spöttisch. Wieder hält Alison das Video an.

Ich verstehe nicht, was sie will. »Was … soll das, Alison?«

»Das ist Dominics Computer. Er ist normalerweise durch ein Passwort geschützt, und er lässt ihn nie an, aber vor ein paar Wochen fand ich heraus, dass er ihn nicht abgeschaltet hatte, als er fortging. Ich habe ihn durchsucht. Und als ich dieses Foto fand, habe ich ein Video davon gemacht, damit ich beweisen könnte, dass das Foto darauf ist.«

»Aber – «

»Sie erkennen sie doch, oder? Genau wie ich. Es gibt doch keinen Grund, warum Dominic ein Foto von ihr auf seinem PC haben sollte. Aber da ist es, und er muss es von seinem Handy runtergeladen haben. Dabei kannte er sie nicht mal. Zumindest hat er nie zugegeben, dass er sie kannte. Aber das ist doch eindeutig, oder?«

Durch eine Nebelwolke versuche ich zu verstehen, was ich sehe und höre. Aber die Sekunden verfliegen, und ich bin ratlos.

Alison, die ungeduldig auf eine Reaktion von mir wartet, fährt fort. »Mia, Sie müssen mir helfen. Ich glaube, Dominic hat womöglich etwas mit Josies Ermordung zu tun.«

Ich erstarre bei ihren Worten. Die Polizei hat nie herausgefunden, was mit Josie Carpenter passiert ist. Es war zwar genug Blut auf dem Boden ihrer Wohnung, um zu vermuten, dass sie ermordet worden war, aber da nie ein Leichnam gefunden wurde, konnte nichts bewiesen werden. Man vermutete, dass sie wahrscheinlich an einen anderen Ort gebracht wurde, wo man ihre Leiche verschwinden lassen konnte. Der Mörder war in ihren Augen Zach. Aber jetzt, nach fünf Jahren, ist der Leichnam immer noch nicht aufgetaucht. Sie suchen wahrscheinlich auch nicht mehr danach, vor allem, weil der Hauptverdächtige tot ist.

Ich versuche, ruhig zu atmen. »Aber … ich verstehe nicht, was Sie mir sagen wollen, Alison. Er hat ein Foto von ihr. Na und? Das bedeutet nicht unbedingt etwas.«

Sie hält mir das Foto wieder hin. »Vielleicht doch, wenn es am selben Tag gemacht wurde, als alles passierte. Sehen Sie weiter zu.«

Und tatsächlich, als Nächstes zeigt das Video das Datum, das mir ins Gedächtnis eingebrannt ist. Der Tag, an dem mein Mann mir genommen wurde, mir und meiner Tochter.

Die altbekannte Panik steigt in mir hoch, doch ich muss sie in den Griff bekommen und unterdrücken, bis ich allein bin und ihr kurzfristig freien Lauf lassen kann. Ich habe gelernt, dass das die einzige Möglichkeit für mich ist, mit diesen Attacken umzugehen.

»Sehen Sie es?«, fragt Alison.

Ich nicke, kann jedoch nichts sagen.

»Mia, ich habe solche Angst. Nach allem, was Dominic mir angetan hat. Und nun entdecke ich das hier.«

Dominics Worte schießen mir durch den Kopf. Ist Alison so krank, dass sie so eine Geschichte erfinden würde, samt Beweisen? Aber der Computer gehört eindeutig Dominic, und das Bild wurde an dem Tag draufgespielt, als Zach starb. Ich glaube nicht, dass sie es reingeschmuggelt haben könnte, aber ich bin keine Expertin in Computerdingen.

Allerdings bleibt das alles unverständlich. Dominic hat nicht angedeutet, dass Alison Lügengeschichten über ihn in Umlauf bringt, was er doch hätte erwähnen müssen, als er mir die anderen Sachen erzählt hat. Ihn des Missbrauchs zu beschuldigen ist eine Sache, eine ganz andere jedoch ist es, zu behaupten, dass er jemanden getötet haben könnte.

»Verstehen Sie es jetzt?«, sagt Alison und holt mich in die Gegenwart zurück. »Warum ich gesagt habe, Zach hätte sich meiner Meinung nach nicht selbst umgebracht?« Sie verwendet seinen Namen, als ob sie ihn kannte, und mir wird ganz kalt.

»Nein, tatsächlich verstehe ich es nicht. Ja, da ist

anscheinend ein Foto von Josie Carpenter auf Dominics Computer, aber was hat das mit Zachs Tod zu tun?«

Alison zieht ihr Handy zurück. »Okay, ich weiß, was Sie meinen. Das hier beweist nicht direkt etwas, aber finden Sie es nicht seltsam, dass er ein Foto von dem Mädchen hat, das Ihr Mann angeblich getötet hat? Gemacht an dem Tag, als sie verschwand?«

»Okay, ich muss zugeben, dafür gibt es wahrscheinlich keine einfache Erklärung.«

»Denken Sie darüber nach, Mia. Dominic hat der Polizei nie gesagt, dass er Josie kannte, und sie haben definitiv alle Mitarbeiter der Uni befragt. Warum sollte er es ihnen vorenthalten?«

Sie hat recht. Es scheint keine naheliegende Erklärung zu geben. Aber ich halte ihr entgegen, dass das immer noch kein Beweis dafür ist, dass Zach sich nicht umgebracht hat.

»Deswegen brauche ich Ihre Hilfe, Mia. Ich glaube wirklich, dass Dominic für das verantwortlich ist, was mit Josie passiert ist. Und mit Zach.«

Schwere, einschnürende Stille erfüllt den Raum und umgibt mich, als ich mir klarmache, was Alison gerade für eine Bombe hat platzen lassen. Sie muss mir genau erklären, was sie damit gemeint hat. »Sie glauben, dass Dominic Josie umgebracht hat? Und dann – was? Dass er auch Zach umgebracht hat?«

Mit Tränen in den Augen schüttelt sie den Kopf. »Ich weiß es nicht, Mia. Möglicherweise. Ich weiß, wie sich das anhört. Wie so ein Horrorfilm, aber … ich glaube wirklich, dass genau das passiert ist.«

Ich stehe auf, denn ich kann nicht mehr ruhig sitzen bleiben. Erregt gehe ich umher. »Aber warum? Warum sollte Dominic so etwas tun? Das klingt verrückt.«

Alison bleibt sitzen, dreht den Stuhl jedoch in meine Richtung. »Ein paar Dinge stehen einfach fest, Mia. Mein Partner ist gewalttätig. Und wenn er mir gegenüber so ist, wozu ist er dann sonst noch fähig?«

»Falls er gewalttätig ist«, sage ich unüberlegt, aber nun ist es schon zu spät.

Sie starrt mich an. »Wie meinen Sie das?«

Ich kann ihr nicht sagen, dass Dominic bei mir war oder dass ich ihre Ehrlichkeit anzweifle, aber es musste einfach angesprochen werden.

»Sie glauben mir nicht, oder? Nichts von dem, was ich erzählt habe?« Sie reißt ihr Handy vom Tisch und sucht nach etwas. Ist das noch dieselbe schüchterne Person, die vorhin in mein Büro gekommen ist? »Hier. Sehen Sie sich das an.«

Diesmal zeigt sie mir Selfies von sich, grün und blau geschlagen. Auf einem Bild sind ihre Augen so geschwollen, dass sie sie kaum öffnen kann.

Sie zieht das Handy wieder weg. »Nun sagen Sie mir: Glauben Sie immer noch, dass ich lüge?«

Ich schüttle den Kopf. »Warum sind Sie nicht zur Polizei gegangen? Das sind doch eindeutige Beweise, dass er Ihnen Gewalt angetan hat.«

»Das habe ich doch schon beim letzten Mal gesagt – eine Anzeige bringt nichts. Dann ist er hinter mir her. Er macht mich ausfindig, und was dann? Dann geht es mir wie Josie.«

»Und warum sind Sie zu mir gekommen, Alison? Wie kann ich Ihnen helfen?«

»Ich bin hier, weil ich Beweise suchen muss, dass Dominic für mindestens zwei Morde verantwortlich ist: Josie Carpenter und wahrscheinlich auch Zach. Das betrifft also auch Sie. Ich dachte, Sie wären an der Wahrheit interessiert.«

Mir wird plötzlich schwindelig, und es kostet mich Mühe, stehen zu bleiben. Sekunden vergehen, ehe ich mich fassen kann. Sie hat natürlich recht, ich muss die Wahrheit herausfinden. »Okay«, sage ich, »selbst wenn er dem Mädchen etwas angetan hat, bedeutet das doch noch lange nicht, dass er auch etwas mit Zachs Tod zu tun hat, oder?«

Alison steht jetzt auf und kommt auf mich zu. »Mia, glauben Sie wirklich, dass sich Ihr Mann umgebracht haben kann?«

»Er war am Ende«, sage ich. »Er … konnte nicht damit umgehen, was mit Josie passiert war. Deswegen …« Ich kämpfe mit den Worten. »Alles war voll mit ihrem Blut, und er lag tot in ihrer Wohnung.«

Wieder diese Stille. Sie ist fast schlimmer als die schrecklichen Worte, die ich mir abringe.

Alison nimmt meinen Arm. »Ich weiß nur eines, nämlich, dass Dominic in all das verwickelt ist. Ich weiß es so sicher wie das Amen in der Kirche. Aber die Polizei wird das Foto nicht als Beweis anerkennen, und selbst wenn sie mich anhören würden, wäre es nie genug, um ihm irgendetwas nachzuweisen. Ich brauche mehr, um ihn anzuzeigen.«

Ich würde sie am liebsten anschreien, zwinge mich aber, ruhig zu bleiben. »Aber das ist nicht Ihre Aufgabe, Alison, und meine auch nicht. Selbst wenn Dominic sich irgendetwas hat zuschulden kommen lassen, dann finden Sie bestimmt kein unterzeichnetes Schuldgeständnis bei ihm herumliegen. Das ist kein Fernsehkrimi, Alison. Es ist die Wirklichkeit.« *Die Wirklichkeit, die viel schlimmer sein kann als ein Film.*

Sie nickt. »Sie haben recht. Aber früher oder später verraten sich die Schuldigen immer.«

Ich sage nichts und fange wieder an, hin und her zu gehen.

»Okay«, unterbricht Alison die Stille. »Ich hatte gehofft, Ihnen das nicht sagen zu müssen, aber ich sehe schon, dass Sie mehr Beweise brauchen.«

Ich blicke auf und starre die Frau an, die womöglich eine wahnhafte Lügnerin ist.

»Ich war an jenem Abend dort. Ich habe Ihren Mann gesehen. Und mit ihm gesprochen.«

• SECHZEHN •

JOSIE

Zach geht mir aus dem Weg. Es ist schon einige Tage her, seit er mich vor dem Polizeirevier abgesetzt hat, und ich habe nichts von ihm gehört. Es ist in Ordnung, dass er mir nicht schreibt – vielleicht kommt er sich dabei albern vor, und er hat schließlich auch gesagt, dass er mir seine Nummer nur für Notfälle gibt. Aber in seinen Vorlesungen verhält er sich, als sei ich unsichtbar. Als ob wir uns gar nicht kennen.

Aber ich werde mich nicht mehr an ihn wenden. Ich dränge mich keinem auf; wenn jemand nichts mit mir zu tun haben will, ist das seine Sache. Irgendeine Art von Erklärung wäre allerdings trotzdem schön.

Aus diesem Grund stehe ich vor seinem leeren Büro, in der Hoffnung, ihn zu erwischen. Ich habe das Vorlesungsverzeichnis in der Hand, damit es aussieht, als ob ich ihn etwas zu meinem Kurs fragen müsste.

Alison kommt an mir vorbei. Sie hat den Blick auf den Boden gerichtet und tut, als ob sie mich nicht sieht, obwohl sich unsere Schultern berühren, als sie an mir vorbeieilt. Ich kann an einer Hand abzählen, wie oft ich sie in der Uni gesehen habe, deswegen ist es seltsam, dass sie ausgerechnet jetzt auftaucht.

Ich sehe ihr nach und wundere mich, dass ich eine Spur von Enttäuschung empfinde. Vielleicht hätten wir Freundinnen werden können, wenn sie es nur zugelassen hätte. Oder vielleicht lag es auch wirklich an mir.

Ich habe mir nicht überlegt, wie lange ich auf Zach warten will, aber seinen Stundenplan habe ich mir zumindest angesehen. Bis drei Uhr hat er keine Vorlesungen oder Seminare. Eine Stunde lang kann ich also noch hoffen, dass er auftaucht.

Ich spüre sein Kommen, ehe ich ihn sehe. Er greift nach der Türklinke und reagiert kaum darauf, dass ich direkt danebenstehe. Allerdings sehe ich den Hauch eines Lächelns. Er übersieht mich also nicht total.

»Zach. Hallo. Können wir mal kurz reden?«

Er macht ein gequältes Gesicht und sieht demonstrativ auf die Armbanduhr. »Hallo, Josie. Äh, ich habe nicht lange Zeit. In zehn Minuten kommt jemand zu einem Tutorenkurs.«

Aber ich lasse mich nicht abwimmeln. »Das reicht, es dauert nicht lang.«

Er bemerkt das Kursverzeichnis in meiner Hand und lässt die Schultern etwas sinken. »Na gut. Komm rein.« Vielleicht ist ihm ja gerade aufgefallen, dass er immer noch mein Dozent ist.

Obwohl draußen nur um die zwei Grad sind, ist das Fenster seines Büros geöffnet, und es ist so kalt wie in einem Kühlschrank. Ich fröstle unwillkürlich und ziehe meinen viel zu dünnen und zu kurzen Mantel enger um mich. »Was ist eigentlich passiert?«, frage ich, sobald sich die Tür schließt.

»Setz dich, Josie.« Er deutet auf den Stuhl, auf dem ich schon öfters gesessen bin. Dabei habe ich mich noch nie so gefühlt wie heute. So daneben. Als ob nichts stimmt.

»Okay. Ich glaube, ich muss mich bei dir entschuldigen«, sagt er, als ich sitze. »Ich weiß, ich hatte versprochen zu warten, bis du bei der Polizei fertig warst, und es tut mir leid, dass ich weggefahren bin, aber … Tja, die Wahrheit ist, dass ich keine Entschuldigung habe. Ich musste einfach los. Tut mir echt leid. Ich hoffe, es lief gut.«

Ich starre ihn an und kann nicht verstehen, wer da redet. »Du musstest los. Okay. In Ordnung.«

»Ich wollte einfach, dass du zur Polizei gehst, Josie, das war mein Hauptanliegen. Nur das ist wichtig. Du hast es doch hinter dich gebracht, oder? Bitte sag, dass du es durchgezogen hast.«

Ich erwidere nichts. Ich habe das Gefühl, dass er sich nicht mehr dafür interessiert. Er hat offensichtlich beschlossen, nichts mehr mit der Sache zu tun haben zu wollen, und logischerweise auch mit mir, daher liefere ich ihm jetzt keine Einzelheiten.

»Also, das hoffe ich wenigstens«, sagt er, als er merkt, dass er aus mir nichts herauskriegt. »Ich hoffe wirklich, dass es dir jetzt besser geht. Aber …«

Seit meiner Kindheit habe ich immer das Gefühl gehabt, merken zu können, ob die Leute auch tatsächlich das meinen und von mir denken, was sie sagen, ob sie mich mögen oder eben nicht. Ich habe dieses Gefühl nie hinterfragt, und vielleicht können das auch die meisten Menschen. Gerade jetzt merke ich, dass die Gefühle Zach Hamiltons über die eines Dozenten für seine Studentin hinausgehen, dass sie stärker sind als reine Freundschaft. Auch wenn er alles versucht, um sie zu leugnen.

Ich könnte ihm ersparen zu sagen, was er sagen will, aber ich muss es hören. Er soll ehrlich zu mir sein, so wie ich es in Bezug auf meine Vergangenheit war.

Er seufzt hörbar. »Ach Josie, du bist … Ich glaube, wir müssen einen Schritt zurückgehen. Gern helfe ich dir in allen Dingen, die dein Studium betreffen, aber ich … ich glaube, wir müssen … ich bin einfach … ich habe das Gefühl, ein bisschen in einer heiklen Situation zu stecken. Die Sache mit der Freundschaft ist irgendwie schwierig. Man lässt sich aufeinander ein, und dann kann alles Mögliche passieren. Ich … ich muss einfach …«

»Verstanden«, sage ich. Er muss zu dem Punkt zurück, an dem sein Leben stand, bevor er mich kannte, bevor ich ihn zu sehr mit meinem Ballast erdrückt habe. Mit *mir*. Aber ich will, dass er es sagt. »Aber sag mir nur eines: Ich bilde mir doch nichts ein, oder?«

Er wirft einen Blick zur Tür, dann schüttelt er ganz minimal den Kopf.

Ohne ein weiteres Wort stehe ich auf und gehe. Ich verstehe jetzt sehr gut.

• • •

Es ist ein paar Stunden später, und ich habe einen neuen Tiefpunkt erreicht. Man kann seinen Kummer vielleicht mit anderen Leuten in einem Club oder einer Bar ertränken, aber es ist etwas ganz anderes, es allein im eigenen Zimmer zu tun, dazu als Hintergrundgeräusch seiner Verzweiflung nichts als das leise Gemurmel der Mitbewohnerin, die mit jemandem telefoniert.

Aber so ist es, ich liege auf meinem Bett und trinke mit brennender Kehle Wodka, direkt aus der Flasche. Normalerweise wird mir schlecht davon, aber heute Abend ist es wie ein Betäubungsmittel, das Zach, Alison und Liv immer weiter fortschiebt.

Alisons Stimme im Nebenzimmer wird immer lauter, wofür es nur einen Grund geben kann. »Ich kann sie echt nicht ausstehen«, sagt sie – und ich muss kein Genie sein, um zu wissen, wen sie meint. Es entsteht eine lange Pause, als ihr Gesprächspartner redet. Wahrscheinlich sind es ihre Eltern, sonst ruft niemand bei ihr an.

Ich schalte ab, als sie wieder anfängt, und spiele laute Musik auf meinem Handy, um ihre gehässigen Worte zu übertönen. Ich kenne ihre Einstellung in Bezug auf mich ja zur Genüge und muss nicht noch mehr hören. Nichts, was sie über mich sagt, macht aus mir die Person, für die sie mich hält.

Während der nächsten beiden Stunden verharre ich so, rühre mich kaum und lasse mich von Musik und Wodka benebeln. Ich schließe die Augen und tue so, als sei ich an einem anderen Ort, an einem glühend heißen Strand irgendwo, wo ich noch nie war. Ich bin einundzwanzig Jahre alt und habe noch nie Sand zwischen den Zehen gespürt. Brighton hat nur einen Kiesstrand, und auch dort habe ich kaum mal die Füße ins Wasser getaucht.

So viel habe ich versäumt wegen Liv, so viel von meinem Leben verschwendet. Ich muss wieder nüchtern werden, denn so vergeude ich nur noch mehr Zeit, aber mein Körper ist zu schwer, und ich kann meine Bewegungen nicht kontrollieren.

Gib dich einfach geschlagen, Josie. Du bist ihr ähnlicher, als du gern glauben willst. Du bist das Kind deiner Mutter.

Mit diesen Gedanken schließe ich die Augen. Erst als mein Handy vibriert, reiße ich sie wieder auf. Eine SMS, und als ich begreife, von wem die Nachricht ist, starre ich auf die Worte und frage mich, ob mich der Alkoholnebel täuscht. Aber auch beim zweiten Blick ist die Nachricht noch da. Ich setze mich auf und zwinge mich, scharf zu sehen.

Wir müssen reden. Bitte. Es ist dringend.

• • •

Es könnte eine Falle sein. Ich weiß das, aber ich betrete den Pub dennoch. Schnell lasse ich den Blick über die Leute gleiten, um keine unangenehmen Überraschungen zu erleben. Und da ist sie, vor sich ein Glas Bier. Ihr Haar ist zu einem struppigen Knoten auf dem Kopf zusammengebunden. Sie passt hierher, sieht aus, als ob sie sich wohlfühlt und dazugehört, obwohl sie wahrscheinlich noch nie vorher hier war.

Aber bin ich denn besser? Ich bin immer noch halb betrunken und weiß nicht genau, wie ich es geschafft habe, herzukommen. Der kurze Schlaf und die bitterkalte Luft haben wohl geholfen.

Sie blickt auf, als ich mich ihrem Tisch nähere, lächelt jedoch nicht. Natürlich nicht. Obwohl sie mich doch herbestellt hat. Ich hätte ihre Nachricht gar nicht erst beachten sollen. Das kann nur Ärger bedeuten. Aber es ist das erste Mal seit dem Überfall, dass sie sich bereit erklärt hat, zu reden.

»Sieh mal einer an. Hab nicht gedacht, dass du kommen würdest«, sagt sie abfällig. »Kannst einen immer wieder überraschen, was?«

Ich setze mich ihr gegenüber. »Ich habe keine Angst vor dir, Liv. Auch nicht vor dem Mann, den du auf mich gehetzt hast. Oder vor Johnny oder überhaupt irgendjemandem.«

Sie lacht und nimmt einen Schluck Bier. Aber das ist alles nur Theater. Sie will etwas von mir – nein, braucht etwas von mir –, sonst wäre sie nicht hier. Ich sitze am längeren Hebel. Daran muss ich denken, egal was sie sagt.

»Nein, du hast tatsächlich keine Angst, was?« Sie runzelt die Stirn. »Du bist allein hergekommen. Ohne zu wissen, was dich erwartet. Das ist entweder ziemlich mutig oder einfach nur dumm.«

»Was willst du, Liv?« Ich lehne mich zurück und versuche, meinen Körper zu entspannen.

»Möchtest du gar nichts trinken? Obwohl – so wie du riechst, würde ich sagen, du hast heute Abend schon mehr als genug gehabt, stimmt's? Wie die Mutter, so die Tochter. Du willst unbedingt beweisen, dass du ganz anders bist als ich, aber wir wissen doch beide Bescheid!« Ihr Lachen ist rau und kehlig. Zu viele Jahre geraucht. Ich muss wirklich dringend damit aufhören.

»Nein, Liv, da irrst du dich. Und ich würde mich umbringen, wenn ich auch nur eine Sekunde lang dächte, so zu sein wie du.«

Sie erwidert nichts und grinst weiter höhnisch. Egal, was ich sage, es berührt sie nie. Ihr ist egal, wer oder was sie ist. Aber wir haben ja alle unsere Schwächen. Und ihre kenne ich nur zu gut.

»Warum bist du nach London gekommen? Du hast Brighton doch noch nie verlassen, was zum Teufel willst du also? Und wer passt auf Kieren auf?«

Sie nimmt noch einen Schluck von ihrem Bier. »Um ganz ehrlich zu sein, ich bin hier, um dich zur Vernunft zu bringen, Josie. Wir sind doch schließlich eine Familie, oder etwa nicht?« Sie bringt das Wort nicht mal korrekt heraus, es klingt, als ob es ihr im Hals stecken bleibt und sie an ihrer Lüge erstickt.

»Hör doch mit dem Scheiß auf, und sag endlich, was du willst, Liv.«

Sie kneift die Augen zusammen und verzieht den Mund. »Du musst zur Polizei, Josie. Ihnen sagen, dass du dich getäuscht hast und Johnny dir nichts getan hat. Wie Richard gesagt hat.«

Jetzt ist es an mir, zu lachen. »Im Ernst? Du bist so weit her gekommen, um mir das zu sagen? Glaubst du wirklich, dass ich das mache? Du hast Glück, dass du nicht auch im Knast vergammelst. Verdient hättest du's auf jeden Fall.«

Sie verdreht die Augen. »Mann, schon wieder dieser Unsinn. Ich hab dir tausendmal gesagt, dass ich gar nicht zu Hause war. Ich habe nicht gesehen, was mit dir passiert ist. Warum lügst du immer, Josie?« Sie sieht mich starr an und wartet auf meinen Widerspruch.

»Es hört keiner zu, Liv. Ich nehme unser Gespräch nicht auf.« Ich ziehe mein Handy heraus, um es zu beweisen. »Siehst du? Warum gibst du nicht einfach zu, dass du da warst? Ich habe dich doch gesehen.«

Sie wirft den Kopf zurück. »Wie willst du denn was gesehen haben, nachdem du so zugerichtet warst? Von wem auch immer. Du konntest ja kaum die Augen aufkriegen. Hör mal, wenn du der Polizei die Wahrheit sagst, dann können wir dir alles verzeihen, du warst ja in einem schrecklichen Zustand. Da hast du dir bestimmt nur eingebildet, dass es Johnny war, stimmt's? Vielleicht war es jemand, der ihm ähnlich sah. Aber du musst aufhören zu lügen, Josie. In Bezug auf Johnny und auch darauf, dass ich dort war.«

Ich werde in die Situation zurückversetzt. Ich sehe die Silhouette meiner Mutter, ihre stämmige Gestalt, vertraut und nicht zu verwechseln. Ich kann sie sogar lachen hören. Das gemeine Gackern, mit dem sie genoss, wie ich verdroschen wurde. Es war ihre Rache dafür, dass sie mich auf die Welt hatte bringen müssen.

Ich schüttle den Kopf. »Ich kenne die Wahrheit, nur das zählt. Es macht dich nicht unschuldig, nur weil die Polizei nicht beweisen konnte, dass du da warst.«

Sie kneift die Augen zusammen. Ich weiß, dass es ihr schwerfällt, nicht auszurasten, hier in der Öffentlichkeit. »Ich dachte, du bist abgehauen, um ein neues Leben anzufangen, Josie?«

»Genau, das habe ich auch. Ich bin jetzt an der Uni, Liv, etwas, wovon du nicht mal hast träumen können, und – «

»Was zum Teufel schert es dich dann, ob Johnny freigelassen wird?«, schreit sie los. Ich hab's ja gewusst, dass es nur eine Sache der Zeit sein würde. Zum Glück ist der Lärm in der Bar zu groß, als dass jemand zuhören oder sich darum kümmern würde. »Er lässt dich auch in Ruhe, er würde doch überhaupt nicht in deine Nähe kommen wollen, nach dem, was du getan hast. Warum kannst du uns nicht einfach in Ruhe lassen?«

Die Frage verdient keine Antwort. »Nur Kieren tut mir leid. Dass er bei dir sein muss. Er hat Besseres verdient.«

Sie schnaubt wieder abfällig. »Kieren geht es bestens. Weißt du was? Er ist eigentlich ein ganz netter Junge, überhaupt nicht so, wie du warst.«

Ich sollte auf der Stelle gehen – ich muss nicht hier sitzen bleiben und mich von dieser Frau, meiner sogenannten Mutter, beleidigen lassen, aber ich brauche noch ein paar Antworten und bin zu hartnäckig, um ohne sie zu gehen.

»Was habe ich dir denn eigentlich so Schlimmes angetan, dass du mich ständig mies behandeln und quälen musstest? Und dann hast du auch noch zugelassen, dass mich dieser Mistkerl fast zu Tode prügelt? Jetzt erzähl bitte nicht wieder diesen Scheiß, dass ich zu frech war oder so was. Ja, ich sage schon immer, was ich denke, aber ich war nie gemein. Ich hab mich als Kind doch meistens sowieso mit mir selbst beschäftigt und dich kaum belastet.« Ich hole Luft. »Ich weiß, du findest, dass meine Geburt dein Leben ruiniert hat, aber du bist doch nicht im Ernst so dumm, anzunehmen, dass das meine Schuld war? Ich habe schließlich nicht kommen wollen. Und du hast die Wahl gehabt – du hättest mich ja auch loswerden können.« Ich starre in ihre kalten, durchdringenden Augen und warte auf eine Antwort.

»Es war zu spät, als ich bemerkt habe, dass ich schwanger war, um dich abzutreiben. Tatsächlich hatte ich also keine Wahl. Und du bist zum Klotz am Bein geworden.«

Ich stehe auf und wende mich ab. Mehr als diese Antwort werde ich wahrscheinlich nie von ihr bekommen, und ich muss oder will nichts mehr hören. Ich habe mich schon vor langer Zeit damit abgefunden, dass sie eine verachtenswerte Person ist, und will keine weitere Zeit mit ihr verschwenden.

»Du möchtest vielleicht hören, was ich dir sonst noch zu sagen habe, ehe du abhaust.«

»Kein Interesse«, sage ich. Solche Drohungen kenne ich, seit ich den Überfall angezeigt habe, und es ist nie etwas passiert, deshalb lasse ich mich weder von ihr noch von sonst jemandem einschüchtern.

Sie nickt, als ob sie schon erwartet hat, dass ich das sage. »Nicht mal deinem Bruder zuliebe?«

»Was soll das heißen? Das hat doch überhaupt nichts mit Kieren zu tun.«

»Mich kannst du nicht dafür verantwortlich machen, wenn ihm was passiert. Es ist mindestens genauso sehr Richards Angelegenheit. Vielleicht solltest du gehen und mal darüber nachdenken.« Sie steht auf und zieht ihren Mantel an. »Bis dann, Josie.«

Und dann ist sie fort und lässt mich stehen. Ich kann nur hoffen, dass ich mich täusche und diese Frau nicht zu noch mehr Misshandlungen in der Lage ist.

• SIEBZEHN •

MIA

Nichts, was Alison bisher von sich gegeben hat, hat mir einen solchen Schock versetzt. Jetzt behauptet sie auch noch, an dem Abend, als Zach starb, mit ihm geredet zu haben. Ich habe das Gefühl, mich übergeben zu müssen, aber ich darf nicht vergessen, dass sie wahrscheinlich sowieso lügt.

»Wie ist das möglich? Das kann doch nicht sein. Sie können gar nicht dort gewesen sein.«

»Mia, wenn ich es doch sage. Nur ein paar Minuten lang, aber so ist es. Ich weiß, wie das für Sie klingt, aber Sie müssen mir glauben. Welchen Grund sollte ich denn dafür haben, zu lügen?«

Weil du an Hirngespinsten leidest und mich aus irgendeinem Grund für deine krankhaften Spielchen ausgesucht hast.

Ich reiße mich zusammen und sage, dass ich ihr zuhöre. Obwohl die Fenster geöffnet sind und der Lärm von der belebten Straße und aus dem Park doch eigentlich hereinwehen müsste, höre ich nur Stille, bis sie fortfährt. Eine laute und bedrohliche Stille.

»Ich war an dem Abend in Josies Wohnung und habe mit Ihrem Mann gesprochen. Das muss eine ganze

Weile vorher gewesen sein, bevor … bevor er starb, und wie gesagt, es waren nur ein paar Minuten. Aber für mich war das lang genug, um überzeugt zu sein, dass er auf keinen Fall vorhatte, sich etwas anzutun.«

Ich hole tief Luft. Was sie auch zu sagen hat, ich muss es hören. Jedes einzelne Detail. »Fangen Sie von vorn an, Alison, und lassen Sie nichts aus. Wenn Sie es loswerden wollen, dann muss ich diesmal alles hören, nicht nur vereinzelte Informationsfetzen.«

»Aber das bleibt immer noch vertraulich, oder?« Sie runzelt die Stirn.

Ich nicke. »Es sei denn, ich komme zu dem Schluss, dass Sie etwas mit dem Geschehenen zu tun hatten.«

Sie zögert und ist offensichtlich nervös. Wenn sie lügt, hat sie doch nichts zu befürchten, außer beim Lügen erwischt zu werden?

»Okay, das ist definitiv nicht der Fall.« Sie streicht sich eine Strähne ihrer dicken, roten Haare hinters Ohr. »Ich konnte Josie überhaupt nicht leiden, das ist kein Geheimnis, und das beruhte auch auf Gegenseitigkeit. Die Wohnung war uns gemeinsam zugewiesen worden, deswegen mussten wir sie teilen. Ich habe mehrmals versucht, woanders ein Zimmer zu bekommen, aber es gab nichts, das nahe genug bei der Universität lag. Schließlich habe ich mir einen zusätzlichen Studienkredit besorgt, damit ich allein wohnen konnte. Eine kleine Einzimmerwohnung, viel zu teuer, aber wenigstens war ich Josie los. Nach der Erfahrung mit ihr wollte ich auf keinen Fall wieder mit jemandem zusammenwohnen, selbst wenn es mich finanziell überforderte.«

Eigentlich will ich, dass sie schneller macht und auf Zach zu sprechen kommt, aber ich brauche auch diese Informationen, deswegen muss ich mich wohl gedulden. Ich muss auf jedes ihrer Worte achten, damit ich ihr gegebenenfalls eine Lüge nachweisen kann. Das Einzige, was ich von Josie wusste, war, dass sie den Kontakt zu ihrer Familie abgebrochen hatte. In der Zeit nach Zachs Tod erfuhr man, dass sie einige Jahre zuvor brutal misshandelt worden war, doch die Polizei stellte zu dem Überfall keine Verbindung her; der Verantwortliche von damals saß hinter Gittern.

»Warum konnten Sie Josie nicht ausstehen?«, frage ich. Ich muss das wissen. Warum wirkt jemand auf eine Person so abstoßend und auf eine andere gleichzeitig so anziehend?

Alison sieht mich an. »Haben Sie noch nie jemanden kennengelernt, den Sie einfach auf Anhieb verabscheuten? Vielleicht gibt es gar keinen bestimmten Grund dafür; aber egal, wie sehr man sich bemüht, man kommt einfach nicht mit dieser Person aus. Alles, was sie tut oder sagt, geht einem gegen den Strich.«

So etwas Extremes ist mir noch nicht passiert, aber ich verstehe ungefähr, was sie meint. Am ehesten kann ich es nämlich gerade jetzt nachvollziehen, mit ihr. »Na ja, man muss eben nicht mit jedem auskommen. Man muss versuchen, höflich zu bleiben und die andere Person respektvoll zu behandeln.«

Sie sieht nicht überzeugt aus. »Selbst, wenn sie es nicht verdient?«

»Ja, Alison. Wir dürfen andere doch nicht vorschnell

verurteilen. Aber machen Sie bitte weiter. Worauf wollen Sie hinaus?«

»Dazu komme ich gleich. Aber Sie müssen alles erfahren und sich ein Gesamtbild machen. Ich will nicht, dass Sie voreilige Schlüsse ziehen.«

»Ich sagte bereits, dass ich im Prinzip unvoreingenommen bin. Sie müssen sich schon darauf verlassen, dass ich das ernst meine. Also, weiter bitte.« Ich bemühe mich nach Kräften, ruhig und geduldig zu bleiben, denn sie ist ja immer noch meine Klientin, egal um was es hier geht. Sie braucht eindeutig Hilfe.

»Na, es spielt wohl keine Rolle, warum wir uns nicht mochten, nur, dass es so war. Ich war also schon einige Wochen ausgezogen, ehe das mit ihr passierte – ich hatte aber zur Sicherheit einen Wohnungsschlüssel behalten, den Ersatzschlüssel für meine Eltern, den ich der Vermieterin noch nicht zurückgegeben hatte.« Sie bricht ab, als ob sie erwartet, getadelt zu werden – dass sie unerlaubt einen Schlüssel behalten hat, ist aber gerade meine geringste Sorge.

Als ich nichts dazu sage, fährt sie fort. »Zufälligerweise kam ich an dem Abend also in die Wohnung. Mir fehlte ein Armband, das mir meine Mutter geschenkt hatte, und ich wollte in der Wohnung nachsehen, ob ich es finden könnte. Ich war sicher, dass es dort sein musste. Eigentlich hatte ich vor, an die Tür zu klopfen und Josie zu fragen, ob sie es gesehen hatte, aber als ich zum Haus kam, sah ich sie gerade davonlaufen, deswegen wusste ich, dass ich den Schlüssel benutzen musste.« Sie macht eine Pause und sieht mich an. »Ich bin nicht stolz auf mein Verhalten damals. Aber ich war jung und ein bisschen … naiv, könnte man sagen.«

Ich würde es so nicht ausdrücken, aber wie gesagt, es spielt keine Rolle.

Alison legt den Kopf schräg. »Sie glauben mir nicht, Mia, stimmt's? Aber ich schwöre, dass es die Wahrheit ist.«

Alles, was sie bisher gesagt hat, klingt wie gelogen, aber das darf ich ihr nicht sagen, wenn ich mehr hören will. »Was haben Sie dann gemacht?«

»Ich ging hinein. Es war ein ziemlicher Schock, im Wohnzimmer auf Zach zu stoßen.«

Mein Magen zieht sich zusammen. »Was … was hat er da gemacht?«

»Er saß einfach auf dem Sofa, vornübergebeugt, den Kopf in den Händen, als hätte er Schmerzen. Ich sehe ihn noch vor mir. Ich habe ihn erst gar nicht erkannt, bis er aufblickte und ich merkte, dass er einer der Dozenten an der Uni war. Ich kannte auch ihn nicht persönlich, sondern nur sehr flüchtig.«

Es kostet mich Mühe, die Worte auszusprechen. »Warum haben Sie das der Polizei nicht gemeldet, Alison?«

Sie senkt den Kopf und starrt zu Boden. Ihre Stiefel sind eher für einen Wintertag geeignet als für den warmen Sommer. »Ich bin nicht stolz darauf, Mia. Ich weiß jetzt, dass ich eine Aussage hätte machen sollen, aber verstehen Sie denn nicht die Lage, in der ich mich befand? Ich konnte doch nicht zugeben, dass ich dort gewesen war, und es riskieren, in die Ermittlungen verwickelt zu werden. Die Polizei hätte herausgefunden, wie sehr ich sie gehasst habe. Was dann? Ich hätte mich verdächtig gemacht. Und ich konnte nicht beweisen, wo ich an dem Abend war, denn ich war allein zu Hause. Sie hätten mich nicht mehr aus den Augen gelassen.«

So wie mich, die Frau eines Mannes, der sich mit einer seiner Studentinnen eingelassen hatte, eines Mannes, der angeblich jemand ermordet und sich dann selbst getötet hatte, um den Konsequenzen zu entgehen.

»Aber die Polizei hatte doch schon einen Verdächtigen«, sage ich. »Meinen Mann.«

Sie schüttelt den Kopf. »Aber es gab keinen eindeutigen Beweis, dass er es war, oder? Nur den, dass er sich in der Wohnung befand. Und er lebte nicht mehr, um mich zu entlasten, weil ich schon lange weg war, bevor irgendwas passiert ist. Weil Zach tot war, suchte die Polizei nach einem anderen Verdächtigen, und sie hätten sich auf mich gestürzt, egal ob zu Recht oder zu Unrecht. Dann hätten sie wenigstens keinen ungelösten Fall gehabt.«

»Alison, das ist doch wohl etwas zynisch. Die Polizei will doch, dass nur der bestraft wird, der schuldig ist. Ich finde, das klingt fast nach Verfolgungswahn.« Dominics Worte hallen in mir nach – dass Alison selten richtig im Kopf klingt, psychisch fast nie in Ordnung war, seit er sie kennt. Hat er also doch die Wahrheit gesagt? »Und ohne Leichnam wäre es sowieso nie zu einem Verfahren gekommen. Nicht mal für Zach. Wenn er überlebt hätte.«

»Trotzdem hat man es ihm angelastet. Wenn es nach den Medien und der Öffentlichkeit geht, ist er der

Schuldige. Ich hatte Angst, dass es mir genauso gehen würde. Selbst wenn ich nicht ins Gefängnis gekommen wäre für etwas, das ich nicht getan habe, wie hätte ich jemals eine Arbeitsstelle bekommen?« Sie bricht ab. »So oder so, ich habe bisher nur Aushilfsjobs bekommen. Drei vergeudete Jahre. Aber wie gesagt, ich hatte schreckliche Angst. Deshalb hielt ich den Mund. Bis heute.«

»Zumindest wären Sie noch da gewesen, um sich zu verteidigen. Die Chance hatte Zach nicht mehr, Alison. Er wird immer noch als der Schuldige angesehen.« Welche Ironie, dass ich Zach trotz allem immer noch verteidige. Wenn er nur hätte reden können.

»Sie glauben also auch nicht, dass er es getan hat?«, sagt Alison. »Gut. Dann müssen Sie mir auch glauben, dass er sich nicht umgebracht hat.«

»Die Wahrheit ist, ich habe schon lange aufgehört, zu wissen, was ich glauben soll, Alison. Zuerst konnte ich mir einfach nicht vorstellen, wie Zach so etwas hatte tun können, aber ich hätte auch nie geglaubt, dass er sich mit einer Studentin einlässt. Ich musste einsehen, dass ich meinen Mann kein bisschen kannte. Aber Sie haben mir immer noch nicht gesagt, wie Sie jetzt darauf kommen, dass er sich nicht umgebracht hat.« Ich weiß nicht, wie ich so ruhig bleiben kann, obwohl ich das Gefühl habe, dass um mich herum alles zusammenbricht.

»Dazu komme ich noch. Also, er saß auf dem Sofa und sah ziemlich aufgelöst aus. Ich konnte erst mal nichts sagen, weil ich so erschrocken darüber war, dass ein Fremder einfach so in der Wohnung war. Dann sagte er Hallo und fragte mich, ob ich eine Freundin von Josie sei. Er war höflich, selbst in dieser seltsamen Situation. Und als ich sagte, wer ich sei und was ich wollte, meinte er: *Manchmal befinden wir uns in merkwürdigen Situationen, da müssen wir einen Schritt zurückgehen und unser Tun infrage stellen, um wieder herauszukommen.* Irgendwas in der Art. Ich weiß nicht mal, wieso er das gesagt hat, wo ich doch nur nach meinem Armband suchen wollte, aber vielleicht hatte Josie ihm schon erzählt, dass wir uns nicht ausstehen konnten.«

Ich muss fast lächeln, weil das so typisch für Zach klingt. Er philosophierte immer, analysierte alles. Alison sagt anscheinend die Wahrheit, und es stimmt, dass sie Zach getroffen hat. Wie sonst könnte sie ihn so genau zitieren? Ich frage sie, was er sonst noch gesagt hat.

»Er sagte, er wisse, dass er eigentlich nicht in der Wohnung sein dürfte, aber er sei nur da, um Josie zu helfen. Sie sei in Schwierigkeiten, und er mache sich Sorgen um sie. Große Sorgen. Ich muss wohl misstrauisch ausgesehen haben, denn er zog sein Handy heraus und zeigte mir ein Bild von Ihnen und Ihrer kleinen Tochter. Er sagte, er würde nie etwas tun, was Ihnen beiden Schmerzen zufügen würde.«

Tränen laufen mir über die Wangen, ich kann es nicht verhindern.

Obwohl sie das sieht, fährt sie fort. »Bis zu dem Punkt fand ich seine Beteuerungen etwas zu übertrieben und dachte, dass sie vielleicht doch etwas miteinander hatten. Aber sobald er Sie erwähnte, glaubte ich ihm, auch wenn ich Josie nicht traute. Sein leuchtender Blick, als er Ihr Foto ansah, konnte nicht vorgetäuscht sein.«

Was allerdings immer noch nicht bedeutet, dass er unschuldig war, sondern höchstens, dass er mich trotz allem noch geliebt hat.

Alison, die meinen inneren Konflikt nicht bemerkt, fährt fort. »Ich fragte ihn, wo Josie sei, und er meinte, sie komme gleich zurück. Aus irgendeinem Grund erwähnte ich nicht, dass ich sie hatte weglaufen sehen. Was ich jetzt sehr bereue.«

»Wie ging es dann weiter?«, frage ich.

»Ich wollte nicht, dass Josie zurückkommt und mich vorfindet, daher sagte ich zu Zach, dann würde ich mal wieder gehen. Er versprach mir, nicht zu erwähnen, dass ich da gewesen sei, wenn ich es in Bezug auf ihn ebenso täte. Warum sollte er denn so etwas sagen, wenn er vorhatte, sich in der Wohnung umzubringen? Es wäre einerlei gewesen, wem ich es erzählt hätte. Das ergibt doch keinen Sinn, oder?«

Alison hat recht. Wenn alles wahr ist, was sie mir erzählt, deutet es tatsächlich darauf hin, dass Zach sich nicht umgebracht hat. Ich spüre wieder, dass ich einen Panikanfall bekomme, nur kann ich ihn diesmal nicht unterdrücken.

Alison fällt das sofort auf. »Mia, kann ich Ihnen etwas holen? Es tut mir leid, es tut mir ja so leid.« Sie eilt an den Tisch, wo Getränke stehen, und gießt mir ein Glas Wasser ein. »Hier, trinken Sie.«

Ich trinke dankbar ein paar Schlucke und warte, dass der Anfall vorübergeht. »Schon besser«, sage ich schließlich, als ich wieder normal atmen kann. »Ich habe das häufiger. Aber es geht schnell vorüber.«

Sie nimmt meine Hand. »Passiert das erst, seit Zach tot ist?«

Diese Frage sollte ich nicht beantworten; sie ist zu persönlich, und ich kann diese Frau nicht so in meine Lebensumstände einweihen. Aber dann nicke ich doch.

»Verständlich, nach allem, was Sie durchgemacht haben.«

Ich bin froh, dass sie mich nicht weiter dazu ausfragt. Sie respektiert gewisse Grenzen; das weist nicht auf einen verminderten Geisteszustand hin. Ich weiß einfach nicht, was ich von ihr halten soll.

»Mia, ich habe Ihnen jetzt alles erzählt. Trotz der kurzen Zeit in der Wohnung bin ich überzeugt, dass Zach sich nicht das Leben nehmen wollte.«

»Aber Sie wissen nicht, was danach geschehen ist. Vielleicht ist etwas eingetreten, vielleicht hat Josie, als sie zurückkam, etwas gesagt, was ihm den Rest gegeben hat.«

»Mia, er war aber völlig bei sich.«

Ich bedenke ihre Worte. Ich muss stark bleiben, darf jetzt nicht zusammenbrechen. »Und was soll ich nun mit dieser Information anfangen, Alison? Ist Ihnen klar, dass ich zur Polizei gehen und aussagen könnte, was Sie mir erzählt haben? Sie haben Informationen vorenthalten und an jenem Tag sowohl Josie als auch Zach gesehen.«

Sie nickt. »Ja, das könnten Sie eindeutig. Aber überlegen Sie mal, Mia. Wenn ich ihr oder ihm etwas angetan hätte, warum hätte ich Ihnen dann all das erzählt? Dann würde ich doch unbedingt den Mund halten, oder etwa nicht? Der Grund, warum ich hier bin und endlich das Richtige tue, ist, weil ich glaube, dass Dominic etwas mit der Sache zu tun hat. Ich weiß nur nicht, was. Und wie ich schon sagte, ich brauche Ihre Hilfe, um etwas herauszufinden, womit wir beide zur Polizei gehen können.«

Ihre Worte hallen in mir nach und lähmen mich.

»Ich … ich muss darüber nachdenken und das Ganze erst mal verdauen. Sie sollten jetzt lieber gehen, aber ich rufe Sie an.«

Sie ist offensichtlich enttäuscht. Ich weiß nicht, was sie erwartet hat, aber mehr kann ich im Moment nicht bieten.

»Na gut«, sagt sie schließlich und steht auf. »Ich verstehe das. Das muss erst mal einsinken. Aber warten Sie bitte nicht zu lang. Ich halte es nicht länger mit dem Mann aus, Mia. Ich habe wirklich Angst vor ihm.«

Sie verlässt mein Büro und schließt die Tür, und ich kann die Zeitbombe, die sie gelegt hat, immer lauter ticken hören.

• ACHTZEHN •

JOSIE

Ich muss mit dir reden. Es ist wichtig.«

Zach seufzt ins Handy, aber immerhin hat er meinen Anruf angenommen. »Josie, es tut mir wirklich leid, aber du solltest mich nicht anrufen. Wenn du wegen deiner Uni-Arbeit mit mir reden musst, dann tue ich das natürlich, aber dann musst du mich nach dem Seminar ansprechen. Oder in meinem Büro.« Seine Stimme klingt zu förmlich, ganz anders als der Zach, den ich privat kennengelernt habe.

Aber ich habe schon erwartet, dass er so etwas sagt, deswegen bin ich gewappnet. »Es geht nicht um Uni-Sachen, sondern um meinen kleinen Bruder. Ich glaube … Ich mache mir Sorgen, dass ihm etwas zustoßen könnte.« Ich erzähle ihm, dass Liv in London war und mich sehen wollte. Und dass ich eine unruhige Nacht verbracht habe, aufgewühlt von ihren Bemerkungen und versteckten Drohungen, und dass ich heute Morgen immer noch nicht weiß, was ich machen soll.

Zach schweigt so lange, dass ich schon denke, er hat aufgelegt, doch dann redet er. Seine Stimme klingt jetzt wärmer, trotzdem ist da noch eine hohe Mauer zwischen uns. »Josie, das tut mir sehr leid, aber du musst tatsächlich noch einmal zur Polizei gehen. Ich weiß einfach nicht, wie ich dir sonst helfen kann.«

Er merkt nicht, wie viel Überwindung es mich gekostet hat, ihn wegen der Sache anzurufen. Ich bin auch nicht glücklich, dass ich ihn um Hilfe bitten muss. Schon wieder. Es geht nicht um mich, sondern ich bin verzweifelt und möchte für Kieren tun, was ich kann. »Ich war schon bei der Polizei«, berichte ich. »Aber es gibt nicht viel, was sie tun können. Ich muss die Sache einfach … mit jemandem durchsprechen.« Ich muss das nicht weiter erklären, Zach weiß, dass ich die Leute in London, die ich kenne, an einer Hand abzählen kann, und die sind strenggenommen nicht mal Freunde.

»Wo bist du?«, fragt er nach einer erneuten längeren Pause.

»Vor der Bibliothek. Habe eben das Auto abgestellt.« Ich will ihn gerade fragen, wo er ist, doch dann höre ich im Hintergrund ein Kind etwas rufen. Er ist zu Hause. Bei seiner Familie. Er kann oder will auf keinen Fall kommen.

»Weißt du was? Vergiss es bitte. Ich hätte dich nicht anrufen sollen.« Ich beende den Anruf und werfe mein Handy so heftig auf den Beifahrersitz, dass es auf den Boden fällt. Ich bettle doch nicht um Zachs Freundschaft. Irgendwie finde ich selbst einen Weg, um Kieren zu helfen.

Ich kurble das Fenster herunter, greife im Handschuhfach nach meinen Zigaretten und ziehe eine Schachtel Marlboro Lights heraus – ich brauche jetzt unbedingt etwas Nikotin, um meine Nerven zu beruhigen. Aber als ich mir eine Zigarette zwischen die Lippen stecke, fällt mir Liv ein, mit ihren runzeligen Lippen und dem Gestank nach Rauch, den sie mit billigem Parfüm zu überdecken versucht. Ich knülle die Schachtel zusammen und werfe sie durch das Fenster in den Papierkorb, der zufällig in der Nähe steht. Mein gezielter Wurf ist ein kleiner, bedeutungsloser Sieg.

Der Tag voller Vorlesungen vergeht langsam, und ich habe Mühe, mich zu konzentrieren. Ich mache ein paar Notizen, ohne zu verstehen, was sie bedeuten. Ich kann nur an meinen Bruder denken und an das Ungeheuer, mit dem er zusammenleben muss. Vielleicht ist es noch nicht so weit, aber früher oder später wird sie sich gegen ihn wenden, sie ist so voller Hass und Verbitterung.

Wenigstens kenne ich jetzt den Namen des Mannes, der mir gedroht hat. Richard. Das habe ich der Polizeibeamtin, mit der ich zu tun hatte, bereits gemeldet, der Frau mit der freundlichen Stimme. Jetzt können sie ihn zumindest vorladen. Es sollte nicht schwierig sein, einen Cousin von Johnny namens Richard ausfindig zu machen. Ha, bestimmt hat Liv nicht bedacht, was sie mir da verraten hat, als sie seinen Namen erwähnte; sie war zu sehr damit beschäftigt, ihre Drohungen auszustoßen. Sie ist manchmal schon ziemlich dämlich.

Ich bin erleichtert, als die letzte Vorlesung endlich vorbei ist. Dann gehe ich zum Parkplatz, ohne eine Ahnung, was ich heute Abend machen soll. Ich habe keinen Dienst im Café und bin mit meinen Arbeiten für die Uni auf dem Laufenden, daher liegt ein unausgefüllter Abend wie ein Alptraum vor mir. Aber heute werde ich keinen Tropfen Alkohol trinken; ich brauche einen klaren Kopf, um mir zu überlegen, wie ich Kieren von Liv weghole – und zwar schneller, als ich es eigentlich vorhatte.

Als ich mich meinem Auto nähere, sehe ich eine Frau danebenstehen. Ganz kurz befürchte ich, dass es Liv sein könnte, die noch einmal versuchen will, mich umzustimmen, aber dann merke ich, dass es Alison ist.

»Können wir reden?«, fragt sie, als ich beim Auto bin. Sie kann sich kaum dazu überwinden, mich anzusehen, und starrt stattdessen zur Bibliothek.

»Um was geht's denn?« Ich kann nicht anders, ich bin etwas schroff; ich traue Alison nicht, sie ist mir nicht ganz geheuer. Aber ich würde schon gern wissen, warum sie hier am Auto auf mich wartet.

»Äh, bist du heute Abend zu Hause?« Sie senkt den Blick.

»Wieso fragst du?«

»Ich … ich finde, wir sollten reden. Richtig diesmal. Ohne Streit oder so.«

Diese Antwort habe ich nicht erwartet. »Was, willst du sagen, dass du mir tatsächlich mal zuhörst? Wegen Aaron? Und wegen anderer Dinge?«

Sie nickt und streicht sich die Haare aus dem Gesicht. »Lass uns einfach mal reinen Tisch machen, Josie. Wir müssen es beide bis zu den Sommerferien in der Wohnung aushalten, das ist noch ziemlich lange hin. Was meinst du?«

Ich mustere ihr Gesicht, ein Pokerface, das nichts verrät, und beschließe, ihr ausnahmsweise mal zu trauen. Ich habe schon viel zu viel um die Ohren, zu viele Fronten, um mir die Person, mit der ich zusammenleben muss, auch noch zur Feindin zu machen. Und verglichen mit Liv, Johnny und Richard ist Alison harmlos.

»Okay, reden wir heute Abend.«

»Ich bin gegen sieben zu Hause«, sagt sie mit einem dünnen Lächeln, dann eilt sie davon.

Sie ist wie ein Mäuschen oder ein anderes kleines Tierchen, denke ich, als ich ihr nachsehe. Ihre roten Haare wehen um ihre Schultern. Vielleicht war ich tatsächlich zu hart zu ihr.

Ich sitze im Auto und lasse den Motor an, da piept mein Handy. In der Hoffnung, dass es Zach ist, starre ich auf das Display, aber natürlich ist die Nachricht nicht von ihm. Eine SMS von Liv: ein Foto von Kieren, der in die Kamera lächelt. Livs Hand mit den rot lackierten Nägeln liegt auf seiner Schulter.

• • •

In der Wohnung ist es eiskalt, als ich nach Hause komme. Zuerst glaube ich, dass die Heizung kaputt ist, doch als ich nachsehe, scheint sie zu funktionieren. Es sind nur einfach alle Heizkörper abgedreht – außer natürlich dem in Alisons Zimmer. Dort ist es gemütlich warm. Man braucht kein Genie zu sein, um zu begreifen, dass sie das mit Absicht gemacht hat. Aber warum? Mit Heizkostensparen hat das nichts zu tun, denn die sind schon in der Miete enthalten. Wenn sie auf so jämmerliche Art versucht, mich fertigzumachen, warum hat sie dann darauf bestanden, dass wir uns heute Abend zusammensetzen und reden? Vielleicht hat sie das ja gemacht, bevor sie beschlossen hat, Frieden mit mir zu schließen. Aber ich habe keine Zeit, mich mit ihrem seltsamen Benehmen abzugeben; ich muss mir um wichtigere Dinge Sorgen machen.

Ich drehe alle Heizkörper auf, wickle mich in meine dickste, längste Strickjacke, rolle mich auf dem Sofa zusammen und starre das Foto von Kieren auf meinem Handy an. Er sieht ganz zufrieden aus. Doch die Hand dieser Hexe auf seiner Schulter, wie eine Klaue, spricht eine klare Botschaft: Was mit ihrem Sohn passiert, ist ihr egal, wichtiger ist ihr, dass Johnny aus dem Gefängnis kommt.

Ich entdecke eine volle Ginflasche auf dem Bücherregal gegenüber. Sie gehört nicht mir; ich lasse nie etwas in unseren gemeinsamen Zimmern herumstehen, seit mein USB-Stick verschwunden ist, und ich dachte nicht, dass Alison trinkt. Irritiert beschließe ich, sie später danach zu fragen.

Mein Handy piept wieder. Da ich erwarte, dass es ein weiteres Foto von Kieren ist oder zumindest eine abfällige Nachricht von Liv, sehe ich nicht gleich nach.

Aber es ist Zach. Und er sagt, dass er vor der Wohnung steht.

»Was machst du denn hier?«, frage ich, als ich ihm die Tür öffne. Unter anderen Umständen würde ich mich freuen, ihn zu sehen – mehr als das sogar –, doch jetzt nicht, nachdem er mich so gemieden hat, seit er mich zum Polizeirevier gebracht hat.

»Bist du allein?«, fragt er und blickt an mir vorbei. So habe ich ihn noch nie erlebt.

»Ja. Warum? Was ist los, Zach?« Ich sehe auf die Uhr. Es ist erst zehn vor sechs, also noch viel Zeit, bis Alison zu unserem Gespräch nach Hause kommt.

Zach steht stocksteif da, die Hände tief in die Taschen geschoben.

»Möchtest du vielleicht reinkommen?« Ich trete zurück, um ihn hereinzulassen. Ich weiß immer noch nicht, warum er so plötzlich hier aufgekreuzt ist.

»Ich sollte nicht hier sein. Wirklich nicht. Aber ich musste kommen. Um … na ja, um nachzusehen, ob es dir gut geht.«

»Dann komm gefälligst rein!« Ich packe seinen Arm und ziehe ihn in den Flur. Und auf einmal sind wir wieder nicht mehr nur Dozent und Studentin, sondern zwei, die sich mögen, trotz der Situation, in der wir uns befinden.

Er lacht und zieht die Hände aus den Taschen. »Der Mann, den du mal heiratest, tut mir jetzt schon leid«, sagt er. Aber in seinem Lächeln liegt auch Traurigkeit.

»Warum bist du hier, Zach? Du hast mir doch deutlich zu verstehen gegeben, dass du nichts mit mir zu tun – «

»Unsinn. Du bist meine Studentin, Josie, und das hat Vorrang. Vor allen persönlichen Dingen, mit denen ich zu kämpfen habe.«

Ich halte seinen Arm fest und führe ihn zum Sofa. »Jetzt hör doch mal auf, in Rätseln zu sprechen. Sag klipp und klar, was du meinst.«

Er setzt sich und schüttelt den Kopf. »Ich weiß es doch auch nicht, Josie. Ich konnte dich einfach nicht im Stich lassen. Du hast mich gebraucht, und ich habe dir den Rücken zugekehrt. Das tut mir leid. Es war unverzeihlich. Und es ist nicht deine Schuld. Du bist eben … wie du bist.«

»Schon wieder so ein rätselhaftes Gefasel! Hör bitte auf. Sag, was du zu sagen hast. Ich bin schon ein großes Mädchen, ich kann damit umgehen.«

Er bedeckt das Gesicht mit den Händen. »Ich liebe meine Frau, Josie. Ich liebe sie wirklich. Sie ist eine so erstaunliche, selbstlose Person, die immer für jeden und alle da ist. Ich kann keinen Fehler an ihr finden. Na ja, sie ist eine wahnsinnige Perfektionistin, und das ist manchmal etwas anstrengend, aber damit kann man leben. Und wir haben so ein umwerfendes kleines Ding auf die Welt gebracht. Alles ist perfekt.«

Eigentlich sollte ich das nur ungern hören, aber so ist es nicht. Es erlaubt mir einen Blick auf den privaten Zach. Den Mann, den er vor mir verbergen will. Und gegen seine Frau kann ich auch nichts haben, sie war schon vor mir da. Außerdem gibt es wohl einen Grund, warum er jetzt hier ist, was mich irgendwie erregt. Dass er hier in meiner Wohnung ist.

Ich setze mich auf den Boden und lehne mich an das Sofa. Wieder fällt mein Blick auf die Ginflasche, aber ich lasse mich nicht davon einfangen. »Es klingt, als ob du wirklich glücklich bist, Zach, deswegen verstehe ich nicht, warum du so … ich weiß auch nicht. So irgendwas bist.«

»Sieh uns nur an. Wir sind beide mit kreativem Schreiben befasst, aber keiner von uns kann das richtige Wort finden, um mich zu beschreiben.« Zach rutscht vom Sofa auf den Boden neben mich. »Wenn man Dinge laut ausspricht, werden sie manchmal lebendig und wirklich. Dinge, die man bisher nur in Gedanken hatte. Wo sie sicher sind und niemandem wehtun können. Aber sobald man sie ausgesprochen hat, ist das vorbei. Chaos. Verwüstung. Menschen werden verletzt.«

Jetzt tut er mir leid. Er hat recht gehabt, als er sagte, dass ich eine Freiheit genießen könne, die er nicht haben kann. »Soll ich es mal aussprechen? Du musst nicht zustimmen oder widersprechen oder so. Dann ist es einfach heraus.«

Er starrt mich an und will offensichtlich lieber nichts hören. Aber ich mache trotzdem weiter, denn es muss einmal gesagt werden, und eigentlich ist es auch egal, wer es ausspricht. »Du hast Gefühle für mich. Und bist ein bisschen von dir selbst abgestoßen. Du bist ein anständiger Mann und willst deine Frau keinesfalls hintergehen. Das zerreißt dich. Und ich löse mich nicht einfach in Wohlgefallen auf. Auch wenn du mir so gut wie möglich aus dem Weg gehst, gehe ich dir immer noch ständig im Kopf herum. Habe ich so weit recht?«

Zach reagiert nicht, natürlich nicht, aber sein Blick wird traurig. Er greift nach meiner Hand, drückt sie kurz und lässt sie wieder los. »Also, wie ist die Sache mit deinem Bruder? Ich finde, du solltest sie mir genau erzählen.«

Mein Bericht hat unser voriges Gespräch verdrängt – oder zumindest tun wir beide so. »Glaubst du wirklich, sie könnte deinem Bruder etwas antun?«, fragt Zach.

Ich versichere ihm, dass er sie nur kurz treffen müsste, um festzustellen, dass sie eine extrem hinterhältige Frau ist.

»Kannst du dich nicht mit dem Sozialamt in Verbindung setzen?«

»Sie wissen dort schon über sie Bescheid. Deshalb hat sie sich in letzter Zeit wohl sehr zusammengerissen. Aber sie können sie ja nicht in jeder einzelnen Sekunde im Auge haben. Alles Mögliche kann passieren. Sie wartet einfach, bis man dort nicht mehr so sehr auf sie achtet.«

Zach nimmt meine Hand, lässt sie aber schnell wieder los. »Entschuldige«, sagt er.

Ich beachte seine unterbewusste Geste einfach nicht weiter. »Du wunderst dich wahrscheinlich, warum sie angeblich mit Kieren auskommt, während sie mich nicht ausstehen konnte.«

Zach ist dankbar, dass ich übergangen habe, was gerade passiert ist. »Mich wundert gar nichts«, sagt er. »Die Menschen sind zu allem Möglichen imstande.«

»Als sie Kieren bekam, war sie älter und vielleicht besser auf ein Kind eingestellt. Und er ist ein Junge. Das ist wahrscheinlich entscheidend. Sie ist nicht eifersüchtig auf ihn, weil er jünger, klüger oder hübscher ist als sie. Und sie kann auch nicht das Gefühl haben, dass er ihr Leben ruiniert hat, das hatte ich ja schon erledigt.«

»Du hast mal erzählt, dass du nicht weißt, wer dein Vater war, aber was ist mit dem von Kieren?«

»Liv war tatsächlich eine Weile mit ihm zusammen. Anfangs schien er ganz in Ordnung und war auch nett zu mir. Nach Kierens Geburt schien er glücklich zu sein in der Vaterrolle. Als er dann allerdings begriff, wie Liv wirklich war, verließ er sie, genau wie alle anderen vor ihm, und er versuchte auch nie mehr, Kieren zu sehen. Damals zumindest nicht, und ich glaube, in den letzten Jahren hat sich daran nichts geändert. Wie ich gehört habe, ist er nach Spanien ausgewandert, aber das ist nur ein Gerücht. Ich habe ja keine Kontakte mehr nach Brighton, außer zu der einen alten Nachbarin. Gott sei Dank. Da ist nur noch Kieren. Und ich kann ihn nicht bei ihr lassen, Zach, auf keinen Fall.«

»Josie, du musst vorsichtig sein. Lass uns gemeinsam sorgfältig darüber nachdenken und sehen, was sich machen lässt. Es muss eine Lösung geben.«

Ich sage nicht, dass ich fast nichts anderes tue und mir bisher keine Lösung eingefallen ist. »Danke, Zach«, sage ich stattdessen. »Ich weiß, du riskierst viel, um mir zu helfen.«

»Ich habe nichts Unerlaubtes getan, Josie.«

Das klingt allerdings eher so, als ob er sich selbst überzeugen will.

»Aber wir sind jetzt doch irgendwie auf persönlicher Ebene involviert, nicht? Wird das von der Uni nicht missbilligt?«

»Doch, eigentlich schon. Ich kann nicht mehr sagen, dass ich dir nur in akademischen Dingen helfe. Das ist die eine Sache, aber dieses … ich weiß nicht, was es ist. Ich weiß nur, dass ich dich nicht einfach links liegen lassen kann.«

»Du solltest deinen Job aber nicht für mich aufs Spiel setzen.«

Er zuckt mit den Schultern und versucht zu lachen, aber es klingt gezwungen. »Sei's drum. Wenn das passieren würde, wäre meine Motivation größer, mit meinem Buch weiterzumachen.«

Draußen aus dem Gang kommt ein Geräusch, und ich erstarre. Alison muss früher als erwartet zurück sein. Dass sie mich hier mit Zach vorfindet, hat mir gerade noch gefehlt. Das würde sie nur zu gern ausnutzen.

»Was war das?«, flüstert Zach, springt auf und ergreift seinen Mantel. »Also, ich bin froh, dass ich Ihnen weiterhelfen konnte«, sagte er mit einem Zwinkern. »Denken Sie daran, die Arbeit rechtzeitig abzugeben.«

Aber als wir auf den Gang treten, ist keiner da, weder Alison noch sonst jemand. Ich sehe in ihrem Zimmer nach, aber es ist leer, genau wie Küche und Bad.

»Merkwürdig«, murmle ich.

»Ist wahrscheinlich aus der Nebenwohnung gekommen«, meint Zach. Aber ich weiß, dass das nicht sein kann. Alison war hier, da bin ich mir sicher. Ich erwähne es jedoch nicht vor Zach, als ich ihn hinausbegleite. Es soll ihn nicht noch mehr abschrecken. Obwohl wir jetzt im Moment eine enge Beziehung haben, hängt unsere Freundschaft ja ständig an einem seidenen Faden.

Nachdem Zach fort ist, sitze ich mit dem Laptop am Küchentisch, befasse mich mit den sozialen Diensten und versuche herauszufinden, ob ich sie dazu bringen kann, etwas in Sachen Liv zu unternehmen. Ich bin so vertieft, dass ich kaum etwas mitbekomme.

Und als ich auf die Uhr sehe, stelle ich fest, dass es Viertel nach acht ist, aber immer noch keine Spur von Alison.

• NEUNZEHN •

MIA

Ich stehe an der Haustür von Zachs Eltern und halte die Hand eines Mannes, der nicht Zach ist. Dass ich mit Will hier bin, lässt mich irgendwie Zach und meine Vergangenheit herbeisehnen, aber ich muss dieses Verlangen bekämpfen. Er ist nicht mehr hier. Er hat mich hintergangen, mich und meine Tochter. Was Alisons Meinung nach auch geschehen oder nicht geschehen ist, er war in der Wohnung des Mädchens, das lässt sich nicht leugnen. Allein mit ihr. Das ist das Entscheidende.

Seit Alisons Besuch gestern habe ich nichts anderes getan, als über ihre Worte nachzudenken. Ich weiß noch nicht, was ich in der Sache tun soll; es ist immer noch besser, nichts zu tun als etwas Falsches. Alison braucht eindeutig Hilfe; ich weiß nur nicht, auf welche Art.

Dieser Abend gewährt mir also eine willkommene Pause; ich muss nicht über das Chaos nachdenken, das unser Aufeinandertreffen hervorgerufen hat.

»Alles in Ordnung?«, fragt Will und drückt meine Hand. Seine Worte und Blicke verraten mir, wie inständig er hofft, dass ich mich in der Situation wohlfühle. Dass ich immer noch will, dass wir zusammenziehen.

Er muss sich nicht sorgen. Ich bin dazu entschlossen … so wie damals bei Zach.

»Wichtiger noch, Will, ist bei dir auch alles in Ordnung? Ich kann mir vorstellen, wie seltsam du dich fühlen musst.«

»Es ist tatsächlich seltsam. Auf eine gute Art allerdings. Ein Schritt in die richtige Richtung für uns beide«, sagt er und hält immer noch meine Hand fest. »Sollen wir ihnen tatsächlich erzählen, dass wir zusammenziehen?«

»Ich wüsste nicht, warum nicht. Freya weiß jetzt Bescheid, es wäre also nicht fair, ihnen nichts zu sagen. Sie freut sich so, dass sie bei ihrem nächsten Besuch womöglich damit herausplatzen würde. Sie sollten es schon von mir hören.«

Wir alle waren der Ansicht, dass Freya heute Abend bei ihrer Freundin Megan übernachten sollte, damit Graham und Pam Will in Ruhe kennenlernen können. Freya hat nur zu gern zugestimmt, mit ihrer Freundin einen Abend bei Pizza, Chips und wahrscheinlich auch Eiscreme zu verbringen.

»Gut. Lass uns reingehen«, sagt Will, holt noch einmal tief Luft und klingelt.

Pam und Graham sind gemeinsam an der Tür. Sie strahlen und umarmen jeden von uns fest, und ich merke, dass Will sofort einen Teil seiner Befangenheit verliert. Sie reagieren großartig auf das, was man auch als Verdrängung ihres Sohnes ansehen könnte.

»Wir haben das Gefühl, dich schon lange zu kennen.« Pam nimmt Will beim Arm und führt ihn ins Esszimmer. »Ihr habt einen weiten Weg nach Hause, deswegen ist das Essen schon fertig. Ich muss nur noch schnell auftragen.«

»Danke«, sagt Will. »Es duftet schon mal köstlich.«

Pam strahlt über sein Kompliment und eilt in die Küche, und während Graham Wein einschenkt, zwinkert mir Will beruhigend zu.

Obwohl es Mittwochabend ist, hat Pam einen richtigen Sonntagbraten gemacht – genug Essen für eine ganze Armee. »Besser zu viel als zu wenig«, sagt sie und stellt die übervollen Teller vor uns hin. »Außerdem können Graham und ich ja morgen noch davon essen.«

Graham zwinkert. »Was wir dann doch nie machen, weil du so gern etwas Neues kochen willst.« Sein Ton ist liebevoll; diese Art, zu scherzen, ist typisch für die beiden. Zach hat ihre Beziehung immer bewundert; sie können über alles Mögliche verschiedener Meinung sein, aber es entzweit sie niemals, ändert nichts an ihren Gefühlen füreinander. Stabil wie eine Festung, hat Zach immer gesagt.

»Wenn ich koche, bin ich wenigstens beschäftigt«, sagt Pam. »Es … tut mir gut.« Ihr Blick wird trüb.

Während wir essen, bombardiert Pam Will mit Fragen, obwohl ich ihr schon das meiste, das sie wissen will, erzählt habe. »Sie waren also noch nie verheiratet?«

Will scheint diese sehr persönliche Frage nicht zu stören. »Nein. Verstehen Sie mich nicht falsch, ich bin nicht generell abgeneigt, und ich habe einige lange Beziehungen geführt, aber es war irgendwie nie ganz richtig.« Sein Blick gleitet zu mir, und ich sehe ihn mit einem achselzuckenden Lächeln an. »Ist das seltsam, mit vierunddreißig noch nie verheiratet gewesen zu sein?«

Pam schmunzelt. »Aber nein, gar nicht. Zumindest heutzutage nicht. Die meisten sind zu sehr mit ihrem Beruf beschäftigt, nehme ich an.«

»Genau!«, sagt Will und greift nach meiner Hand. »Aber ich verspreche Besserung.«

Als wir fertig gegessen haben, wirft mir Will einen Blick zu, und ich weiß, dass der Zeitpunkt gekommen ist. Ich räuspere mich. »Wir wollten euch noch etwas erzählen.«

Pam sieht erschrocken aus, und ich merke, dass sie möglicherweise denkt, ich sei schwanger. Das würde ihr bestimmt das Herz brechen, auch wenn sie sich gleichzeitig für mich freuen würde.

»Will und ich ziehen zusammen«, sage ich deshalb so schnell wie möglich.

»Ach, wie wunderbar!«, sagt Pam und erhebt ihr Glas.

Wir tun es ihr nach, und ich sehe Graham an. Ob er das auch findet? Ich freue mich, weil er übers ganze Gesicht strahlt, als er mir mit dem Glas in der einen Hand zuprostet, während er Will mit der anderen auf den Rücken klopft.

»Wo wollt ihr wohnen?«, fragt Pam.

»Wir wollen unsere derzeitigen Immobilien verkaufen und zusammen etwas Neues suchen«, sage ich. »Das kann etwas dauern, aber es macht auch Spaß.«

»Wir freuen uns mit euch«, sagt Graham und nimmt wieder einen Schluck Wein.

»Freya weiß wohl schon Bescheid?«, fragt Pam.

Diesmal antwortet Will. Ich bin froh, dass er unbefangen genug ist, um über Freya zu reden. »Ja, wir haben es ihr vorhin erzählt, und zum Glück freut sie sich wahnsinnig darüber.«

Pam nickt nachdenklich. »Natürlich tut sie das.« Sie blickt auf ihren Teller und stochert mit der Gabel in den Resten. »Aber ich nehme an, da sie sich nicht wirklich an Zach erinnern kann, ist das auch nicht ungewöhnlich oder schlimm für sie.« Sie sieht mich an. Zu meiner Überraschung ist die Wärme aus ihrem Blick gewichen. »Ach, entschuldigt, ihr zwei, achtet nicht weiter auf mich. Es rührt eben Gefühle auf. Ich freue mich wirklich für euch.«

»Natürlich weckt das Gefühle«, sagt Will und legt ihr die Hand auf den Arm. »Aber ich werde nie so tun, als sei ich ihr Vater, und sie soll Zach nie vergessen. Wir halten die Erinnerung an ihn für sie wach, das verspreche ich. Und glauben Sie mir, ich versuche keineswegs, seinen Platz einzunehmen.«

Aber nur die guten Erinnerungen. Freya soll hören, was für ein guter Vater Zach war, das habe ich mir geschworen, und diesen Schwur werde ich nie brechen.

Nachdem wir alle Kaffee getrunken haben, hilft Will Pam beim Abräumen, während ich bei Graham sitzen bleibe. Er war immer eher still, aber da er heute ein paar Gläser Wein getrunken hat, ist er entspannter als sonst. Ich habe mich den ganzen Abend an Saft gehalten, weil ich wollte, dass Will sich gut amüsiert. Ich übernehme das Fahren.

»Er ist ein netter Kerl«, sagt Graham. »Komisch, aber ich glaube, Zach hätte ihn gemocht. Ich kann mir vorstellen, wie die beiden plaudern und trinken.«

Schwierig, nachdem der eine tot ist. Wenn ich Zach und Will zur selben Zeit gekannt hätte, hätte ich mich trotzdem zweifellos für Zach entschieden und ihn geheiratet. Trotzdem, seltsamerweise mindert das meine Gefühle für Will nicht. Sie sind natürlich anderer Art, aber das Schicksal hat uns zusammengeführt und beschlossen, dass ich jetzt mit Will und nicht mit Zach zusammen sein soll.

»Was für ein ernstes Gesicht!«, sagt Graham, und ich merke, dass ich ihm gar nicht geantwortet habe.

»Ich glaube, du hast recht«, sage ich. »Sie hätten sich wahrscheinlich verstanden.« Sie haben schließlich etwas gemein – beide haben mich gern. »Will ist großartig. Und er liebt Freya. Ich bin so froh, diese zweite Chance bekommen zu haben.«

»Es wird euch gut miteinander gehen«, sagt Graham. »Das Leben geht doch weiter und will gelebt werden. Vor allem auch für die kleine Freya. Danke, dass du ihn uns vorgestellt hast. Und uns immer davon erzählst. Das musst du ja alles nicht. Es geht uns eigentlich gar nichts mehr an.«

Ich beuge mich zu ihm und drücke ihn. »Freya geht euch schon etwas an, Graham, und damit auch Will und ich. Vergiss das nicht!«

Er drückt meine Schulter. »Wie gesagt, er ist ein guter Kerl und wirkt zuverlässig. Meinen Segen habt ihr. Nicht, dass ihr ihn braucht.«

»Graham«, frage ich nachdenklich, »woher weiß man, ob man sich auf jemanden verlassen kann? Müssen wir einfach darauf hoffen, bis sich das Gegenteil herausstellt, oder ist es andersrum?«

Er lächelt ironisch. »Du klingst wie Zach. Lass mich mal kurz darüber nachdenken.« Er nimmt einen Schluck Wein. »Ich glaube, man muss seinem Instinkt vertrauen. Er lässt uns eigentlich nie im Stich. Willst du etwa sagen, dass du dir wegen Will Sorgen machst? Denn er scheint nicht – «

»Nein, es geht nicht um Will, sondern um eine Klientin. Ich kann nicht mehr verraten, als dass ich sie reichlich seltsam finde. Ich weiß einfach nicht, was ich von ihr halten soll.«

»Ich nehme doch an, dass du in deinem Beruf an schwierige oder ungewöhnliche Leute gewöhnt bist.«

»Das stimmt nicht so ganz. Meistens handelt es sich bei meinen Klienten um ganz alltägliche Menschen, die nur bei einem Problem eine kleine Hilfestellung brauchen. Ich bin keine Psychiaterin, daher kommen keine Leute mit schweren seelischen Störungen zu mir. Dafür bin ich nicht qualifiziert.«

»Nein«, sagt Graham, »aber du hast sicher Leute vor dir, die dir nicht liegen. Die du nicht verstehst.«

Seine Worte hallen in mir nach, und jetzt weiß ich, was ich tun muss. Ich verstehe Alison und das, worauf sie hinauswill, nicht. Und bis ich das tue, lasse ich nichts ruhen.

• • •

»Was für großartige Leute«, sagt Will, als wir im Bett sind. »Ich danke dir für den Abend. Muss schwer für dich gewesen sein.«

»Ach, eigentlich nicht«, sage ich. »Und es ist ein gutes Gefühl, es ihnen gesagt zu haben. Jetzt können wir uns auf die Zukunft konzentrieren. Auf unsere Zukunft.« Das sage ich, obwohl ich weiß, dass es unmöglich sein wird, bis ich die Wahrheit kenne. Alles ist jetzt klarer. Ich muss um meine Zukunft kämpfen, egal, was mit Alison passiert. Ich muss Freya und Will schützen, daher tue ich, was ich tun muss. Wie schon immer.

Will küsst mich, und ich spüre, wie glücklich er ist. Ich hasse es, ihn anzulügen. Letzten Endes waren es auch Lügen, die zu Zachs Tod geführt haben, und so etwas halte ich nicht mehr aus. Wäre alles anders gelaufen, wenn Zach in der Lage gewesen wäre, mit mir über seine Gefühle zu reden? Es wäre schwer gewesen, seine Gefühle für Josie Carpenter zu verstehen oder gar zu akzeptieren, aber tief im Herzen weiß ich, dass ich es versucht hätte. Es sind die Lügen, die tiefere Narben hinterlassen, die Misstrauen hervorrufen. Aber ich sehe Will an und weiß, dass ich ihm sein Glück jetzt nicht verderben darf. Erst mal kann ich ihm sowieso noch nichts sagen.

»Versteh mich nicht falsch, es ist schade, dass Freya nicht hier ist«, sagt er, ohne meinen inneren Aufruhr zu bemerken, »aber es ist gleichzeitig auch schön, dass ich nicht unten schlafen muss.«

Und dann beweist er mir, wie schön es ist, ich verliere mich in unserer Leidenschaft und blende alles außer Will aus. Danach kuscheln wir uns aneinander, und in meinen Schmerz mischt sich Wohlgefühl.

Will verdient es nicht, jemanden mit so viel Ballast zu haben. Ich muss Zach hinter mir lassen.

• • •

»Alison? Ich bin's.« Das sage ich, als ob sie von selbst wissen müsste, wer ich bin, obwohl ich sie von meinem Handy anrufe und sie nur meine Büronummer hat.

»Mia. Ich bin froh, dass Sie so schnell anrufen. Heißt das … heißt das, dass Sie mir glauben?«

»Ich weiß nicht, was ich glauben soll, Alison, aber ich möchte der Wahrheit auf den Grund gehen.«

Ich gehe in meinem Beratungszimmer auf und ab und blicke jedes Mal, wenn ich am Fenster vorbeikomme, in den Park, in der Hoffnung, dass es mich beruhigt. Es regnet heute, daher ist es draußen nicht so belebt wie sonst.

»Können Sie zu mir nach Hause kommen?«, sagt sie. »Dominic ist zu einem Kurs gefahren, es ist also sicher.«

Ich zögere. Will ich das wirklich? Ich habe das Gefühl, am Rand einer Klippe zu stehen und jeden Moment im freien Fall hinunterstürzen zu können. »Okay, aber erst in zwei Stunden. Ich habe gleich noch eine Klientin.«

Zum Glück geht Megans Mutter heute Nachmittag mit den Mädchen in den Zoo und bringt Freya erst danach nach Hause, daher habe ich ein paar Stunden Zeit.

Und Will hat mehrere aufeinanderfolgende Meetings bis sechs.

»Danke«, sagt Alison. »Vielen Dank.«

• • •

Ihr Haus wirkt kalt und seelenlos. Ich bin auch eher für klare Linien, aber so könnte ich niemals leben. An den klinisch weißen Wänden hängen keine Bilder, und der dunkle Holzboden wirkt bedrückend. Es fühlt sich nicht wie bewohnt an, eher wie ein Operationssaal, in dem unangenehme Dinge passieren.

»Die Ausstattung ist nicht meine Wahl«, sagt Alison und nimmt mir den Mantel ab. »Dominic ist sehr eigen in Bezug auf seine Umgebung. Er hasst jede Art von Unordnung.« Sie seufzt. »Es ist schwer, alles so in Ordnung zu halten. Aber nachdem ich nicht mehr arbeite, habe ich wenigstens etwas zu tun.«

»Sie haben Ihre Arbeit aufgegeben? Warum?«

»Ich brauche einfach mal eine Pause. Zeit, um alles auf die Reihe zu bekommen. So geht das besser. Das sind die Vorteile der kurzfristigen Jobs.«

»Warum bleiben Sie bei ihm?«, frage ich sie, nicht zum ersten Mal, aber sie hat mir immer noch keinen stichhaltigen Grund genannt, warum sie sich so verhält. »Vor allem, wo sie doch glauben, dass er Josie etwas angetan hat.«

»Bisher eigentlich, weil das eben mein Leben ist. Ja, es ist verkorkst, aber es ist *mein* Chaos, und ich kann mir nicht vorstellen, es einfach hinter mir zu lassen. Was sollte ich auch machen?«

Ich möchte ihr sagen, dass diese Sichtweise ungesund ist, komme aber nicht dazu.

»Das hat sich jetzt jedenfalls verändert. Seit dem Foto. Ich will, dass er zur Hölle fährt für das, was er Josie angetan hat, und für alles, was er mir antut. Kommen Sie mit, ich will Ihnen etwas zeigen.«

Ich folge ihr mit aufbegehrendem Magen zur Küche. Ich bin allein mit einer Frau, der ich nicht trauen kann. Und als ich mich noch frage, was sie mir zeigen will, zieht sie ihren Pullover hoch und entblößt ihren dünnen Oberkörper, der übersät ist mit frischen, rotblauen Prellungen. »Das hat Dominic heute Nacht gemacht, bevor er gegangen ist. Damit ich an ihn denke, bis er zurückkommt. Etwas, das sicherstellen soll, dass ich nicht verschwinde.«

Ich ergreife ihre Hand. »Mein Gott, Alison. Das dürfen Sie doch nicht zulassen.«

»Ich weiß nicht, was ich tun soll, Mia. Ich habe keinen Beweis dafür, dass er Josie etwas angetan hat. Ich habe das ganze Haus abgesucht, seinen Computer auch, mehrmals – aber es ist nichts zu finden. Wie ich schon mal gesagt habe, ich kann nicht riskieren, mit nichts als diesem Foto zur Polizei zu gehen, denn dann kommt er davon und ich … mir wird es so gehen wie ihr.«

»Aber das könnte doch sowieso passieren, Alison. Sehen Sie sich doch an.«

»Nein, es hat keinen Sinn. Tut mir leid, dass ich Ihre Zeit damit verschwendet habe. Ich kann einfach nicht stichhaltig beweisen, dass Ihr Mann sich nicht selbst getötet hat.«

Ich bin keine impulsive oder leichtsinnige Person. Alles, was ich tue, ist wohlüberlegt, jedes Für und Wider gründlich bedacht, aber Alison braucht Hilfe, und ich kann damit nicht warten. »Packen Sie ein paar Sachen. Sie kommen zu mir. Wir können klären, wie wir Sie da rausholen, sobald Sie von Dominic fort sind.«

Alison lässt den Unterkiefer fallen. Das hat sie jetzt nicht erwartet. »Nein ... das kann ich Ihnen nicht zumuten. Sie kennen mich doch gar nicht, es wäre nicht fair.«

»Ich lasse Sie nicht allein hier zurück, Alison. Ich kann nichts versprechen, aber zumindest versuchen, Sie für ein paar Tage in Sicherheit zu bringen, bis wir eine Lösung haben.«

Sie schweigt so lange, dass ich schon denke, sie wird wieder ablehnen, doch dann nickt sie langsam. »Na gut, vielleicht. Nur für ein paar Tage. Bis ich weiß, was ich machen soll.«

Während sie nach oben verschwindet, um ihre Sachen zu packen, gehe ich in der sterilen Küche auf und ab und rufe Pam an. »Es ist mir ziemlich unangenehm, dich zu fragen, Pam, aber ich muss dich bitten, mir einen riesigen Gefallen zu tun. Könntest du Freya ein paar Tage zu dir nehmen? Bis zum Wochenende?«

»Aber sicher. Ist etwas nicht in Ordnung, Mia?«

»Nein, alles ist gut, aber ich finde, es wäre gut für sie, etwas mehr Zeit mit euch zu verbringen. Ich weiß, ihr beide fühlt euch manchmal einsam. Und ich habe gerade einen Haufen Arbeit, es wäre mir also eine große Hilfe.«

Zum Glück fragt Pam nicht, was ich für Extraarbeit habe, die ich nicht in meinem üblichen Pensum erledigen kann. »Das stimmt«, sagt sie, »wir lieben es, Freya und ihr Geplapper um uns zu haben. Aber sag mal, ist wirklich alles in Ordnung? Mit dir und Will?«

»Alles bestens. Er fand es sehr schön gestern, euch kennenzulernen. Vielen Dank für den Abend. Könnt ihr sie heute Abend abholen?«

»Ach, schon so bald? Äh, ja, natürlich. Ich mache ihr Zimmer gleich fertig.«

Pam weiß, dass ich ihr etwas verheimliche; ich war noch nie in solcher Zeitnot, um ihnen etwas Derartiges aufhalsen zu müssen, aber wie könnte ich ihr sagen, dass ich eine meiner Klientinnen ein paar Tage bei mir aufnehme? Das würde Pam niemals verstehen. Und wenn ich auch alles tun will, um Alison zu helfen, und außerdem gleichzeitig den Dingen auf den Grund gehen will, so kommt es trotzdem nicht infrage, dass sie in die Nähe meiner Tochter kommt.

• ZWANZIG •

JOSIE

Ein lautes Geräusch lässt mich hochschrecken, ich setze mich auf und springe aus dem Bett, bevor mir klar wird, dass Alison im Badezimmer etwas hat fallen lassen. Ich höre, wie sie vor sich hin summt, etwas Unmelodisches, das klingt, als ob es aus einem Kindermund käme.

Es ist acht Uhr morgens, und das ist das Erste, was ich seit unserem Gespräch bei meinem Auto an der Uni von ihr sehe oder höre. Wütend darüber, dass sie keinerlei Erklärung abgegeben hat, renne ich im Schlafanzug ins Bad. Ich werde nicht mal anklopfen, ich schließe von außen auf. Sicher weiß sie nicht mal, dass das geht, sonst hätte sie die Vermieterin sicher gebeten, das Schloss auszuwechseln.

»Was soll das denn?«, kreischt sie, als ich hineinplatze. Sie ist nicht mal unter der Dusche, sondern will sich gerade die Zähne putzen.

»Was zum Teufel war denn gestern Abend los?«

Sie drückt Zahnpasta auf die Bürste. »Keine Ahnung, wovon du redest.«

»Ach komm schon! Du hast gesagt, dass du um sieben zu Hause wärst und mit mir reden wolltest. Was sollte das, wenn du dann doch überhaupt nicht hier bist? Was für blöde Spielchen spielst du, Alison?«

Sie fährt herum. »Josie, wovon redest du? Ich habe dich gestern überhaupt nicht gesehen.«

Dieses Mädchen ist völlig verrückt. »Warum lügst du? Du hast doch am Nachmittag auf dem Uni-Parkplatz auf mich gewartet. Du hast gesagt, wir sollten mal reden.«

»Mann, Josie, du musst wohl zu viel getrunken haben oder so. Ich war gestern überhaupt nicht in der Uni. Ich hatte keine Vorlesungen, ich war bei einer alten Schulfreundin.« Sie wischt sich den Mund an ihrem Handtuch ab. »Ich habe echt keine Ahnung, wovon du redest. Und warum sollte ich an der Uni auf dich warten, wenn ich dich doch hier treffen kann?«

Das spöttische Grinsen auf ihrem Gesicht sagt mir, dass es keinen Zweck hat, ihr zu widersprechen. Das ist eines ihrer abartigen Spielchen, und ich kann nichts machen. »Du hast recht«, sage ich, »ich muss mich wohl geirrt haben.« Ich mache kehrt und gehe hinaus.

»Ich hoffe, du hast einen schönen Abend gehabt, Josie.«

Ich mache mir nicht die Mühe, zu antworten.

• • •

»Ich glaube, meine Mitbewohnerin weiß über uns Bescheid.«

»Halt mal, Josie, was meinst du mit *über uns*?« Zach sieht sich nervös um, ehe er die Tür zu seinem Büro schließt.

»Ich meine, dass du gestern in unserer Wohnung warst.«

»Woher weißt du das? Hat sie etwas gesagt?«

»Sie hat nichts gesagt, aber ich weiß es einfach. Sie hat sich so seltsam verhalten. Also, noch seltsamer als sonst. Das Geräusch, das wir gehört haben, muss von ihr gekommen sein.«

Zach lässt sich an seinem Schreibtisch nieder, sieht mich an und kaut an seinem Stift. »Hör mal, ich weiß ja, dass ihr zwei nicht miteinander auskommt, aber vielleicht solltest du doch mal auf sie zugehen. Klatsch über mich kann ich nun wirklich nicht gebrauchen. Das könnte gefährlich sein, das weißt du doch, oder?«

Er hat recht. Es wäre ihm gegenüber nicht fair, in meine Auseinandersetzungen mit Alison verwickelt zu werden, vor allem, weil er ja wirklich gar nichts gemacht hat. »Ich kümmere mich darum, okay?«

Aber Zach sieht weiter besorgt aus. »Tu das bitte. Wir sind ja jetzt Freunde, Josie, ich glaube, wir haben viel gemeinsam, was selten ist, aber du weißt doch – «

»Ich weiß, Zach.« Er muss mir nicht noch deutlicher ausbuchstabieren, dass wir niemals mehr sein werden als das.

»Dann schließ bitte Frieden mit ihr.«

»Ich muss gehen«, sage ich und drehe mich rasch um, denn ich weiß nicht, ob ich wütend oder enttäuscht bin.

• • •

Alison liegt auf dem Sofa und liest, als ich nach Hause komme. Sie setzt sich auf, als ich eintrete, und wirkt wie auf der Hut, genau wie ich jedes Mal, wenn wir aufeinandertreffen.

»Können wir reden?«, frage ich und versuche, meine Stimme sanft zu machen. Ich weiß, dass ich manchmal ziemlich schroff klinge, sogar aggressiv, und ich möchte sie nicht jetzt schon gegen mich aufbringen. Ich muss die Situation entschärfen. Zach hat recht, er hat es nicht verdient, dass bösartig über ihn geredet wird, wo er doch nichts getan hat, außer mir zu helfen.

»Was gibt's?«, fragt sie, legt ihr Buch beiseite und stellt die Füße auf den Boden.

Irgendwas ist anders an ihr. Ich war heute Morgen zu aufgebracht, um es zu bemerken, aber ich bin sicher, dass es da auch schon so war. Sie ist irgendwie selbstbewusster. Nicht das passive, stille Mädchen, das sie bisher immer war, seit ich sie kenne. Und das liegt daran, dass sie mir etwas anhängen kann, mir die Luft abschnüren kann, wann immer sie will.

Ich setze mich neben sie und zwinge mich, das durchzustehen, auch wenn ich nichts an ihr auch nur angenehm finde. »Können wir bitte versuchen, reinen Tisch zu machen? Ich weiß nicht, wie es dir geht, aber ich kann echt auf Streit und Spannungen zwischen uns verzichten. Wir haben genug am Hals mit Prüfungen und Hausarbeiten und so. Wenn ich schuld bin, dann tut es mir leid, aber es muss doch einen Weg geben, miteinander auszukommen?« Ich lasse es sein, darauf hinzuweisen, dass sie doch angeblich dasselbe wollte. Ich muss meine Abneigung unter Kontrolle halten.

Sie zieht die Nase kraus und starrt mich an. »Woher

auf einmal der Sinneswandel, Josie? Du kannst mich doch gewöhnlich nicht ausstehen, deshalb bin ich ehrlich erstaunt, dass du hier bist und einen auf Freundschaft machst.«

»Stop, Alison, von Freundschaft habe ich nichts gesagt. Ich möchte nur versuchen, die Lage … ein bisschen zu entspannen. Wir müssen ja nicht beste Kumpel werden, aber lass uns doch einfach versuchen, höflich miteinander umzugehen.«

Sie übergeht meine Worte. »Ich habe Freunde, Josie. Eine ganze Menge, bei mir zu Hause. Ich brauche also keine weiteren. Tut mir leid, aber so funktioniert Freundschaft nun mal nicht. Du kannst sie nicht erzwingen. Wir mögen uns eben nicht, stimmt's? Daran kann man nichts ändern.«

Ich bin zu schockiert, um etwas zu sagen. Schockiert, dass sie sich das zu sagen traut, dass sie so aggressiv und selbstsicher ist. Was hat sich verändert? *Dass sie Zach hier gesehen hat, das muss es sein. Sie hat jetzt etwas gegen mich in der Hand.*

»Aber du scheinst ja auch großen Erfolg damit zu haben«, fährt sie fort. »Mit neuen Freundschaften, meine ich.«

»Was soll das denn heißen?« Ich kann den Ärger in meiner Stimme nicht länger zurückhalten, auch wenn es genau das ist, was sie provozieren will.

»Ich muss gehen«, sagt sie und rempelt mich im Hinausgehen an.

• • •

Die Bar ist laut und voll heute Abend, das ist genau das, was ich gerade brauche, um alles auszublenden. Mein kleiner Bruder hat kein sicheres Zuhause, Zach weist mich praktisch ständig zurück, und das Mädchen, mit dem ich zusammenwohnen muss, ist grenzwertig psychotisch. Ich stoße ein raues Lachen aus, denn die einzige andere Option wäre, zu heulen, und das kommt im Moment echt nicht infrage.

»Was ist so komisch?«, fragt Vanessa. Wir sind im Moment noch zu zweit, aber bestimmt kommen im Laufe des Abends noch andere Leute dazu. So läuft das mit Vanessa: Sie sagt allen Bescheid und die einen oder anderen kreuzen dann auf. Es ist ihr im Grunde egal, mit wem sie trinkt, Hauptsache, sie geht aus und hat Spaß. Ich glaube, es würde sie auch nicht stören, allein hier zu sitzen.

»Das Leben, das ist komisch«, sage ich, aber sie sieht mich nur verständnislos an.

»Aha, na ja, was auch immer. Ich glaube, wir sollten noch was trinken. Ich zahle die nächste Runde.« Sie stapft zur Bar und lehnt sich über den Tresen, um zu bestellen. Es ist offensichtlich, dass sie den Barkeeper anbaggern will, aber er ist eindeutig nicht interessiert. Vanessa ist ein attraktives Mädchen, aber sie zeigt zu sehr, dass sie es nötig hat, abgesehen davon, dass sie zu viel säuft.

Ist das nicht etwas heuchlerisch, wenn du das sagst, Josie? Ich blende die innere Stimme aus und trinke meinen Wodka aus. Ich werde nicht wie Liv. Ich kann es auch jederzeit sein lassen. *Ja, ja, das glauben immer alle.*

»Der Typ da drüben glotzt dich an«, sagt Vanessa, als sie die Gläser auf den Tisch stellt.

Das kann ich nun wirklich nicht brauchen, aber ich drehe mich trotzdem um, um zu sehen, wen sie meint, damit ich ihn abblitzen lassen kann, wenn er ankommt. Aber ich kenne den Kerl: der schmierige Aaron, auf den Alison immer noch steht. Warum sonst sollte sie mir immer noch vorhalten, was passiert ist?

»O Gott, den kenn ich. Ein Scheißkerl.« Ich schaue, mit wem er da ist, und denke natürlich, mit einem Mädchen, aber es sitzen nur zwei Kerle mit an seinem Tisch.

»Sieht doch ganz nett aus«, sagt Vanessa, prostet ihm zu und versucht ein anzügliches Grinsen, das etwas missglückt.

»Hör auf damit!« Ich reiße ihren Arm herunter, und die Hälfte ihres Cocktails schwappt über die Stuhllehne.

»Ups«, sagt sie. »Ich hol mal lieber Ersatz.«

»Trink doch das erst mal aus. Ich hole dann die nächste Runde. Es ist ja noch früh.«

Sie lehnt sich zurück und starrt Aaron an. »Und, was hat es mit dem Typ auf sich? Nicht gut im Bett?« Sie scheint ihre Bemerkung witzig zu finden und wirft den Kopf zurück, so dass ihr Haar durch den Drink, den wir verschüttet haben, ganz nass wird.

Irgendwie geht mir Vanessa heute auf die Nerven. Es war keine gute Idee, herzukommen, und jetzt starrt auch noch dieser widerliche Aaron zu mir herüber. Wahrscheinlich plant er gerade seine Rache – wie gerade anscheinend so ziemlich jeder in meinem Umfeld. »Kommt heute Abend eigentlich sonst noch jemand,

Vanessa?« Ich brauche jemanden – irgendwen –, der mich von ihr ablenkt.

Sie zuckt die Schultern. »Wahrscheinlich schon, wart's ab«, sagt sie und kippt sich so viel von ihrem Drink in den Mund, dass die Hälfte herausläuft.

Und plötzlich sehe ich mein Spiegelbild in ihr. So bin ich, wenn ich zu viel gehabt habe und mir alles egal ist. Nicht besonders reizvoll, aber so wird es enden. Ich muss aufhören. Sobald jemand aufkreuzt, der Vanessa Gesellschaft leistet, bin ich weg.

»Los, Mädchen, deine Runde«, sagt Vanessa, leert ihr Glas und knallt es auf den Tisch. »Du bist heute etwas langsam.«

Ich bin erleichtert, dass ich zum Tresen gehen kann, aber während ich die Drinks bestelle, spüre ich die ganze Zeit Aarons Blicke in meinem Rücken. Als ich mich umdrehe, sehe ich, wie er mich finster beobachtet. Ich grinse ihn an, wende mich wieder ab und nehme die Drinks. Für mich diesmal nur Coke.

Als ich zu Vanessa zurückkomme, sitzen zum Glück drei ihrer Freunde um den Tisch. Ich kenne sie vom Sehen, weiß aber nur, dass eines der Mädchen Holly heißt. Vielleicht irre ich mich da aber auch, ich habe schon viel zu viel getrunken. Jetzt ist aber Schluss, ich muss nüchterner werden.

Dir beweisen, dass du nicht wie Liv bist? Wem willst du was vormachen?

Ich bleibe noch ein paar Minuten sitzen, und als alle in Gespräche vertieft sind, mache ich den Abgang. Niemand nimmt davon Notiz.

»Wie, du gehst schon?« Aaron packt mich am Arm, als ich an seinem Tisch vorbeikomme.

Ich reiße mich los. »Verdammt, lass mich in Frieden!«

Er hebt die Hände hoch. »Schon gut. Nur die Ruhe. Wollte nur freundlich sein.«

»Aber sicher«, fauche ich. »Wir wissen doch beide, was für ein guter Freund du bist.«

Ich will gerade weitergehen, da habe ich eine Idee. Obwohl Alison schon immer seltsam war, auch bevor Aaron aufgetaucht ist, ist der Grund für ihren momentanen Hass auf mich wahrscheinlich immer noch, dass er an diesem einen Abend einfach abgehauen ist, und sie gibt mir dafür die Schuld. Jetzt sehe ich eine Chance, das auszubügeln.

Ohne eine Erklärung setze ich mich neben Aaron. Das abfällige Grinsen seiner Kumpel ignoriere ich. »Hör zu, Aaron. Ich gebe dir die Chance, etwas richtigzustellen und zu beweisen, dass tatsächlich noch etwas Anstand in dir steckt.«

Das Lächeln auf seinem Gesicht verschwindet, und ich empfinde Genugtuung darüber, wie einfach es ist, ihm eins auf den Deckel zu geben. »Und wie soll das gehen? Ich glaube, ich weiß schon, worauf du hinauswillst.«

»Alison muss hören, was wirklich passiert ist. An dem Abend in unserer Wohnung habe ich nur versucht, sie zu beschützen. Du weißt das und ich auch. Sie als Einzige weiß es nicht. Deshalb musst du ihr die Wahrheit sagen. Du hast behauptet, dass ihr vorher Freunde wart, warum also würdest du sie auf einmal so mies behandeln?«

Aaron starrt mich an und umklammert seine Bierflasche. Einen Moment lang befürchte ich schon, dass er sie mir ins Gesicht wirft, und ich zucke zurück. Aber er nimmt nur einen Schluck und hat meine Reaktion zum Glück nicht bemerkt.

»Das ist mir doch viel zu blöd. Ich bin fertig mit Alison. Sie ist … wie soll ich sagen, ein bisschen plemplem.«

Trotz allem, was Alison gemacht hat, und trotz ihrer Feindseligkeit mir gegenüber kann ich wieder nicht anders, als sie in Schutz zu nehmen. »Sie ist in Ordnung. Und sie hat dir vertraut, sei also kein Scheißkerl, Aaron.«

Eine ganze Weile sagt er nichts, und ich nehme an, dass er nach einer cleveren Erwiderung sucht. Er sieht seine Freunde an, auf eine Eingebung oder Unterstützung hoffend – dann sagt er schließlich: »Okay. Scheißegal. Ich ruf sie mal an.«

Das war's. Er hat klein beigegeben, das war einfacher als gedacht. Ich springe auf, froh darüber, dass ich endlich von hier verschwinden kann. »Und zwar möglichst bald, Aaron.«

Auf dem Weg zur Bushaltestelle kommen mir dann aber doch Zweifel. Habe ich vielleicht gerade alles nur noch schlimmer gemacht, und zwar für mich?

• EINUNDZWANZIG •

MIA

Nach allem, was Zach gemacht hat, weiß ich, dass man möglichst immer die Wahrheit sagen sollte, egal, wie schwierig das auch sein mag – außer man muss jemanden schützen. Aus diesem Grund habe ich Will bisher nichts von Alison erzählt. Auch wenn ich ihm immer noch nicht genau sagen kann, wer sie ist oder was sie über Zach gesagt hat, soll es nur bei dieser einen kleinen Unwahrheit bleiben.

Als ich jetzt also vor Alisons Haus im Auto sitze, während sie ein paar Sachen packt, rufe ich Will an und erzähle ihm so viel, wie ich kann.

»Das verstehe ich nicht«, sagt er. »Die Frau ist eine Klientin von dir? Und du lässt sie bei dir wohnen? Das ist doch verrückt, Mia. Ich halte das für einen großen Fehler!«

Ich kann Alison zwar immer noch nicht ganz trauen, aber die Prellungen sehen nicht aus, als ob sie selbst zugefügt wären. Und indem ich sie in meiner Nähe habe, kann ich sie beobachten und vielleicht herausfinden, ob sie in Bezug auf jene Nacht die Wahrheit gesagt hat oder ob sie sich das alles einbildet.

»Sie ist keine absolut Fremde, Will«, sage ich. »Sie

hat Zach gekannt. Und sie hat sich daran erinnert, dass ich Therapeutin bin, und mich deshalb um Hilfe gebeten. Die Einzelheiten darf ich dir nicht erzählen, aber ich muss sie vor ihrem Partner in Sicherheit bringen. Sie ist noch nicht in der Lage, allein zurechtzukommen, das ist also der einzige Weg, sie von ihm wegzuholen. Das kannst du doch bestimmt verstehen?«

Erst Schweigen, dann ein tiefer Seufzer. »Eigentlich nicht. Ich verstehe nur, dass du dir Ärger einhandelst. Es gefällt mir nicht, Mia. Es klingt … gefährlich. Du kennst sie kaum, auch wenn Zach sie kannte. Und dann ist da noch ihr Mann – «

»Lebensgefährte. Sie sind nicht verheiratet.«

»Wie auch immer, aber das ist doch wirklich keine gute Idee. Kann sie nicht woanders unterkommen? Sie muss doch Familie haben. Freunde. Und wenn nicht, kann sie dann nicht in ein Hotel gehen?«

Ich sage, dass sie niemanden erwähnt hat, bei dem sie bleiben könnte, und versichere ihm, dass ich auf keinen Fall in Gefahr bin, aber ich weiß, dass ihn das nicht beruhigt. »Ich kann sie nicht einfach in ein Hotel stecken, Will. Und sie ist es, die in Gefahr ist, nicht ich. Ich kann sie nicht im Stich lassen.«

Er seufzt. »Nein. Kannst du wohl nicht. So bist du einfach nicht. Ich verstehe schon. Ich hoffe nur, dass du weißt, was du tust. Sei bitte vorsichtig.«

»Bestimmt. Mach dir keine Sorgen. Es wird schon klappen.«

Er klingt immer noch nicht überzeugt. »Es wäre mir lieber, wenn ich sie kennenlernen könnte. Kann ich heute Abend nach der Arbeit nicht vorbeikommen?«

»Ich weiß nicht, Will. Dem ist sie vielleicht noch nicht gewachsen. Aber mal sehen. Ich muss jetzt erst Mal schnell nach Hause und ein paar Sachen für Freya packen, ehe Megan sie zurückbringt. Pam und Graham holen sie später ab, sie kann ein paar Tage bei ihnen bleiben.«

»Aha«, sagt Will. »Das habe ich nicht gewusst.«

»Ich habe es gerade erst geplant«, sage ich, ohne die Gründe dafür zu erklären. Er würde sich nur noch mehr Sorgen machen, wenn er erfährt, dass ich Freya nicht in Alisons Nähe haben will. »Das ist für alle das Beste«, sage ich, als er nichts erwidert.

»Es gefällt mir ganz und gar nicht. Bist du sicher, dass du weißt, was du tust?«

»Sie braucht meine Hilfe, Will. Mir bleibt keine Wahl. Wenn du wüsstest, was sie durchgemacht hat…«

»Nimm dich einfach in Acht, okay?«

Bevor wir uns verabschieden, verspreche ich ihm, Alison mitzuteilen, dass er am Abend vorbeikommt.

Gerade als ich auflege, klopft es laut an die Scheibe. Ich habe nicht bemerkt, dass Alison gekommen ist, und erschrecke, als sie ins Auto starrt.

»Sind Sie immer noch sicher?«, fragt sie, als ich die Tür öffne und ihr mit ihrem Gepäck helfe. Zwei große Reisetaschen und ein kleiner Koffer stehen auf dem Bürgersteig – viel zu viel für ein paar Nächte. Trotz der Hitze fröstle ich, aber eher innerlich. Was mache ich da bloß?

»Natürlich. Kommen Sie, lassen Sie uns losfahren, falls Dominic zurückkommt.«

• • •

»Seltsam, plötzlich hier bei Ihnen zu sein«, sagt Alison, als wir bei mir ankommen. »Ich habe mir vorgestellt, wie es hier drin aussehen könnte, aber es ist ganz anders als erwartet.«

Ihre Worte machen mich nervös, aber ich will ihr erst mal vertrauen. Sie macht vielleicht nur Small Talk, um die seltsame Befangenheit zwischen uns aufzulösen. Auf der Fahrt hierher haben wir beide nicht viel geredet. Ich sagte, sie solle meine Wortkargheit nicht falsch verstehen, ich müsse mich auf den Verkehr konzentrieren.

Aber während unseres Schweigens machte ich mir Gedanken, ob sie sich umentschieden hatte und heimlich plante, mir zu sagen, dass sie zu Dominic zurückwollte, in das Leben, dem sie so verzweifelt entkommen wollte.

»Alles in Ordnung? Ich weiß, das ist ein großer Schritt für Sie.« Ich muss versuchen, ihr die Nervosität zu nehmen, muss sie überzeugen, dass sie hier bei mir sicher ist, auch wenn ich sie nicht über längere Zeit aufnehmen kann. Vielleicht kann ich ihr dabei helfen, einen neuen Weg zu finden, wenn der Mann, der sie missbraucht, nicht in der Nähe ist.

»Es ist ein bisschen ungewöhnlich. Trotzdem vielen Dank, Mia. Für Sie muss es ja auch seltsam sein.«

»Da kann ich nicht lügen: Ich hätte niemals gedacht, dass ich so etwas machen würde.«

»Zach würde bestimmt sagen, dass Sie das Richtige tun, meinen Sie nicht auch? Er war doch ein guter Mensch.«

Als sie seinen Namen in diesem Zusammenhang ausspricht, verschlägt es mir die Sprache. Allerdings darf ich nicht vergessen, dass Zach ein Grund dafür ist, dass ich sie hergeholt habe.

»Oh, das tut mir leid. Ich … Das war echt unsensibel!«, sagt sie. »Ich wollte nur sagen, dass ich trotz der wenigen Minuten, in denen ich mit ihm gesprochen habe, das Gefühl hatte, dass er ein anständiger Mensch war. Er würde es verstehen, dass Sie jemandem helfen wollen, oder?«

Ich nicke, obwohl ich innerlich mit mir im Widerstreit liege und mich frage, ob ich das Richtige getan habe. Doch dann sehe ich ihre Prellungen vor mir und weiß, dass ich das durchstehen muss. Es geht außerdem nicht nur um Alison, ich muss auch herausfinden, was sie über Zach weiß. Wenn sie überhaupt etwas weiß.

• • •

Es ist fast acht Uhr, als Pam und Graham Freya schließlich abholen. Sie war etwas überrascht über die Eröffnung, dass sie ein paar Tage bei den Großeltern verbringen sollte, aber bald voller Begeisterung, ein paar Tage fort zu sein. Die Aussicht, mit Socks zu schmusen, war bestimmt ausschlaggebend.

Und jetzt bin ich allein mit Alison.

»Ihre Tochter ist ja süß«, sagt sie, sobald ich alle verabschiedet habe.

Ich nicke. »Sie ist ein Engel.«

»Sie sieht Zach ähnlich, oder? Dieselben hellen Haare und Augen.«

»Ja, sie hat ihm immer ähnlicher gesehen als mir.« Nach seinem Tod war es manchmal schwer für mich, immer sein Gesicht in ihrem zu sehen.

Alison folgt mir in die Küche. »Ich kann mir nicht vorstellen, Kinder zu haben. Eines Tages hätte ich vielleicht gern welche, aber ich sehe mich noch nicht in der Rolle einer Mutter. Tatsächlich glaube ich nicht, dass ich gut darin wäre.«

»Das ist ganz verständlich, Sie sind ja noch jung. Es ist nicht ungewöhnlich, dass Sie sich in Ihrem Alter noch nicht vorstellen können, wie ein Kind in Ihr Leben passen könnte.«

Sie kichert. »Jung. Das ist doch alles relativ. Ich weiß noch, dass ich mir mit einundzwanzig schon alt vorkam.«

Einundzwanzig. So alt war Josie Carpenter, als sie Zach kennenlernte, und Alison, als die beiden Mädchen zusammenwohnten. Ich bekomme eine Gänsehaut.

»Sie können mir glauben, Alison, Sie sind nicht alt. Und selbst wenn Sie mit sechsundzwanzig dieses Gefühl haben, dann wünschen Sie sich, wenn Sie dreißig sind, dass Sie mit so etwas damals keine Zeit verschwendet hätten.«

Sie sieht mich einen Moment lang an. »Sie haben ja so recht. Das ist das Schlimme am Leben, es ist schwer, zu jeder Zeit die richtige Perspektive zu haben.«

Ich wende mich ab, um zu überlegen, was ich uns

zum Abendessen machen könnte. Es ist komisch, mit dieser Frau, der ich zwölf Lebensjahre und vieles mehr voraushabe, so zu reden, als seien wir eng befreundet. Sie ist mir ja immer noch fremd, auch wenn über Zach eine Art von Verbindung zwischen uns besteht.

»Das stimmt, wir müssen nur versuchen, immer positiv vorauszublicken«, sage ich. »So gut wir können.« Ich ziehe ein Paket Pasta aus dem Schrank. »Mögen Sie Bolognese?«

»Ach, danke, Mia, aber ich habe echt keinen Hunger. Der Tag war so anstrengend.«

Ich mustere ihre dünne, blasse Gestalt »Sie müssen etwas essen, Alison.«

»Ich habe keinen großen Appetit. Wenn ich für Dominic koche, hat er immer so viel daran auszusetzen, dass er es stehen lässt, und dann habe ich auch keinen Hunger mehr. Ich mache mir meistens erst ein Brot, wenn er ins Bett gegangen ist.«

»Damit ist jetzt Schluss. Okay? Wir essen erst mal richtig, und dann reden wir über Ihre nächsten Schritte.«

»Na gut.« Sie seufzt und sieht sich um. »Es ist ein gutes Gefühl, hier zu sein. Weg von Dominic. Als wäre ich in einer anderen Welt. Ich möchte alles in mich aufnehmen.«

Ihre Wortwahl verunsichert mich. *In sich aufnehmen*. Was denn genau? Mein Haus? Mein Leben? Ich muss vorsichtig sein und wachsam bleiben, ihr immer einen Schritt voraus.

Obwohl sie angeblich nicht hungrig ist, verschlingt

Alison die Portion, die ich vor sie hinstelle, und sagt kaum ein Wort zwischen den Bissen. Ich hingegen rühre mein Essen kaum an, weil ich mich so unwohl fühle. Beide vermeiden wir es, Zach zu erwähnen oder das, was Alison ursprünglich zu mir geführt hat. Ich weiß, warum ich zögere, darüber zu reden, aber bei ihr bin ich ratlos. Es ist erst ein paar Tage her, dass sie mich um Hilfe bat, zu beweisen, dass Dominic Josie etwas angetan hat.

»Kennen Sie Dominics Ex-Frau Elaine?«, frage ich so unvermittelt, dass sich Alison fast verschluckt.

Sie legt ihre Gabel beiseite. »Ich bin ihr ein- oder zweimal begegnet. Warum?«

»Wissen Sie, was sie für eine Frau ist? Wie die Ehe der beiden war?«

»Sie ist mir … sehr selbstbewusst vorgekommen. Als ob sie immer genau wüsste, was sie will. Aber es ist schwer, jemanden zu beurteilen, den man nur ein paar Momente erlebt hat. Und die Ehe der beiden, darüber redet Dominic nie. Er weigert sich und sagt, man solle die Vergangenheit ruhen lassen. Was er wahrscheinlich meint, ist, dass es mich nichts angeht. Warum fragen Sie denn? Kennen Sie sie?«

»Nein. Ich frage mich nur, ob er sie auch misshandelt hat.« Ich stimme Alison insgeheim zu. Elaine machte nicht den Eindruck, eine Frau zu sein, die man einfach so schikanieren kann – im Gegenteil, eher die Art von Frau, die alles selbst bestimmt. Eine zur Schau gestellte Selbstsicherheit kann allerdings auch viel vertuschen.

Alison nimmt ihre Gabel wieder und starrt auf den Teller. »Ich glaube das nicht. Elaine war vielleicht zu selbstbewusst, um so etwas zuzulassen. Aber das würde er mir doch auch nicht sagen. Und die Leute können sich auch verändern. Vielleicht war er nicht immer gewalttätig. Oder vielleicht … vielleicht provoziere ich ihn dazu.«

»Hören Sie gut zu, Alison. Es ist niemals die Schuld der misshandelten Person. Niemals.«

»Ich weiß.« Sie legt die Gabel wieder fort. »Ich habe mir einfach nie vorstellen können, in einer gewalttätigen Beziehung zu leben.«

»Das tut doch keiner. Aber nachdem Sie jetzt Bescheid wissen, können Sie etwas verändern.«

Alison lacht. »Sie können wohl einfach nicht aufhören, Therapeutin zu sein! Aber Sie haben recht. Alles, was Sie sagen, ist immer so … vernünftig. Ich kann einfach nicht dagegen argumentieren. Noch mal vielen Dank für alles, was Sie für mich tun. Aber …« Sie zögert. »Eines kann ich nicht verstehen.«

»Was?«

»Wollen Sie denn nicht die Wahrheit darüber erfahren, warum Ihr Mann tot ist?«

»Doch, natürlich, aber ich brauche Beweise. Ich habe schon zu viel durchgemacht; ich habe Angst, dass dann wieder nichts dabei herauskommt. Fünf Jahre lang war ich der Ansicht, dass mich Zach betrogen hat oder sogar noch Schlimmeres – dass er wahrscheinlich das Mädchen ermordet hat. Solange es keine Gegenbeweise gibt, möchte ich das alles nicht unnötig aufwühlen. Ich habe mich mit der Geschichte einigermaßen abgefunden und will mir keine sinnlosen Hoffnungen machen. Das kann ich mir und auch Freya nicht zumuten.«

»Aber das Foto auf Dominics Computer. Sie haben selbst gesagt, dass es dafür keine Erklärung gibt.«

»Ich meinte damit nur, ich kann es mir nicht erklären. Das bedeutet nicht, dass es keine logischen Gründe dafür gibt. Ich brauche mehr als das, Alison. Und ich weiß, Sie haben gesagt, dass Sie kurz mit Zach gesprochen und ihm vertraut haben, aber ich kann mich nicht einfach auf Ihren Instinkt verlassen. Ich hoffe, das verstehen Sie. Auch wenn Zach mich geliebt hat, bedeutet das nicht, dass er mich nicht verletzen konnte. Oder Josie Carpenter.«

Es folgt ein langes Schweigen. Ich spüre ihre Enttäuschung. Anscheinend sage ich nicht das, was sie gern hören würde, und sie kann nicht verstehen, warum ich nicht alles stehen und liegen lasse, um nach Beweisen zu suchen. *Weil ich weiß, was passiert ist. Ich spüre es bis tief ins Innere. Mit dem ganzen Körper. Aber das würde sie nie verstehen.*

»Alison, wenn es etwas gibt, irgendetwas, das zweifelsfrei beweisen kann, dass Zach es nicht getan hat, dann wäre ich die glücklichste Frau auf Erden. Und dann gehe ich sofort zur Polizei. Aber ich weiß einfach nicht, wie Sie sich das vorstellen, diese Beweise zu finden.«

Wieder fühle ich, wie enttäuscht sie ist. »Wenn Sie mir helfen, bin ich sicher, dass wir es schaffen. Ich weiß einfach, dass Dominic etwas damit zu tun hat, Mia.«

Allmählich werden mir einige Dinge klar. Es geht überhaupt nicht um Zach. Alison will Dominic so unbedingt loswerden, dass sie ihn schuldig sehen möchte. So dringend, dass die Wahrheit keine Rolle zu spielen scheint, und ich werde sie nicht bremsen können.

»Ich glaube, wir können nur eines machen, Alison. Wir müssen mit diesem Foto zur Polizei gehen und gleichzeitig zur Anzeige bringen, was er Ihnen angetan hat. Das ist die einzige Hilfe, die ich Ihnen anbieten kann.«

Minuten vergehen, und ich habe keine Ahnung, wie sie reagieren wird. Ihre Antwort ist dann eine Überraschung. »Okay, Sie haben wahrscheinlich recht. Ich muss der Polizei das Foto zeigen. Aber sind Sie bereit dazu? Zu allem, was dadurch vielleicht ans Tageslicht kommt? Das Verfahren könnte wieder aufgenommen werden.«

Ich nicke. Ich habe an nichts anderes mehr gedacht, seit sie zu der ersten Beratung gekommen ist. »Wir haben keine andere Wahl, Alison. Wir brauchen doch beide Antworten. Aber Sie müssen auch bereit sein, auszusagen, dass Sie in jener Nacht dort waren und mit Zach geredet haben. Sind Sie das?«

Das lässt sie verstummen, Hunderte verschiedener Möglichkeiten gehen ihr wahrscheinlich durch den Kopf. »Ja«, sagt sie schließlich. »Ich tue alles, was ich tun muss.«

Ich bin erleichtert, dass sie anscheinend Fortschritte macht, und frage sie, ob ich das Foto noch einmal sehen kann. Ich war zu schockiert, als sie es mir zum ersten

Mal zeigte, um es richtig erfassen zu können, daher muss ich es noch einmal sehen, auch wenn ich nicht annehme, dass es mir mehr Aufschluss gibt.

Alison geht in den Flur, um ihre Tasche zu holen. Als sie zurückkommt, scrollt sie schon durch ihr Handy: Dabei runzelt sie die Stirn.

»Was ist los? Haben Sie von Dominic gehört? Was will er?«

Sie schüttelt den Kopf. »Nein, das ist es nicht. Es geht um das Video … es ist weg, Mia!«

• ZWEIUNDZWANZIG •

JOSIE

Wochen vergehen, und es wird klar, dass Aaron nicht mit Alison gesprochen hat, nicht so anständig war, ihr zu erzählen, dass ich sie nur verteidigen wollte. Es hat sich nämlich nichts verändert. Ihr frostiges und seltsames Verhalten verstärkt sich eher.

Aus meinem Zimmer verschwinden Dinge, aber solche Kleinigkeiten übersehe ich einfach. Ich bin zu sehr mit meinen Sorgen um Kieren und Richards Drohung beschäftigt, um Zeit damit zu verschwenden, die Lage zwischen mir und Alison zu klären. Ich habe sowieso keine persönlichen Dinge, die mir wichtig sind, außer einem Bild von Kieren, das er mir zum Abschied gemalt hat, kurz bevor ich weggezogen bin. Aber ich passe auf, dass ich es die ganze Zeit bei mir habe. Sie kriegt es auf keinen Fall zu sehen.

Aber erst einmal habe ich Dienst. Im Café ist nicht viel los, deswegen ziehe ich die Zeichnung aus der Tasche und lächle, als ich mir die zwei Strichmännchen ansehe, die mit einem Hund spazieren gehen. Wir hatten zwar nie einen Hund, aber die eine Figur mit langen Haaren soll ich sein. Beide grinsen wir breit und schief – was in Wirklichkeit viel zu selten passierte. Für einen Fünfjährigen ist die Zeichnung nicht schlecht, aber wichtiger ist die Botschaft: Kierens Traum. Er wollte immer einen Hund – *Hund* war eines seiner ersten Wörter –, und eines Tages schenke ich ihm einen, ganz bestimmt.

Ich stecke das Bild wieder in meine Tasche. Ich sollte meine persönlichen Sachen eigentlich hinten im Büro verstauen, aber Pierre ist nicht da, und das Café schließt sowieso bald, deswegen lasse ich sie einfach auf dem Boden stehen.

Ich könnte mich dafür rächen, dass Alison in meine Privatsphäre eindringt, und im Gegenzug in ihren Sachen herumstöbern, aber ich lasse mich nicht auf die Ebene ihrer Spinnereien ziehen. Und sowieso bedauere ich sie jeden Tag mehr und hasse sie weniger.

Was Zach angeht: Wir sind praktisch zu Fremden geworden. Seine Behauptung, mir helfen zu wollen oder gar ein Freund zu sein, und mich dann plötzlich fallenzulassen – dieses Getue hat mich fertiggemacht. Mir reicht es jetzt. Er ist Geschichte.

»Entschuldigung? Eine heiße Schokolade mit extra viel Sahne, bitte.«

Ich war so in Gedanken, dass ich nicht bemerkt habe, wie jemand ins Café gekommen ist.

»Oh, Entschuldigung. Sonst noch etwas?« Ich lächle den Kunden an, auch wenn ich fix und fertig bin und möglichst schnell nach Hause will. Er kommt mir bekannt vor, ist ungefähr in meinem Alter, trägt einfache Jeans, Sneakers und einen Kapuzenpullover. Überhaupt nicht wie die üblichen Anzugträger, die sonst um diese

Zeit hereinkommen. Ich bin sicher, dass ich ihn kenne, kann ihn aber nicht einordnen.

»Du bist Josie, stimmt's?«

Dass er meinen Namen kennt, macht mich misstrauisch, und ich trete etwas zurück. Mein Handy ist in meiner Tasche auf dem Boden, aber bis ich es herausgekramt habe, könnte alles Mögliche passieren.

»Ich bin Craig. Bin mit dir im Kurs für Kreatives Schreiben.« Er reicht mir eine Zehnpfundnote.

Ich entspanne mich etwas. »Ach so, ja.« Aber ich kann mich nicht genau an ihn erinnern. Es sind so viele Leute im Kurs, und ich habe meistens zu viel um die Ohren, um besonders auf sie zu achten.

»Mach dir keine Gedanken, ich kenne auch kaum jemanden, deshalb bin ich nicht beleidigt, dass du mich nicht erkennst. Und, wie findest du den Kurs?«, fragt er, als ich ihm sein Wechselgeld gebe und seine Schokolade mache.

Ich könnte ihm sagen, wie gut mir der Kurs gefällt, dass Zach mir die Augen geöffnet hat, so dass ich die Welt ganz neu betrachte, aber natürlich verkneife ich mir solche Floskeln. »Ganz okay.«

Craig nickt. »Um ehrlich zu sein, ich kämpfe ein bisschen mit den Aufsätzen. Ich bin nämlich gar nicht sonderlich kreativ. Ich hatte es zwar angenommen, vor dem Kurs, aber so ist es leider nicht. Der Kurs überfordert mich ein bisschen. Dabei muss ich die Prüfungen am Ende des Semesters unbedingt schaffen.«

Ich weiß nicht, warum er mir all das gleich bei unserem ersten Gespräch erzählt, aber ich finde es sympathisch. Ich bin es eher gewohnt, dass die anderen prahlen und vorgeben, viel besser zu sein, als sie in Wirklichkeit sind, deshalb ist es nett, von jemandem zu hören, dass er auch nur ein Mensch und nicht perfekt ist.

»Du solltest vielleicht mal mit Zach Hamilton reden.«

»Ja, ich weiß, das habe ich auch schon. Aber er hat mir schon so viel geholfen, ich möchte ihm nicht dauernd auf den Geist gehen. Der Mann hat schließlich noch ein Leben neben der Uni!«

Diese Feststellung sollte mich eigentlich nicht mehr stören, aber sie tut es. Ich weiß, dass Zach alles für seine Studierenden tut, es sollte mich nicht überraschen, dass ich nicht die einzige Person bin, der er geholfen hat, aber irgendwie komme ich mir nicht mehr so … ja, wie? So … besonders vor? Gott, bin ich vielleicht jämmerlich.

»Also, falls dich das beruhigt, ich finde das Studium auch nicht gerade leicht. Das meiste ist mir zu hoch, um ganz ehrlich zu sein. Aber weißt du was? Ich lass mich davon nicht unterkriegen. Ich halte durch und bestehe die Prüfungen, auch wenn es mir den Rest gibt. Es findet sich immer ein Weg, das zu erreichen, was man will.« Ich schweige kurz. »Entschuldige, das ist nicht besonders hilfreich.«

Craig lächelt. »Doch, das ist es. Und du hast recht. Danke. Vielleicht brauche ich nur mal einen Tritt in den Hintern. Ich muss aufhören, mir einzureden, dass ich es nicht schaffe, und sollte mich darauf konzentrieren, es … einfach durchzuziehen.«

»Hier, bitte«, sage ich und reiche ihm seine heiße Schokolade. Es ist ein gutes Gefühl, dass ich ihn vielleicht ein bisschen motiviert habe. »Ich hoffe, du findest einen Platz.«

Er dreht sich um und sieht in die Runde, dann lacht er. »Ist es immer so ruhig? Ich war noch nie hier.«

Obwohl sonst keiner da ist, senke ich die Stimme. »Ich nenne es immer die tote Zeit. Die meisten Leute gehen schnurstracks nach Hause, und die Studierenden sind schon lange weg, daher ist es eigentlich sinnlos, so spät noch offen zu haben. Aber sag das nicht dem Chef hier.«

Er zwinkert mir zu und bedankt sich für sein Getränk, ich sehe ihm nach, wie er zu einem Ecktisch geht. Er scheint ganz okay zu sein. Vielleicht sollte ich mich bemühen, die Leute in meinem Kurs besser kennenzulernen, statt mich nur auf Zach zu versteifen. Dann denke ich plötzlich an Alison und beschließe, dass es doch besser ist, für mich zu bleiben.

Bei Ladenschluss ist Craig immer noch da, obwohl ich die letzten zehn Minuten mehrmals angedeutet habe, dass wir bald schließen. Er tut mir ein bisschen leid, wie er da so allein sitzt mit seinen Vorlesungsnotizen, einem gezückten Stift und einem Blatt Papier, das die ganze Zeit leer geblieben ist.

Ich lasse ihn deswegen noch etwas in Ruhe und beginne, die Tische abzuwischen.

»Kann ich dir dabei helfen?«, fragt er, um endlich von seiner Hausarbeit loszukommen.

»Nein, Pierre bringt mich um. Ich werde für das hier bezahlt, deshalb sollte ich auch die Arbeit machen.

Wahrscheinlich überwacht er mich von zu Hause gerade per Video.« Ich bin nicht sicher, warum ich das sage, denn wir haben gar keine Videoüberwachung im Laden, aber draußen ist es dunkel, und Craig ist als Einziger hier. Vielleicht ist es mein Instinkt, der mich beschützen will, nach allem, was mir passiert ist.

Craig nickt. »Logo. Kann ich dich mal was Persönliches fragen?«

Mir wird etwas mulmig. Jetzt kommt's. Dieser Typ ist wahrscheinlich genauso ein Schleimer wie Aaron und alle anderen, die ich kennengelernt habe, und hat nur darauf gewartet, mich zu fragen, ob ich mit ihm ausgehe oder so. Sein Lamentieren über das Studium war nur ein Vorwand.

»Was denn?«, frage ich, schon leicht genervt.

»Äh … als ich bei Zach war, hat er angedeutet, dass du genau die Richtige wärst, um über Kurzgeschichten zu reden. Er hat gesagt, dass du eine der besten Noten bekommen hast, die er je vergeben hat. Ich brauche einfach ein paar Tipps, mehr nicht. Wie gesagt, ich glaube, dass ich nicht gerade kreativ bin.«

»Das hat Zach zu dir gesagt?« Ich versuche zu lächeln, aber mein Magen zieht sich zusammen.

»Genau. Er hat mir so viel Zeit gewidmet, und ich glaube irgendwie, dass bei ihm zu Hause gerade eine Menge los ist, aber ich habe gemerkt, dass er schwer beeindruckt von dir ist und denkt, dass du mir helfen könntest.«

Ich bin so begeistert über das indirekte Kompliment von Zach, dass ich nicht mehr viel von dem mitkriege, was Craig sagt. »Ich weiß leider nicht so genau, wie ich dir helfen könnte.«

»Vielleicht einfach nur ein Gespräch oder so etwas – bei Gelegenheit? Falls du irgendwann Zeit hast. Ich geb dir mal meine Nummer.« Er reißt ein Stück Papier von seinem Block und schreibt etwas darauf. »Dann geh ich jetzt mal. Muss in einer Stunde zur Arbeit. Spätschicht bei den Buchmachern.«

Ich sehe ihm nach und merke, dass ich immer noch lächle. Vor allem über das, was Zach gesagt hat, aber auch, weil ich finde, dass Craig vielleicht ein ganz anständiger Typ ist.

• • •

Als ich nach Hause komme, ist es wieder eiskalt in der Wohnung, wie üblich. Ich habe mich an ihren albernen Trick gewöhnt, überall außer in ihrem Zimmer die Heizung abzudrehen, und meistens erwähne ich es gar nicht, aber heute Abend bin ich einfach am Ende meiner Nerven.

Ich stürme auf ihre Tür zu, bleibe jedoch stehen, als ich meinen Namen höre.

»Ich kann sie einfach nicht ausstehen. Sie macht mir eine Gänsehaut. Ich zähle die Tage bis zu den Sommerferien.«

Es entsteht eine Pause, und ich höre nichts mehr, sie ist wohl am Telefon. Ich lehne mich an die Wand neben ihrer Tür und höre weiter zu.

»Sie ist irgendwie gestört oder so. Saugt sich irgendwelche Geschichten aus den Fingern. Ich traue ihr nicht… Aber ich weiß etwas über sie, und sie hat keine Ahnung davon. Etwas, das du nicht glauben würdest… Nein, noch nicht, aber demnächst.«

Sie geht jetzt auf und ab. Ich höre sie schlurfen. »Ich habe keine Ahnung, wie sie es überhaupt an die Uni geschafft hat. Eine Fliege hat mehr Grips als sie. Sie ist einfach nur Abschaum.«

Es wird Zeit, dass ich gehe. Ich muss mir das nicht anhören; nichts davon ist wahr, und ihre Bemerkungen sagen zwar mehr über sie selbst aus als über mich, aber sie tun trotzdem weh.

Ich denke an die Flasche Gin im Wohnzimmer. Sie ruft nach mir, aber ich höre weg. Ich weigere mich, so zu sein, wie mich Alison und alle anderen sehen wollen. Ich gehe stattdessen direkt in mein Zimmer, ohne zu wissen, wie ich den restlichen Abend hinter mich bringen soll.

Mir bleibt nichts als Uni-Arbeit, aber ich bin mit allen Aufgaben auf dem Laufenden. Aus Verzweiflung, um mein Einsamkeitsgefühl zu verdrängen, fange ich an, meine hastigen Mitschriebe aus der Vorlesung abzutippen. Nötig ist das nicht, denn alles, was ich mir notiert habe, ist gut leserlich, aber es hilft mir, die Zeit totzuschlagen, bis ich schlafen gehen kann.

Vanessa lädt mich per SMS zu einer Party bei sich ein, aber ich lösche die Nachricht, ohne zu antworten. Und dann lösche ich gleich auch noch ihre Telefonnummer. Nur falls ich jemals wieder in Versuchung kommen sollte.

Nicht lange danach krieche ich ins Bett. Jeder Zentimeter meines Körpers wehrt sich gegen die Erschöpfung und Einsamkeit. Wie kann das Fernbleiben eines Menschen so eine große Lücke in meinem Leben hinterlassen, obwohl ich ihn doch nur so kurz gekannt habe?

Aber das darf mich nicht fertigmachen. Ich muss mich zusammenreißen.

Ohne zu denken, nehme ich mein Handy und schreibe.

Lass uns mal einen Kaffee trinken.

Craig antwortet innerhalb von Sekunden.

• DREIUNDZWANZIG •

MIA

In der Nacht habe ich nicht schlafen können. Das ist wahrscheinlich verständlich – das Verschwinden des Videos mit Josie Carpenters Foto kam viel zu gelegen, und Alison behauptete voller Überzeugung, dass es Dominic war, der es gelöscht hatte.

»Kennt er denn Ihren Zugangscode?«, hatte ich sie gefragt und natürlich ein Ja erwartet. Es war nachvollziehbar, dass jemand, der so kontrollsüchtig war, sich Zugang zum Handy seiner Partnerin verschaffte, doch Alisons Antwort hatte mich überrascht.

»Nicht dass ich wüsste. Ich habe ihm nie meine PIN verraten. Sonst hätte ich das Foto auf keinen Fall draufgelassen. Niemals. Ich hätte es irgendwo anders gesichert. Aber vielleicht hat er mich mal beim Eintippen beobachtet und sich den Code gemerkt.«

»Und wann haben Sie sich das Video zum letzten Mal angesehen?«, hatte ich versucht, sie zu ertappen, um herauszufinden, ob man ihr trauen konnte, aber nichts, was sie sagte, half mir in irgendeiner Richtung weiter.

»Als ich es Ihnen gezeigt habe«, war ihre Antwort. »Aber das ist doch erst ein paar Tage her. Wie kann es in der Zeit verschwunden sein?«

Ich bat sie, noch einmal gründlich zu suchen, was sie auch tat, aber auf ihrem Handy war weder das Video noch ein Foto von Josie Carpenter, und Alison behauptete weiter steif und fest, dass sie keine Ahnung habe, wie das passiert sein könnte.

»Ich weiß, wie das wirkt«, sagte sie. »Aber Sie haben es doch gesehen, oder? Sie wissen, dass es auf meinem Handy war.«

»Ja, ich habe es gesehen, Alison. Aber jetzt haben wir nichts, was wir zur Polizei bringen können. Wir können da nicht einfach so hingehen und Dominic wegen irgendetwas anzeigen, wofür wir keinerlei Beweise haben.«

Das hat sie absichtlich gemacht, da bin ich mir sicher. Aber warum sollte sie denn nicht zur Polizei gehen wollen? Warum hat sie mir das Foto gezeigt, wenn sie es gar nicht dazu verwenden wollte, Dominic ins Gefängnis zu bringen?

Um mich zu ködern. Damit ich ihr glaube. Sie möchte hier in diesem Haus bei mir sein. Das war von Anfang an ihr Plan.

Das macht mir natürlich Angst, aber es steht zu viel auf dem Spiel, und ich kann mich einfach nicht von meiner Angst überwältigen lassen. Alison ist aus einem bestimmten Grund hier, und den muss ich herausfinden.

Es ist erst halb sechs, aber ich stehe auf, um zu duschen; ich muss mich mental auf die kommenden Tage vorbereiten und will bereit sein, ehe Alison aufwacht.

Aber als ich angezogen bin und nach unten gehe, ist sie schon da und sitzt auf dem Sofa. Sie ist so mit ihrem

Handy beschäftigt, dass sie mich nicht hört, bis ich etwas sage.

»Guten Morgen, Alison.«

Sie erschrickt und lässt das Handy beinahe fallen. »Hi! Ich habe Sie gar nicht gehört. Entschuldigung, ich habe gerade … Dominic hat mir über Nacht eine SMS geschickt. Eine Kontrollnachricht. Er kommt heute Nachmittag zurück … Was passiert wohl, wenn er merkt, dass ich weg bin?«

Ich setze mich neben sie. »Sie müssen aufhören, sich Sorgen zu machen, Alison. Alles wird gut. Wir frühstücken und gehen danach zusammen zur Polizei, ja? Dann kann er Ihnen nichts mehr anhaben.«

Sie verkrampft sichtbar, und ich frage mich, ob ich nicht doch falschliege. Aber sie kann ihre Angst doch nicht gespielt, ihre Verletzungen vorgetäuscht haben? Oder sie hat aus einem anderen Grund Angst, und der hängt damit zusammen, mit der Polizei reden zu müssen …

»Ich habe schon einen Kaffee getrunken und glaube, ich kann jetzt nichts essen«, sagt Alison. »Hoffentlich ist es nicht schlimm, dass ich mich einfach bedient habe, aber es war so früh, und ich wollte Sie nicht wecken.«

Ich kann sie nicht zwingen, zu essen; sie ist eine erwachsene Frau, die, auch wenn sie nicht so wirkt, erstaunlich eigensinnig ist. »Es ist ja immer noch ziemlich früh. Wir können danach etwas essen. Bestimmt geht es Ihnen dann ein wenig besser, nachdem Sie Ihre Aussage gemacht haben.«

Sie nickt und ihr Display leuchtet auf.

»Ist das Dominic?«

»Ja«, sagt sie und überfliegt die Nachricht. »Er sagt, er sei um zwei zurück und ich solle mich auf jeden Fall bis dahin melden.«

Ich bekomme eine Gänsehaut. Auch wenn noch nicht hundertprozentig sicher ist, dass Dominic zu dieser Kategorie gehört, gibt es doch Männer, die Frauen so behandeln. Frauen, die sie angeblich lieben. »Sie schaffen das«, sage ich zu ihr.

»Danke, Mia. Ich weiß wirklich nicht, was ich ohne Sie tun würde. Die Art, wie wir uns kennengelernt haben, tut mir leid, aber ich bin froh, Sie getroffen zu haben.«

Mir geht es nicht so. Sie hat Wunden aufgerissen, die ich schon für geheilt gehalten hatte, sie hat mein Leben in ein stummes, erstickendes Chaos gestürzt. Daher erwidere ich nur: »Ich hole eben meine Jacke, dann können wir gehen.«

Als ich nach kaum zwei Minuten bereit bin, hat sich etwas verändert. Alison geht erregt im Wohnzimmer auf und ab, mit verschränkten Armen. Ich merke, dass sie es sich anders überlegt hat.

»Mia … ich habe nachgedacht«, sagt sie und geht immer noch auf und ab. »Ich finde, dass ich allein zur Polizei gehen sollte.«

Obwohl ich so etwas schon halb befürchtet habe, bin ich enttäuscht. Alles, was sie sagt oder tut, lässt mich an ihrer Aufrichtigkeit zweifeln. Aber sie ist und bleibt meine Klientin, auf eine sehr verdrehte Weise, ich muss sie auch als solche behandeln.

»Sind Sie sicher? Ich würde wirklich gern mitkommen. Zur Unterstützung. Sie könnten das vielleicht nötig haben, wenn Sie dort sind und sich solchen persönlichen Dingen stellen müssen. Glauben Sie nicht, ich könnte eine Hilfe für Sie sein?«

Sie schüttelt den Kopf. »Ich weiß, Sie wären wahrscheinlich eine Hilfe, ich habe schon vermutet, dass es schwierig für mich wird – aber ich halte es so für besser. Ich … komme schon zurecht.«

Ich muss ihre Entscheidung wohl akzeptieren, aber sie liegt falsch, wenn sie glaubt, dass sie mich täuschen kann. Zu viel steht auf dem Spiel. »Okay. Wenn Sie sicher sind. Aber rufen Sie mich an, wenn Sie es sich anders überlegen.«

Sie wirkt erleichtert. Vielleicht hat sie mehr Widerstand von mir erwartet. »Danke, Mia. Sind Sie hier, wenn ich zurückkomme?«

»Natürlich. Ich warte hier auf Sie. Sie haben ja keinen Schlüssel.« Und sie bekommt auch keinen, auf keinen Fall. Ich lasse sie nur ins Haus, wenn ich selbst da bin, mehr kann ich nicht riskieren.

An der Haustür drückt sie mich kurz, und ich stelle fest, dass sich mein Körper dagegen wehrt. Sie muss es bemerkt haben, denn sie lässt mich schnell wieder los.

Ich schließe die Tür hinter ihr und eile ans Fenster. Das Polizeirevier liegt nur fünf Minuten entfernt von hier, und sie geht in die richtige Richtung, durch den Park. Aber das überzeugt mich noch nicht davon, dass sie auch wirklich hineingeht.

Ich habe die Jacke noch an, überprüfe, dass ich den

Hausschlüssel habe, und dann eile ich hinaus. Ich sehe sie, halte aber gut Abstand, falls sie sich umdreht. Möglich, dass sie mich bemerken könnte, aber ich habe eine Ausrede parat: Ich sage, dass ich ihr Wills Nummer geben möchte, falls sie mich aus irgendeinem Grund nicht erreicht.

Doch schnell sind wir schon beim Polizeirevier, und sie hat sich noch kein einziges Mal umgedreht, nicht mal ihr Handy herausgezogen oder in eines der Schaufenster am Weg gesehen.

Und als sie den Hof des Reviers betritt, muss ich zugeben, dass ich immer noch keine Ahnung habe, was ich von ihr halten soll. Kann ich ihr trauen oder nicht? Es fällt mir schwer, mich zu entscheiden.

Vor dem Eingang bleibt Alison stehen und gibt einem Mann den Vortritt, doch dann verschwindet auch sie darin.

Ich habe keinen Plan, wie lange ich hier warten und beobachten will, ob sie gleich wieder herauskommt. Nach einer halben Stunde ist sie jedoch noch nicht wieder aufgetaucht.

Ich rufe Freya an. Ihr aufgeregtes Geplapper lenkt mich etwas ab, obwohl ich die Tür im Auge behalte. »Kann mich Megan hier bei den Großeltern besuchen, Mum?«

»Ich glaube nicht, Süße. Bestimmt wollen Grandma und Grandpa dich ganz für sich haben.«

»Na gut.«

»Aber wir können Megan zu uns einladen, wenn du wieder zu Hause bist. Wie fändest du das?«

Sie quietscht vor Vergnügen, und mir wird ganz warm ums Herz. Meine Tochter so fröhlich zu erleben entschädigt mich für alles, was ich habe durchmachen müssen.

Nachdem ich das Gespräch mit Freya beendet habe, wähle ich Wills Nummer und erkläre ihm, warum ich ihn gestern Abend nicht zum Essen eingeladen habe. »Tut mir leid, aber ich glaube, sie wäre noch überfordert gewesen. Das ist alles ziemlich heftig für sie – bisher hat sie nie die Kraft gehabt, ihn zu verlassen. Gestern Abend wäre zu früh gewesen.«

»Das verstehe ich schon, ich hoffe nur, dass du kein Risiko eingehst. Aber du weißt ja, was ich von der Sache halte, ich will keinen Druck auf dich ausüben.«

Ich starre hinüber zum Polizeirevier, in dem ständig Leute verschwinden. »Wenn dich das beruhigt, wir sind jetzt bei der Polizei. Alison ist drin und sagt aus.«

»Das ist gut. Sehr gut. Es ist das Richtige.« Ich merke, dass seine Stimme entspannter wird. »Das mit gestern verstehe ich, aber könnte ich nicht heute kommen? Wir können uns Essen kommen lassen, damit du nicht schon wieder kochen musst.« Obwohl er ganz unverbindlich klingt, weiß ich, wie sehr er sich wünscht, dass ich zusage. Will kann nicht umhin, den Beschützer zu spielen. Er muss irgendwann mal begreifen, dass ich das nicht brauche.

Ich stimme zu, obwohl ich nicht sagen kann, wie Alison darauf reagieren würde. »Okay, ja. Klingt gut. Ich finde, du solltest sie kennenlernen.« Obwohl Will ja nicht die ganze Geschichte kennt, hilft es mir, seine

Meinung über sie zu hören. Mein Urteil ist so beeinträchtigt von der Sache mit Zach, dass ich mich nicht ganz darauf verlassen kann, obwohl ich sonst meinem Instinkt vertraue.

Will sagt, dass er um sieben kommt, und wir verabschieden uns.

Fast eine Stunde ist inzwischen vergangen, seit Alison hineingegangen ist. Ich beschließe, nach Hause zu gehen. Vorläufig sieht es so aus, als ob sie die Wahrheit gesagt hätte, aber ich weiß, ganz kann ich ihr immer noch nicht trauen.

• • •

Ich stelle sie einander vor und spüre sofort, dass weder Will noch Alison sich in Anwesenheit des jeweils anderen wohlfühlen. Beide sind zwar höflich, aber Will wirkt angespannt und lässt Alisons Hand rasch wieder los. So kenne ich ihn gar nicht.

Ich verstehe sein Unbehagen: Er findet, dass Alison nicht hier sein sollte, hält es nicht für sicher, dass ich eine Fremde bei mir aufgenommen habe. Aber Alison hat eigentlich keinen Grund, Will gegenüber so auf der Hut zu sein.

»Und, Alison, was machen Sie beruflich?«, fragt er, kaum dass wir uns hingesetzt haben. Der Ton seiner Frage lässt mich zusammenzucken; er klingt vorwurfsvoll. Das ist sonst gar nicht Wills Art.

Alison bemerkt es nicht, oder es macht ihr zumindest nichts aus. »Meistens habe ich kurzfristige Jobs. Aber zurzeit mache ich gar nichts. Muss mit verschiedenen

Dingen klarkommen.« Sie wirft mir einen kurzen Blick zu, dann wendet sie sich wieder Will zu.

Bevor er heute Abend herkam, musste ich einige Punkte mit Alison klären. Ich sagte ihr, dass Will nicht im Einzelnen über das informiert sei, was sie mir erzählt habe, nur darüber, dass sie Zach gekannt habe und dass sie hier sei, um vor ihrem Partner zu fliehen.

»Warum haben Sie ihm nicht alles gesagt?«, hatte sie gefragt und mich vorwurfsvoll und ablehnend angesehen. »Er ist doch Ihr Lebensgefährte. Heißt das nicht, dass Sie keine Geheimnisse vor ihm haben sollten?«

»Nein, es bedeutet, dass ich alles tun muss, um ihn davor zu bewahren, verletzt zu werden. Will weiß, was er wissen muss.«

»Okay. Entschuldigen Sie«, hatte sie erwidert, »ich wollte nicht … ich habe mich nur gefragt, wieso.«

Mir blieb keine andere Wahl, als direkt zu sein, egal, wie sie es aufnehmen würde: »Alison, das geht Sie nun wirklich nichts an. Ich versuche nur, Ihnen zu helfen. Das bedeutet nicht, dass Sie sich in mein sonstiges Leben einmischen können.«

»Aber Sie wollen auch wissen, was mit Zach passiert ist! Das ist doch ein Grund, warum ich hier bin.«

»Nein. Ich weiß, was ich wissen muss. Und da es das Foto nicht mehr gibt, Alison, müssen wir uns beide wohl oder übel damit zufriedengeben.«

»Also, ich muss der Wahrheit auf den Grund gehen«, hatte sie gesagt. »Sie kommt am Ende doch immer heraus. Ich will, dass Dominic bestraft wird. Nicht nur, was mich angeht, sondern auch wegen Josie.«

Obwohl sie nicht ausdrücklich zugestimmt hatte, alles für sich zu behalten, hatte ich schließlich das Gefühl, dass sie Will gegenüber nichts erwähnen würde. Sie braucht meine Hilfe, warum sollte sie das gefährden?

Was ich allerdings immer mehr erlebe, ist, dass Alison unberechenbar ist. Als sie vom Polizeirevier zurückkam, hat sie kaum ein Wort gesagt, nur, dass man ihre Aussage aufgenommen habe und nun geplant war, Dominic am Abend zu verhören. Ich führte ihre Verschlossenheit darauf zurück, dass sie von der Sache aufgewühlt war, aber inzwischen habe ich den Eindruck, dass sie sich ein bisschen zu schnell wieder gefasst hat.

Beim Essen wird die Lage nicht besser. Will bombardiert Alison mit Hunderten von Fragen, und selbst als ich ihm unter dem Tisch einen leichten Tritt versetze, hört er nicht auf.

Als er schließlich mal aufsteht, um aufs Klo zu gehen, wendet sich Alison an mich und flüstert: »Er mag mich nicht, oder? Warum? Was habe ich denn gemacht?«

Ich überlege sorgfältig, was ich erwidern soll. »Es ist nicht so, dass Will Sie nicht mag. Ihn beunruhigt einfach die ganze Situation.«

»Und damit meinen Sie, dass ich hier bei Ihnen wohne.«

»Es kam etwas plötzlich für ihn. Er weiß, dass ich meinen Patienten helfe, wo ich kann, aber das hier ist etwas ganz anderes. Keine übliche Vorgehensweise, würde man sagen.«

Sie senkt den Blick. »Die ganze Geschichte ist nicht normal. Ich meine, das mit Dominic. Wer vermutet so etwas schon von seinem Partner?«

Alison scheint vergessen zu haben, mit wem sie spricht. Das ist doch genau das, was ich selbst auch durchgemacht habe, auch wenn Zach schon tot war, als man ihn als Mörder abstempelte.

»Mia, vielleicht würde Will Sie ja besser verstehen, wenn Sie ihm alles erzählen?«, sagt sie. »Vielleicht könnte er uns sogar helfen?«

Alles, was ich dieser Frau sage, scheint auf taube Ohren zu stoßen. Ich habe doch schon betont, dass ich Will abschirmen will, indem ich ihn aus der Sache heraushalte, daher verstehe ich nicht, warum sie mich jetzt noch weiter bedrängt.

»Alison, ich kann schon genau sagen, was Wills Worte sein werden, wenn ich ihm alles erzähle. Er wird mich bedrängen, alles zu melden, und ich weiß, dass Sie das nicht wollen. Er wird sagen, das sollte mir Sorgen machen.« Und die Wahrheit ist, dass das tatsächlich etwas ist, worüber ich mir Gedanken mache. Alison war immerhin dort. Sie könnte tatsächlich irgendwie daran beteiligt gewesen sein.

Sie starrt mich erschrocken an. »Aber ich hatte doch nichts damit zu tun. Sonst wäre ich nicht damit zu Ihnen gekommen, glauben Sie nicht? Das würde er doch einsehen.«

Ich höre, wie sich Will die Hände wäscht. »Wir reden später weiter darüber, okay? Erst mal sollten wir uns mit Ihnen beschäftigen. Sie waren heute bei der Polizei, das ist schon mal gut. Als Nächstes müssen wir eine Bleibe für Sie finden.«

Alison starrt auf ihren Teller, wieder das verschüchterte Mädchen. Die trotzige Person von eben ist verschwunden. »So weit habe ich noch nicht gedacht. Aber das muss ich jetzt wohl. Er wird mich nie in dem Haus bleiben lassen, obwohl jeder von uns eine Hälfte abbezahlt. Er hat aber am Anfang mehr Geld reingesteckt, daher habe ich keine Chance.«

»Ich weiß, was Ihnen bevorsteht, aber Sie schaffen es schon. Ich helfe Ihnen, so gut ich kann. Ein neuer Start wird Ihnen guttun, Alison.« Falls das alles ist, was sie braucht … Sie scheint Probleme zu haben, die weit über Dominics Misshandlungen hinausgehen. Ich muss nur dahinterkommen, was für Probleme das sind. Und dann werde ich genau wissen, was an jenem Abend in der Wohnung los war.

Als Will zurückkommt, wird Alison verschwiegen. »Ich glaube, ich muss früh ins Bett, Mia, wenn Sie nichts dagegen haben. Es war doch ein langer Tag, in mehrerer Hinsicht.« Sie wirft einen Blick auf Will. »Außerdem möchten Sie sicher ein bisschen Zeit miteinander verbringen, deswegen verziehe ich mich mal.«

»Das müssen Sie nicht«, sagt Will, aber er klingt immer noch abweisend.

»Nein, nein, das ist schon in Ordnung«, sagt Alison. »Danke für das gute Essen.« Dabei hat sie ihren Teller kaum angerührt.

• • •

Später im Bett stelle ich Will wegen seiner Feindseligkeit gegenüber Alison zur Rede. Ich spreche leise und direkt in sein Ohr; sie ist im Zimmer gleich nebenan, und ich kann nicht riskieren, dass sie uns hört.

»Ich mag sie nicht«, sagt Will. »Etwas an ihr stimmt nicht. Das ist mir sofort aufgefallen.«

»Ich weiß, was du meinst, aber was kann man erwarten nach allem, was sie durchgemacht hat? Sie misstraut Männern wahrscheinlich, daher ist es nicht überraschend, wenn sie dir gegenüber etwas abweisend war.« Andererseits hat sie Zach vorbehaltlos vertraut, obwohl sie keinen echten Beweis hat, der andeutet, dass er unschuldig war.

Will sieht mich an. »Nein. Es ist mehr als das. Aber ich respektiere, dass du ihr hilfst – ich bewundere dich sogar dafür. Du bist ein besserer Mensch als ich, Mia, denn ich würde sie keinesfalls in meinem Haus aufnehmen.«

»Ich bin nicht besser als du. Vielleicht habe ich nur mehr durchgemacht.« Wenn ich wirklich so ein guter Mensch wäre, hätte ich dann nicht gleich an Zachs Unschuld geglaubt? Ich wollte es ständig, aber etwas in mir hat es nicht zugelassen.

»Versprich mir, dass es nur für ein paar Tage ist«, sagt Will.

»Bestimmt. Aber so gestört sie auch sein mag, sie braucht eine Auszeit.«

Will erwidert nichts, und ich versuche ihn abzulenken, indem ich ihn an mich ziehe, auch wenn es mir gerade schwerfällt, abzuschalten.

Kurz darauf, als Will darauf eingeht und ich alle negativen Gedanken auszublenden versuche, höre ich ein Geräusch an der Schlafzimmertür. Ich versuche, in der Dunkelheit etwas zu erkennen, kann aber nur einen Umriss sehen, der gleich wieder verschwindet.

Alison.

Wie lange hat sie uns beobachtet?

• VIERUNDZWANZIG •

JOSIE

Es ist Frühling geworden, und neue Hoffnung keimt in mir auf. Von Liv oder Richard habe ich nichts mehr gehört. Ich fange an, zu glauben, dass sie mich jetzt tatsächlich in Ruhe lassen. Sinead hält mich regelmäßig über Kieren auf dem Laufenden – in ihrer letzten SMS steht, dass er immer ganz zufrieden aussieht, wenn er aus dem Haus kommt, deswegen bin ich beruhigt.

»Woran denkst du?«, fragt Craig und dreht sich zu mir, um mich anzusehen. Es ist einer der seltenen Apriltage, an denen es warm genug für kurze Ärmel ist, wir verbringen die Mittagspause im Park auf einer Decke und starren in den wolkenlosen Himmel.

»An nichts. Ich genieße einfach den Augenblick.« Ich habe Craig nicht von meiner verkorksten Familie erzählt. Noch nicht. Es ist das erste Mal, dass ich einfach ich selbst sein kann, ohne das Stigma der Geschichte, die ich hinter mir gelassen habe.

Craig lächelt. »Was ich überlegt habe … Meine Eltern kommen am Wochenende her. Ich weiß, es ist eigentlich noch zu früh, aber vielleicht hast du Lust, sie kennenzulernen? Wir sind zwar zurzeit einfach nur Freunde, aber was meinst du?«

Technisch gesehen sind Craig und ich schon ein bisschen mehr als *nur Freunde*, auch wenn wir noch nicht miteinander geschlafen haben. Wir verbringen fast unsere ganze Zeit miteinander, und ich weiß, er würde mich gerne seine Freundin nennen, aber er respektiert meine Grenzen zu sehr, um mich zu drängen. Ich habe ihm klargemacht, dass ich unsere Beziehung noch nicht enger eingrenzen will, weil dann meiner Erfahrung nach alles in die Binsen geht.

»Ja, warum nicht?«, sage ich. »Sie können mich wahrscheinlich nicht ausstehen, aber was soll's?«

»Machst du Witze? Sie finden dich bestimmt toll.«

»Mach dir keine zu großen Hoffnungen. Und ich nehme auch mein Nasenpiercing nicht heraus. Ich möchte mich nicht verstellen.«

Craig lacht. »Das würde ich auch gar nicht wollen. Ich möchte, dass sie sehen, wer du wirklich bist. Weißt du, sie sind ziemlich vorurteilsfrei, Josie. Sie sind cool, und ich weiß, dass du sie nett finden wirst.«

Er kennt meine Erfolgsgeschichte mit Eltern nicht. Schon gar nicht die mit meinen eigenen. »Na, ich versuch mal, mich von meiner besten Seite zu zeigen, nur dir zuliebe.«

Ich setze mich auf, damit ich mein Sandwich essen kann, und da, genau gegenüber, sitzt Zach Hamilton auf einer Parkbank. Er starrt zu uns herüber, wendet aber den Blick ab, als er merkt, dass ich ihn gesehen habe. Ich weiß nicht, wie lange er da schon sitzt, aber ich bin sicher, dass die Parkbank leer war, als wir kamen.

Trotz allem zieht sich mein Magen zusammen. Es ist eine Sache, Zach in den Vorlesungen zu sehen, wo ich darauf vorbereitet bin, aber ihn so zufällig zu entdecken, bringt mich durcheinander. Ich dachte, er hätte es aufgegeben, in den Park zu kommen, um mir nicht über den Weg zu laufen, aber er hat das, was ihn belastet hat, wohl eindeutig überwunden.

Craig hat Zach noch nicht bemerkt und isst seelenruhig weiter. Ich bin froh, dass er meine Gedanken nicht lesen kann, das würde ihn verletzen. Ich versuche mit aller Macht, auszublenden, dass Zach ein paar Meter von uns entfernt sitzt, doch als Craigs Handy klingelt und er durch den Anruf abgelenkt ist, kann ich nicht anders, als Zach zu beobachten. Er macht Notizen; wie weit er wohl mit seinem Buch ist?

Ich habe nicht bemerkt, dass Craigs Gespräch beendet ist, bis er mir mein Sandwich wegreißt und hineinbeißt.

»He! Das wollte ich!« Ich stoße ihn leicht an, und er tut so, als ob er nach hinten kippt und auf den Ellbogen landet.

»Das ist Misshandlung!«

»Ach ja? Jemandem das Essen zu klauen auch!«

Wir lachen beide. Ich spüre, dass uns Zach beobachtet, und als ich einen kurzen Blick in seine Richtung werfe, sehe ich, dass ich recht habe.

»Wollen wir los?«, fragt Craig. »Ich habe in ein paar Minuten ein Seminar.«

Auf dem Weg zur Uni kommen wir direkt an Zachs Bank vorbei, aber ich beachte ihn nicht. Craig allerdings schon, er nickt ihm zu, dann nimmt er meine Hand. Und ich freue mich heimlich darüber.

• • •

»Du glaubst doch wohl nicht, dass dein Freund hier übernachten kann.«

Ich bin gerade erst durch die Tür gekommen, da geht Alison auch schon auf mich los, als ob sie hier gelauert und darauf gewartet hat, dass ich nach Hause komme, obwohl sie ja nicht wissen konnte, wann das sein würde. Es ist während der letzten Wochen schlimmer geworden mit ihr, und sie ergreift jede Gelegenheit, um mir zu demonstrieren, wie sehr sie mich verabscheut. Trotz der Bemerkungen über mich am Telefon habe ich mir Mühe gegeben und, wenn ich es mir leisten konnte, sogar die Küchenfächer mit genug Vorräten für uns beide aufgefüllt, aber nichts hat bis jetzt gefruchtet.

»Erstens sprichst du wahrscheinlich von Craig, aber da liegst du trotzdem ganz falsch.« Sie kann auf keinen Fall Zach meinen, wir haben uns in letzter Zeit kaum auch nur flüchtig unterhalten, was hoffentlich bedeutet, dass sie ihn nicht anzeigen kann. »Er ist nicht mein Freund«, fahre ich fort. »Und zweitens, wenn ich wollte, könnte ich ihn natürlich in meinem Zimmer übernachten lassen. Wann immer er will.«

Ich habe erwartet, dass sie jetzt klein beigibt, nachdem ich sie zurechtgewiesen habe, aber ich vergesse, dass es sich um die neue Alison handelt, die einem die Stirn bietet. Aber irgendwie scheint sie immer noch zu glauben, dass mich etwas verletzen oder auch nur interessieren könnte, was sie sagt.

»Unsinn, du weißt, dass wir niemanden übernachten lassen dürfen. Schau mal in deinen Mietvertrag. Das ist ein Kündigungsgrund.«

Sie sagt das mit solcher Süffisanz, dass ich ihr das selbstgefällige Lächeln aus dem Gesicht klatschen könnte. Doch dann ermahne ich mich, meine Wut in Mitleid umzuwandeln, denn so schwierig mein Leben auch war, ich würde nie mit Alison tauschen wollen.

»Ich habe echt keine Zeit für diesen Quatsch, Alison, und du doch sicher auch nicht.«

»Ach, entschuldige, halte ich dich von deinem nächsten Besäufnis ab? Ich kann mir vorstellen, wie schwer es sein muss, deine Probleme zu haben.«

Ich lasse mich nicht provozieren. »Damit du es weißt, ich habe jetzt seit Wochen keinen Alkohol angerührt. Muss dich leider enttäuschen.«

Als ich mich abwende, erwarte ich eine Erwiderung, aber es folgt nur Schweigen. Und erst viel später wundere ich mich, wie sie überhaupt etwas über Craig wissen konnte. Ich habe ihn nie erwähnt, und er war nie in der Wohnung, wenn sie auch da war.

• • •

Ich hätte es besser wissen sollen, statt zu glauben, dass es gut für mich läuft, dass der Frieden anhält, denn jetzt, als ich das Café schließe, mich umdrehe und Zach hinter mir stehen sehe, bin ich sicher, dass Probleme auf mich warten.

»Können wir reden?«, sagt er. Er sieht gestresst aus, hat dunkle Ringe unter den Augen und sich anscheinend seit Tagen nicht rasiert. Er war immer so ordentlich und gepflegt. Ihn so zu sehen ist ein Schock.

»Ich dachte, wir hätten uns außerhalb der Uni nichts mehr zu sagen?« Ich will ihm nicht zusetzen, aber ich habe seine Psychospielchen satt. Ich weiß, er macht das nicht absichtlich, aber er muss doch wissen, was er mit mir angestellt hat.

»Es ist wichtig, Josie. Sollen wir ein Stück fahren? Ich habe dort drüben geparkt.« Er deutet über die Straße.

»Nein, lieber nicht.« Ich stecke die Schlüssel in meine Tasche. »Ich habe eine Verabredung.« Das ist eine Lüge. Craig arbeitet heute Abend, und mein einziger Plan ist, nach Hause zu gehen und zu schlafen.

»Dann ein kurzer Spaziergang?«

Er klingt so verzweifelt, dass ich nachgebe. »Okay. Fünf Minuten.«

Wie gehen über die Straße und entfernen uns vom Café. Es ist noch hell, obwohl es schon nach sieben ist. »Du bist also jetzt mit Craig zusammen?«, fragt Zach und versucht, unbekümmert zu klingen.

Ich starre auf den Gehweg und weiche seinem Blick aus. »Nein. Doch, so in der Art. Schon möglich. Warum?«

Er zuckt mit den Schultern. »Ich habe euch ein paarmal zusammen gesehen. Behandelt er dich anständig?«

»Was ist denn das für eine Frage? Er ist ein netter Kerl. Um was geht es wirklich, Zach? Was willst du?« Und jetzt sehe ich ihn an, in der Hoffnung, etwas aus seinem Gesicht herauszulesen, denn seine Worte verraten nichts.

Er schüttelt den Kopf. »Ich weiß nicht, Josie, mir fehlen … unsere kleinen Gespräche, nehme ich an. Wie geht es dir? Ich habe mir Sorgen um dich gemacht.«

Wir kommen an einer Bar vorbei, die ich kenne, und ich widerstehe dem Verlangen, hineinzustürzen und etwas zu trinken. »Das war nicht nötig. Ich habe bisher nichts von Liv oder Richard gehört, und soviel ich weiß, geht es Kieren gut. Es läuft also zurzeit ganz okay.« Auch wenn ich sicher bin, dass mich mein altes Leben schon bald wieder einholt. Ich habe es vermieden, an Richard zu denken, aber er wird seinen Cousin nicht im Gefängnis vermodern lassen, wenn er etwas dagegen unternehmen kann. Wieder dränge ich den Gedanken beiseite.

Zach nickt. »Gut, gut. Ich freue mich, das zu hören. Vielleicht sind sie vernünftig geworden und haben erkannt, welchen Ärger sie sich mit ihren Drohungen einhandeln können.«

Ich bleibe stehen und sehe ihn an. »Zach, was ist los? Du benimmst dich echt seltsam.« Und dann lache ich, denn ich rede mit meinem Dozenten wie mit einem Kommilitonen, oder so, als wären wir ein Paar.

Zach wirkt geschockt. »Was ist so komisch?« Er hat sich wohl von meinem Lachen irreführen lassen, denn die Situation ist ja wirklich nicht komisch. Eher sehr traurig.

»Nichts ist komisch. Sag einfach, warum du mit mir reden wolltest.«

»Hab ich doch schon gesagt. Ich mache mir Sorgen um dich.« Er sieht sich um. »Können wir weitergehen?«

»Ja, wenn du endlich redest.«

Aber das tut er nicht, deswegen gehe ich nach einem Augenblick einfach los. Bestimmt kommt er mir gleich hinterher.

»Wie geht es deiner Frau? Und der Kleinen?«

Er lächelt und geht mir nach. »Mia geht es bestens. Und Freya hat eine Menge Temperament.«

Das war's dann wohl. In der Richtung wird sich nichts ändern. »Schön, dass wir kurz plaudern konnten, aber ich muss jetzt wirklich gehen. Wir sehen uns in der Uni.« Ich drehe mich schon weg, doch er packt mich plötzlich am Arm.

»Ich bin eifersüchtig, verstehst du? Verdammt eifersüchtig, Josie, und das macht mich fertig. Ich bin völlig durcheinander. Ich liebe meine Familie, ich liebe meine Frau sehr, warum zum Teufel bin ich eifersüchtig darauf, dass du mit Craig zusammen bist?«

Seine Worte lassen mich verstummen, und auch er scheint davon überrumpelt und schockiert zu sein. Aber es ist nun mal ausgesprochen und kann nicht mehr zurückgenommen werden.

»Ach, Josie, Scheiße. Verzeih mir, ich hätte das nicht sagen dürfen.« Er fasst sich an den Kopf. »Bitte vergiss, was ich gesagt habe.«

Aber das kann ich nicht. Niemals. Denn er hat gerade bestätigt, endgültig, unmissverständlich, dass mein Gefühl mich nicht getäuscht hat. Es war nicht einfach eine kindische Vernarrtheit. Es war echt. Ich bin nicht so ein albernes Mädchen, das sich in seinen Dozenten verliebt hat, ich habe diese Gefühle für Zach empfunden, weil er sie auch hat.

Ein junges Pärchen geht Händchen haltend an uns vorbei, und er senkt die Stimme. »Ich weiß, wie verrückt das ist. Ich liebe meine Frau und würde sie nie verletzen. Aber gleichzeitig habe ich diese … diese Gefühle in mir, die ich doch eigentlich unterdrücken müsste, weil sie gefährlich sind. Für uns alle. Aber ich schaffe es schon, ich kann weitermachen und nicht darauf reagieren, denn das ist das einzig Richtige. O Gott, es tut mir so leid.«

»Hör endlich auf, dich zu entschuldigen. Das hast du mich doch längst wissen lassen, schon an dem Abend in meiner Wohnung.«

Er schüttelt den Kopf. »Aber ich habe es nicht ausgesprochen. Es laut zu sagen macht es wirklich, macht es zu etwas Gefährlichem, und das wollte ich vermeiden. Ganz ehrlich, ich habe auch nicht vorgehabt, es dir jetzt zu sagen. Ich wollte eigentlich nur wissen, wie es dir geht und ob du gut mit Craig auskommst.«

»Ich brauche keinen Schutz, Zach. Ich habe es gut geschafft, mein Leben lang selbst auf mich aufzupassen.«

»Ja, du bist eine harte Nuss, wirklich.« Er tätschelt meinen Arm, um seine Bemerkung abzuschwächen. »Und ich weiß, dass du zurechtkommst, aber das hält mich nicht davon ab, mir Sorgen zu machen. Oder zumindest darüber nachzudenken.«

»Zach, du solltest besser gehen – nach Hause zu deiner Frau und deiner kleinen Tochter. Ich glaube, jetzt ist endlich alles gesagt. Ich versichere dir, dass alles okay ist. Auch mit Craig, er ist ein netter Kerl.«

Sekunden vergehen, bevor Zach wieder etwas sagt. Er sieht mich an, als würde er einen letzten Blick auf mich werfen, als würde er mich nie wiedersehen. »Schön, das zu hören. Ich möchte, dass du glücklich bist.«

»Tschüss, Zach.«

Ich sehe ihm nach und habe das Gefühl, dass mein Innerstes in tausend Stücke zerfetzt wird.

• FÜNFUNDZWANZIG •

MIA

Ich erzähle Will nicht, dass Alison in der Nacht vor unserer Zimmertür stand – es nimmt ihn nur noch mehr gegen sie ein. Und ich kann sie selbst auch nicht damit konfrontieren, denn vielleicht habe ich mir das ja nur eingebildet; ich weiß nicht, was sie im Schilde führt. Auf jeden Fall kann ich ihr nicht trauen, aber ich kann sie auch nicht gehen lassen, ehe ich weiß, warum sie eigentlich hier ist. Ich werde das auf meine Art lösen.

Sie war in ihrer Wohnung, kurz bevor Josie verschwand, es besteht also die Chance, dass Alison etwas darüber weiß, was mit ihr geschehen ist. Und warum ist sie so sicher, dass Zach nichts damit zu tun hatte, als einzigen Beweis hatte sie ja nur dieses Foto, das jetzt verschwunden ist? Ich bin mir nur sicher, dass Alison etwas verheimlicht, habe aber keine Ahnung, wie ich herausfinden soll, was es ist. Ich muss abwarten und sie beobachten. Früher oder später wird sie sich verraten.

Auch heute ist Alison bereits wach und sitzt im Wohnzimmer, als ich nach unten gehe, obwohl es noch nicht einmal sechs Uhr ist. Sie ist mit ihrem Handy beschäftigt, genau wie gestern.

»Ich konnte nicht schlafen«, sagt sie, ehe ich überhaupt etwas sagen kann. »Tut mir leid, dass Sie ertragen müssen, dass ich hier sitze, wenn Sie morgens herunterkommen. Ich bekomme leicht Beklemmungsgefühle und kann nicht zu lange in einem Zimmer bleiben. Es hat nichts mit Ihrem Haus zu tun, denken Sie das bitte nicht, es liegt an mir.«

Ich höre ihre Worte kaum; ich sehe die ganze Zeit ihren Schatten vor der Tür und stelle mir vor, dass sie Wills schweres Atmen gehört hat und was er zu mir gesagt hat. Es ist nicht das erste Mal, dass sie mir einen Schauer über den Rücken jagt.

Falls Alison weiß, dass ich sie an der Tür gesehen habe, lässt sie das nicht durchblicken.

»Ich habe Sie in der Nacht herumgehen hören. Sie haben ja nicht viel Schlaf bekommen«, sage ich.

Sie zuckt mit keiner Miene. »Ja, tut mir leid, wenn ich Sie gestört habe. Ich war ein bisschen unruhig. Es sind die ganzen Veränderungen, die haben mich ein bisschen aus der Bahn geworfen.« Sie blickt an mir vorbei in die Diele. »Ist Will schon nach Hause gegangen?«

»Nein, er schläft noch«, sage ich mit leiser Stimme. »Nur an den Wochenenden kann er mal ausschlafen. Sagen Sie, können wir, bevor er wach wird, mal kurz reden?«

Sie lächelt, ein gezwungenes Lächeln, und als sie antwortet, ist ihre Stimme zu laut. »Klar. Stimmt etwas nicht?«

Wie kann sie das fragen, wenn sie doch weiß, dass nichts stimmt? »Nein, ich wollte nur erzählen, dass ich online ein paar Wohnungen gefunden habe, die für

Sie infrage kommen. Sie liegen nicht in Finchley oder Ealing, weil ich dachte, Sie würden nicht so gern in der Nähe von Dominic bleiben. Und Sie könnten sich auch in einer neuen Gegend ein bisschen von der Vergangenheit distanzieren.«

Sie sieht mich unbewegt an. »Äh, ja, das ist wahrscheinlich das Beste. Ich hatte mir noch gar nicht überlegt, wo ich hinwill. Ich habe sehr lang in Ealing gelebt, bevor wir nach East Finchley gezogen sind, das übrige London kenne ich nicht so gut.« Sie mustert ihre Fingernägel. »Aber Sie haben recht. Es ist wahrscheinlich keine so gute Idee, hier in der Nähe zu bleiben.«

»Also, es gibt zwei Wohnungen in Fulham, und ich habe mir auch welche in Hammersmith und Putney angesehen. Wenn Ihnen eine davon zusagt, komme ich mit zur Besichtigung. Wir könnten heute gleich damit anfangen. Ich glaube, wir finden bestimmt eine!«

Sie zuckt mit den Schultern. »Es bringt wohl nichts, damit zu warten. Okay. Können Sie mir die Links schicken? Ich bin mir sicher, dass Sie etwas Gutes ausgesucht haben.«

Ich nehme mein Handy und sende ihr die Immobilien-Informationen, die ich zusammengestellt habe. Dann warte ich darauf, dass ihr Handy klingelt und eine E-Mail anzeigt. Aber es folgt nur Stille. Ich starre das Handy in ihrer Hand an.

»Oh, ich muss es wohl auf stumm geschaltet haben«, sagt sie. »Das passiert mir immer aus Versehen.« Sie fummelt am Handy herum. »Da sind sie. Danke. Ich sehe mir die Links mal an.«

»Haben Sie noch mal etwas von Dominic gehört?«, frage ich, denn sie war ja mit ihrem Handy zugange.

»Nein, nichts seit gestern Vormittag. Das ist tatsächlich etwas merkwürdig – sein Schweigen macht mich noch unruhiger.«

»Vielleicht hört er ja auf die Polizei und lässt Sie in Frieden?«

»Hmm, möglich. Aber das sieht ihm nicht ähnlich. Er hasst es, Anweisungen zu bekommen. Egal, von wem.«

»Aber ich bin sicher, dass er nicht ins Gefängnis wandern will, Alison.«

»Nein, bestimmt nicht. Auch wenn er eigentlich schon da hineingehört.«

»Sie sollten vielleicht überlegen, Ihre Handynummer zu ändern. Dabei fällt mir etwas ein, worüber ich noch mit Ihnen reden wollte. Es gibt eine Selbsthilfegruppe, die sich immer mittwochs trifft. Ich glaube, es würde Ihnen helfen, da hinzugehen. Sie müssen sich nicht anmelden oder so – einfach nur da sein. Ich komme auch mit, wenn Sie wollen. Die Leiter sind sehr nett, und alle Teilnehmer sind in derselben Situation wie Sie. Sie verstehen, was Sie durchgemacht haben, sie können Ihnen wahrscheinlich noch mehr helfen als ich.«

Sie hat Tränen in den Augen, als sie antwortet. »Ich bezweifle, dass mir jemand besser helfen kann als Sie, aber vielen Dank, Mia. Sie sind so gut zu mir. Ich weiß gar nicht, wie ich Ihnen jemals danken soll.«

Ihre Worte klingen so aufrichtig, dass ich ihr wirklich gern glauben würde. Aber ich darf mich nicht täuschen lassen. »Der einzige Dank, den ich mir wünsche, ist, dass Sie sich von Dominic fernhalten und Ihr Leben wieder in den Griff bekommen. Mehr brauche ich nicht.«

»Ich werde Sie nicht enttäuschen«, sagt Alison. Sie sieht mich einen Moment an, und ich merke, dass sie sorgfältig überlegt, was sie weiter sagen soll. »Sie sind so selbstlos, Mia. Es ist nicht leicht, andere an die erste Stelle zu setzen. Ich schäme mich fast für mich.«

Ihre Wortwahl verblüfft mich. »Schämen? Wieso?«

Sie zögert etwas. »Wegen der Art, wie ich Josie behandelt habe. Verstehen Sie mich nicht falsch, ich habe sie nicht gemobbt – und Sie können mir glauben, dass Josie nicht der Typ war, der sich etwas gefallen ließ –, aber ich war einfach nicht nett zu ihr. Niemals. Vielleicht hätte sich alles anders entwickelt, wenn ich nur ein bisschen freundlicher gewesen wäre.«

Ich bin überrascht, dass sie so offen redet. Ein gutes Zeichen. Sie ist viel gesprächiger geworden und verrät früher oder später vielleicht etwas, das sie eigentlich nicht sagen wollte. »Ich glaube nicht, dass das etwas geändert hätte«, sage ich. »Josie wäre Zach auf jeden Fall begegnet und …«

»Wie schon gesagt, ich habe ihm wirklich abgenommen, was er zu mir gesagt hat. Ich bin mir nicht sicher, ob zwischen den beiden jemals etwas gelaufen ist.«

Ich überlege genau, ob ich nachbohren soll, und finde, dass ich nichts zu verlieren habe. »Haben Sie die beiden denn mal zusammen gesehen?«

»Mia, sind Sie sicher, dass Sie darüber reden wollen? Ich dachte, Sie wollten die Vergangenheit ruhen lassen.«

»Das will ich auch, aber meine Informationen sind so lückenhaft, dass ich sie gern ausgefüllt hätte. Das hilft mir, die Geschehnisse abzuhaken.«

Alison überlegt eine Weile, dann sagt sie: »Natürlich. Wenn Sie sicher sind. Er war noch einmal in der Wohnung. Also, vielleicht sogar öfter, aber ich habe ihn nur einmal dort gesehen, abgesehen von dem Abend, Sie wissen schon ... Beide haben übrigens nicht bemerkt, dass ich da war.«

Die altbekannte Übelkeit steigt in mir auf. »Was haben sie gemacht?«

»Gar nichts Besonderes. Sie haben geredet. Aber ich muss zugeben, dass ich seinen Besuch damals etwas verdächtig fand. Dozenten machen gewöhnlich ja keine Hausbesuche. Andererseits haben schon einige ein freundschaftliches Verhältnis zu ihren Studierenden gehabt. Schließlich waren sie beide erwachsen. Und Zach war ja noch nicht besonders alt.«

»Fünfunddreißig«, sage ich. Aber es war trotzdem unangebracht. Josie war Zachs Studentin, und er hatte die Pflicht, auf Abstand zu achten. *Warum, Zach? Warum hast du alles riskiert, nur für dieses Mädchen?*

Ich habe mich so viele schlaflose Nächte lang mit diesem Gedanken herumgeschlagen, aber nie eine Antwort gefunden. Soweit ich sehen konnte, hatte er alles, was er brauchte, und sogar noch mehr. Aber so einfach ist es eben nicht. Ja, sie war attraktiv, aber Zach stand über solchen Dingen. Was war es nur, das er so faszinierend an ihr fand? Das will ich von Alison erfahren, und dafür habe ich nicht viel Zeit.

»Wie war sie?«, frage ich. »Ich weiß, Sie mochten sie nicht, aber was war sie für ein Mensch?«

Wieder sieht mich Alison mit diesem Blick an, der besagt, dass sie nicht weiß, wie viel sie mir sagen soll. »Sie war … stark, sagen wir mal so. Nichts hat sie umgeworfen; es war, als ob alles einfach an ihr abprallte. Ich weiß, dass sie mit ihrer Familie viel durchgemacht hatte, das hat sie aber wohl nur noch härter gemacht. Sie war stur. Eine Kämpferin.« Sie sieht zu Boden. »Alles, was ich gern gewesen wäre. Immer noch gern wäre.«

Ich sage nichts.

»Ich weiß, was Sie denken. Natürlich fühlte sich Zach von ihr angezogen, von so einer starken Persönlichkeit. Und sie war schön.«

»Ich … ich weiß nicht, was ich denken soll.« Ich stehe auf, gehe zum Fenster und wende Alison den Rücken zu, bemüht, mir die junge Frau nicht vorzustellen, der mein Mann verfallen war. Am liebsten würde ich das Zimmer verlassen.

»Aber sie hatte auch einige Fehler«, fährt Alison fort. »Sie soff wie ein Loch. Und obwohl sie der Welt vormachte, dass ihr ihre schreckliche Mutter egal war, muss es sie innerlich zerrissen haben.«

Ich drehe mich wieder zu ihr um. »Alison, was meinen Sie, was mit ihr passiert ist?«

Sie seufzt. »Wenn ich es nur wüsste. Ich weiß, dass sie tot sein muss, aber ich glaube nicht, dass es Ihr Mann war. Wirklich nicht. Das glauben Sie mir doch? Sie kannten ihn besser als alle anderen.«

Aber wie gut kennen wir andere jemals? »Manchmal können wir einfach nicht wissen, wozu die Menschen wirklich fähig sind.«

»Was ist denn Ihrer Meinung nach passiert?«

Darüber habe ich mir lange den Kopf zerbrochen. »Ich glaube, dass Zach da in etwas hineingeraten ist und es mit der Zeit bereut hat. Vielleicht hat Josie gedroht, mir alles zu erzählen, und er ... hat die Kontrolle verloren. Ihm ist klar geworden, was er verlieren würde.«

»Das ist möglich. Aber es erklärt nicht das Foto von Josie auf Dominics Computer. Ich sage Ihnen, er hat ihr etwas angetan. Ich weiß es.« Sie kaut an einem Nagel herum, was ich sonst noch nie an ihr beobachtet habe. »Ich muss in unser Haus zurück, solange er nicht da ist. Um noch mal seinen Computer zu durchsuchen.«

Es gibt genügend Gründe, warum das überhaupt keine gute Idee ist, aber noch ehe ich etwas sage, weiß ich, dass ich sie kaum davon abhalten kann. »Das dürfen Sie nicht, Alison. Es ist zu riskant. Er weiß jetzt, dass Sie bei der Polizei waren; stellen Sie sich vor, wie er reagieren könnte, wenn er Sie dort vorfindet. Und bedenken Sie noch Folgendes: Er könnte behaupten, dass Sie das Foto selbst auf seinen Computer geladen haben, und dann nimmt die Polizei Sie tatsächlich unter die Lupe. Das ist doch der Hauptgrund, warum Sie verschwiegen haben, dass Sie an jenem Abend in der Wohnung gewesen sind, oder?«

Sie starrt mich an, und ich fühle mich elend. Ich will ihr keine Angst einjagen, aber sie muss sich von dem

Mann fernhalten, und dabei muss ich ihr auf jeden Fall helfen.

»Ich hätte Josie nie etwas antun können«, sagt sie, aber ihre Worte klingen leer. »Das glauben Sie mir doch, oder?«

Tue ich das? Ich weiß nicht, wozu sie fähig ist. »Alison, jetzt ist erst mal vorrangig, Sie in Sicherheit zu bringen und eine Wohnung für Sie zu finden.«

»Sie glauben, dass ich wegen Zach lüge, stimmt's? Deshalb sind Sie nicht so wild darauf, die Sache zu verfolgen. Sie glauben kein Wort von dem, was ich sage!« Ihre Stimme wird lauter, laut genug, um Will zu wecken.

»Bitte sprechen Sie doch leise – ich möchte Will nicht in die Sache hineinziehen.« Ich spreche betont leise, damit sie es auch tun. Und dann erkläre ich ihr erneut, warum ich handfeste Beweise brauche, ehe ich mir Hoffnungen mache. Egal wie oft ich es ihr sage, sie begreift wohl nie, dass ich zu lange an Zachs Schuld geglaubt habe, dass ich mich damit abgefunden habe, dass es selbstzerstörerisch wäre, etwas anderes zu glauben, solange es keinen Beweis gibt. »Die Polizei muss Beweise finden, falls es etwas zu finden gibt, Alison. Nicht wir.«

Sie starrt mich so lang an, dass ich das Gefühl habe, von ihrem Blick durchbohrt zu werden. Schließlich reagiert sie. »Das ist wohl die Therapeutin in Ihnen, die Sie so handeln lässt«, sagt sie. »Sie reagieren nicht mit dem Herzen. Sie lassen Ihre Gefühle von Ihrem Verstand leiten.«

Ich zwinge mich, ruhig zu bleiben. »Sie haben wahrscheinlich recht. Aber an erster Stelle stehen für mich Freya und Will. Ich tue nichts, was ihnen schaden könnte.«

»Wem schaden?«, tönt Wills Stimme in den Raum, als er durch die Tür kommt.

»Wir reden gerade von meinem Partner, Dominic. Es tut mir sehr leid, falls wir Sie geweckt haben!«, sagt Alison und springt ein, ehe ich mir eine Ausrede überlegen kann.

»Ich habe zwar Stimmen gehört, aber keine Sorge, ich musste sowieso aufstehen.« Sein Augenzwinkern bestätigt mir, dass er nicht gehört hat, worüber wir gesprochen haben. »Ich bin am Verhungern. Habt ihr schon gefrühstückt?«

Alison schüttelt den Kopf. »Zu früh für mich.«

»Ich will auch noch nicht«, sage ich. »Muss zuerst noch Papierkram erledigen.«

Will runzelt die Stirn, erwidert jedoch nichts und verschwindet in Richtung Küche. Ich wende mich Alison zu. »Versprechen Sie mir, nicht in Ihr Haus zu gehen?«

Sie nickt. »Er ist heute sowieso ganz sicher da. Samstags verlässt er nie das Haus. Er sieht den ganzen Tag Fußball.«

»Bleiben Sie einfach hier, und machen Sie es sich bequem. Sie könnten hinten im Garten sitzen, da ist es friedlich. Schauen Sie sich die Wohnungen an, die ich weitergeleitet habe, dann können wir heute Nachmittag welche ansehen.«

»Okay«, sagt sie und sieht bereits auf ihr Handy. »Ich hoffe, Sie kommen mit Ihrer Arbeit voran.«

• • •

Will kommt vor dem Mittagessen in mein Büro und legt mir ein Sandwich auf den Tisch. Ich bin so vertieft in meine Arbeit gewesen, dass ich gar nicht bemerkt habe, wie hungrig ich bin. »Ich weiß ja, dass du nichts gefrühstückt hast, daher dachte ich, dass du das vielleicht brauchen kannst«, sagt er. »Und keine Sorge, ich habe Alison auch eines angeboten, aber sie wollte nicht. Sie sitzt im Garten. Ich hab's wenigstens versucht.«

»Was hat sie denn den ganzen Morgen gemacht?«

»In der Sonne gesessen und gelesen, wenn ich mal nachgesehen habe. Sie wirkt … entspannt? Irgendwie überhaupt nicht wie eine misshandelte Frau.«

»Ich weiß. Aber ich habe ihre Blutergüsse gesehen, und die waren eindeutig echt.«

»Hmm. Tja, jeder geht wohl anders mit den Dingen um. Hör mal, ich bemühe mich ja, auf sie zuzugehen – aber ich traue ihr einfach nicht. Ich weiß nicht, was es ist, aber sie hat etwas an sich … keine Ahnung. Ich kann es nicht mal erklären.«

»Will, ich weiß, was du meinst. Als ob sie alles, was sie sagt, zu sorgfältig plant, als ob sie Angst hat, sich zu verplappern.«

»Ja! Genau so wirkt es.«

»Aber ich muss ihr helfen, Will.«

Er seufzt auf. »Das weiß ich. Es gefällt mir nur nicht,

dass du hier allein mit ihr bist, aber ich muss mal kurz weg, ein paar Dinge erledigen. Kommst du zurecht?«

Ich beruhige ihn und sage, dass wir am Nachmittag Wohnungen ansehen gehen.

»Gut. Also, am Abend bin ich zurück. In der Nacht lasse ich dich nicht mit ihr allein.«

Ich ergreife seine Hand. »Danke. Auch wenn ich gut auf mich selbst aufpassen kann.«

»Das weiß ich doch«, sagt er. »Aber hör mal, es ist keine schlechte Sache, sich ab und zu auch mal helfen zu lassen, Mia.«

Nachdem Will gegangen ist, versuche ich meine Gedanken zu ordnen. Ich brauche einen Plan, was mit Alison anzustellen ist. Wenn ich jemals herausfinden will, was sie hier im Haus und in meinem Leben wirklich sucht, muss ich drastische Maßnahmen ergreifen.

• SECHSUNDZWANZIG •

JOSIE

Craig und ich sitzen unter seine Decke gekuschelt auf seinem Bett, weil es hier so kalt ist. Ich habe sogar noch meinen Mantel an, aber das scheint ihn nicht zu stören.

»Scheißheizung«, sagt er und legt den Arm um mich. »Es dauert immer so lange, bis es hier wirklich warm wird. Tut mir leid.«

Aber er muss sich nicht entschuldigen; ich bin viel lieber hier in seiner Wohnung, egal wie kalt es ist, als bei mir zu Hause, wo ich ständig darauf warte, was Alison wohl als Nächstes sagen oder tun könnte. Noch nie hat mich jemand so nervös gemacht wie sie, nicht mal Johnny. Es sind die Stillen, vor denen man sich hüten muss – nicht die mit der großen Klappe, die Scheißkerle wie Johnny oder Richard.

Craigs Eltern sind gerade gegangen. Seine Mutter hat uns das leckerste Essen gekocht, das ich je gegessen habe, und trotz meiner anfänglichen Bedenken hat es mir gut mit ihnen gefallen.

»Du hast recht gehabt mit deinen Eltern«, sage ich zu ihm und kuschle mich tiefer in seinen Arm. »Sie sind wirklich cool. War ein schöner Nachmittag.«

»Du hast Mum gefallen, das habe ich gemerkt. Und

das ist etwas Neues: Sie haben noch nie ein Mädchen gemocht, das ich ihnen vorgesellt habe. Im Ernst. Nie.«

»Wart's ab, sie haben noch viel Zeit, um mich doch noch unangenehm zu finden.« Ich meine das nicht ganz ernst.

Craig zieht mich an sich und küsst mich, und ausnahmsweise lasse ich es zu. Ich bin es so gewohnt, Männer von mir zu stoßen, wenn es so weit gekommen ist, aber jetzt will ich das seltsamerweise nicht tun. Ich möchte, dass es mit ihm klappt.

Trotzdem, je weiter wir gehen, desto schwerer finde ich es, mich darauf zu konzentrieren. Meine Gedanken schwirren umher und sind überall, nur nicht bei Craig.

Craig hört auf und rückt ab. »Alles okay, Josie? Stimmt was nicht?«

Ich nicke und zwinge mich, ihn fester zu küssen, leidenschaftlicher, um zu beweisen, dass ich bei ihm bin. Um auch mir zu beweisen, dass ich etwas fühle. Aber wenn ich die Augen schließe, sehe ich Zach, es ist Zach, mit dem ich zusammen sein will, mein ganzer Körper sehnt sich nach Zach.

Ich erstarre und schiebe Craig fort.

»Es tut mir leid. Ich kann einfach nicht. Ich muss gehen. Entschuldige.«

»Warum? Josie, was ist los? Habe ich was falsch gemacht?«

Aber ich nehme mir nicht die Zeit, ihm zu antworten, denn ich kann ihm nichts sagen, was das alles erklärt oder ihn tröstet. Ich hasse mich mehr als jemals im Leben und renne aus der Wohnung, ohne mich umzusehen.

• • •

Der Heimweg hilft mir nicht dabei, einen klaren Kopf zu bekommen, und dass Craig ständig anruft genauso wenig. Ich hätte nie etwas mit ihm anfangen dürfen, weil ich nicht mit dem Herzen bei der Sache war. Aber Zach kann ich nie bekommen, was bedeutet das also für mich?

Ich will gerade mein Handy ausmachen, als es wieder klingelt, aber diesmal ist es Sinead. Mir bleibt fast das Herz stehen. Bisher hat sie immer nur Nachrichten geschickt; meistens rufe ich sie an, wenn ich genauere Auskünfte darüber haben will, wie es Kieren geht.

»Sinead? Was gibt's? Ist was passiert?«

»Entschuldige, Josie, ich will dir nicht unnötig Angst machen, aber – na ja, ich habe Kieren einige Tage nicht gesehen. Und es sind keine Ferien, Liv sollte ihn also jeden Morgen zur Schule bringen, aber sie ist immer ohne ihn aus dem Haus gekommen.«

Es dauert ein wenig, bis ich begreife, was sie sagt. »Glaubst du also, dass sie ihn allein zu Hause lässt?« Das würde mich nicht überraschen. Und wenn sie das macht, dann habe ich tatsächlich endlich eine Gelegenheit, Kieren dort wegzuholen. Das Sozialamt lässt es keinesfalls zu, dass ein Fünfjähriger so oft allein gelassen wird.

»Ich weiß nicht. Ich weiß nur, dass ich ihn eine Ewigkeit nicht gesehen habe, Liv aber immer weggeht.

Nicht, wenn die Schule anfängt, wahrscheinlich etwas später, so gegen zehn.«

»Sinead, kannst du dich erinnern, wann du ihn das letzte Mal gesehen hast? Wann war das?«

Es folgt eine lange Pause. »Ich bin nicht sicher. Wahrscheinlich, als ich dir letzte Woche geschrieben habe. Das war doch Freitag? Da habe ich gesehen, wie Liv ihn aus der Schule nach Hause gebracht hat, aber seitdem nicht mehr. Ich habe ihn auch nicht gehört, und für gewöhnlich ist er immer mal hinten im Garten, sogar wenn es kalt ist oder regnet.«

Jetzt gerate ich doch in Panik. »Kannst du mal bei ihnen anklopfen? Nachsehen, ob er da ist?«

»Aber was sollte ich denn sagen, Josie? Ich kann doch nicht sagen, dass ich überprüfen will, ob Kieren da ist! Und sie kann mich nicht ausstehen, aus welchem Grund sollte ich denn plötzlich spontan vorbeischauen wollen?«

»Ich weiß nicht! Sag einfach irgendwas!« Ich schreie jetzt praktisch, was Sinead ja nicht verdient hat. Sie hat sich immer um mich gekümmert. »Das ist wichtig, Sinead!«

»Weißt du, Josie, wenn du so besorgt bist, warum rufst du nicht bei der Polizei an? Ich kann da nicht einfach ohne Grund hingehen. Auf keinen Fall. Tut mir leid, Schätzchen. Ich habe dir bisher immer gern geholfen, weil ich weiß, was für ein Miststück sie ist, aber ich kann mich da nicht noch mehr reinziehen lassen.«

»Sinead, bitte –«

Aber sie hat aufgelegt.

Ich starre mein Handy eine Weile fassungslos an, doch dann zwingt mich die Angst um Kieren, etwas zu unternehmen.

• • •

Es ist spät am Abend, als ich Brighton erreiche und zu Livs Haus gehe. Als ich bei Sinead vorbeikomme, versuche ich, nicht böse auf sie zu sein. Ich kann ihr keinen Vorwurf machen, weil sie sich nicht mit Liv anlegen will. Sinead hat mitbekommen, was sie ihrer eigenen Tochter angetan hat, und sie weiß, dass Liv nicht zögern würde, ihrer Nachbarin zu schaden, wenn sie davon überzeugt ist, dass sie es verdient hat.

Das Licht in der Diele von Livs Haus ist an. Ich hole tief Luft, gehe darauf zu und klopfe polternd an die Tür. Ich will erst gar nicht so tun, als ob dies ein freundlicher Besuch wäre.

Innerhalb von Sekunden reißt sie die Tür auf, um denjenigen zu beschimpfen, der solchen Lärm macht. Als sie sieht, dass ich es bin, scheint sie jedoch vergessen zu haben, was sie sagen wollte.

»Was zum Teufel machst du denn hier? Ich hoffe, du bist gekommen, um mir zu sagen, dass du zur Polizei gehst.«

»Lass mich rein«, sage ich. Ich muss erst mal ins Haus, deshalb widerspreche ich ihr nicht. Ich muss sehen, dass es Kieren gut geht, ohne dass sie merkt, dass das der einzige Grund für meinen Besuch ist.

»Wenn du Ärger machen willst, Josie, dann schwöre ich, dass ich – «

»Lass mich einfach rein, Liv, oder ich gehe sofort wieder.«

Sie sieht sich kurz um, bevor sie beiseitetritt, und ich dränge mich an ihr vorbei. Mir springt fast das Herz aus der Brust. Seit Johnnys Attacke habe ich keinen Fuß mehr in das Haus gesetzt.

»Geh ins Wohnzimmer«, sagt sie. Aber sie folgt mir nicht; stattdessen schließt sie seelenruhig die Haustür und fängt dann an, umständlich die Schuhe zurechtzurücken, die sich in einem Haufen an der Wand stapeln. Ich weiß nicht, was sie jetzt für ein Spiel spielt – Liv räumt sonst nie etwas auf.

Noch bevor ich die Wohnzimmertür öffne, weiß ich, dass es eine Falle ist, aber ich gehe trotzdem hinein, weil ich wissen muss, ob es Kieren gut geht. Seine Sicherheit geht vor.

Drinnen sehe ich einen mir nur allzu bekannten Kerl: Er hat sich aufs Sofa geflätzt und sieht fern, ein Bein nachlässig über das andere geschlagen, als ob er hier zu Hause ist. *Richard*. Er zuckt nicht mal mit der Wimper, als er mich sieht, und schaut kaum in meine Richtung.

»Hoffentlich bist du hier, um mir zu sagen, dass du endlich alles in Ordnung bringst«, sagt er, wischt sich mit dem Ärmel über die Nase und nimmt den Blick nicht vom Fernseher.

Ich bleibe unter der Tür stehen. Liv drängt sich rempelnd an mir vorbei und lässt sich neben Richard aufs Sofa fallen. Sie verhalten sich zu vertraut und kuschelig, stelle ich sofort fest.

»Wo ist Kieren?«, frage ich. Ich kann meinen Ärger nicht verbergen. Hier stimmt etwas nicht; sie sind zu selbstsicher.

Liv schnaubt abfällig. »Was kümmert dich das? Geht dich einen Dreck an.«

»Er ist mein Bruder, und ich bin ihm mehr eine Mutter gewesen als du, seit der Sekunde seiner Geburt, deswegen geht es mich sehr wohl etwas an. Wo ist er?«

Richard beugt sich vor und stützt sich mit dem Arm auf Livs Knie. »Du kannst hier nicht einfach aufkreuzen und lauter dämliche Fragen stellen. Sag lieber, was du wegen der Polizei machst? Denn wie ich es sehe, kannst du ihnen jetzt sagen, dass du dich in zwei Dingen getäuscht hast.« Er ist zu gelassen, was mir gar nicht gefällt. Zu gefasst. Sie wissen etwas, was ich nicht weiß.

»Von was redest du? Was ist das Zweite?«

Er beugt sich weiter vor. »Ich hab's gar nicht gern, wenn die Polizei mitten in der Nacht an meine Tür klopft und fragt, ob ich an dem Abend vor ein paar Monaten in London war. In meinen Angelegenheiten rumschnüffelt. Ich hab dir doch schon gesagt, du Miststück, dass ich ein wasserdichtes Alibi habe. Aber du hast es trotzdem versucht!«

Sie haben die Sache also tatsächlich verfolgt. Wenigstens etwas. »Ja, mit deinen jämmerlichen Drohungen kommst du nämlich nicht durch. Ich bin immer noch da, Richard, oder? Hast wohl doch Angst bekommen.« Meine forschen Worte sollen sehr viel innere Angst verdecken. Schließlich kenne ich den Kerl nicht. Wenn er seinem Cousin irgendwie ähnlich ist, ist er schnell dabei, mich zusammenzuschlagen. Und was haben sie bloß mit Kieren gemacht?

»Du hältst dich wohl für einen ganz harten Knochen, was?« Er lacht und Liv lacht mit. Sie benimmt sich wieder so, wie es mit Johnny war, das kann nur eines bedeuten: Die beiden haben was miteinander. »Als Johnny dich halb totgeschlagen hat, da warst du nicht so mutig, oder? Ziemlich zermatscht, wie er gesagt hat. Du bist wohl nicht so robust, wie du glaubst.« Er grinst fies. An jenem Abend im Auto war mir die dicke Narbe unter seinem Auge nicht aufgefallen, aber jetzt ist sie gut zu erkennen. Der Mann kennt sich offensichtlich mit Schlägereien aus.

Ich unterdrücke meine Angst, lasse Richards Worte unbeantwortet und drehe mich zu der Frau, die niemals eine Mutter für mich war. »Sag mir einfach, wo Kieren ist.« Ich versuche ruhig zu bleiben, obwohl ich immer panischer werde.

Liv verzieht das Gesicht und sieht auf einmal zwanzig Jahre älter aus. »Für wen hältst du dich eigentlich? Wenn du Johnny nicht helfen willst, kannst du auf der Stelle verschwinden. Ich habe versucht, dich zu warnen, aber was jetzt mit dir passiert, ist deine eigene Schuld. Raus mit dir, Josie.« Ihre Worte sind nur noch ein Zischen.

»Okay«, sage ich. »Gerne.« Und als sie sich beide wieder dem Fernseher zuwenden, gehe ich hinaus und schließe die Tür. Dann renne ich, immer zwei Stufen auf einmal nehmend, die Treppe hinauf. Ich muss wissen, ob Kieren da ist. Dem, was die beiden dann mit mir anstellen, stelle ich mich später.

Sofort höre ich schwere Tritte hinter mir und Richard, der heraufschreit, ich solle sofort wieder runterkommen. Aber ich höre nicht auf ihn. Ich stoße Kierens Tür auf – auf das Schlimmste gefasst – und erstarre, als ich ihn schlafend im Bett liegen sehe. Der ganze Krach weckt ihn, er setzt sich langsam auf und blinzelt gegen das Flurlicht an. »Jojo?«, sagt er mit schläfriger Stimme. »Du bist gekommen!«

Aber bevor ich ihn fragen kann, wie es ihm geht, packt mich Richard an den Haaren, zerrt mich zurück und stößt mich in Richtung Treppe, so dass ich mit dem Kopf an die Wand knalle. Ich ignoriere den Schmerz. »Warum ist Kieren denn schon im Bett? Warum war er nicht in der Schule?«

Jetzt ist Liv auf der Treppe. Sie blickt mich voller Hass an. »Er ist krank, du dumme Kuh. Jetzt verschwinde – sonst rufe zur Abwechslung mal ich die Polizei.«

»Ich bring sie raus«, sagt Richard, packt meinen Arm und zerrt mich hoch.

Da höre ich Kierens Stimme wieder. Ich drehe mich um und sehe sein Gesicht an der Tür – mehr von ihm kann ich nicht erkennen. »Jojo«, sagt er und seine Augen füllen sich mit Tränen. »Geh nicht weg.«

»Schon gut, Kieren«, sage ich und schüttle Richard ab. »Wir sehen uns bald wieder. Keine Angst, ich komme zurück!«

»Den Teufel wirst du tun«, sagt Richard, als wir unten sind. Er schubst mich zur Haustür. Dann beugt er sich zu mir, um mir etwas ins Ohr zu flüstern. Sein klebriger Atem fühlt sich heiß an. »Ich bring dich um, Josie. Hast du das kapiert? Johnny hätte das gleich machen sollen, aber keine Sorge, ich erledige das schon. Ich muss mir dafür nicht mal die Hände schmutzig machen.«

Und dann stößt er mich noch mal so heftig, dass ich vor der Haustür aufs Pflaster falle und mir beim Aufprall die Hände aufschürfe.

• SIEBENUNDZWANZIG •

MIA

Alison macht alles, was ich möchte: Wir besichtigen mehrere Wohnungen, und sie hinterlegt eine Anzahlung für ein Apartment in Hammersmith. Es steht gerade leer, könnte also theoretisch sofort bezogen werden, doch der Immobilienmakler braucht noch eine Bürgschaft und muss einen Vertrag mit dem Vermieter aufsetzen, daher kann Alison nicht vor Donnerstag einziehen.

Heute ist Montag. Freya will sehr gerne bis dahin bei den Großeltern bleiben. Und ich gewinne dadurch Zeit.

Ich beobachte Alison genau, wann immer ich kann. Mit jedem weiteren Tag wird sie selbstbewusster. Sie ist nicht mehr die verunsicherte, stille Frau, die mich vor Kurzem aufgesucht hat. Soweit ich weiß, hat sie keinen Kontakt zu Dominic gehabt, und sie sieht auch nicht mehr ständig auf ihr Handy. Oberflächlich gesehen scheint sie tatsächlich zu versuchen, ein neues Leben zu beginnen.

Aber es wirkt zu perfekt, zu gestellt. Wenn sie mich und Will in jener Nacht nicht im Schlafzimmer beobachtet hätte, hätte ich vielleicht angefangen, ihr zu trauen.

Ich habe Alison gesagt, dass ich heute noch einen Termin habe, denn jetzt habe ich alles vorbereitet, um sie bei ihren Lügen zu ertappen.

Dominic hat eingewilligt, sich mit mir zu treffen, an einem öffentlichen Ort, darauf habe ich geachtet. Ich möchte nicht allein mit ihm in seinem Haus sein, und ich kann nicht riskieren, dass er merkt, dass Alison bei mir gewohnt hat.

Deswegen bin ich jetzt in einem Café, in der Nähe der Uni. Dominic ist noch nicht aufgetaucht. Ich habe natürlich über die Möglichkeit nachgedacht, dass er gar nicht kommt, aber ich könnte wetten, dass er so dringend etwas von Alison hören will, dass er mich auf jeden Fall trifft.

Mit zwanzig Minuten Verspätung stürzt er herein und sieht sich um, bis er mich entdeckt. »Mia, es tut mir leid.« Er zieht einen Stuhl heran und setzt sich. »Ich hatte ein Meeting, das sich hingezogen hat, und musste dann noch nach Ealing zurück. Danke, dass Sie gewartet haben. Sie sagten, Sie hätten von Alison gehört?«

»Ja, genau. Ich kann Ihnen allerdings auf keinen Fall sagen, wo sie ist.« Gespannt warte ich auf seine Reaktion.

»Was? Warum? Was meinen Sie?«

»Ich habe ihre Blutergüsse gesehen, Dominic. Mit eigenen Augen. Die Verletzungen, die Sie ihr am ganzen Körper beigebracht haben.«

Er beugt sich vor und haut mit den Knöcheln auf den Tisch. »He, Moment mal. Wenn Sie von dem kleinen

Fleck auf ihrem Arm reden: Das war ein Unfall. Sie war hysterisch, und ich habe versucht, sie zu beruhigen. Vielleicht habe ich ihren Arm etwas zu fest angefasst und sie … hat einen blauen Fleck bekommen. Ich würde ihr doch nie absichtlich wehtun!«

»Ich würde es nicht als Fleck beschreiben. Aber ich bin sicher, dass die Polizei schon darüber mit Ihnen geredet hat. Ich bin jedoch nicht nur aus diesem Grund hier.«

»Okay, stop, was reden Sie da? Wieso denn die Polizei?«

»Ach, kommen Sie schon! Ich weiß, dass Alison bei der Polizei war und dass Sie dann Besuch von ein paar Beamten bekommen haben. Es hat keinen Zweck, das abzustreiten.«

Ihm fällt die Kinnlade herunter, und er stolpert über seine eigenen Worte. »Alison war bei der Polizei? Weswegen?«

»Wegen der körperlichen und wahrscheinlich auch seelischen Misshandlungen durch Sie. Wegen allem. Sie wissen alles, Dominic.«

»Körperliche Misshandlungen? Deuten Sie an, dass ich ihr etwas angetan habe? Hat sie Ihnen das erzählt?«

»Sie ist meine Klientin. Darüber kann ich nicht mit Ihnen reden.«

»Mia, hören Sie, ich habe Ihnen doch schon erzählt, dass Alison in einem sehr labilen Zustand ist. Sie braucht Hilfe. Sie ist verhaltensgestört.«

»Das behaupten Sie die ganze Zeit. Natürlich tun Sie das. Vor allem, weil sie nicht da ist und sich nicht verteidigen kann. So verhalten sich Männer wie Sie eben.«

»Das ist doch alles völliger Quatsch! Die Polizei war überhaupt nicht bei mir. Das können Sie doch sicher überprüfen? Ich würde Alison niemals etwas antun – keiner Fliege könnte ich etwas zuleide tun!«

Seine Worte klingen so überzeugt, so unerschütterlich, dass ich an dem, was ich da tue, zu zweifeln beginne. Was, wenn ich alles falsch gesehen habe? Ich habe Schwierigkeiten, ruhig zu atmen. Gleich setzt wieder ein Panikschub ein, wenn ich mich nicht in den Griff bekomme und vernünftig überlege. Ich muss retten, was zu retten ist, ehe es zu spät ist.

»Beweisen Sie es. Beweisen Sie, dass Sie Alison nichts getan haben und dass sie so gestört ist, wie Sie sagen.«

»Das kann ich nicht. Wie sollte ich das denn beweisen? Ihr Wort steht gegen meines!« Er stößt entnervt die Luft aus und lässt den Kopf an die Rücklehne fallen. »Nein, warten Sie. Vielleicht gibt es doch etwas.« Er beugt sich wieder vor und zieht sein Handy aus der Tasche. »Das ist eine SMS, die sie mir am Donnerstag geschickt hat.«

Er streckt mir das Handy hin, und ich nehme es zögernd, denn ich weiß nicht, was ich dort lesen werde. Es ist tatsächlich eine Nachricht von Alison.

Bin ein paar Tage verreist, um allein zu sein. Tut mir leid. Ich brauche einfach etwas Zeit, um mir über einiges klar zu werden. Aber ich liebe dich. Vergiss das nicht.

In der Hoffnung, dass ich mich verlesen habe und der Text doch irgendwie beweisen könnte, dass Alison die Wahrheit gesagt hat, überfliege ich die Nachricht erneut. Wenn sie mich angelogen hat, stellt das alles infrage. Ich wollte ihren Behauptungen in Bezug auf Dominic glauben, Anschuldigungen einer ratlosen Frau in einer gewalttätigen Beziehung. Ob sie wirklich etwas über Zach weiß oder nicht – diese Geschichte über ihren Lebensgefährten hat sie zumindest schon einmal erfunden. Aber warum?

Dominic lässt mir etwas Zeit, dann nimmt er sein Handy zurück. »Ihrem Gesichtsausdruck entnehme ich, dass Sie etwas zu meinen Gunsten erfahren haben. Was hat Sie Ihnen denn genau erzählt?«

Ich sage nicht, dass Alison die letzten paar Tage bei mir war, sondern nur, dass ich sie getroffen habe und dass ich gesehen habe, wie sie zum Polizeirevier ging. Angeblich, um die Misshandlungen anzuzeigen.

»Aber was hat sie dort ausgesagt? Ich schwöre, dass ich nicht angerufen wurde und die Polizei nicht bei mir war.«

Da dämmert es mir, dass ich tatsächlich einfach nicht weiß, was sie dort überhaupt gemacht hat. Ich war nicht dabei und habe sie auch nicht herauskommen sehen. Stechender Schmerz durchfährt mich. Als ich wieder Worte finde, sind sie fast nur ein Flüstern. »Ich weiß nicht, was sie gemacht hat oder ob sie tatsächlich mit der Polizei gesprochen hat.«

Dominic schüttelt den Kopf. »Das sind genau die Dinge, die sie macht, Mia. Das habe ich Ihnen zu sagen versucht. Sie erfindet Geschichten. Lügt, um ihre Spuren zu verwischen, was dann zu weiteren Lügen führt.« Er sieht auf die Uhr. »Hören Sie, können Sie mich kurz wohin begleiten? Ich möchte Ihnen jemanden vorstellen. Es könnte Ihnen helfen, etwas mehr zu verstehen.«

Ich starre ihn an, weiß aber nicht, was ich antworten soll.

»Sie können auch selber fahren, wenn Ihnen das lieber ist. Es ist nicht weit, in Hayes.«

• • •

Alisons Eltern müssten eigentlich um die fünfzig sein, auch wenn sie mindestens zwanzig Jahre älter aussehen. Sie wohnen in einer winzigen Erdgeschosswohnung, die jedoch sauber und gut in Schuss ist.

Dominic hat mich auf dem Weg hierher schon vorbereitet. Mit bedrückter Stimme hat er berichtet, dass sie früher in einem großen Haus in Milton Keynes wohnten, das sie verkaufen mussten, um nach London in die Nähe von Alison zu ziehen. Etwas Besseres hatten sie sich nicht leisten können, sie hatten für den Kauf sogar mehr als die Hälfte ihrer Ersparnisse aufbringen müssen.

»Damals kannte ich Alison noch nicht«, hatte Dominic berichtet. »Es war nicht lange nach der Geschichte mit Zach und Josie und so weiter. Das alles ging Alison sehr nahe, und sie drehte irgendwie durch. Hatte eine Art Zusammenbruch. Aber ihre Eltern können Ihnen mehr davon erzählen.«

Jetzt stehe ich also in der engen Küche, ohne zu wissen, wohin dieses Zusammentreffen führen soll, was ich herausfinden werde oder was es für die Zukunft bedeuten könnte.

»Mein aufrichtiges Beileid für Ihren Verlust«, sagt Camilla Frances. Es war nicht allzu überraschend, als mir Dominic sagte, dass Cummings nicht Alisons richtiger Name sei. Das erklärt, warum ich im Internet nichts über sie finden konnte.

»Warum Cummings?«, hatte ich Dominic gefragt.

Aber er konnte es sich auch nicht erklären. »Sie hat sich wohl einfach einen Namen ausgesucht, aus dem Abspann eines Films oder so. Ihre Gedanken gehen oft verschlungene Wege. Vieles, was sie tut, ist eher vom Zufall bestimmt.«

Mein Verlust, den Camilla angesprochen hat, muss sich auf Zach beziehen, aber für mich ist damit gerade auch das gemeint, was ich noch verlieren könnte. Alles, an das ich geglaubt habe. »Danke«, sage ich.

»Es muss schrecklich für Sie sein. Ich hoffe, die Leute lassen Sie inzwischen in Ruhe.«

Ich nicke und versuche, mein Unbehagen nicht zu zeigen. Wenn ich vorsichtig genug vorgehe, dann erfahre ich hier mehr über Alison, und ich kann es mir nicht leisten, dass mir Camilla oder Anthony misstrauisch gegenüberstehen. »Es war ein langer Weg, aber jetzt hat es nachgelassen. Anfangs wurde ich wegen Zach sehr angefeindet. Mindestens ein Jahr lang, aber die meisten Leute haben wohl eine eher kurze Aufmerksamkeitsspanne.«

Sie nimmt meine Hand. »Ach, da bin ich froh, dass Sie jetzt endlich Ruhe haben.« Sie wendet sich nun endlich an Dominic: »Sag bitte, dass du sie gefunden hast?«

»In gewisser Weise. Sie ist nicht zu Hause, aber ich habe inzwischen von ihr gehört. Es geht ihr gut, macht euch also keine Sorgen.«

Camilla lehnt sich an die Anrichte. »Ich mache mir ständig Sorgen um sie. Das weißt du doch!«

Er geht auf sie zu und nimmt ihre Hand. Ich lasse mich nicht so leicht täuschen, aber es wird schwieriger, zu glauben, dass dieser Mann gewalttätig ist, auch wenn ich aus Erfahrung weiß, dass solche Männer anderen gegenüber äußerst charmant sein können. Alisons Textnachricht scheint jedoch alles zu widerlegen, was sie bisher behauptet hat.

Aber sie ist in die Sache mit Zach und Josie verwickelt. Ich weiß es einfach!

»Ich fände es gut, wenn ihr mit Mia reden würdet. Sie ist Therapeutin, ich glaube, es könnte für uns alle hilfreich sein.« Er sieht mich mit einem entschuldigenden Lächeln an.

Camilla nickt, doch auf dem Gesicht ihres Mannes sehe ich ein Stirnrunzeln. »All diese Gesprächstherapien!«, sagt er. »Sie haben Alison bisher nichts gebracht. Und das, obwohl sie sie seit Jahren mitmacht. Geld war uns immer einerlei, und wir kommen für alles auf, was ihr helfen könnte, aber jetzt haben wir tatsächlich keine großen Reserven mehr.«

Ich sollte nicht darüber verwundert sein, dass Alison bereits einige Therapien hinter sich hat. »Ich will kein Geld dafür«, sage ich zu Anthony. »Ich möchte einfach nur Alison helfen.«

»Ach, hm, danke. Das ist sehr freundlich von Ihnen.«

»Ich glaube wirklich, dass Mia die einzige Person ist, die uns helfen kann«, sagt Dominic. »Vor allem, nachdem sich herausstellt, dass sich Alisons … krankhafte Besessenheit verstärkt hat. Aus irgendeinem Grund.«

»Nenn es nicht so«, sagt Anthony. »Es ist keine Besessenheit. Sie braucht einfach nur ein wenig Hilfe, das ist alles.«

Es ist nicht das erste Mal, seit Alison in mein Leben getreten ist, dass ich ratlos bin; ein Gefühl, das ich hasse. »Worum geht es eigentlich?« Diese Frage richte ich an alle.

»Setzen wir uns doch in den Garten«, schlägt Camilla vor. »Hier drin bekommt man ja keine Luft.«

Wir gehen alle nach draußen, und ich bin für die frische Luft dankbar. Der Garten ist für die kleine Wohnung recht groß und auch genauso frisch gemäht und gepflegt.

Als wir uns gesetzt haben, fängt Camilla an zu reden. »Meine Tochter ist keine schlechte Person, Mia. Bestimmt nicht. Es ist nur so … das, was Josie passiert ist, hat sie irgendwie aus der Bahn geworfen.«

Sie muss mir meine Zweifel ansehen, denn sie fügt noch schnell hinzu: »Ich weiß, dass sie sich nicht nahestanden, aber sie waren ja monatelang in derselben Wohnung, daher hat sich Alison schon irgendwie betroffen gefühlt.«

Verständlich, sage ich, aber nach allem, was Alison über Josie gesagt hat, frage ich mich, ob das zutrifft. Sie hat sie überhaupt nicht leiden können, warum sollte es ihr also etwas ausmachen, Josie nicht mehr zu sehen?

Alison behauptet, dass Dominic etwas mit Josies Verschwinden zu tun hatte, aber das erscheint jetzt auch fraglich. Was hat Alison wirklich vor?

Egal wie sehr ich darüber nachdenke oder was ich herausfinde, ich weiß immer noch nicht, wem ich trauen kann.

»Nach dem Vorfall hat sie ihr Leben nicht mehr auf die Reihe bekommen«, sagt Anthony. »Hat ihr Studium abgebrochen und keinen Abschluss gemacht. Das war der Anfang ihrer Schwierigkeiten. Sie hat einfach kein Ziel mehr gehabt, keine Aufgabe im Leben.«

»Ich glaube, sie hat Josie zu ihrer Aufgabe gemacht«, sagt Dominic. »Das gibt ihr etwas zu tun. Vor allem jetzt, weil sie ja nicht mehr arbeitet.« Er schüttelt den Kopf. »Ich habe versucht, ihr zu helfen, wirklich, aber nichts hilft. Und jetzt behauptet sie, dass ich gewalttätig bin. Warum nur?«

»Weil sie krank ist und Hilfe braucht. Medizinische Behandlung oder so etwas«, sagt Anthony, ehe ich zu einer Antwort komme.

»Ich tue, was ich kann, um ihr zu helfen«, sage ich. »Aber ich brauche dafür mehr Informationen. Wie war sie, bevor sie Josie kennenlernte?«

»Sie war immer begabt«, sagt Camilla, »hat aber nie leicht Freundschaften geschlossen. Das war nicht ihre Stärke. Darüber haben wir uns auch keine Sorgen gemacht, weil sie akademisch so gut vorankam. Wir dachten, ihre Zukunft wäre eigentlich gesichert.«

»Bis sie Josie kennenlernte.« Anthony greift nach der Hand seiner Frau. »Damit hat es angefangen, glaube ich zumindest. Sie hat das Mädchen so gehasst, auch wenn wir nicht erkennen konnten, dass Josie etwas anderes gemacht hätte, als einfach nur ganz anders zu sein als sie.«

Ich kämpfe mit meiner nächsten Frage. »Das hört sich vielleicht schlimm an, aber meinen Sie, Alison war vielleicht eifersüchtig auf Josie?«

Camilla streitet das schnell ab. »Nein, ich glaube nicht, dass das der Grund war. Wirklich nicht. Alison ist so ein hübsches Mädchen. Warum sollte sie auf jemand eifersüchtig sein?«

Da muss ich sie berichtigen. »Bei Eifersucht geht es nicht nur ums Aussehen, es kann mit allem möglichen zusammenhängen. Alles, was Josies Leben anging.«

»Aber das Mädchen hatte doch gar nichts. Der Freund ihrer Mutter hat sie fast totgeschlagen, und ihre Mutter hat nicht eingegriffen. Alison hingegen hätte nicht mehr Liebe erfahren können. Warum sollte sie eifersüchtig auf Josie gewesen sein?«

»Ich weiß es nicht.« Wenn ich es wüsste, dann wüsste ich auch, was Alison für ein Spiel treibt. Aber ich bin immer noch genauso klug wie zuvor.

Ich wende mich an Dominic. »Alison ist erst kürzlich zu mir gekommen, fünf Jahre nach dem Ereignis. Warum denn gerade jetzt?«

Er zuckt mit den Schultern. »Das kann nur sie beantworten. Ich habe versucht, es herauszufinden, aber ich habe keine Ahnung.«

Das Foto! Damit muss es zusammenhängen.

Ich höre noch eine halbe Stunde zu, wie mir Camilla

und Anthony mehr von ihrer Tochter erzählen, aber schließlich weiß ich immer noch nicht mehr darüber, was sie vorhat oder wem ich glauben kann.

»Wir gehen wohl besser langsam«, sagt Dominic schließlich. »Ich muss noch viel für den Unterricht morgen vorbereiten.«

• • •

Wir sitzen im Auto und fahren nach Ealing zurück. »Glauben Sie mir jetzt?«

»Vielleicht, aber etwas muss ich noch herausbekommen. Wenn ich Sie absetze, kann ich kurz mit hineinkommen?«

Dominic sieht mich fragend an. »Okay. Aber wozu? Ich verstecke sie nicht bei mir, falls Sie das glauben.«

»Wenn Sie Alison helfen wollen, dann tun Sie mir den Gefallen.«

Es ist so anders, diesmal in Alisons Haus zu sein. Mein Blickwinkel hat sich verschoben.

»Ich würde Ihnen ja etwas zu trinken anbieten, aber Sie werden bestimmt ablehnen. Sagen Sie mir jetzt, warum Sie mitkommen wollten?«

Ich fühle mich mutiger als gedacht, aber das liegt daran, dass es um so vieles geht. Um Freya. Um Will. Ich muss alles tun, um sie zu schützen. »Ich muss einen Blick auf Ihre Computerdateien werfen, Dominic. Tut mir leid, ich weiß, das ist aufdringlich, aber wenn ich Ihnen sage, warum, hoffe ich, dass Sie es verstehen.«

Er runzelt die Stirn und starrt mich an. Wahrscheinlich ist er von meiner Dreistigkeit schockiert.

»Was wollen Sie denn jetzt mit meinem Computer? Was hat der mit Alison zu tun? Sie hat einen eigenen Laptop und benutzt meinen nie.«

Ich treffe eine sekundenschnelle Entscheidung und hoffe, dass ich es nicht bald bereue. Ich erzähle ihm alles, was Alison mir gesagt hat, von dem Foto, das sie auf seinem PC gefunden hat, und von ihrem Verdacht, dass er in Josies Tod verwickelt war. Ich habe nichts zu verlieren; einer von ihnen lügt, und nur so kann ich herausfinden, wer.

Dominic setzt sich und stützt den Kopf in die Hände. »Ich fasse es nicht, dass sie so etwas behauptet. Sie kann doch nicht im Ernst glauben, dass ich etwas mit der ganzen Sache zu tun hatte ... Warum sagt sie so etwas zu Ihnen?«

»Sie hat gesagt, das Foto sei auf Ihrem PC, Dominic. Und dass Sie es wahrscheinlich von Ihrem Handy runtergeladen haben. Auf dem Video hat man gesehen, wie sie es findet.«

»Deshalb wollen Sie also meine Dateien sehen?« Er springt auf. »Kommen Sie. Ich lasse Sie den Rechner auch selbst einschalten, damit Sie sicher sein können, dass ich nichts manipuliere oder lösche.«

Wir sind oben in seinem Arbeitszimmer, und er hält Wort. Ich schalte den PC ein, während er an der Tür stehen bleibt. »Ich habe kein Passwort«, sagt er. »Ich habe es nie für nötig gehalten – wir wohnen ja allein hier, Alison und ich. Und ich dachte, ich könnte ihr vertrauen.« Er seufzt. »Aber setzen Sie sich lieber – es könnte eine Weile dauern, alles nach dem Foto zu durchsuchen.«

Wie auf dem Video, das Alison von sich gemacht hat, gehe ich jeden Schritt nach und durchsuche Dominics Fotos, finde jedoch nicht einmal ein einziges von Josie. Die Fotos, zwischen denen es abgelegt war, sind jedoch noch da. Das überzeugt mich noch mehr davon, dass ihm das Foto untergeschoben wurde. Dominic hätte ja keinesfalls wissen können, dass ich kommen und seinen PC durchsuchen würde, und warum sollte er es gerade jetzt gelöscht haben, nach all den Jahren? Das muss Alison gewesen sein. Sie hat es draufgeladen, um ihn als Schuldigen dastehen zu lassen. Aber warum?

Während der nächsten halben Stunde scanne ich die anderen Dateien auf Dominics PC, nur um mich zu vergewissern, dass es nicht irgendwo versteckt ist. Es gibt unzählige Unterrichtseinheiten und andere Arbeitsunterlagen, aber nichts, was im Entferntesten persönlich ist.

»Ich benutze ihn nur für die Arbeit«, sagt er, als ob er genau wüsste, was ich denke. Er sitzt auf dem kleinen Sofa in der Ecke seines Arbeitszimmers und beobachtet alles. »Ich bin leider technologiemäßig nicht sehr bewandert. Alison kümmert sich um die Computerdinge. Sie ist tatsächlich ziemlich gut darin.«

»Das Foto ist nicht da«, sage ich. »Ich kann es zumindest nicht finden.«

»Und, glauben Sie mir jetzt endlich?«

»Wenn ich Ihnen und auch Alison helfen soll, muss ich alles erfahren, was Sie von dem Abend wissen, als das mit meinem Mann und Josie passiert ist.«

»Da gibt es nicht viel. Und wie soll das Alison helfen?«

»Sie haben selbst gesagt, dass sie fixiert ist auf das, was mit Josie geschehen ist, und ich glaube auch, dass sie deshalb zu mir gekommen ist. Ich glaube, es ist ein Hilferuf.«

»Warum beschuldigt sie mich dann, Josie etwas angetan zu haben? Und die ganzen anderen Anschuldigungen, ich sei gewalttätig?«

»Weil sie wollte, dass ich ihr zuhöre, und das hat mich ja tatsächlich aufhorchen lassen.«

»Aber Sie sind schließlich Therapeutin. Sie hätten ihr doch auf jeden Fall geholfen, auch ohne diese Geschichten.«

Ich schüttle den Kopf. »Wenn ihre Lage nicht so verzweifelt gewesen wäre, hätte ich sie aus Befangenheitsgründen wahrscheinlich abgewiesen und zu einer anderen Therapeutin geschickt.«

Er überlegt einen Moment. »Klingt plausibel. Alles andere allerdings nicht.«

Aber mir wird allmählich alles klarer.

Alison weiß genau, was mit Josie passiert ist.

• ACHTUNDZWANZIG •

JOSIE

Ich bin fix und fertig, als ich aus Brighton zurückkomme. Ich will nichts lieber als ins Bett kriechen und die Welt ausblenden. Mein ganzer Körper tut weh, aber es fühlt sich eher an wie seelische Schmerzen. Vielleicht ist es die Angst, Kieren nie mehr wiederzusehen. Er ist zu jung, um beim Sozialamt anzugeben, dass er bei mir wohnen will, und ich habe dort auch schon alles versucht. Ich kann ihn höchstens entführen, aber sonst gibt es nichts mehr, was ich versuchen könnte, und das tut am meisten weh. Es ist der schlimmste Schmerz, den ich je gespürt habe. Aber wie üblich tue ich das Einzige, was ich zu tun gewohnt bin: Ich blende es aus. Verdränge es. Denke an nichts und niemanden.

Ich stoße fast einen Schrei aus, als ich in mein Zimmer trete und Alison vorfinde. Sie sitzt auf meinem Bett, in völliger Dunkelheit, bis auf das Leuchten vom Display meines Laptops. Ich kann mich nicht erinnern, ihn angelassen zu haben.

»Was machst du denn hier? Verschwinde, Alison! Raus, sofort!« Es ist mir egal, ob ich unhöflich klinge oder böse oder sonst was. Ich habe genug von der Frau.

»Ich dachte, wir könnten noch mal von vorne anfangen«, sagt sie mit total aufgekratzter Stimme. So habe ich sie noch nie gehört, daher brauche ich einen Moment, bis ich merke, dass sie betrunken ist. »Hier, ich habe uns einen Wein eingeschenkt.«

Auf dem Boden stehen zwei Gläser: eines davon fast leer, das andere noch voll. »Den habe ich für dich besorgt, Josie. Habe auf dich gewartet. Du magst doch Rosé.«

Ich würde es nicht glauben, wenn es nicht direkt vor mir wäre. Die reine, unschuldige Alison ist völlig besoffen. Ich wette, sie ist Alkohol so wenig gewohnt, dass ihr schon der erste Schluck in den Kopf steigt.

»Ich weiß, ich sollte nicht hier sein«, sagt sie. »Tut mir leid. Aber lass uns doch zusammen etwas trinken. Hätten wir schon längst einmal machen sollen.« Sie schwenkt ihr Glas wild herum und ein bisschen Wein schwappt auf meine Decke. »Frieden schließen!«

Ich setze mich zu ihr aufs Bett. »Ich trinke nicht mehr, Alison. Das weißt du doch.«

»Ach, tatsächlich?« Sie nimmt einen Schluck Wein, viel zu viel auf einmal. »Und warum?«

»Du hast mir selbst vorgeworfen, ich hätte ein Alkoholproblem.« Ich sollte mich nicht auf dieses Gespräch mit ihr einlassen, aber ich bin zu fertig, um richtig Widerstand zu leisten.

Sie kichert. »Das habe ich wirklich gesagt? Ja. Hast du ja auch. Tut mir leid, aber das stimmt doch.«

Sie sieht nicht so aus, als ob es ihr leidtut, im Gegenteil. Ich hätte mir denken können, dass ihr Angebot nicht ernst gemeint ist. »Okay, Alison, du gehst jetzt bitte. Dein Zimmer ist direkt nebenan, du hast hier nichts verloren.«

Sie rührt sich nicht von der Stelle. »Warte. Es tut mir leid, okay? Ich hätte das nicht sagen sollen. Dann stelle ich eben mein Glas weg, und wir trinken beide nicht.« Sie beugt sich vor und versucht unbeholfen, ihr Glas auf den Boden zu stellen. Ich nehme es ihr schnell ab, bevor alles auf dem Teppich landet. Die Wohnung ist ja schon abgeranzt genug, aber wenn ich ausziehe, will ich nicht wegen Alison meine Kaution verlieren.

»Lass uns das Thema wechseln«, sagt sie.

Zum ersten Mal im Leben gebe ich nach. »Na gut, aber es ist spät, und ich muss bald schlafen gehen. Ich habe morgen Frühschicht im Café.«

Sie lächelt. Ich habe keine Ahnung, was sie so fröhlich macht. Es ist, als ob der Alkohol sie zu einer anderen Person gemacht hat, nicht nur zu einer lockereren Version von sich selbst.

»Also, heute ist was Interessantes passiert, Josie. Craig war hier, als ich nach Hause kam. Klopfte an die Tür. Oder besser, er hämmerte richtig dagegen.«

Ich erstarre. »Was hat er gesagt? Hast du ihn reingelassen?«

»Klar hab ich ihn reingelassen. Er ist doch dein Freund! Na ja, er war dein Freund, oder? Er sagte, ihr hättet euch irgendwie getrennt, wenn er auch nicht wüsste, warum.«

Es ist mir sehr unangenehm, dass Alison in meinem Privatleben herumschnüffelt, nachdem wir monatelang nicht einmal ein paar Sätze wechseln konnten, ohne uns zu beschimpfen. »Was hast du dann gesagt?«

»Dass ich nicht mal gewusst habe, dass ihr zusammen seid. Das hat ihn etwas gekränkt, aber ich habe gesagt, er soll es nicht persönlich nehmen. So etwas würde eben passieren. Und noch mehr von diesen Plattitüden. Aber er war schon ziemlich unglücklich.«

Trotzdem war es das Richtige, um seinetwillen, sage ich mir. Lieber ein Ende mit Schrecken als ein Schrecken ohne Ende. Das wäre noch viel schlimmer für ihn.

Alison greift nach ihrem Glas. »Er ist wirklich sehr in dich verliebt, oder? Armer Kerl. Aber du findest bestimmt bald einen anderen. Leute wie du tun das ja immer.«

»Was zum Teufel meinst du damit, Alison?«

Sie reißt die Hände hoch. »Das war als Kompliment gemeint. Du bist eine attraktive Frau.« Ihre Worte klingen gezwungen, unnatürlich, und nun bin ich endgültig sicher, dass sie irgendwas Übles im Schilde führt.

»Ich muss jetzt wirklich etwas Schlaf bekommen, gute Nacht, Alison.« Ich nehme die Flasche Wein, die auf meinem Bett liegt, und halte sie ihr hin. »Los.«

Sie richtet sich wankend auf. »War ein nettes Pläuschchen. Müssen wir bald wiederholen. Wieso kriegst du eigentlich nie Familienbesuch?«

Ihr unvermittelte Frage versetzt mir einen Schock, und es dauert kurz, bis ich antworten kann. »Gute Nacht, Alison.«

Sobald sie weg ist, ziehe ich mein Handy heraus. Auf dem Heimweg von Brighton habe ich nicht draufgeguckt, weil ich nicht an Craig denken wollte. Eigentlich an gar nichts. Aber weil ich nun weiß, dass er hier war, muss ich mit ihm reden.

Er geht sofort dran. »Josie, Gott sei Dank. Ich habe den ganzen Tag versucht, dich zu erreichen.«

»Ich weiß. Es tut mir leid. Ich war noch nicht so weit, um reden zu können. Bist du zu mir gekommen, zur Wohnung?«

»Ja. Hast du meine Voicemails nicht bekommen?«

»Ich habe sie nicht abgehört. Tut mir leid.«

»Josie, deine Mitbewohnerin ist sehr merkwürdig. Sie … hör mal, können wir uns treffen und darüber reden?«

»Ich habe einen langen Tag hinter mir, und ich muss unbedingt schlafen, Craig. Ich bin fix und fertig. Aber in Bezug auf Alison hast du recht. Sie ist ziemlich schräg. Ich dachte, ich hätte das schon erwähnt.«

»Hast du auch. Aber im Ernst, das hier war ganz was anderes. Sie hat mir einen Haufen verrücktes Zeug erzählt, echt abgedrehter Kram. Was stimmt nicht mit ihr?«

Seine Worte treffen mich wie ein Faustschlag. »Was … was genau hat sie denn gesagt? Erzähl mir alles.«

»Sie hat so viel über dich zusammengefaselt, und ich weiß, dass das alles Blödsinn ist.«

»Erzähl es mir!« Er hat es nicht verdient, angeschrien zu werden, aber ich kann kaum an mich halten.

»Sie hat gesagt, dass der Freund deiner Mutter dich halb totgeschlagen und dann einfach liegen gelassen hat.«

Das Blut gefriert mir in den Adern. Alison muss davon im Internet gelesen haben. Seit ich in London lebe, habe ich keinem außer Zach davon erzählt, und allein dass jemand davon spricht, fühlt sich wie eine erneute Vergewaltigung an. Ich kann nicht sprechen.

»Josie? Bist du noch da?«

»Ja, ich bin da«, bringe ich schließlich heraus.

»Warum sagt sie so etwas?«

»Weil sie mich hasst, Craig. Und sie ist verrückt.«

»Es tut mir leid, Josie. Ich habe ihr fast geglaubt. Sie klang so überzeugend. Aber dann hat sie noch andere Sachen erzählt, die einfach nicht stimmen.«

Zuerst denke ich, dass Alison die Geschichte mit Aaron erzählt hat und dass ich sie absichtlich auseinandergebracht hätte. Aber was Craig dann sagt, erschüttert mich bis ins Mark.

»Sie hat gesagt, dass du mit Zach Hamilton schläfst.«

• • •

»Was für ein mieses Spielchen spielst du da?« Ich werfe mein Handy nach Alison und treffe sie am Arm. Ich bin eigentlich nicht gewalttätig, aber meine Wut ist unbändig. Diesmal ist sie wirklich zu weit gegangen.

»Lass mich raten. Du hast mit Craig gesprochen, und er hat gesagt, was ich ihm erzählt habe. Aber es stimmt doch alles, oder nicht?«

Es kostet mich Mühe, ruhig zu bleiben. Ich darf jetzt nicht die Kontrolle verlieren. »Du weißt, dass ich dich in ganz schöne Schwierigkeiten bringen könnte, wegen Lügen und übler Nachrede?«

»Könntest du wohl. Wenn es Lügen wären. Aber alles, was ich gesagt habe, stimmt. Geh doch und melde, was du willst und wem du willst. Ein Blick auf deine kranke Affäre wäre tatsächlich eine gute Sache.«

Alison hat gewonnen. Die ganze Zeit hat sie mich fertigmachen wollen, und jetzt hat sie etwas gefunden, das mich endgültig erledigt. Obwohl Zach nichts Unerlaubtes getan hat, würde schon eine Andeutung in dieser Richtung seine Karriere zerstören. Das darf ich nicht zulassen, nicht nach allem, was er für mich getan hat.

Die Wut explodiert in mir, und jetzt verliere ich doch die Kontrolle: Ich tue etwas, das ich von mir nie für möglich gehalten hätte. Ich stürze an Alisons Bett und würge sie. Selbst die Stimme, die von mir kommt, klingt nicht wie meine. »Wenn du irgendetwas tust, das Zach in irgendeiner Weise schadet, dann mache ich es mir zur Aufgabe, deine elende Existenz zu zerstören! Du kannst also wählen, Alison, denn dass du diese Lügen verbreitest, werde ich nicht zulassen!« Und dann gehe ich, höre sie noch röcheln und nach Luft schnappen.

In meinem Zimmer sinke ich auf mein Bett und drücke mein Gesicht ins Kopfkissen, um mein Schluchzen zu dämpfen. Ich bin nicht besser als Johnny oder Richard. Liv hat recht behalten.

• NEUNUNDZWANZIG •

MIA

Ich habe Dominic nicht erzählt, dass Alison bei mir ist; ich will erst mit ihr reden, und ihr die Chance geben, sich zu erklären. Ich bin sicher, dass sie sich auf alle Möglichkeiten vorbereitet hat, aber jeder verdient es, sich verteidigen zu dürfen. Zach hatte das nie. Auch wenn ich jetzt weiß, wie gestört sie ist, habe ich Angst davor, dass ihre Lügen symptomatisch für etwas Gefährlicheres sein könnten.

Aber als ich nach Hause komme, gerüstet für ein schwieriges Gespräch und in der Erwartung, dass alles Mögliche passieren kann, ist das Haus leer. Ich rufe nach Alison, aber es folgt nur Stille. Ich gehe rasch durch alle Zimmer und bin noch nicht beunruhigt; es kann sein, dass sie mal frische Luft schnappen wollte. Doch dann stelle ich fest, dass ihre Taschen nicht mehr im Gästezimmer stehen. Genauer gesagt, alles, was sie mitgebracht hat, ist fort und das Bett säuberlich gemacht, als sei sie nie hier gewesen.

Ein Panikschub deutet sich an; Alison war hier in meinem Haus schon eine gewisse Gefahr – aber ihre Abwesenheit ist ein noch größeres Risiko. Für mich, für Dominic, vielleicht sogar für sie selbst.

Auch wenn ich weiß, dass ich keine Antwort bekommen werde, versuche ich es auf ihrem Handy und hinterlasse eine Nachricht, als der Anrufbeantworter anspringt. »Alison, bitte rufen Sie mich zurück. Was immer passiert ist, wir können darüber reden. Ich bin auf Ihrer Seite. Rufen Sie einfach an.«

Dann versuche ich es bei Will und bin erleichtert, seine Stimme zu hören. »Hast du Alison zufällig gesehen oder von ihr gehört?«

»Äh, nein. Warum? Was ist passiert?«

»Ich war heute Morgen unterwegs. Als ich jetzt gerade zurückkam, war sie weg. Also, auch ihre Sachen sind weg. Alles.«

»Aber das ist doch gut, findest du nicht? Ich hatte schon Angst, dass sie gar nicht mehr geht.«

»Nein, es ist nicht gut. Sie ist … sehr labil. Mehr, als ich dachte.« Aber ich kann nicht erwarten, dass Will das versteht.

»Was genau meinst du damit? Hat sie etwas angestellt?«

Ich sage, dass ich es ihm jetzt aus Zeitgründen nicht erklären kann, verspreche jedoch, dass ich das nachhole, sobald es mir möglich ist.

Aber natürlich gibt er sich nicht so leicht zufrieden. »Bist du sicher, dass sie nicht einfach ausgezogen ist? Du sagtest doch, dass sie was gefunden hat.«

»Die Wohnung ist aber erst ab Donnerstag beziehbar. Und sie hätte sich auch verabschiedet, wenn das der Fall wäre.«

»Die Sache gefällt mir überhaupt nicht, Mia. Ich

komme sofort zu dir. In einer halben Stunde habe ich zwar ein Meeting, aber das lässt sich verschieben.«

»Das ist doch nicht nötig. Ich komme schon zurecht! Sie ist ja nicht mehr hier.«

»Nein, das stimmt schon, aber ich glaube, du musst mir eine Menge erzählen, oder?«

• • •

Seltsam, wie die Dinge plötzlich eine dramatische Wendung nehmen. Wie sorgfältig ausgedachte Pläne und Vorhaben schiefgehen, wenn etwas Unvorhergesehenes passiert. Obwohl ich immer vorhatte, Will mit der Zeit alles über Alison zu sagen, sollte es doch nicht auf diese Weise geschehen! Trotzdem muss er es wissen, und ich kann es nicht mehr für mich behalten.

Wir sitzen im Garten, und die angenehme Wärme und das helle Sonnenlicht machen das Gespräch nicht einfacher.

»Das verstehe ich nicht«, sagt er, nachdem ich alles berichtet habe. Seine Verwirrung kommt nicht besonders überraschend, da ich selbst ja auch erst jetzt begreife, wer Alison wirklich ist. »Willst du behaupten, du glaubst, dass sie Josie umgebracht hat? Dass es gar nicht Zach war?«

Nachdem die Worte ausgesprochen und nicht mehr in mir verborgen sind, ergeben sie sogar noch mehr Sinn. »Ich weiß es nicht sicher, aber ja, genau das glaube ich.«

»Aber warum sollte sie sich dann an dich wenden, um Hilfe zu bekommen? Warum sollte sie behaupten, dass Zach unschuldig ist?«

Diese Fragen hatten mich auch gequält. »Wahrscheinlich um meine Aufmerksamkeit zu bekommen. Andernfalls hätte ich ihr ja nie zugehört. Sie ist schwer gestört, Will. Vielleicht hat sie den Bezug zur Realität verloren und erinnert sich an nichts. Es ist möglich, dass sie Dominic tatsächlich für schuldig hält.«

Will schweigt so lange, dass ich seine Gedanken fast hören kann. Wie er überlegt und das zu verstehen versucht, was eigentlich unmöglich erscheint. »Und diesem Dominic glaubst du? Bist du sicher, dass man ihm trauen kann? Was ist, wenn er in Bezug auf Alison auch lügt?«

Ich sage, dass ich mir zuerst auch nicht sicher war, aber nachdem ich mit Alisons Eltern gesprochen und Dominics Computer durchgesehen habe, bin ich inzwischen überzeugt, dass er ihr nichts getan hat.

»Also gut, wir müssen zur Polizei. Sie finden Alison und bekommen hoffentlich die Wahrheit heraus. Es gibt keinen anderen Weg. Selbst wenn sie jetzt hereinkommen würde, bezweifle ich, dass sie dir sagen würde, was wirklich passiert ist.« Er seufzt. »Ich wusste doch, dass mit ihr etwas nicht stimmt. Ich habe es einfach geahnt. Wenn du mich nur vorher eingeweiht hättest!«

»Aber verstehst du, warum das nicht ging? Sie ist meine Klientin. Ich wollte ihr nur helfen. Und natürlich auch die Wahrheit über Zach herausfinden. Ich dachte, ich wüsste genau Bescheid, dann kommt Alison herein, und es ist, als sei eine Bombe explodiert.«

Will greift nach meiner Hand. »Was auch immer wirklich mit Zach geschehen ist, es ändert nichts an deinem Leben jetzt. Du hast immer noch Freya. Und du hast mich. Dass ich über Zach Bescheid wusste, hat meine Gefühle für dich nie beeinflusst. Es hatte nichts mit dir zu tun. Und wenn er unschuldig ist, dann freut es mich für dich und Freya. Und ich bleibe trotzdem bei dir.«

Ich drücke seine Hand, denn ich bekomme kein Wort heraus.

»Es ist aber immer noch unverständlich, warum sie die ganzen Lügen über ihren Partner erfunden hat. Sie muss gewusst haben, dass du das jederzeit überprüfen kannst.«

»Ich kann mir das nur mit ihrem fortgeschrittenen Realitätsverlust erklären. Ihre Prellungen sahen echt aus, Will. Was hätte ich noch für Beweise gebraucht? Aber wenn ich es jetzt recht überlege, könnten sie auch einfach sorgfältig kosmetisch aufgebracht worden sein. Ich war zu schockiert, um genau hinzusehen, und habe mich ziemlich rasch abgewandt.«

»Komm«, sagt er, »je eher wir zur Polizei gehen, desto besser.«

»Ich muss erst Freya holen, Will. Ich möchte sie bei mir haben, solange ich nicht weiß, warum Alison so auf mich fixiert ist, und wir könnten eine Ewigkeit auf der Polizeistation sein.«

Will starrt einen Moment in den Garten hinein. »Weißt du was, ich hole Freya. Du musst dahin, und ich finde nicht, dass es warten kann.«

• • •

»Mummy! Ich dachte, ich sollte viel länger bei Grandma und Grandpa bleiben!«, ruft Freya und rennt in meine Arme.

Ich fange sie auf und atme den Duft ihres Shampoos ein. Sie ist in Sicherheit. Wir sind endlich alle wieder zusammen und alles wird gut. »Ach, du hast mir so gefehlt, da habe ich Will gebeten, dich nach Hause zu holen.«

»Ich bin auch froh«, sagt sie. »Aber ich glaube, Grandma und Grandpa waren ein bisschen traurig.«

Ich verspreche, dass wir sie bald wieder besuchen, und sie ist beruhigt. Dann läuft sie in den Garten, um zu spielen.

Sobald sie außer Hörweite ist, fragt mich Will, wie es bei der Polizei gelaufen ist.

»Sie nehmen die Sache ernst und haben mir versichert, dass sie sich schnell damit befassen. Aber ich habe schon gemerkt, dass der Beamte, mit dem ich gesprochen habe, nicht ganz überzeugt war.«

»Sie müssen wahrscheinlich vorsichtig sein, bis sie sich auf Beweise stützen können«, sagt Will. »Versuche jetzt erst mal, nicht mehr daran zu denken. Sie hätte alles Mögliche anstellen können, als sie hier war, aber jetzt ist sie fort, und ich glaube kaum, dass sie zurückkommt. Vielleicht hat sie herausgefunden, dass du Dominic aufgesucht hast, und hat Angst bekommen. Deshalb könnte sie verschwunden sein.«

Hoffentlich hat er recht. Nach fünf Jahren muss das alles doch endlich mal vorbei sein.

»Keine Sorge, Mia. Und beschäftige dich nicht so viel damit. Die Polizei sucht jetzt nach ihr. Du hast alles getan, um ihr zu helfen, aber wenn sie keine Hilfe will, kannst du auch nichts mehr tun.«

Zum zweiten Mal in meinem Leben muss ich versuchen, alles auszublenden, was passiert ist, und mich auf das konzentrieren, was wichtig ist: meine Familie um mich herum.

Es funktioniert eine Weile, aber als ich ins Bett gehe und die Augen schließe, sehe ich Alisons Gesicht vor mir. Will ist schon vor zwei Stunden auf dem Sofa eingeschlafen. Ich wollte ihn nicht wecken, aber jetzt wünschte ich doch, er wäre bei mir. Ich habe ganz vergessen, ihm zu sagen, dass Alison uns letzte Nacht beobachtet hat. Das bedaure ich jetzt, denn sie war sicher aus einem bestimmten Grund dort. Wegen mir.

Mein Handy fängt auf dem Nachttisch an zu vibrieren. Ohne hinzusehen weiß ich, dass sie es ist, als hätten meine Gedanken sie herbeigerufen.

Ich sage nichts, sondern höre ihr nur zu. »Ich weiß, dass Sie da sind, Mia. Wir müssen reden, und ich kann mich an niemanden sonst wenden. Können Sie mich treffen?«

Jede Faser meines Körpers schreit Nein, aber automatisch sage ich: »Wo?«

»U-Bahn-Station South Ealing.«

»Alison, Sie sollten wissen, dass ich bei der Polizei war. Sie brauchen professionelle Hilfe.«

Sie geht nicht darauf ein, was das für sie bedeutet. »Ich dachte, Sie wollten mir helfen.«

»Das wollte ich, will ich auch immer noch. Aber Sie müssen anfangen, die Wahrheit zu sagen. Sie begreifen doch, dass Ihr Zustand nicht besser wird, solange Sie das nicht tun?«

Nach einer langen Pause antwortet sie. »Ich weiß. Aber kommen Sie einfach her – allein, bitte. Sagen Sie niemandem, wo ich bin. Irgendwann wird man mich finden, oder? Ich möchte nur zuerst mit Ihnen reden.«

Als ich nichts erwidere, macht sie einen weiteren Versuch, um mich zu überzeugen. »Sonst finden Sie nie heraus, was mit Zach und Josie passiert ist, verstehen Sie? Denn der Polizei werde ich es nicht sagen, die können mich nicht zum Reden bringen. Egal was sie machen, sie können mich nicht zwingen.«

Alison ist gestört genug, um das ernst zu meinen, daher bleibt mir eigentlich keine Wahl. Ich sage, dass ich in zehn Minuten dort sein werde.

Bevor ich gehe, sehe ich noch nach Freya und Will und beobachte die beiden ein paar Minuten. Sie schlafen friedlich. Ich rede mir ein, dass ich das nicht tue, weil ich Angst habe, dass mir etwas passieren könnte, sondern ich sehe sie an, um mir mehr Mut zu machen.

»Es tut mir leid«, flüstere ich in die Luft. »Aber ich brauche Antworten. Ich muss einfach Klarheit bekommen. Für Zach.«

• • •

Alison ist schon an der Station, als ich ankomme. Ich wollte Will nicht durch das Anlassen des Autos wecken, deswegen bin ich zu Fuß gekommen. Sie trägt eine Jeansjacke, schwarze Leggins und leuchtend weiße

Sneakers, die in der Dunkelheit auffallen. Ihr Haar sieht frisch gewaschen aus, und ich frage mich, wo sie wohl war.

Es ist nach Mitternacht, und die U-Bahn-Station ist geschlossen, aber zu meiner Erleichterung sehe ich eine Gruppe junger Männer auf der anderen Straßenseite, sie lehnen an einer Mauer und trinken Bier.

Ich vergeude keine Zeit mit Höflichkeitsfloskeln, als ich bei ihr bin. Die Frau hat mich von Anfang an nur angelogen. »Reden Sie, Alison. Um was geht es?«

Aber sie schüttelt den Kopf. »Nicht hier. Ich muss Ihnen etwas zeigen.«

Ich weiche einen Schritt zurück. »Kommt nicht infrage, dass ich irgendwohin gehe. Wir können hier reden oder gar nicht.«

»Es ist nicht weit von hier. Versprochen. Wenn Sie nicht mitkommen wollen, ist das Ihre Sache. Aber wie ich schon sagte, ich rede nicht mit der Polizei. Eigentlich ist es ja langsam auch egal, oder? Es ist schon so viel Zeit vergangen, ohne dass Sie die Wahrheit kennen, jetzt ist es wohl auch nicht mehr wichtig.« Sie dreht sich um und will gehen.

Meine Gedanken sind in Aufruhr, und ich umklammere mein Handy in meiner Tasche. Ich sollte auf der Stelle die Polizei rufen. Es ist das Sicherste. Aber dann werde ich überhaupt nichts erfahren, denn Alison wird ihr Geheimnis mit ins Grab nehmen, wenn ich ihr nicht nachgebe.

Noch bevor ich einen Entschluss fassen kann, fangen meine Füße wie von selbst an zu gehen, und ich folge

Alison Cummings oder Alison Frances oder wie auch immer sie heißen mag in eine verlassene Straße.

Sie dreht sich kein einziges Mal nach mir um, weiß aber trotzdem, dass ich hinter ihr bin. Meine Schuhe klackern auf dem Pflaster, und das Geräusch hallt durch die Nacht.

Nach ein paar weiteren Straßen weiß ich, wohin sie geht. Sie führt mich zu der Wohnung, die sie mit Josie Carpenter geteilt hat. Die Wohnung, in der Zach starb. Mir bleibt so plötzlich der Atem weg, dass ich mich vornüberbeugen muss.

»Alles in Ordnung?«, fragt sie. »Ich nehme an, Sie wissen, wo wir sind.« Sie nimmt meinen Arm und richtet mich auf. »Sie kommen schon damit klar. Aber wir müssen hineingehen.«

»Ich … ich kann da nicht hinein.«

»Doch, das können Sie. Sie wollen doch Antworten, oder nicht?« Ihre Stimme ist seltsam sanft und beruhigend, als sei sie die Therapeutin und ich die Klientin. Aber ich lasse mich von ihr nicht mehr täuschen. Sie hat die ganze Zeit vorgehabt, mich hierherzulocken.

»Nein«, sage ich wieder, aber sie zieht mich einfach mit sich. Behutsam, aber auch entschlossen und energisch.

»Wie kommen wir überhaupt hinein? Wer wohnt da jetzt?«

Sie zieht einen Schlüsselbund aus der Tasche. »Keiner. Glauben Sie an Zufälle, Mia? Ich habe das nämlich bisher nie. Aber als Sie mir halfen, eine Wohnung zu suchen, sah ich, dass diese zu vermieten ist. Sie haben nicht darauf geachtet, denn sie hat drei Zimmer und liegt in Ealing, aber ich konnte es nicht glauben, als ich sie in der Liste entdeckte. Ich musste sie einfach mieten. Es ist fast so, als ob es Schicksal wäre.«

Wieder fehlen mir die Worte, und ich sehe keine Lösung für die problematische Situation. Wenn ich dort hineingehe, bringe ich mich in Gefahr, aber wenn nicht, bekomme ich niemals die Antworten, die ich brauche.

»Also, kommen Sie?«, fragt sie und geht schon auf die Haustür zu.

Ich versuche die aufsteigende Panik zu unterdrücken, folge ihr und betrete die Wohnung, in der Zach ums Leben kam.

Als Erstes fällt mir der muffige Geruch auf. Er ist mit etwas Raumspray überdeckt, aber immer noch zu bemerken, unterschwellig, wie eine Mahnung an das, was hier geschehen ist. Ein Gespenst, das nicht ruhen kann.

»Ignorieren Sie bitte den Geruch«, sagt Alison. »Die Vermieterin hatte während der letzten fünf Jahre Probleme, die Wohnung zu vermieten, sie stand also die meiste Zeit leer. Die arme Frau konnte ihr Glück nicht fassen, als ich ihr zusagte. Jetzt gehört sie sechs Monate lang mir. Eigentlich auch länger, wenn ich will.«

»Aber warum möchten Sie denn hier wohnen, Alison? Das ist … das ist nicht gut für Sie.«

»Wahrscheinlich schlimmer für Sie als für mich«, sagt sie. »Ich habe hier niemanden verloren, den ich liebte.« Mir läuft ein Schauer über den Rücken. Ich hätte nicht hereinkommen sollen; ich muss raus, ehe es zu spät ist.

»Kommen Sie, setzen Sie sich«, sagt sie. »Dort ist das Wohnzimmer.« Sie deutet auf eine geschlossene Tür, und ich folge ihr.

»Warum bin ich hier, Alison? Was soll das Ganze?«

Sie setzt sich auf ein Sofa und schlägt die Beine übereinander. »Komische Frage, wo Sie doch so viele andere Dinge wissen wollen. Aber ich will trotzdem antworten. Das ist jetzt ja mein Zuhause, und es sieht hier noch genauso aus wie damals, eine typische Studentenbude eben. Damals hat uns das nichts ausgemacht. Es war ja nur eine Übergangslösung.« Ihr Blick durchbohrt mich wie ein Laserstrahl. »Na ja, für Josie wohl nicht.«

Ich stehe noch immer unter der Tür und versuche, die Angst in meiner Stimme zu unterdrücken. Ich muss ruhig bleiben und darf jetzt nichts tun, was Alison gegen mich aufbringen könnte. Wenn ich es klug anstelle, besteht vielleicht eine Chance, dass ich hier wieder heil rauskomme.

»Alison, ich möchte Ihnen wirklich helfen, deswegen denke ich, Sie sollte mir erzählen, was mit Josie passiert ist. Was genau haben Sie mit ihr gemacht?«

• DREISSIG •

JOSIE

Alison ist fort. Ausgezogen, ohne eine Spur davon zu hinterlassen, dass sie jemals hier war. Ich sollte mich freuen – das habe ich ja seit Monaten gewollt –, aber stattdessen spüre ich eine Leere und bin einsamer als jemals vorher in meinem ganzen Leben. Dazu kommen Schuldgefühle, denn ich habe sie ja wohl vertrieben. Ich habe sie angegriffen wie so ein Schlägertyp, der Angst einsetzt, um zu bekommen, was er will. Ich war dermaßen außer mir vor Wut! Ein Wunder, dass ich ihr nichts noch Schlimmeres getan habe.

Sie hat ihren Auszug nicht angekündigt, sondern war an dem Tag nach unserem Streit einfach weg, und ich bemerkte es auch nicht, bis nach meiner Rückkehr vom Dienst im Café. Ich konnte mich nicht mal mehr entschuldigen, obwohl ich mir einbilde, dass ich das gemacht hätte. Dass ich erst fast die Kontrolle verlieren musste, um einzusehen, dass die Dinge zu weit gegangen waren. Aber es spielt wahrscheinlich keine Rolle mehr; sie wollte wohl so weit und so schnell wie möglich von mir wegkommen.

Was macht das aus mir?

Das war vor zwei Monaten. Jeden folgenden Tag wollte ich ihr sagen, wie leid es mir tut, dass ich ihr gedroht habe, auch wenn ich weiß, dass sie mir nicht zuhören würde. Jeden Tag bin ich bereit, die Konsequenzen zu tragen. Wenn sie Zach anzeigt wegen etwas, das er gar nicht gemacht hat, dann haben wir wenigstens die Wahrheit auf unserer Seite. Alle paar Tage versuche ich sie anzurufen, aber natürlich antwortet sie nie.

Es ist fast Sommer, und damit bin ich am Ende meines ersten Studienjahrs. Ich habe es beinahe geschafft und erreicht, was niemand erwartet hätte. Aber nichts nimmt mir die Leere.

Craig hält immer noch Kontakt, und obwohl es etwas unangenehm ist, treffen wir uns gelegentlich, aber wir haben nichts mehr miteinander. Er denkt wahrscheinlich, dass er noch mal knapp davongekommen ist, nachdem ich ihm gegenüber zugab, dass das, was Alison über meine Familie erzählt hatte, stimmt. Natürlich bot er alle mögliche Hilfe an, aber etwas hatte sich verändert. Ich war nicht mehr die starke Persönlichkeit, für die er mich gehalten hatte.

Und dann ist da Zach. Es war eine gute Idee, mich von ihm fernzuhalten, obwohl ich weiß, was er für mich fühlt. Wenn ich eine andere Person wäre, wäre ich ihm nachgelaufen, bei den Gefühlen, die ich für ihn habe, ohne Rücksicht auf seine persönlichen Umstände. Ich weiß, dass es durchaus möglich gewesen wäre, dass er irgendwann nachgegeben hätte, wenn ich hartnäckiger gewesen wäre. Aber das konnte ich ihm nicht antun. Ich habe schon gemerkt, wie sehr es ihn zerriss, ohne dass wir überhaupt irgendetwas gemacht hatten.

Wir haben uns nicht mehr viel zu sagen, aber er lächelt mir immer zu, wenn wir uns auf dem Gang begegnen, und ich gebe mich damit zufrieden. Mit der Zeit wird der Schmerz, den ich jedes Mal in mir verspüre, wenn ich ihn sehe, nachlassen.

Heute habe ich den ganzen Tag gearbeitet – eine Doppelschicht, weil Pierre mich brauchte, als sich Lucia krankgemeldet hatte und er keine andere Aushilfe bekommen konnte. Jetzt lasse ich mich erschöpft aufs Sofa fallen und rolle mich zusammen. Ich schließe die Augen, wie ein Kind, in der Hoffnung, dass alles verschwunden ist, wenn ich sie wieder öffne, aber nein, ich bin immer noch in diesem Loch von einer Wohnung, mit meinem Leben, das um mich zusammenbricht. Und ich bin immer noch Josie Carpenter – das Mädchen, das nur Unheil verbreitet.

Während ich so vor mich hindenke, fällt mein Blick auf die Flasche Gin auf dem Bücherregal. Alison hat sie nie weggestellt und ich auch nicht. Ich war jedes Mal stolz, wenn ich vorbeigehen konnte, ohne nachzugeben.

Aber jetzt ruft sie nach mir. Fordert mich auf, einen kleinen Schluck zu nehmen. Nur ein Glas. Ein Mittel, das Erwachsenen dabei hilft, die Welt auszublenden.

Ich werde schwach und packe die Flasche, gehe zum Sofa zurück und halte sie erst einmal in den Händen. Doch auf einmal ist mir alles egal. Der Gin schmeckt schrecklich, als er mir durch die Kehle rinnt, scharf wie Messerklingen, aber ich mache trotzdem weiter.

Als ich die Flasche ausgetrunken habe, geht es mir besser, ich stöbere in den Schränken und suche nach mehr, obwohl ich weiß, dass ich nichts finden werde. Seit Monaten habe ich keinen Alkohol mehr angerührt, es wird also auch keiner mehr herumstehen.

Um mich abzulenken, nehme ich mein Handy und gehe meine Kontakte durch, bis ich auf ihren Namen stoße. Liv Carpenter. Ich habe keinen Plan; ich weiß nur, dass ich sie fertigmachen will, so wie sie es jahrelang mit mir gemacht hat. Unglaublich, wie besessen man werden kann, wenn man ein paar Gläser getrunken hat.

»Was zum Teufel willst du?«, fragt sie sofort, als sie drangeht.

Ich lache, ehe ich etwas sage. »Dir sagen, dass ich gesiegt habe. Endlich habe ich gesiegt. Du wirst mir nichts mehr tun. Weder du noch Richard.«

»Ach ja? Und wie kommst du darauf?«

»Sagen wir es mal so: Wenn jemand von euch mir zu nahe kommt oder mir etwas anzutun versucht, du oder Richard oder sonst jemand, dann gehe ich auf direktem Weg ins Gefängnis, auf einen Plausch mit Johnny.«

Sie grunzt ins Telefon. »Ha! Einen Plausch mit Johnny. Wieso solltest du? Bestimmt freut er sich mächtig, dich zu sehen.«

»Ja, bestimmt, wenn ich ihm sage, was du gemacht hast.«

Schweigen. Sie weiß genau, auf was ich hinauswill.

»Was ist los, Liv? Zur Abwechslung mal die Stimme verloren?«

»Was genau willst du ihm denn sagen? Komm zum Punkt, verdammt noch mal.«

»Ich weiß über dich und Richard Bescheid.« Tue ich nicht, nicht hundertprozentig, aber das weiß Liv ja nicht.

»Keine Ahnung, wovon du redest.«

»Ich weiß, was ihr zwei treibt, hinter dem Rücken von Johnny. Bestimmt wird er zu gerne hören, dass du mit seinem Cousin zusammenlebst.«

Wieder Schweigen. Länger diesmal. Ich dachte, sie würde es zumindest abstreiten.

»Hör mir gut zu, du kleines Miststück, wenn du ihm jemals etwas sagst, dann werde ich – «

»Das wirst du nicht, Liv, richtig? Weil du nämlich tot in einer Gosse liegen wirst, bevor du mich erwischst. Johnny lässt es sich sicher nicht gefallen, dass seine Frau mit seinem Cousin rumvögelt. Abgesehen von allem anderen habt ihr beide ihn zum Narren gehalten, und ich weiß, dass er sich das nicht gefallen lässt. Ich kann dir garantieren, dass alles, was er dir antut, millionenfach schlimmer sein wird als das, was er mit mir gemacht hat.«

»Da steht aber dein Wort gegen unseres, Josie, und was meinst du, wem er eher glaubt? Der Frau, die er liebt, oder dem kleinen Flittchen, das ihn ins Gefängnis gebracht hat?«

Darauf bin ich gefasst. »Möglich. Aber dann muss ich ihm nur das Foto zeigen, das ich durchs Fenster von euch gemacht habe, und das wird ihn dann ja wohl überzeugen.«

Und als sie dann zu fluchen und zu schreien anfängt, beende ich das Gespräch. Jetzt sollte ich mich gut fühlen – aber irgendwie fühle ich mich noch leerer und einsamer als je zuvor.

Eine Weile bleibe ich sitzen und rede mir ein, dass ich nicht noch mehr brauche, dass ich genug getrunken habe, um mir Erleichterung zu verschaffen. Doch dann habe ich Angst, dass die Wirkung nachlässt und ich wieder in der Wirklichkeit lande. Damit kann ich jetzt auf keinen Fall umgehen.

Ohne nachzudenken hole ich meine Jacke und den Schlüssel und laufe zum Kiosk. Ich bemühe mich sehr, möglichst nüchtern zu wirken. Aber dem Mann hinter dem Ladentisch ist es egal, dass ich offensichtlich besoffen bin; er zuckt nicht mit der Wimper, als ich eine Flasche Gin auf den Ladentisch knalle. Ich würde lieber etwas anders besorgen, egal was, aber so dumm bin ich nicht, dass ich durcheinandertrinke.

Ich reiche ihm eine Zehnpfundnote, und mir fällt das Wechselgeld, das er mir gibt, aus der Hand zu Boden. »Für Sie«, sage ich, weil mir alles egal ist. Er murmelt und flucht vor sich hin, dass er sich jetzt bücken muss, aber auch das ist mir egal.

Zu Hause öffne ich die zweite Flasche, und alles verschwimmt. Stunden vergehen, und ich merke erst, wie spät es ist, weil jemand an die Tür hämmert.

Aus irgendeinem Grund denke ich, dass es Alison ist. Ich renne zur Tür und falle fast auf die Nase, als ich über mein Ladekabel stolpere.

Aber als ich die Tür aufreiße, steht nicht Alison vor mir.

• EINUNDDREISSIG •

MIA

»Josie war sich selbst ihre ärgste Feindin«, beginnt Alison das Gespräch.

Sie geht ans Fenster und starrt hinaus, dann zieht sie die Jalousien herunter. »Sie hat ja versucht, stark zu sein und alles auf die Reihe zu kriegen, aber letzten Endes war sie doch … schwach. Das hat sie nur nicht begriffen. Im Gegenteil, sie hat sich sogar für unbesiegbar gehalten. Hart wie Stahl.«

Ich wollte eigentlich nie Genaueres über Josie hören, aber jetzt flehe ich stumm, dass Alison weiterredet. Ich muss alles wissen, was passiert ist. Sie erzählt mir das aus einem bestimmten Grund, und ich bezweifle nicht, dass sie alles genau geplant hat, bis ins kleinste Detail, aber ich werde schon damit fertig werden. Inzwischen überschattet mein verzweifeltes Verlangen nach der Wahrheit alles andere.

Vom Sofa aus sehe ich mich im Zimmer um. Hier ist so weit nichts, womit sie mir etwas antun könnte, sie hat keine größeren Taschen an ihren Klamotten, und ich bin mir eigentlich auch sicher, dass ich stärker bin als sie. Falls es zu einem Kampf kommt.

»Waren Sie eifersüchtig?«, wende ich mich an Alison. Es ist mir inzwischen egal, ob meine Worte sie verletzen. Es spielt keine Rolle mehr.

Sie überlegt einen Moment. »Vielleicht.«

Ich dachte, sie würde es abstreiten, aber jetzt endlich erzählt Alison etwas, das tatsächlich ein Körnchen Wahrheit enthalten könnte. »Warum? So wie ich das sehe, hatten Sie viel mehr, als Josie jemals hatte. Vor allem: Ihre Eltern lieben Sie. Das kannte Josie nicht.« Ich würde gern aufstehen, habe aber zu viel Angst, mich zu bewegen. Alison, die immer noch am Fenster steht, hat die stärkere Position.

»Sie haben mich nicht ausreden lassen. Ich glaube, ich war anfangs ein bisschen eifersüchtig auf sie. Bis ich sie richtig kannte. Zunächst sah ich nur das schöne, selbstsichere Mädchen, das nie ein Problem haben würde, sich Männer zu schnappen. Sie war total anders als ich. Ich hatte eigentlich nie einen Freund.«

Ich starre Alisons Gesicht an, während sie redet. Sie ist ein attraktives Mädchen, ihre Probleme mit Männern mussten etwas mit ihrem psychischen Zustand zu tun haben.

»Ich wollte sie wirklich mögen«, fährt Alison fort. »Ich habe es versucht, aber alles an ihr ging mir irgendwie gegen den Strich. Wahrscheinlich war es umgekehrt genauso. Aber das spielt alles keine Rolle mehr. Wie gesagt, sie war eine Frau, die so ungefähr jeden haben konnte. Sogar einen Uni-Dozenten. Wie viele Frauen können schon behaupten, dass jemand seine Karriere für sie aufs Spiel gesetzt hat?«

Jetzt verliere ich doch den Boden unter den Füßen.

»Ich wusste doch, dass Sie gelogen haben, als Sie sagten, dass Zach nichts mit ihr gehabt hat. Alles, was Sie mir von unserem ersten Zusammentreffen an gesagt haben, war erfunden, nicht wahr?«

Sie kommt auf mich zu. »Wir kommen noch zu den Lügen, Mia, aber um Ihre Frage zu beantworten: Ich war nicht mit den beiden im Zimmer. Ich kann nicht sagen, ob sie miteinander geschlafen haben, aber das heißt nicht, dass er das nicht wollte, dass er nicht in Versuchung war.«

Alisons Worte treffen mich wie Felsbrocken. »Sie haben an dem Abend gar nicht mit ihm gesprochen, oder?«

»Doch, Mia, aber Sie greifen vor.« Sie sieht auf ihre Armbanduhr. »Wenn ich das hier mache, dann in meinem Tempo. Wir haben ja die ganze Nacht, nicht? Sie wollten doch nicht noch irgendwohin?«

Ich antworte nicht, ich beruhige mich nur, indem ich das kalte, harte Metall meines Handys umklammere, das noch in meiner Tasche ist.

»Das Dumme ist nur, dass ich mit der ganzen Sache hier ein Problem habe, Alison. Mit allem, was Sie sagen. Sie haben mich so oft angelogen, warum sollte ich Ihnen jetzt auf einmal glauben?«

»Das müssen Sie ja nicht, es liegt ganz bei Ihnen. Und es spielt übrigens keine Rolle, was Sie glauben. Entscheidend ist eher, was *ich* glaube.«

Die Frau ist völlig verrückt, und ich war dumm genug, hierherzukommen und zu glauben, dass ich etwas Vernünftiges von ihr höre. Wie konnte ich Ehrlichkeit erwarten, bei ihrer Vorgeschichte? »Dominic hat Sie überhaupt nicht misshandelt, stimmt's? Und Sie haben das Foto von Josie auch selbst auf seinen Computer geschmuggelt!«

»Darauf zu kommen war ja wohl nicht schwer. Ja, das war ein Foto von Josie, das ich auf meinem Handy hatte.«

»Aber woher hatten Sie es? Es hat wie ein Selfie ausgesehen, sie muss es Ihnen geschickt haben.«

»Stimmt. Aus Versehen. Ich weiß nicht, an wen es gehen sollte, aber bestimmt nicht an mich. Außer sie wollte mich mal wieder fertigmachen. So sind die Wege ihrer Gedanken.«

»Und hat sie das am Abend ihres Todes geschickt?«

Alison nickt und setzt sich neben mich. Ich muss mich beherrschen, um nicht aufzuspringen.

»Ja«, sagt sie. »Das ist einer der Gründe, warum ich herkam. Ich hatte sie monatelang nicht gesehen, nicht mal an der Uni. Na ja, doch, ein paarmal im Vorbeigehen, da habe ich mich aber immer versteckt, damit sie mich nicht sah. Ich war so wütend auf sie. Die ganzen Monate unseres Zusammenlebens und der Streitereien forderten ihren Tribut, und ich wollte einfach ... ein Ende. Ich war an dem Abend in der Uni-Bibliothek zum Lernen, als sie mir das Foto schickte. Es war spät, und ich glaubte, dass sie betrunken war – wie üblich. Ich war so wütend, dass ich sie einfach fertigmachen wollte. Das hatte ich schon mal versucht, ehrlich gesagt ziemlich oft, aber es gelang mir nie so recht. Ich war immer die Schwächere. Das hat Josie mit mir gemacht, sie hat mir die Kraft genommen. Hat es geschafft, dass ich mir total nutzlos vorkam, auch wenn ich in Wirklichkeit im Studium viel besser war.«

Ich merke mir ihre Worte genau, falls ich sie als Beweismittel benötige.

»Dann haben Sie Zach also angelogen, als Sie sagten, Sie wollten nach Ihrem Armband suchen?«

»Ja, das war eine Lüge. Es gibt kein Armband. Es war die einfachste Ausrede vor Zach. Aber das ist nicht wichtig, Mia.«

Sie hat recht. Das ist nur eine kleine Lüge in einen Wald von Hunderten. »Warum sind Sie dann schließlich ausgezogen, Alison? Was war zwischen Ihnen vorgefallen, das schlimmer war und das Fass zum überlaufen brachte?«

»Ich habe ihr gesagt, ich würde ihre Beziehung zu Zach melden. Das gefiel ihr natürlich gar nicht, und sie hat mich übel bedroht. Das hat mir dann doch Angst gemacht, denn ich wusste inzwischen, aus was für einer Familie sie kam und was dort mit ihr passiert war. Ich konnte ja nicht ahnen, wozu sie fähig war.« Sie unterbricht sich und dreht sich zu mir um. »Ich bin nicht stolz auf meine Drohung, Zach zu melden. Vor allem, weil ich ja gar nicht sicher wusste, ob sie etwas miteinander hatten. Aber ich kochte einfach vor Wut. Guter Ausdruck, nicht? Kochen vor Wut.«

Ich packe mein Handy etwas fester. Ich weiß nicht, wie lange ich das noch aushalte, aber sie hat mir immer noch nicht gesagt, was sie dann getan hat, und ich bin jetzt zu weit vorangekommen, um auf die Wahrheit zu verzichten.

Was für eine Ironie, dass sich Alison vor Josie gefürchtet hat, wenn es stimmt, was sie getan hat. »Deshalb haben Sie sie umgebracht? Um sie davon abzuhalten, Ihnen etwas zu tun? Wollen Sie sagen, dass es eine Art Selbstverteidigung war?«

Alison steht auf und baut sich vor mir auf. Ich weiche unwillkürlich zurück. »Aber nein, das will ich keinesfalls sagen. Denn ich habe sie nicht umgebracht.«

• ZWEIUNDDREISSIG •

JOSIE

Ich starre Zach an. »Was … was machst du denn hier?«

Er verzieht das Gesicht. »Was meinst du? Du hast mich doch angerufen. Ungefähr tausendmal. Warum bist du nicht drangegangen, als ich zurückgerufen habe? Ich habe mir furchtbare Sorgen um dich gemacht, Josie. Was ist los?«

Das muss ein Traum sein; ich habe Zach nicht angerufen. Er kann nicht wirklich an meiner Tür stehen. Ich krame in meiner Tasche nach meinem Handy und checke meine Anrufliste. Tatsächlich, sechs Anrufe bei Zach und drei verpasste Anrufe von ihm, außerdem zwei Nachrichten, in denen er fragt, ob alles in Ordnung ist.

»Huch«, sage ich, »tut mir leid. Hab wohl im Vollrausch gewählt.«

Sein Ausdruck zeigt deutliche Enttäuschung. Er hat sicher geglaubt, ich sei vernünftiger, würde über solchem pubertierenden Verhalten stehen. »Josie, ich dachte, dass du mit Trinken aufgehört und einen Neuanfang gemacht hast.«

»Was bringt mir das?«, sage ich. Wenn mich Zach schon für ein dummes kleines Mädchen hält, warum erfülle ich seine Erwartungen nicht einfach?

Er macht keine Anstalten, hereinzukommen, es ist auch wahrscheinlich kein guter Zeitpunkt, um sich auszusprechen oder zu unterhalten. »Du musst jetzt erst einmal schlafen, Josie. Lass uns morgen reden.«

Aber auch morgen wird es keine Aussprache oder dergleichen geben. Morgen werde ich auch wieder weggeschoben, in einen abgeteilten kleinen Winkel seines Kopfes. An einen sicheren Ort, aus dem er mich nicht herauslässt. Ich kann ihn nicht gehen lassen. Ich nehme seinen Arm und ziehe ihn herein. Er leistet keinen Widerstand, sondern seufzt und lässt zu, dass ich die Tür hinter ihm schließe.

»Ich sollte nicht hier sein«, sagt er, »vor allem, nachdem du getrunken hast.« Aber er folgt mir trotzdem ins Wohnzimmer.

»Das ist das Einzige, was du immer sagst, Zach.« Ich lasse mich aufs Sofa fallen und klopfe auf den Platz neben mir. »Setz dich her und leiste mir Gesellschaft. Komm.«

Er sieht auf die Uhr. »Ganz kurz nur. Es ist ziemlich spät, und ich muss bald nach Hause.« Dann setzt er sich, allerdings ans andere Ende des Sofas. »Wo ist eigentlich deine Mitbewohnerin? Diese Alison?«

»Ausgezogen. Hat es nicht mehr mit mir ausgehalten.« Ich lache, obwohl es nicht zum Lachen ist. Das liegt am Gin.

Zach ignoriert das und versucht so zu tun, als sei ich nüchtern. »Aber das ist doch gut, oder? Ihr habt euch sowieso nicht verstanden? Wenigstens eine Sache, die dich nicht mehr stresst.«

Doch da liegt er falsch. »Wenigstens war jemand da, wenn ich nach Hause kam. Jetzt ist es nur noch still. Und nichts zu essen ist da.« Ich fange wieder zu kichern an und kann einfach nicht aufhören, obwohl ich mich darüber ärgere. Und Zachs ernste Miene macht mich noch wütender.

Zach beachtet es nicht. »Aber was ist mit Craig? Der kommt doch oft her?«

Ich werfe den Kopf zurück an die Sofalehne. »Sagen wir mal so, die Sache mit uns hat nicht geklappt.«

Es entsteht eine Pause, und obwohl ich so betrunken bin, überlege ich, ob Zach sich freut, das zu hören, tief im Inneren, in einem Teil von ihm, den er zu verdrängen versucht. »Tut mir leid, das zu hören«, sagt er, und ich würde ihm am liebsten sagen, dass er der Grund dafür ist. Weil er der einzige Mann ist, den ich will.

»Frag mal, warum, Zach.«

Wieder eine Pause, länger diesmal. »Ich glaube, das sollte ich nicht. Es geht mich nichts an, es ist eine Sache zwischen dir und Craig.«

Aber es geht ihn sehr wohl etwas an. Fast hätte ich es laut ausgesprochen, aber ich halte gerade noch rechtzeitig den Mund. So schlimm bin ich dann doch nicht. »Was zu trinken?« Ich halte die Flasche Gin hoch.

Zach schüttelt den Kopf. »Äh – nein, danke. Und ich finde, du hast genug für uns beide getrunken.«

Ich nehme einen tiefen Schluck aus der Flasche. »Ich fang gerade erst an, damit du es weißt.«

»Josie, hör auf. Warum bemitleidest du dich so? Das sieht dir gar nicht ähnlich.« Er will nach der Flasche greifen, aber selbst in meinem Zustand bin ich schneller und ziehe sie weg.

»Was ist passiert?«, fragt er. »Etwas mit deiner Mutter? Geht es deinem Bruder gut?«

»Nenn sie nicht so. Für mich war sie nie eine Mutter, das weißt du. Und für Kieren auch nicht, obwohl sie so tut, als ob sie gut für ihn sorgt. O Gott, wie kann ich zulassen, dass er immer noch bei ihr lebt? Bei den beiden?«

»Welche beiden? Sag bitte nicht, dass dieser Kerl aus dem Gefängnis raus ist?«

»Nein. Nein, nicht der, aber ich glaube, sie hat sich mit seinem Cousin zusammengetan. Richard. Er ist derjenige, der extra nach London gekommen ist und mir gedroht hat, damit ich meine Aussage über Johnny bei der Polizei zurückziehe.«

»Das ist … einfach verrückt.«

»Genau. Wie aus einem schlechten Fernsehkrimi, oder? So einen Mist könnte man nicht erfinden. Ich mache mir trotzdem Sorgen, Zach. Jetzt ist Kieren ja noch klein und niedlich, aber er wird schnell älter. Ich muss ihn da rausholen. Ich kann nicht einfach zusehen, wie ihm etwas passiert. Das kann schon morgen sein oder erst in Zukunft, aber ich muss etwas unternehmen.«

Zach rückt näher und legt mir die Hand auf den Arm. »Du musst erst einmal ruhig bleiben. Du hast der Polizei und dem Sozialamt doch schon alles gemeldet, ich finde, das musst du nun ihnen überlassen.«

»Aber mit der Zeit vergessen sie Liv, sie geben auf, weil sie die gute Mutter spielt, und dann passiert es. Es kann noch viel schlimmer werden als das, was mir passiert ist!« Ich klinge außer mir, und Zach lässt die Hand auf meinem Arm liegen. Aber er sollte mich loslassen. Wirklich.

»Hör mir zu, Josie. Du musst stark bleiben. Ich weiß, dass du das bist. Am Ende wird alles gut. Vertrau mir. Überleg mal, was du schon alles durchgemacht und trotzdem überlebt hast.«

Und jetzt, da ich Zach ansehe, vertraue ich ihm. Selbst durch meinen Alkoholschleier hindurch kann ich sehen, dass er mich nie verletzen wollte. Er hat sich immer um mich gekümmert.

Ich weiß nicht, dass ich den größten Fehler meines Lebens mache, bis es passiert. Plötzlich rücke ich näher an ihn heran, drücke mich an ihn und küsse ihn heftig. Ich will ihn schmecken, ihn an mich ziehen und nie mehr loslassen.

Es dauert wohl nur eine Sekunde, vielleicht sogar weniger, dann schiebt er mich von sich. Sein Gesicht ist vor Entsetzen zu einer Grimasse verzogen. »Josie, das hättest du nicht tun sollen. Wir können nicht … ich liebe meine Frau. Mehr als das, sie ist mein ganzes Leben.«

Plötzlich bin ich ganz nüchtern, als ich Zachs Worte höre, so voller Qual und Schmerz. Ich schäme mich so sehr. Überstürzt lasse ich ihn auf der Couch zurück und laufe aus der Wohnung.

• DREIUNDDREISSIG •

MIA

Als ich höre, wie Alison plötzlich alles abstreitet, habe ich keinen Zweifel mehr daran, was ich jetzt tun muss. Sie wird mir keine Antworten geben, ich muss akzeptieren, dass ich nie genau herausfinden werde, was in jener Nacht passiert ist.

»Ich könnte einen Schluck Wasser gebrauchen«, sage ich und versuche, meine Stimme heiser klingen zu lassen, obwohl ich weiß, dass sie mir das nicht abnimmt. Sie kann unmöglich glauben, dass ich ihr das durchgehen lasse, nach allem, was sie getan hat.

Aber wie immer ist sie voller Überraschungen. »Gern«, sagt sie. »Bin gleich wieder da.«

Ich bin verblüfft, dass sie mich allein zurücklässt, denn sie muss ja wissen, dass ich mein Handy dabeihabe, aber vielleicht denkt sie daran gar nicht. Und ich bin sicher, dass die Wohnungstür abgeschlossen ist und ich nicht hinaus kann. Nur das erklärt ihr Selbstvertrauen.

Ich weiß immer noch nicht, was sie mit mir vorhat.

Ohne die Zimmertür aus dem Auge zu lassen, ziehe ich schnell mein Handy heraus und wähle Wills Nummer, in der Hoffnung, dass er drangeht und sich nicht die Mailbox einschaltet. Er meldet sich mit verschlafener Stimme. Ohne etwas zu sagen, stelle ich den Ton ganz leise und stecke das Handy bei laufender Verbindung wieder in die Tasche. Dann rufe ich nach Alison.

»Ich bin hier«, sagt sie und kommt mit einem Glas Wasser durch die Tür. Sie stellt es neben mich auf den Teppich, aber sie muss doch wissen, dass ich keinen Tropfen anrühre.

»Was mache ich hier, Alison? Sie behaupten, dass Sie Josie nichts getan haben, was wollen Sie also von mir?«

Sie setzt sich zu mir aufs Sofa. »Wie ich schon sagte, ich wollte, dass Sie die Wahrheit über Zach erfahren. Dass er nicht mit Josie geschlafen hat. Es ist mir wichtig, dass Sie das wissen.«

Alisons Psychose muss schlimmer sein als ich dachte. Sie hat doch eben erst gesagt, dass sie das überhaupt nicht genau wissen kann. Aber natürlich hat sie eine Antwort parat, als ich ihr das vorwerfe.

»Ich habe gesagt, dass ich nicht bei den beiden im Zimmer war, deswegen habe ich keine richtigen Beweise, aber wie ich Ihnen ebenfalls sagte, ich habe mit Zach geredet, und ich glaube ihm jedes Wort. Er hat Sie wirklich geliebt. Und Freya auch. Sie beide waren sein Ein und Alles.« Sie beginnt, an ihren Nägeln zu kauen.

Ich sage zu Alison, dass nichts, was sie sagt, logisch klingt, doch sie antwortet nicht. Ich muss behutsam vorgehen; ich will nicht, dass sie jetzt dichtmacht.

»Sagen Sie mir wenigstens das: Warum wollten Sie, dass ich das alles erfahre?«

»Weil ich Gerechtigkeit für Josie will.«

Und allmählich wird alles klarer. Irgendwo in ihrem geistesgestörten Kopf und entgegen ihren eigenen Worten muss Alison glauben, dass Zach Josie umgebracht hat. Genau wie alle anderen. Mit ihrer Behauptung, dass Dominic involviert war, wollte sie nur meine Aufmerksamkeit erregen, sie konnte gar nicht wissen, ob ich Zach für schuldig hielt oder nicht. Es ist möglich, dass sie die Erinnerung an das, was sie getan hat, verdrängt hat und sich jetzt auf Zach konzentriert. Weil er tot ist, muss ich jetzt den Kopf hinhalten für das, was Josie passiert ist.

Ich muss sie dazu bewegen, weiterzureden. Will hat genug Zeit, um die Polizei zu rufen. Er hat unser Gespräch mitgehört, und ich hoffe, es reicht, um ihm klarzumachen, dass etwas ganz und gar nicht stimmt. Wenn die Polizei erst einmal informiert ist, sollten die Beamten in der Lage sein, mich über das Handy zu lokalisieren – das hoffe ich zumindest. Es ist zu riskant, die Adresse zu erwähnen, da Alison ja mit im Zimmer ist. So schmerzlich es für mich ist, ich muss auf das eingehen, was sie glaubt.

»Wissen Sie, ich habe mir die ganzen Jahre selbst die Schuld gegeben, Alison. An allem. Was Zach passiert ist und was Josie passiert ist.«

»Tatsächlich?«

Ich sehe ihr fest in die Augen: Es ist das Beste, um jemanden zu überzeugen, einfach die Wahrheit zu sagen. »Ja. Die Wahrheit ist: Wenn ich ihm eine bessere Frau gewesen wäre, dann wäre all das vielleicht nicht passiert. Er hätte keinen Raum für Josie gehabt. Ob die Geschichte nun körperlich war oder nicht, es besteht kein Zweifel, dass er Gefühle für sie hatte. Und das laste ich mir an.«

Alison starrt mich an. »Ach, das ist ja interessant. Fahren Sie fort.«

Mein Herz schlägt heftig. »Ich habe wohl zu viel von ihm erwartet. Von unserem Leben. Ich habe immer um Perfektion gerungen, was wahrscheinlich anstrengend für ihn war. Sicher sogar. Er hat es angedeutet. Nicht vorwurfsvoll, aber immerhin hat er es erwähnt. Es stand zwischen uns.«

Ich erzähle Alison mit stockender Stimme, dass ich Zach gedrängt habe, ein Kind zu haben, obwohl er noch nicht ganz bereit dafür war. »Er versuchte, seinen Roman zu schreiben. Ich glaubte, das würde ihm nicht weiter schwerfallen, auch nicht mit einem Baby im Haus. Es kam mir nie in den Sinn, dass er Schwierigkeiten hatte, denn mir ging es nie so. Ich habe einfach losgelegt.«

Alison lacht abfällig. »Natürlich, die Perfektion in Person wird mit allem fertig.«

»Nein, Sie verstehen mich falsch. Ich halte mich nicht für perfekt. Das bin ich eindeutig nicht. Schließlich habe ich meinen Mann verloren. Den Vater meiner kleinen Tochter. Sie war damals erst zwei, Alison.«

Sie nickt, und einen kurzen Moment lang kann ich die Lage vergessen, in der wir uns befinden. Wir könnten auch zwei Freundinnen sein, die über meinen Verlust reden. »Armes Ding. Das muss schlimm für Sie gewesen sein, aber ich bin sicher, dass Sie es hinbekommen haben. Wie immer, nicht?«

Es wird deutlich, dass Alison es mir nicht leicht macht. Sie ist entschlossen, irgendjemandem die Schuld zuzuschieben, selbst wenn die Puzzlesteine nicht zusammenpassen. Nie zusammenpassen konnten.

»Ich machte das Beste aus einer schlimmen Situation. Das versuche ich immer, Alison.«

»Tja, anderen Menschen fällt das eben nicht so leicht, Mia. Wir sind nicht alle so perfekt wie Sie. Ich nicht, und Josie war es erst recht nicht.«

Ich übergehe die Stichelei. »Warum wollen Sie unbedingt Gerechtigkeit für Josie? Sie konnten sie doch nicht ausstehen. Warum haben Sie sich fünf Jahre lang zwanghaft damit beschäftigt?« Nichts, was ich sage, sollte eigentlich von einer Therapeutin gesagt werden, aber diese Phase haben wir inzwischen weit hinter uns gelassen.

»Ha! Zwanghaft? Halten Sie das für eine Art Besessenheit? Tja, wenn Sie es so nennen wollen, ist das auch okay. Aber es geht nicht um eine Obsession, Mia. Wie gesagt, es geht darum, etwas in Ordnung zu bringen. Ich habe so viel Zeit damit vertan, sie zu hassen, statt für sie da zu sein. Sie war kein schlechter Mensch, und ich hätte mir die Zeit nehmen sollen, sie besser kennenzulernen. Das habe ich damals versäumt, aber jetzt, da sie fort ist, muss ich das wiedergutmachen.«

Wiedergutmachen, dass du sie getötet hast. Angst überwältigt mich. Je länger ich hier sitze, desto sicherer bin ich mir, dass ich dieser Wohnung nur in einem Leichensack entkomme. Ich bete, dass Will alles mitgehört und die Polizei gerufen hat. Aber die Zeit scheint stillzustehen, und es kostet mich Überwindung, Alison am Reden zu halten. Sie wird mich bestimmt bald durchschauen.

»Sie haben doch gesagt, Sie glauben nicht, dass zwischen den beiden etwas gelaufen ist. Was hat er dann Ihrer Meinung nach an jenem Abend in der Wohnung gemacht? Es war schon spät, nicht? Viel später als zehn Uhr.« Ich muss sie überrumpeln. Sie soll unabsichtlich etwas sagen, was sie überführt.

»Alle glauben, dass sie ihn erpresst hat. Gedroht hat, ihr Verhältnis zu melden und es Ihnen zu sagen. Zach waren seine Familie und seine Arbeit sehr wichtig, oder, Mia? Wichtig genug, um alles zu tun und die Ehe und seinen Job zu retten.«

So haben die Medien darüber berichtet: dass Zach wohl genau geplant hatte, Josie umzubringen, und zwar mit den Tabletten, aber das klappte irgendwie nicht. Stattdessen erstach er sie und versteckte die Leiche irgendwo. Danach geriet er in Panik und brachte sich mit den Tabletten selbst um.

»Was meinen Sie, wo ihre Leiche ist, Alison? Was kann Zach damit gemacht haben?«

»Ich habe keine Ahnung. Und ich weiß nicht, warum er danach hierher zurückkam, um seinem Leben ein Ende zu setzen. Vielleicht wollte er den Tatort säubern, und dann ist ihm alles zu viel geworden. Er war ja kein schlechter Mensch, nicht wahr? Trotz allem.«

Ich habe jetzt Tränen in den Augen, aber ich versuche sie zu unterdrücken. Doch natürlich hat Alison sie schon bemerkt. »Für wen sind diese Tränen, Mia? Für Zach? Für Josie? Für Sie selbst?«

»Für uns alle, Alison. Weil alles so ein schlimmes Chaos war. Sie müssen nicht so weiterleben. Sie können sich davon befreien.«

»Wovon? Und wie lebe ich denn angeblich?«

»Für die Rache – an mir, weil Zach nicht mehr hier ist. Fünf Jahre sind eine lange Zeit, um für diese eine … Sache zu leben.«

»Versuchen Sie mich jetzt zu therapieren, Mia? Dafür ist es wohl ein bisschen zu spät, also sparen Sie sich das lieber.« Sie steht auf und beugt sich über mich. »Übrigens, bevor Sie endgültig den Mund halten – «

Ein lautes Krachen lässt uns beide verstummen. Ich brauche einen Moment, bis ich begreife, dass die Wohnungstür aufgebrochen wurde. Die Polizei ist da. Ich bin gerettet!

Zwei Polizisten stehen plötzlich in der Tür, und zu meiner Überraschung sind beide bewaffnet. Sie haben ja nicht wissen können, was sie erwartet. Ich höre nicht, was sie sagen, ich bin zu benommen. Die Angst, die ich unterdrückt habe, seit ich in dieser Wohnung bin, lähmt mich plötzlich, auch wenn ich jetzt in Sicherheit bin.

Ich merke nur, dass sie mit Alison sprechen und dass sie dann losschreit. »Moment mal, Sie liegen total falsch.« Sie windet sich, schlägt um sich und versucht sich von dem Polizisten loszureißen, der sie am Arm festhält, aber das gelingt ihr nicht.

»Erzählen Sie es ihnen, Mia. Sagen Sie ihnen die Wahrheit – «

Sie zerren sie aus der Wohnung, bevor sie noch mehr sagen kann.

Mehr höre ich nicht, dann sinke ich zu Boden und lasse den Tränen, die ich bisher zurückgehalten habe, freien Lauf.

»Kommen Sie zurecht, Miss?«, fragt der andere Polizist.

»Gleich«, sage ich, »gleich geht es mir besser.«

• VIERUNDDREISSIG •

JOSIE

Ich bin in einer Bar, habe aber keine Ahnung, wo genau. Ich weiß nur, dass ich zu Fuß hergekommen bin. Aber wen interessiert's schon? Es ist so voll, dass man kaum einen Stehplatz findet. Das kommt mir gerade recht. Ich möchte nicht bemerkt werden, ich will nicht, dass sich irgendwelche Drecksäcke an mich heranmachen, mir mit süffisanten Blicken Drinks spendieren und sich dann einbilden, dass sie das Recht haben, übergriffig zu werden.

Ich brauche nur mehr Alkohol. Als ich zum Tresen gehe, habe ich das Gefühl, dass etwas nicht stimmt, weiß aber nicht, was es sein könnte. Immerhin weiß ich, dass grundsätzlich alles an meinem Leben falsch ist. Und ich habe etwas Schreckliches gemacht. Keine Ahnung mehr, was genau.

»Was darf's denn sein?«, fragt einer der Barkeeper, nachdem ich eine Ewigkeit habe warten müssen, wofür er sich jedoch nicht entschuldigt. Er sieht mich kaum an. Für ihn bin ich einfach irgendein Gesicht.

»Eine Bloody Mary«, sage ich und versuche, nicht zu lallen.

Er geht, um den Cocktail zu machen, und ich lehne

mich auf den Tresen. Er kommt zurück, stellt den Drink vor mich hin und murmelt etwas. Wahrscheinlich, was es kostet. Ich greife nach meiner Tasche und merke, dass ich sie nicht mitgenommen habe. Ich durchsuche meine Manteltaschen, aber da ist kein Geld drin, nur mein Handy, was bestimmt keinen Akku mehr hat. Das Display bleibt schwarz.

»Ach, Entschuldigung. Hab meine Tasche vergessen. Bin gleich wieder da.« Ich verlasse den Tresen und werde von der Menge verschluckt. Es ist mir völlig egal, wenn mich der Barkeeper durch die Tür verschwinden sieht und für Abschaum hält. Bin ich ja vielleicht auch.

Als ich draußen bin, merke ich, dass ich gar nicht so weit gegangen bin. Ich bin auf Ealing Broadway, ungefähr eine halbe Stunde von der Wohnung entfernt. Ich muss einfach nur nach Hause. Erst als ich vor der Wohnungstür stehe, merke ich, dass ich den Schlüssel nicht dabeihabe. Muss ihn irgendwo liegen gelassen haben. »Verdammt«, schreie ich in die Nacht. »Scheiße!«

Ich lehne mich mit dem Rücken an die Tür und bin schon darauf gefasst, auf der Fußmatte schlafen zu müssen, aber statt gestützt zu werden, falle ich in die Wohnung. Muss wohl die Tür offen gelassen haben, was bei meinem Zustand nicht überraschend ist. Noch mal Glück gehabt.

Als ich drin bin, überlege ich, ob ich meine Tasche nehmen und in die Bar zurückgehen soll, aber ich weiß nicht mal genau, wo die ist. Ich torkle ins Wohnzimmer, wo ich auf Zach stoße, der schlafend auf dem Sofa liegt. Was macht der denn hier? Er hat mich wohl besuchen wollen und ist eingeschlafen, als er auf mich gewartet hat.

Ich hocke mich neben ihn und lege meinen Kopf an seinen. Er bewegt sich nicht. »Hey, Zach«, sage ich. »Ich bin da. Was machst du hier?« Ich schüttle ihn, aber er rührt sich immer noch nicht.

Da erst sehe ich sein Gesicht genau an und fange an zu schreien, noch bevor ich ganz begreife, was passiert ist. Zach schläft nicht. Er ist tot.

Was habe ich gemacht? Was zum Teufel habe ich bloß gemacht?

• FÜNFUNDDREISSIG •

MIA

Ich sitze auf dem Balkon und sehe Freya und Will zu, die am Strand unter mir Fußball spielen. Freyas Sonnenhut ist zu groß und fällt andauernd herunter. Will hebt ihn jedes Mal geduldig auf und setzt ihn ihr wieder auf den Kopf.

Es ist paradiesisch hier, und man kann gar nicht anders als sich entspannen. Sandstrände kilometerweit in beide Richtungen, das klare, warme Meer. London könnte nicht weiter weg sein, im wörtlichen und übertragenen Sinn.

Es war Wills Idee, auf die Malediven zu fahren. Wir müssten dringend Abstand gewinnen, hatte er gesagt. Großen Abstand. Er wusste genau, was ich nötig hatte. Abstand von Alison und allem, was vorher war.

Nun sitze ich also hier, einen Cocktail in der Hand, die Füße auf den Stuhl gegenüber gelegt, und lasse mir die Sonne auf die Haut scheinen.

Jahrelang konnte ich mich nicht dazu überwinden, an Zachs Todesnacht zu denken; es tat zu weh. Sie mir vorzustellen würde nur dazu führen, dass ich noch aufgelöster werde, dass ich innerlich absterbe. Hier, an diesem herrlichen Ort, wage ich es, daran zu denken. Es wird mein endgültiger Abschied von Zach. Dann fange ich mein neues Leben mit Will an.

Zach und ich waren uns immer nahe. Er sagte, ich würde ein Ganzes aus ihm machen, er könne sich nicht vorstellen, ohne mich weiterzuleben. Dann lachte er über seine Worte, weil sie wie aus einem kitschigen Liebesroman klangen. Aber er meinte es ernst, und mir ging es genauso. Bei Zach ging ich aus mir heraus wie noch nie zuvor. In meinen früheren Beziehungen hatte ich die Partner immer auf Distanz gehalten. Nicht weil ich schon mal schlechte Erfahrungen gemacht hatte, sondern weil ich einfach nicht daran glaubte. Aber dann kam Zach, und ich war geliefert. Verfiel ihm völlig. Er hat vielleicht nicht gemerkt, wie sehr, weil ich meine Emotionen im Zaum hielt, aber ich wusste, dass es um mich geschehen war.

Und das war in Ordnung. Lange Zeit war alles perfekt.

Dann allerdings trat eine Änderung ein. Zuerst ganz unmerklich, daher kann ich nicht genau sagen, wann das war, aber Zach benahm sich distanzierter. Ich nahm an, weil er nicht mit seinem Roman vorankam, aber damit hatte er schon gekämpft, bevor wir uns kannten, deswegen war ich nicht ganz überzeugt. Dann dachte ich, es liege an Freya; Zach vergötterte sie zwar, konnte aber Elternschaft nicht so recht mit seinen anderen Pflichten vereinbaren, so wie ich.

Ich hatte irgendwie den Eindruck, dass er auf Autopilot geschaltet hatte und jeden Tag mechanisch zu bewältigen versuchte. Ich nahm ihm viel ab; ging mit

Freya auf lange Spaziergänge, damit er Zeit für sich hatte, um seine Kreativität zu nutzen. Kochen und Hausarbeit lagen ganz bei mir. Es änderte nicht viel. Zach entglitt mir immer mehr.

Ich bin nie ein eifersüchtiger oder unsicherer Mensch gewesen. Ich war immer der Ansicht, wenn man glaubt, nicht mehr geliebt zu werden, dann soll man den Partner gehen lassen, ihm seine Freiheit schenken.

Zumindest dachte ich das von mir, bis ich überzeugt war, dass er eine Affäre hatte. Da wollte ich plötzlich um alles kämpfen. Und ich bin eine Kämpferin! Ich konnte nicht zulassen, dass Freya ihren Vater verliert, auch, weil ich wusste, dass er mich tief in seinem Herzen noch liebte. Ich musste herausfinden, was hinter meiner Vermutung steckte.

Josie sah ich das erste Mal, als sie im Park neben ihm saß. Ich hatte beschlossen, ihn zu überraschen, und tauchte unerwartet mit einem leckeren Snack an der Universität auf. Ich redete mir ein, ihm eine Freude machen zu wollen, aber in Wahrheit wollte ich ihn kontrollieren.

Vor Wünschen sollte man sich hüten.

Sie machten gar nichts und saßen nicht einmal dicht nebeneinander, aber ich wusste, dass etwas nicht stimmte.

Es lag nicht an der Art, wie sie ihn ansah, voller Bewunderung – ich war es gewohnt, dass ihn seine Studierenden anhimmelten. Es war sein eigener Gesichtsausdruck, der ihn verriet. Lange hatte ich ihn nicht so ruhig, so friedlich erlebt. Es erinnerte mich an unsere frühe Zeit. Ich war damals seine Welt und nichts anderes schien zu existieren.

Dieser Ausdruck jagte mir Angst ein. Genauso sehr, als ob die beiden sich geküsst hätten. Ich weiß nicht mehr, wie lange ich sie beobachtete, aber als ich mich auf den Heimweg machte, fühlte ich mich innerlich wie tot.

Ich hatte keinerlei Beweise, um ihn zur Rede zu stellen, und ich wollte ihn auch nicht voller Hysterie beschuldigen, wie so eine ausgerastete, irrationale Frau. Dafür hatte ich mich zu sehr im Griff. Ich würde stattdessen Hinweise sammeln.

Ich konnte an nichts anderes denken, während ich mich gleichzeitig um Freya kümmerte und ihr die Aufmerksamkeit schenkte, die sie brauchte und verdient hatte. Aber ich war so betäubt, dass ich mit den Gedanken nicht bei ihr war.

Über Tage kontrollierte ich Zachs Handy, fand jedoch niemals etwas Verdächtiges. Natürlich nicht – er war zu klug, um Spuren zu hinterlassen. Das setzte mir noch mehr zu, als würde sein Betrug noch schlimmer, indem er seine Spuren so gut verwischte.

Und dann, nach Wochen, fand ich eine SMS von einer gewissen Josie. Ich kann mich noch genau an die Worte erinnern. *Bin jetzt fertig. Wo bist du?* Ja, die beiden Sätze hätten harmlos sein können, aber Zach hatte bisher noch niemanden namens Josie erwähnt, und ich war sicher, dass er normalerweise keine Nummern von seinen Studierenden auf dem Handy hatte.

Ich fing also an nachzuforschen. Ich durchstöberte Zachs ganze Unterlagen und fand Namenslisten seiner

Studierenden, zusammen mit dazugehörigen Fotos. Es waren Hunderte, und ich brauchte eine Ewigkeit, bis ich das Mädchen fand. Sie starrte mir mit ihrem selbstbewussten hübschen Lächeln entgegen. Josie Carpenter. Das Mädchen aus dem Park.

Das war jedoch immer noch nicht Beweis genug. Ich fing an, ihm zu folgen, wann immer ich etwas Zeit hatte. Graham und Pam konnten sich zum Glück oft um Freya kümmern, ohne groß Fragen zu stellen. Sie freuten sich ja, dass sie mit ihrer Enkelin Zeit verbringen konnten.

Ich dachte, schlimmer könnte es gar nicht kommen – bis ich Zach in ihrer Wohnung verschwinden sah. Er blieb nicht lange, aber lang genug für das, was ich vermutete. Die Ungewissheit machte alles noch schlimmer. In meiner Fantasie sah ich sie nebeneinanderliegen und sich berühren.

Mitten auf dem Gehweg musste ich mich übergeben. Dann machte ich mich schnell davon. Ich konnte nicht riskieren, dass er mich sah. Obwohl ich nun genug Beweise hatte, wollte ich ihn nicht mehr zur Rede stellen. Ich konnte es nicht. Er war Freyas Vater, ihn zu verlassen, würde für ihr weiteres Leben weitreichende Folgen haben. Das konnte ich ihr nicht antun. Ich musste die Familie zusammenhalten.

Es vergingen Wochen, ohne dass ich ihn darauf ansprach. Nicht aus Schwäche oder weil ich akzeptierte, was Zach da machte – das war es keinesfalls. Stattdessen beschäftigte ich mich mit Josie und konnte sie nicht ausblenden. Sie war kaum erwachsen, es widerte mich an, dass Zach ein Mädchen, das so viel jünger war als er, attraktiv fand und sich einbildete, dass ihn etwas mit ihr verband.

Ich wusste jedoch gleichzeitig, dass sie etwas Besonderes an sich haben musste. Zach hätte sich niemals einfach nur für eine körperliche Affäre interessiert; Geist, Persönlichkeit – so etwas zog ihn an. Und das brachte mich noch mehr gegen sie auf. Es verletzte mich tiefer.

Ich forschte weiter über sie nach. Googelte sie bei jeder Gelegenheit. Sie war nicht auf Facebook oder Twitter, aber ich fand einen interessanten Artikel, dem zufolge sie mit achtzehn überfallen worden war. Ich hätte Mitleid mit ihr haben sollen, aber ich wurde nur noch wütender. Sie war eine junge Frau, die durch die Hölle gegangen war, warum tat sie nun dasselbe einer anderen an? Ihre Familienverhältnisse klangen furchtbar; zerrüttet kam der Sache nicht mal nahe. Sie musste also wissen, was es mit Freya anstellen würde, wenn sie Zachs Ehe zerstörte.

Aber es war ihr egal. Sie lief meinem Mann weiter nach, setzte ihm zu, denn ich war sicher, dass er sich wehrte. Zumindest anfangs. Zach ist kein schlechter Mensch. Ich habe nie bezweifelt, dass er mich und Freya liebte.

Womit ich nicht gerechnet hatte, war, dass mein ganzes Leben zu Bruch ging, indem ich ihn nicht zur Rede stellte. Er wurde immer distanzierter, und ich fand es zunehmend schwer, damit umzugehen. Ich hatte noch nie zu Depressionen geneigt, aber auf einmal begann ich zu versinken. Immer tiefer in ein bodenloses Loch.

Wie sollte ich mich daraus befreien? Wie würde ich es schaffen, Josie Carpenter aus dem Kopf zu bekommen? Sie verfolgte mich in meinen Träumen, sabotierte jeden wachen Moment meines Tages, so dass ich mich nur noch völlig mechanisch um Freya kümmerte. Ich gab ihr zu essen, hielt sie sauber, achtete darauf, dass sie genug Bewegung bekam und spielen konnte, war aber nie wirklich in Gedanken bei ihr.

Das gab den Ausschlag. Der Gedanke, dass ich Zeit mit meiner Tochter verlor, die ich nie nachholen konnte. Josie Carpenter hatte mir jetzt die ganze Familie gestohlen.

Das, was nun folgte, wirkt im Rückblick eher surreal – als ob es sich nicht um mich handelt. Ich sehe eine andere Person, die tut, was ich damals tat. Das bin nicht ich, die in das Internet-Café tritt, sich über Gifte informiert und forscht, ob sie Spuren hinterlassen, wenn sie sich in Wasser aufgelöst haben.

Ich lächelte, als ich auf eine passende Droge stieß. Ketamin. Ein Betäubungsmittel für Pferde. Der Tod würde fast sofort eintreten. Es war besser so. Menschlicher. Ich war schließlich kein Ungeheuer, ich war nicht herzlos. An das Mittel zu kommen, erwies sich als schwierig, aber schließlich fand ich einen Händler, der mich in die richtige Richtung wies.

Der Abend, als ich mich zu ihrer Wohnung aufmachte, war warm. Ich weiß noch, dass ich keine Jacke brauchte. Zach hatte Freya zu seinen Eltern gebracht und hatte vor, auch dort zu bleiben. Damit ich mal ausspannen könne, wie er sagte. »Denn auch wenn du vielleicht Superwoman bist, siehst du erschöpft aus.« Er hatte ja keine Ahnung.

Wieder war ich wie betäubt, als ich an ihre Tür klopfte. Ich beobachtete mich quasi von außen und war selbst völlig unbeteiligt an der Sache. Vielleicht hätte ich das Ketamin gar nicht benutzt, vielleicht hatte ich es nur zur Sicherheit dabei, für den Fall der Fälle, aber als Zach die Tür öffnete, zerbrach etwas in mir.

Ihm fiel die Kinnlade herunter, und er suchte verzweifelt nach Worten. »Mia, was – was machst du denn hier?«

Ich erwiderte nichts, sondern stürmte nur an ihm vorbei, ohne irgendetwas wahrzunehmen. Ich durchsuchte alle Zimmer, fand jedoch keine Spur von Josie.

»Mia, ich kann das erklären.« Zach folgte mir völlig verzweifelt, was mich nur noch wütender machte. Wenn es ganz harmlos gewesen wäre, dass er dort war, dann wäre er doch nicht so aufgelöst gewesen, oder? Er hätte gleich erklärt, was er in der Wohnung einer seiner Studentinnen zu suchen hatte.

Er nahm meinen Arm und führte mich ins Wohnzimmer. Es war kahl und hässlich, mit nichts außer einem beigen Sofa und einem Sideboard. Zach passte überhaupt nicht hierher. Keiner von uns. Obwohl wir beide in weit schlimmeren Wohnungen gewohnt hatten, hatten wir unsere Studienzeit doch längst hinter uns gelassen.

Zach führte mich zum Sofa und setzte sich neben mich. Ich ließ es willenlos geschehen, benommen wie ich war. Wir starrten uns ein paar Sekunden an, obwohl es sich wie eine Ewigkeit anfühlte, ehe er zu reden anfing.

»Mia, ich habe zwar keine Ahnung, wie du hierhergekommen bist, aber ich versichere dir, es geht alles mit rechten Dingen zu. Eine meiner Studentinnen, Josie Carpenter, wohnt hier, und ich musste ihr bei einer Sache helfen. Sie ... sie hat ein sehr schweres Jahr hinter sich und eine Menge durchgemacht. Ich weiß, wie diese Situation aussehen könnte – mein Gott, wirklich –, aber ich habe nichts mit ihr. Das musst du mir glauben.«

Ich starrte ihn an, und es gelang mir irgendwie, meine Wut unter Kontrolle zu halten. »Wo ist sie, Zach? Warum bist du allein hier?«

Er holte tief Luft. »Es ist leider so, dass sie sich über etwas aufgeregt hat und hinausgerannt ist. Sie hat ihre Schlüssel vergessen, deswegen wollte ich warten, bis sie zurück ist. Sonst kann sie nicht mehr rein, ich musste also wohl oder übel hierbleiben.« Seine Worte drangen irgendwie nicht ganz zu mir durch.

»Worüber hat sie sich aufgeregt?«

Meine Frage blieb zwischen uns hängen. Sie war entscheidend für Zach. Er würde entweder lügen oder mir die Wahrheit sagen.

»Es fällt mir wirklich schwer, das zu erklären, aber sie ... sie hat versucht, mich zu küssen. Es tut mir leid, Mia, ich hätte wissen müssen, dass sie sich in mich verliebt hatte. Ich hätte mich von ihr fernhalten sollen. Ich werde es mir nie verzeihen, dass ich es so weit habe kommen lassen. Aber ich schwöre dir, dass ich sie nie angerührt habe. Kein einziges Mal.«

Und mit dieser Lüge hatte Zach sein Schicksal besiegelt.

»Okay«, sagte ich. »Ich gehe jetzt nach Hause. Wir können später weiter darüber reden. Kann ich mal die Toilette benutzen?«

Er sah mich groß an. »Äh, ja. Links neben der Küche.«

Ich hatte erwartet, dass er mitkommen würde, mich nicht in der Wohnung seiner Freundin herumschnüffeln lassen würde, aber er blieb, wo er war, die Hände auf die Knie gelegt. Das war sein nächster Fehler.

Die Küche war fast leer, aber verglichen mit den anderen Räumen sauber. Lautlos schaute ich in die Fächer, auf der Suche nach etwas Geeignetem. Als ich eine kleine Flasche Mineralwasser im Kühlschrank entdeckte, kam mir das fast zu einfach vor. Als ob sie mich magisch angezogen hätte. Schicksal. Sonst gab es nichts zu trinken, sie würde sie also irgendwann öffnen. Es war mir einerlei, ob noch in dieser Nacht oder in der nächsten Woche. Hauptsache, sie trank das Wasser.

Ich holte das Ketamin aus meiner Handtasche, füllte es in die Flasche und schüttelte sie, um alles gut zu mischen, obwohl die Flüssigkeit weiter farb- und geruchlos blieb. Dann stellte ich die Flasche wieder an ihren Platz zurück, ohne etwas zu fühlen, weder im Herzen noch im Kopf.

Ich ging noch ins Bad, einfach nur, um die Klospülung zu drücken, damit Zach nicht merkte, dass ich in der Küche gewesen war.

Auf dem Weg nach draußen ging ich direkt an ihm vorüber, warf ihm einen kurzen Blick zu, nahm mir jedoch nicht die Zeit, etwas zu sagen. Das ist es, was inzwischen am meisten wehtut. Ich hatte keine Ahnung, dass ich ihn das letzte Mal sah. Wie hätte ich vorhersehen sollen, dass er die Flasche in Josies Kühlschrank austrank?

Ich wollte Josie aus dem Weg räumen. Nicht Zach. Niemals Zach.

Damit muss ich nun einfach leben. Das ist meine Strafe. Ich werde auch nie erfahren, was mit Josie passiert ist, wer ihre Leiche beseitigt hat und warum.

Alison streitet es natürlich ab. Sie hat inzwischen einen totalen Zusammenbruch erlitten, was nicht überrascht, nach allem, was passiert ist. Sie gilt als nicht verhandlungsfähig. Außerdem gibt es ja keine echten Beweise. Das ist es doch immer, was letzten Endes zählt.

Möglicherweise hat Zach das Wasser erst viel später getrunken; vielleicht war Josie zurückgekommen, und es gab eine heftige Auseinandersetzung zwischen den beiden. Zach hatte zu dem Zeitpunkt begriffen, dass er mich verloren hatte. Vielleicht hatte sich sein Schmerz in Wut verwandelt. Allerdings kann ich nicht nachvollziehen, dass es Zach gewesen sein sollte, der ihr das angetan hat. Er war immer so gefasst, nie aggressiv gegen andere.

Aber wer weiß schon, was wirklich in uns steckt? Ich hätte es auch nie für möglich gehalten, dass ich jemanden umbringen könnte.

Lange Zeit habe ich ständig darüber nachgedacht, was Alison meinte, als sie sagte, ich solle der Polizei die Wahrheit sagen. Sie weiß, dass ich an jenem Abend dort war. Sie muss mich gesehen haben. Was ich nicht verstehe, ist, warum sie fünf Jahre gebraucht hat, um mich zu finden, aber es ist immer schwer, zu ergründen, wie ein labiles Gemüt funktioniert. Möglicherweise wusste sie nicht, wer ich bin, bis sie auf meine Website stieß – vielleicht auf der Suche nach einer neuen Therapeutin – und dort mein Foto sah. Da fügte sich für sie plötzlich alles zusammen.

Natürlich hat sie keinerlei Beweise, dass ich für Zachs Tod verantwortlich bin, aber es sieht nicht gut aus, dass ich nie ausgesagt habe. Was sie ja auch nicht getan hat.

Das erklärt mit Sicherheit den wahren Grund, warum sie mich aufgesucht hat. Als sie sagte, sie sei in jener Nacht dort gewesen, fragte ich mich natürlich, ob sie mich gesehen haben könnte. Ich musste also Zeit gewinnen. Ich musste abwarten, was sie machen würde, und ihr immer einen Schritt voraus sein.

Sie wollte Gerechtigkeit für Josie, und ich sollte dafür bezahlen. Vielleicht hoffte sie, ich würde gestehen, doch ihr psychischer Zustand war ihrem Urteilsvermögen im Weg, sie hatte nicht damit gerechnet, dass ich ihr die Schuld zuschieben würde.

Dominic ist es, der mir leidtut. Er wusste, dass sie psychisch krank war, jedoch nicht, wie sehr. Es ist einfach tragisch, dass viel von dem, was Alison sagte, tatsächlich zutraf, der Rest jedoch nur dazu dienen sollte, mich zu überrumpeln. Deswegen versuchte sie es mit der Behauptung, Dominic sei gewalttätig und habe etwas mit Josies Tod zu tun. Alles, was sie sagte und tat, sollte eine Falle für mich sein. Ich bin mir immer noch nicht sicher, was sie mit der Behauptung erreichen wollte, Dominic habe etwas mit Josies Tod zu tun. Sie wollte wohl versuchen, mich abzulenken. Ich sollte nicht merken, dass sie mich verdächtigte, bis sie mich zur Rede stellen konnte.

Was haben wir für ein verworrenes Netz gesponnen. Aber wenigstens habe ich die Sache für mich abgeschlossen. Keine Panikattacken mehr. Ich bin in Sicherheit.

• SECHSUNDDREISSIG •

JOSIE

Ich habe heute Geburtstag, aber das weiß keiner. Niemand weiß, wie alt ich wirklich bin, ich habe mich nämlich zwei Jahre älter gemacht, um sicherzugehen, dass mich niemand findet. Ich bin jetzt also achtundzwanzig, nicht sechsundzwanzig. Aber Zeit spielt keine Rolle mehr. Ein Tag ist wie der andere, jede Minute wie die davor, und so wird es immer bleiben. Josie Carpenter ist tot, und ich bin eine andere, ohne die Vergangenheit, die sie gehabt hat. Dafür habe ich gesorgt.

Während der fünf Jahre ist es einfacher geworden, daran zu denken, dass ich nicht mehr Josie bin, und auch viel leichter, stattdessen *Joanne* zu sagen. Oder einfach *Jo*, damit mir kein Fehler unterläuft. Ich musste einen ähnlichen Namen wählen – sonst verplappert man sich zu leicht.

Aber egal, was ich mache, ich erwarte ständig, dass es an der Tür klopft. Das Klopfen, das mir sagt, dass alles vorbei ist. Dass meine Zeit abgelaufen ist.

Ich weiß auch nicht, warum ich Cornwall als Wohnort ausgesucht habe – vielleicht wollte ich wieder in der Nähe des Meeres sein, weil ich ja so lange in Brighton gelebt habe. Am Meer fühle ich mich frei, als ob ich jederzeit ins Wasser springen und wegschwimmen könnte. Das Meer kann mich überallhin bringen.

»Hey, Jo!« Jemand auf der gegenüberliegenden Straßenseite ruft meinen Namen. Ich reiße den Kopf hoch. Es ist aber nur Alfie, der ältere Mann, der bei mir in der Straße wohnt. Er macht seinen üblichen Morgenspaziergang mit dem Hund, genau wie ich, und kommt mit breitem Grinsen über die Straße, um uns zu begrüßen. Er weiß gar nicht, was mir so eine kleine Geste bedeutet.

»Wie geht's dem Mädel denn heute?« Er bückt sich, um Pepper zu streicheln.

»Es ist ihr zu heiß, glaube ich. Ihr Fell ist zu dick.«

Er lacht, auch wenn ich eigentlich gar nichts Lustiges gesagt habe. Das ist vielleicht eher mein Problem. Es ist schwer, irgendetwas lustig zu finden.

Pepper springt auf und beschnüffelt Boxer begeistert. Ich ziehe sie weg und entschuldige mich, ein Ritual, das sich jedes Mal wiederholt, wenn wir uns beim Gassigehen begegnen.

Ich bin zwar froh, dass ich Pepper zur Gesellschaft habe, aber eigentlich hatte ich sie für Kieren angeschafft. Einen Hund für ihn, wie er ihn immer so gerne wollte. Ich lebe immer noch in der Hoffnung, meinen kleinen Bruder eines Tages wiederzusehen, auch wenn ich weiß, dass die Chancen gering sind.

Er ist jetzt zehn. Zehn Jahre alt, und ich habe keine Ahnung, wie er aussieht. Was seine Lieblingsfarbe ist oder ob er Fahrrad fahren kann. Ich habe keine Ahnung, wie Liv mit ihm umgeht, jetzt, da er älter ist. Ich kann nur beten, dass er den Mut hat, ihr die Stirn zu bieten, so, wie er es bei mir miterlebt hat.

Aber eines Tages werde ich alles über ihn erfahren. Ich kann nicht zulassen, dass Zachs Tod vergebens war. Dieses schreckliche Ereignis muss doch auch etwas Gutes hervorgebracht haben.

»Alles in Ordnung, Jo?«, fragt Alfie. »Du siehst auf einmal ein bisschen blass aus.«

Ich schenke ihm wieder meine Aufmerksamkeit. »Doch, doch. Nur ein bisschen ausgetrocknet, glaube ich. Diese Hitze! Ganz schön heftig, oder?« Mir ist die eisige Kälte des Winters immer lieber gewesen.

»Ja, kann man wohl sagen. Aber mal wieder typisch – wir stöhnen, wenn wir keine Sonne bekommen, und dann auch darüber, dass sie uns zu viel wird! Es ist uns nie recht!« Er kichert, und ich würde ihn am liebsten drücken. Er ist so freundlich, ein lebender Beweis, dass es auch noch gute, anständige Menschen auf der Welt gibt. Menschen wie Zach.

Wir verabschieden uns, und Alfie macht sich nach Hause auf.

Ich sehe ihn davongehen. Es fühlt sich unwirklich an, wie alles, was ich inzwischen sehe oder mache. Ich selbst bin irgendwie unwirklich.

Als ich mich in Richtung Strand aufmache, Pepper immer vorneweg, denke ich an Zach, wie jeden Tag, und sage zum bestimmt tausendsten Mal, wie leid es mir tut. Es gibt so viele Dinge, die mir leidtun: dass ich meine Gefühle für ihn nicht verbergen konnte, dass ich ihn in mein Leben reingezogen habe, dass ich ihn in meiner

Wohnung allein gelassen habe und davongelaufen bin. Ganz zu schweigen von dem Schlimmsten: dass ich es habe aussehen lassen, als sei ich ermordet worden, mein Blut überall verspritzt habe, damit es überzeugender wirkt.

Ich musste verschwinden, Zach. Es tut mir leid.

Am Strand lasse ich Pepper von der Leine, setze mich hin und ziehe mein Notizbuch und einen Stift heraus. Ich mache mir ein paar Notizen für mein nächstes Kapitel, während mein Hund durch den Sand tobt und einem Ball nachjagt.

Jedes Wort, das ich schreibe, ist für Zach. Ich will beweisen, dass er sich nicht in mir getäuscht hat, dass ich etwas aus mir machen kann. Ich habe die Universität zwar nicht abgeschlossen, aber irgendwann hole ich das nach und studiere zu Ende. Sobald mein Buch fertig ist, will ich es erst mal veröffentlichen lassen. Das rede ich mir zumindest ein. Die Wirklichkeit ist, dass ich niemals zugeben kann, wer ich tatsächlich bin, dass ich nie mit dem, was geschehen ist, an die Öffentlichkeit treten kann, denn ich habe ein schreckliches Verbrechen begangen.

Tränen tropfen auf mein Notizbuch und verwischen die Wörter, die ich soeben geschrieben habe. Vielleicht fällt mir heute nichts mehr ein. Keine Eingebungen mehr. Solche Tage erlebe ich immer wieder. Doch dann mache ich weiter.

Ich ziehe stattdessen mein Handy heraus und google meinen Namen, wie jeden Tag, um zu überprüfen, ob etwas Neues aufgetaucht ist. Zuerst, vor fünf Jahren, habe ich das nicht zu tun versucht, aber es hat mich innerlich aufgefressen, dass ich nicht wusste, was da draußen passiert. Was man über das Schicksal von Josie Carpenter mutmaßte. Deswegen habe ich dann doch angefangen, nachzuforschen, und jetzt gehört es zu meinem morgendlichen Ritual, wie der Strandspaziergang mit Pepper.

Eine ganze Weile tauchte überhaupt nichts Neues auf, daher glaube ich jetzt für einen Moment, dass mir meine Fantasie einen Streich spielt, als ich den Artikel sehe. Alison Frances ist festgenommen worden und wird verhört. Während ich den Artikel Wort für Wort lese, wird mir ganz heiß, und ich drohe jeden Moment umzukippen.

Die Polizei hat Alison in Verbindung mit meinem Verschwinden gebracht und festgenommen. Angeblich hat sie eine Art Zusammenbruch gehabt, und man konnte nichts aus ihr herausbekommen. Sie hat nur immer wieder behauptet, dass es Zachs Frau war, die ihn umgebracht hat – dass es kein Selbstmord war, wie ursprünglich angenommen.

Mein Puls rast, und ich kann mich nur mit Mühe beherrschen. Was hat das zu bedeuten? Warum behauptet Alison, dass Zachs Frau etwas damit zu tun hatte? Ich habe nie geglaubt, dass er sich umgebracht hat; ich habe immer mich selbst dafür verantwortlich gemacht. Habe ich mich vielleicht die ganze Zeit getäuscht?

Es ist mir nie gelungen, damit zurechtzukommen, dass ich ihm das angetan habe. Ich habe damals extrem viel getrunken, aber nie so sehr, dass ich nicht mehr wusste, was ich tat. Etwas so Schlimmes wie das, jemanden umzubringen, musste doch wieder ins Bewusstsein zurückkehren, nach und nach wenigstens? Die Möglichkeit, dass ich mich vielleicht getäuscht habe, wühlt mich immer mehr auf. Die Möglichkeit, dass ich vielleicht unschuldig bin.

Ich weiß, wie labil Alison war, schon damals, daher kann ich mir nicht vorstellen, wie sie jetzt ist, aber wenn es eine Chance gibt, dass ich ihr helfen und mich gleichzeitig lossprechen kann, muss ich sie ergreifen.

Am Ende des Artikels ist ein Link zu einem Interview mit Josie Carpenters Mutter. Wut brandet in mir auf, als ich lese, wie »verzweifelt« Liv Carpenter darüber ist, ihre geliebte Tochter verloren zu haben; und nun hat sie es auch noch zulassen müssen, dass ihr Sohn, der zehnjährige Kieren, mit seinem Vater in Spanien lebt. Liv behauptet, angeblich so fix und fertig zu sein, dass sie es für das Beste hält, Kieren bei seinem Vater leben zu lassen, auch wenn sie ihn so oft wie möglich besuchen will. »Schon um seinetwillen«, sagt sie, angeblich mit tränenüberströmtem Gesicht.

Ich weiß jedoch, dass die Wahrheit ganz anders aussieht. Liv hat die Nase voll von Kieren, wahrscheinlich, weil sie mit Richard allein sein will. Sie ist sicher nur froh, ihn endlich los zu sein.

Obwohl ich vor Wut auf sie schäume, bin ich froh, dass Kieren nicht mehr bei ihr ist. Froh, dass er nicht durchmachen muss, was ich durchgemacht habe. Ich kann nur hoffen, dass ihn sein Vater gut behandelt. Wer immer er sein mag, ich kann mir nicht vorstellen, dass er auch so ein Ungeheuer ist wie sie. Wie sie ihn wohl gefunden und überredet hat, Kieren zu sich zu nehmen?

Pepper kommt Sand aufspritzend auf mich zugerannt und lässt den Ball vor mir fallen. Ich werfe ihn wieder weit fort. »Das ist das letzte Mal für heute«, sage ich. »Wir müssen gleich los.«

Ich stecke meine Sachen in meine Tasche und fühle mich leichter als jemals zuvor, als ob das der erste Tag meines weiteren Lebens ist.

Vielleicht habe ich immer geahnt, dass Josie eines Tages wieder auferstehen muss. Ich bin bereit. Ich muss Alison helfen; ich kann nicht zulassen, dass sie für etwas, womit sie nichts zu tun hatte, verantwortlich gemacht wird. Sie war kein schlechter Mensch, sie war nur ein wenig verloren in ihrem eigenen Leben, und ich weiß, wie leicht das passieren kann. Ich werde mich endlich bei ihr entschuldigen können. Und ich weiß nicht, wie oder warum Zachs Frau in die Sache verwickelt ist, aber ich werde dafür sorgen, dass die ganze Wahrheit endlich ans Licht kommt.

Ich stehe auf, nehme meine Tasche und pfeife nach Pepper, die mit dem Ball im Maul auf mich zurast. »Komm, Mädchen«, sage ich. »Wir müssen nach Hause und packen. Dann machen wir eine Reise nach London.«

AUTORENBRIEF

von Kathryn Croft

Vielen Dank, dass Sie sich die Zeit genommen haben, meinen sechsten Psychothriller, *Die letzte Lüge*, zu lesen. Ich hoffe sehr, Sie haben sich in die Figuren einfühlen können und das Ende hat Sie überrascht! Wenn Ihnen der Roman gefallen hat und Sie über meine neuesten Veröffentlichungen informiert werden wollen, melden Sie sich einfach bei meinem Newsletter an. Ihre E-Mail-Adresse wird nicht freigegeben und Sie können sich jederzeit wieder abmelden.

Das Planen und Schreiben meiner Bücher macht mir immer großen Spaß, und ich hoffe, Sie haben auch diese Geschichte mit Freude verfolgt.

Egal ob Sie meine Bücher gerade erst entdeckt oder vielleicht auch schon mehrere meiner Romane gelesen haben, ich bin äußerst dankbar für Ihre Unterstützung. Rezensionen sind so wichtig für Autoren. Wenn Ihnen der Roman gefallen hat, wäre ich für eine kurze Besprechung, um andere Leser an Ihren Einschätzungen teilhaben zu lassen, sehr dankbar. Empfehlungen an Verwandte und Freunde werden wie immer auch sehr begrüßt!

Es ist immer wunderbar, von meinen Lesern zu hören, Sie können mich gerne jederzeit über Twitter, meine Facebook-Seite oder meine Website kontaktieren.

Vielen Dank für Ihre Unterstützung!
Kathryn Croft

DANKSAGUNG

Wie jedes Mal danke ich meinem außerordentlich talentierten und fleißigen Team, das dieses Buch möglich gemacht hat: Keshini Naidoo, was für ein Segen, Sie als Lektorin zu haben – danke für all Ihre Hilfe und Ihren Rat. Madeleine Milburn – Ihnen und Ihrem fantastischen Team der *Madeleine Milburn Literary, TV and Film Agency* ein großes Dankeschön. Olly Rhodes und das gesamte Bookouture-Team – ich bin so dankbar und stolz, eure Autorin zu sein!

Danke an alle, die eine Ausgabe meines Buches gelesen und meinen Texten eine Chance gegeben haben, vielleicht als Gewohnheitsleser oder auch als zufällig neu Hinzugekommene. Vielleicht lesen Sie ja auch mein nächstes Buch, vielleicht auch nicht, in jedem Fall aber danke für das Lesen von diesem.

Ein großes Dankeschön an Rezensenten und Blogger, Ihre Zeit und Ihr Einsatz werden sehr geschätzt.

Schließlich meine Familie und meine Freunde: Ihr überrascht mich immer wieder mit eurem Lob, eurer Ermutigung, eurem Beistand. Mein wunderbarer kleiner Sohn, alles, was ich schreibe, tue ich für dich, und ich hoffe, dass du eines

Tages stolz bist auf deine Mummy (auch wenn du meine Bücher erst mit achtzehn lesen darfst ... oder noch besser, mit dreißig!).